未来亲子档案

中国科幻亲情文学精选集

主编 宝树

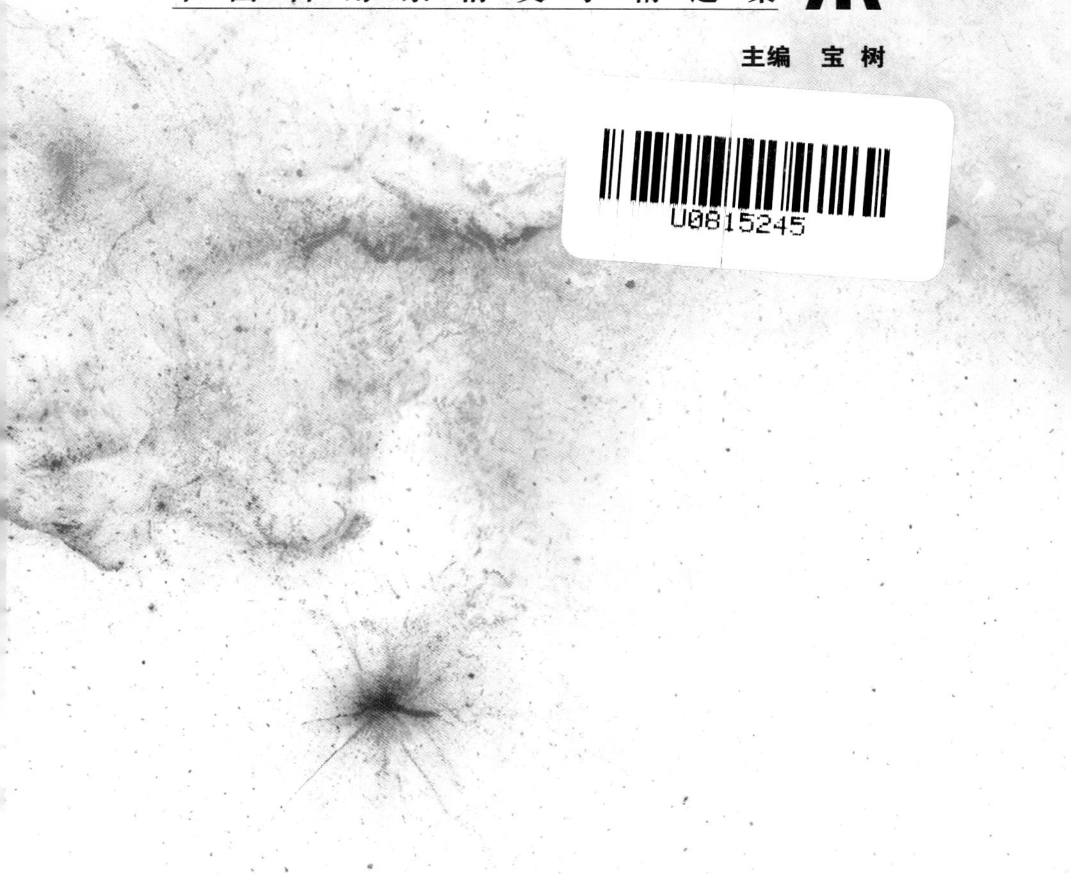

图书在版编目（C I P）数据

未来亲子档案：中国科幻亲情文学精选集 / 宝树主编 . -- 南京 : 江苏凤凰文艺出版社 , 2024.1
ISBN 978-7-5594-8167-2

Ⅰ. ①未… Ⅱ. ①宝…Ⅲ. ① 短篇小说—小说集—中国—当代 Ⅳ. ① I247.7

中国国家版本馆 CIP 数据核字 (2024) 第 001733 号

未来亲子档案：中国科幻亲情文学精选集

宝　树 主编

策划编辑：凌　晨　刘　念

责任编辑：白　涵

封面设计：李宗男

版式设计：李宗男

封面插画：冰　鑫

出版发行　江苏凤凰文艺出版社

南京市中央路 165 号，邮编 :210009

网　　址　http://www.jswenyi.com

印　　刷　北京盛通印刷股份有限公司

开　　本　880 毫米 x 1230 毫米　1/32

印　　张　12.625

字　　数　400 千字

版　　次　2024 年 1 月第 1 版

印　　次　2024 年 1 月第 1 次印刷

书　　号　978-7-5594-8167-2

定　　价　45.00 元

编者序
科幻、亲子关系与人类未来

宝 树

这部《未来亲子档案》，是以近未来社会中亲子关系为主题的当代科幻作品选集。为什么要做这样一个特殊主题的选集，而不是更具科幻感的太空歌剧、赛博朋克或者时间旅行之类的？的确，如果将对科幻的理解集中在展现科学发现、技术奇观或者探索宇宙的冒险故事等方面，亲子关系似乎只是无关宏旨的背景点缀，顶多是《星球大战》中“I'm your father”式的戏剧效果。

但不能忘记，一方面，如果说科幻的一个主要面向是对未来可能的社会及其生活形态的构想，亲子关系自当是其中最重要的部分之一；另一方面，如果把科幻视为以思想实验和推演的形式挖掘人类自身的奥秘，也必然触及亲子关系的层面。事实上，在史上最早的科幻作品之一——玛丽·雪莱的《弗兰肯斯坦》（1818）中，就有对人类亲子关系的深刻认识。

弗兰肯斯坦拼凑尸块制造出的怪物，在对某一户人家的窥探中，发现了人类“性别的差异、孩子的出生成长，父亲如何溺爱着婴儿的笑容和大孩子活泼的话语，母亲又如何将全部的生命和关注都投注在宝贝孩子身上以及其他将人们绑定在一起的关系”等以家庭亲子关系为主的生活形态，然后反躬自问：

但我的朋友和亲人在哪里？没有父亲照看过我的孩提生涯，也没有母亲以微笑和关心给我祝福。即便有过，我过去的生命已被抹去，成为无法辨识的盲目空白。从我最早的记忆开始，我的身高及身材就已经是那样的了。我未曾见过和我相似的生物，或者有谁说和我有关系。我是什么？这问题再一次出现，而我只能报之以苦叹。[1]

可怜的怪物发现，亲子关系是人类诸多社会关系的基石，完全缺乏亲子关系的自己也就缺乏成为人的资格。他试图向创造自己的弗兰肯斯坦求援，称之为“我的父亲”[2]，想建立一种哪怕是比较牵强的亲子关系。但弗兰肯斯坦对他毫无感情，最终怪物的憎恨毁灭了弗兰肯斯坦的一切。

令读者恐惧的，不仅是怪物狰狞的外表，也因为它不需要人类亲子关系就来到世间的方式，这意味着它可能缺失人性最基础的层面。百余年之后，赫胥黎在《美丽新世界》（1931）中以更激进的方式表达了这种恐惧。小说第一章就描绘了未来人类胚胎在培养皿中合成长大，像工业品一样被制造的震撼前景。无父无母的新人类，沉溺于放纵的空洞享乐，却没有了人类基本的情感和价值观，从反面勾勒出了亲子关系在人类生活世界中的根本意义。

这些作品触及了这一洞见：亲子关系是人之为人的关键环节。当然，这本身似乎是人人知道的常识，毋庸多论，但从现代科学的角度来看却别有一番视野，因为它构成了人类最古老的根源和最深邃的心灵根基。

2

近年的古人类学研究发现，在从猿到人的演化中，最早发生的是直立

注解

① *Frankenstein, 1818 Text*, Mary Shelley, Oxford University Press, 1994, p. 97。

② Ibid, p. 114。

行走，它能够让我们的祖先解放双手，用来抓住食物或者工具，而增加的身体高度也能让人有更广阔的视野去寻找食物和发现掠食者。不过，直立行走也会带来困扰现代人的脊椎疾病，还有一个更严重的问题：直立行走的姿态限制了骨盆口的大小，因此也锁死了必须通过那里才能出生的婴儿的脑容量。在200多万年前，随着南方古猿的一支进化为“能人”，脑容量从三百多毫升扩展到近七百毫升，婴儿头部的大小也接近极限。[①]如果找不到出路，智力的发展将止步于从猿到人的临界点。

对此，自然选择提供了一条巧妙的解决之道：让胎儿在更早的发育阶段出生，在离开母体后，大脑生长就可以不再受产道限制。然而这个策略的副作用也显而易见，在“早产”状态下出生，身体无法具备起码的活动能力，在危机四伏的世界上可是要命的。众所周知，比起包括猿猴在内的几乎所有哺乳动物，人类的婴儿要耗费长得多的时间才能具备起码的活动能力，出生一个月才能勉强抬头，五六个月才能坐起来，一岁左右才能迈出第一步……而同样年纪的黑猩猩已经可以在树上自在腾跃了。[②]当然一年也只是起步，要能够独立生活，还需要漫长得多的岁月。这些显著的人类特征，是在数百万年间逐渐演化出来的，但即便在能人时代，也已经发生了明显的“早产”效应。[③]显然，这必将要求亲代长期无微不至的哺育和看护，从而在子代的心灵中留下比猿猴的亲子深刻得多的印痕。

人类亲子关系的缔结不仅远比其他动物漫长，更重要的是在横向上也有很大的拓展。对缺乏生存能力的子女持续多年的养育照顾，单靠母亲个体是难以承担的，借由猿猴时代奠基的社群关系，其他亲属成员逐渐加入

注解

① 理查德·利基，《人类的起源》，符蕊译，浙江人民出版社，第63页。

② 红袋鼠等有袋动物以及大熊猫等极少数胎盘动物，出生时比人类婴儿还要孱弱，但后期成长迅速，1—2年就能具有独立生活的能力。另外这些动物刚出生时往往身体细小，有袋动物还有育儿袋，便于携带幼崽。

③ 理查德·利基，《人类的起源》，符蕊译，浙江人民出版社，第65页。

这个围绕婴儿的照料系统，比如母亲的母亲和姊妹。祖辈的加入有着深刻的意义，其丰富的育儿经验可以帮助手足无措的年轻母亲，按照目前主流的“外祖母假说（grandmother hypothesis）”，自然选择在上岁数的妇女身上产生绝经期，正是为了让她们能够集中精力照顾孙辈！[①]而她们也获得了更长的寿命和后辈帮助的回报。

更具有亲子关系意味的，是另一性别的加入。在几种猩猩和南方古猿中，雄性对哺育后代唯一的参与只是最开头的几分钟，然后就把剩下所有的工作都扔给雌性，但人类的进化需要男性施以援手，因此以激发男性催产素等方式产生了“父爱”，将男人拴在女人、孩子身边，为他们提供食物和保护。到了约 170 万年前的匠人或直立人，男女体型差距变小，摆脱了南方古猿的雌雄二型性，显示出“核心家庭”已初具雏形，古人类也逐渐进入定居生活。[②]

在共同育儿的大目标下，婴儿的亲人们也会彼此帮忙，形成互惠利他的集团，或者说“家族”；男人忙于照看自己的子女，竞争异性的压力变小，也就可以和平共处，便于在一起狩猎和分享食物。男女之间缔结的姻亲，更令家族联合在一起，这种日趋复杂的社会关系网络，促使古人类的智力进一步发展，大脑像吹气球一样膨胀起来，脑容量从能人的七百毫升翻倍到一千四百毫升，婴儿的依赖期和学习期不断地延长，亲子关系也更加巩固……在长达二百万年的正反馈循环后，现代智人终于诞生。

注解

① 布莱恩·费根，《地球人：世界史前史导论》，方辉等译，山东画报出版社，2014，第 57—58 页。

② 罗伯特·博伊德与琼·西尔克，《人类的演化》，商务印书馆，2021，张鹏、韩宁译，第 297 页。雌雄二型的原理在于，如果雄性为了争夺所有雌性的交配机会争斗，体型大的显然会占优势，因此有更多机会留下遗传基因，雄性体型会趋向越来越大。反之，如果体型小的雄性也有交配机会，那么雄性的平均体型就不会超过雌性太多，这就要求雄性将争斗的精力转移到对子代的照顾上，才能打动雌性。

亲子关系还催生了更多人之为人的特性。比如语言，据一些学者推测，很可能就是在亲子之间长期的互动中，父母为了抚慰和教导子女，逐渐演变出的声音符码。[①]又如宗教信仰，人们最早崇拜的神祇之一，是以怀孕妇女形象出现的“母亲神”，世界各地均有类似的神像出土，而带有宗教特征的丧葬习俗在尼安德特人中已经出现，对死者的悼念固然不限于亲子之间，但深刻而持久的亲子之情一直是最强烈的情感动力。

另一种更具有哲理深意的影响是时间意识的拉长，动物的时间感即便不局限于当下，其感知范围也相当狭窄（比如一些动物懂得存储食物以供过冬之需），但人类的父母要为子女甚至孙辈未来多年的成长未雨绸缪，时间视野可能已经超过了个体的寿命，而子女也带着幼年的记忆，与父母终身保持联系，特别是他们长大后养育了自己的子女，又会激活昔日父母照料自己的记忆……过去与未来交织成一片，这种时间感上的共振与回旋机制，是人类演化中一个重大而常被忽视的飞跃。[②]

进一步来说，在现实的社会规划及科幻小说中，我们展望和担忧未来，这一思考动力的来源何在？我们想象的未来，常常是在五十年、一百年或数百年之后，老实说和个人的福祉已经没有多少关系了，但人们仍然有着某种关切和焦虑，这种深远的未来视野，在起源上是否也来自亲子关系，来自一代代的祖先对子孙的操心呢？亲子关系在漫长的演化中塑造了人类对过去和未来的基本理解，而我们习焉不察。

注解

① 凯文·拉兰德，《未完成的进化》，史耕山等译，中信出版集团，2018，第 188－193 页。

②参见张祥龙《孝道时间性与人类学》，收入《家与孝：从现象学视野看》，商务印书馆，2022，第 137－147 页。

3

亲子关系之于人类社会，并非只是千万年前的演化史往事，似乎在进化出更高级的文明后便可以弃之不顾——如我们有了火柴和打火机，自然不必再学习钻木取火的技巧。但亲子关系如同炉灶中燃烧的火焰本身，在数十万年后，正如数十万年前一样仍然温暖着人类社会，构成每个人得以出生和成长的必要条件。

当然，现代的亲子关系也有了许多新的变化。一方面，至少在比较发达的社会，先进的科技、丰富的资源和分工专业的社会组织等，解决了许多古老的问题；另一方面，少子化、老龄社会、非婚生和离婚率飙升等新问题，又给当代人的亲子关系蒙上了重重迷雾。生育不再天然正当，更演变出许多奇特形式，父母没有多少权威可言，代际冲突日渐激烈……弗朗西斯 · 福山认为，上述问题会导致人际关系的普遍恶化和社会规范的紊乱，他称为“大断裂”（great disruption），“若干社会规范方面的重大改变造成了大断裂，主要涉及与生育、家庭、两性关系有关的那些社会规范。”[①]

笔者在此不能也无意深入探讨这些现实问题，只是想指出，亲子关系的古老传承、结构性地位和当代危机，以想象投射到其所开辟的未来视野中，就形成了科幻中意义非凡的亲子主题。当作家编织此类故事时，是将自身的希冀与焦虑投射到未来，也是在以故事的形式对这些问题进行具象化的呈现与思考。

举一个经典的例子：在《童年的终结》（1954）中，阿瑟 · 克拉克设

注解

① 弗朗西斯·福山，《大断裂：人类本性与社会秩序的重建》，唐磊译，广西师范大学出版社，2015，第 40 页。

想了某种亲子关系完全终结的未来——在二十一世纪初，外星人出于某种神秘的目的改造了地球上的孩子们，让他们成为一种新的智慧生命，他们无法也不屑和父母有任何交流，而跟随外星人离开了地球，在父母肝肠寸断的目光中登上飞船，再不回顾。

这一看似空想的故事，可以视为对现实中“大断裂”的绝佳隐喻。在现代世界的一次次剧变中，生于旧世界的父母面对着严重的代际冲突和疏离，他们发现无法再理解子女，自己的知识和经验也不再为子女所尊重，最终，孩子们会建立一个和父母无关的新世界。

面对“他者”的恐惧与焦虑，在科幻中是常见的母题，但在亲子关系中尤其具有震撼力。在这个意义上，《童年的终结》本质上并不是关于外星人的故事，而是提示在人类社会内部，亲子关系可能孕育着革命性或者自我毁灭性的变化。在本文中，我们将以当代中国科幻为主体来展开探讨（警告：下文含有一定剧透）。

亲子关系的自然起点是孕育，恰是这一环节在科技的发展下面临着最严峻的变革。我们刚才提到，《美丽新世界》中设想了用机器代替人类妊娠的前景，在当时看来这些还尚属遥远，但近几十年，妊娠与生殖技术的发展给了科幻以更具体的想象空间，和现实之间也发生了更为魔幻的交织。

1985 年，玛格丽特 · 阿特伍德出版《使女的故事》的同一年，我国《科学文艺》（1985.07）杂志上发表了万焕奎的小说《代人怀孕的姑娘》，描写了一个女孩自愿为表姐夫妇代孕，却陷入大麻烦，最终以悲剧收场的故事。这也许是科幻史上距离现实最近的科幻作品，因为 10 个月后，1986 年 4 月，第一个与孕母没有血缘关系的代孕婴儿就在美国呱呱落地。虽然这篇小说获得了第一届银河奖，但当时相关的技术在中国还是几乎没人听过的天方夜谭，作品也几乎被人遗忘。直到近年来我们回顾这篇早期作品，不能不为其预见性所折服。

收入本书的陈楸帆的《这一刻我们是快乐的》(2019) 描写了诸多怀孕生育的科幻想象，这些想象有着生理科学的基础，它们在提示我们，孕育是一种最为亲密和特殊的人际关系，能够产生复杂得无可比拟的生理变化。如果轻忽这些问题而工具性地利用人体，可能造成灾难性的后果。但如果是完全不需要人体支持的人造子宫呢？在赵海虹的《宝贝宝贝我爱你》(2002) 中，一位母亲为了保证“自然”的母子关系，宁愿忍受十月怀胎的不便而拒绝使用体外的人造机械子宫。但我怀疑这不会是主流，毕竟从直立行走以来，人类的生育就不完全“自然”了，再说关于“自然”的迷思也从未阻止过人类用高科技追求生活的舒适。在《这一刻我们是快乐的》的另一个故事中，未来的人们甚至坦然利用人造子宫制造经过彻底基因编辑的新人类。

4

基因编辑的主题往往提醒我们，技术对亲子关系更严重的威胁，不在于是否“自然”，而在于其放大了亲子之间控制与被控制的权力关系。亲代可以在前人无法想象的程度上决定和操纵子代的人生，这在一些人看来是天堂，另一些人看来却是地狱。王晋康在《豹》(1998) 中，想象一个科学家对自己的儿子进行基因编辑，加入猎豹的基因，令其成为奥运短跑冠军，但也让其变成了嗜血的怪物……尽管母亲为此伤心欲绝，但科学家父亲的理性令人惊诧：为了科学的目的，一切都可以牺牲。这仿佛预言了发生在二十年后的现实基因编辑事件。

顾适的《嵌合体》(2015) 则描绘了另一种令人不寒而栗的场景：一位女科学家因为儿子得了绝症，便将儿子的基因嵌入猪体内，希望能长出适合人类的器官再移植给儿子，但实验很快失控，猪的大脑和眼睛变成了人类的，它甚至对女科学家有了一种母子间的依恋！这个半人半兽的“儿子”令她几乎陷入崩溃的境地，但最后，她仍然决定做出残酷的选择。

如果说以上这些是控制的意志异化了亲情，那么在亲情的鼓励下实行的控制更令人百感交集。在奈飞出品的《黑镜》第四季（2017）的“大天使”故事中，一位母亲通过嵌入女儿大脑的芯片时时刻刻监控和保护着自己的孩子，女儿打架、恋爱、吸毒……都被她通过芯片发现而及时阻止，看似无比周全的照顾，却在女儿心中埋下怨恨的种子，母女关系终于以悲剧的暴力冲突而告终。

刘慈欣在收入本书的《人生》（2002）中探讨了另一种畸形的亲子关系。在这个故事里，通过一种新兴技术，人们能够激活胎儿身上的母体记忆，让孩子充分汲取母亲的人生记忆，提前几十年长大，赢在起跑线上。但这一计划不幸失败了，当腹中胎儿接受了完全不属于自己的母体记忆后，反而因为恐惧即将到来的人生而扯断了自己的脐带。

这个故事的设定虽然看起来非常超现实，却具有犀利的现实指向。在我们身边，多少父母想要将自己的“人生经验”灌输给子女？又有多少子女会完全认同和接受呢？子女是生活在不同环境下的不同个体，绝非父母的翻版，记忆的灌输也不可能实现其目的。

你也许不认同这一结论：没准是大刘的设想有问题，凭什么这一计划注定会失败？比如，如果结合克隆技术，让婴儿在基因上和母亲完全一样，价值观自然也会趋同，或者进行更为彻底的记忆移植，将母亲的整个人格都复制到婴儿体内，又会如何？但请想象你就是这位母亲，你将要生出一个不仅与你一模一样，而且与你拥有同样人格和记忆的子代，换言之，你生出的是另一个自己，你会认为这是一种理想的亲子关系吗？修新羽的小说《陌生的女孩》（2021）从思辩的角度切入这一问题，故事中的人们生活在一个奇特的世界，因为一种特殊病毒的影响，没有人的基因能够和他人结合，每个人只能生出自己的克隆体（男性也可以通过技术手段生育），但女主角发现自己渴望生出一个“陌生的女孩”，一个结合了她与丈夫的特点又不同于任何一方的孩子，但这个全新的孩子不可能降生。

或许根本的问题是，人们当然希望子女拥有自己的特质，或者在一定程度上顺从自己的想法长大，但在内心深处，因为爱，我们仍然希望他是一个不同于自己甚至超越自己的独立个体，有着自身精彩的人生。这种目标和手段的根本冲突，才是各种神奇科技的控制终归失败的原因。

《宝贝宝贝我爱你》以更贴近现实的笔触探讨了亲子关系中的“他者”问题：身为男性的“我”为了研发一款“养宝宝”的游戏软件而哄骗妻子生下了一个孩子，却苦于照顾婴儿的烦累，而更喜欢电脑里的虚拟婴儿——“（虚拟的）宝宝讨人喜欢的地方就在于他的乖巧，即使是偶尔的顽皮也是有节制的，不会哭到让你的脑袋爆炸。”现实中养育孩子却有各种各样的烦恼，“我”并没有真正承担起做父亲的责任，也就导致了一系列家庭矛盾乃至夫妇分居，但最后，当“我”再次见到女儿贝贝，亲情却骤然爆发，拥抱着亲生女儿柔弱的身体，“那一刻我仿佛拥抱了生命本身”。

贝贝胜过宝宝的地方，在于她是一个真实的人，这种真实性恰在于她的难养和磨人，是一个父母无法完全掌控的存在，令父母患得患失，在养育过程中备受折磨，但这样的爱才更加真切动人，这样的孩子对父母的依恋和爱戴也才格外珍贵。

这种“痛并快乐着”的亲子之爱，来自数百万年的进化史。无疑，亲子之情源于“自私的基因”传递自身的狡诈设计，但人们在顺应内在天性的同时，仍有可能超越这一自然的目的。在亲子之爱中，隐藏着一个列维纳斯式“朝向他者”的爱之结构，这就升华了单纯“延续自身”的欲望，也对冲了《童年的终结》中对于他者的恐惧：通过这种爱，人们确实可以走出自身、通向作为他者的孩子或者父母。

当然，控制并非技术带给亲子关系的唯一问题，另一种可能是反向的退缩和自我封闭。在刘宇昆的《幻象》（2011）中，一位父亲在独处时，使用被称为“幻象”的增强现实技术投射出一些裸女的影像寻欢作乐，这不堪的一幕被女儿撞见，女儿感到极度厌恶而渐渐疏远父亲。受伤的父亲不得不经常播放女儿小时候的幻象，沉溺在当年的父女温馨中。女儿发现后，认为父亲拿自己的幻象取乐，等于贬损自己的人格，从而更加厌憎父亲。最后，母亲道破天机：女儿尽管未使用过幻象技术，但总是牢记父亲一时的不雅场景而排斥他，又何尝不是一种幻象？在这个短小凝练的故事中，技术并非用来控制对方，却让每个人被封锁在自己的世界里，即便对亲子的爱，也会被困在幻境中而走不出去，无法抵达对方。

编者的作品《流年》（2018）则通过时间的错位探讨了相关问题：一个本来幸福的小家庭，父亲得了绝症，依靠冬眠技术苟活到未来，他想要每年苏醒一天，陪伴儿子长大，但儿子并不理解，对从小到大几乎没抚养过他的父亲毫无感情，母亲的生活问题也令儿子感到厌恶，他选择使用生物技术加速成长，渴望赶紧离开这个家庭。故事中，父亲的爱停留在儿子可爱的幼年，而难以触碰到成年的儿子；而儿子对滞留在时间深处却仍对自己不放手的父亲也只想逃离。最后，小说用一种相对传统的结局，让父母子女间达成了某种和解：当儿子也有了自己的孩子，并且即将在一次事故中死去，在肝肠寸断中，他终于理解了父母的心境。

5

的确，死亡（或永久别离）是对亲子关系最大的冲击，但也可能是最有力的证成。本书中一小半篇目都在处理亲子间失去彼此的痛苦，并从各个角度进行了饶有趣味的探讨，矛盾点往往集中在亲子间通过科技来克服死亡或哀伤的努力上。或许，现实或想象中的科技能够提供一些温暖的慰藉，但也可能把一切搅得更加难以收场。

一种方式是处理掉相关的记忆。在非淆的《契阔》（2021）中，一对老夫妇因为儿子的过世而一直郁郁寡欢，当丈夫通过某种先进技术“重生”之后，妻子删除了他脑海中和儿子有关的记忆，让他完全忘记了儿子的存在，以走出本来不可能消弭的痛苦。当然，人们可以质疑妻子是否有权利这么做，因为即使是最痛苦的回忆，也蕴含着生命承载的意义，丈夫很可能不愿意忘记自己的孩子。但是，妻子的丧子之痛也是加倍的，再没有爱人可以和自己一同承担，儿子曾经的存在，也仅系于她一人的记忆中。

比较常见的处理方案，还是为逝者寻找一个替代品以安慰生者。在阿缺的《宋秀云》（2018）中，重病将死的儿子让自己制造的仿生机器人代替自己陪伴母亲，并且在自己死后也维持下去。文化程度不高的母亲也许永远不会发现真相，但作为旁观者的女主角隐约发现了这个秘密，然而她最后放弃了揭开真相。这也向读者提出了一个纠结的问题，如果可能的话，你是否会告诉这位母亲真相呢？

灰狐的《招魂》（2015）则讲述了一个令人啼笑皆非又引人深思的故事。男人因为心伤幼子的失踪，根据儿子留下的各种数据，重建了他的思维模型，并在各种虚拟环境中让他成长，以此来想象儿子可能的生活。他失去了一个儿子，却制造出了无数个虚拟的儿子，最后甚至还盗取了一个女孩的意识模型，来给自己当“儿媳妇”……

在这些故事中，机器人和数字模型仍然只是人类情感的载体，而郝景芳的《永生医院》的设定更进一步，故事中的人们在亲子之爱（以及夫妇之爱）的驱使下，为死者制造“新人”（灌输了本体记忆的生物克隆体），最终，反感“新人”母亲的儿子，发现自己也是当初真正的儿子去世后制造的“新人”。亲情通过记忆，在不同个体间传递下去，这种传递甚至可以无限进行下去，哪怕两边都变了。

然而应该注意，与《宋秀云》不同的是，当这位母亲制造儿子复制品的时候，她拯救的并不是已经死去的儿子，而是自我的情感需求。这种情感所指向的永远不是对方，而是作为原本的逝者。“新人”成为被制造的情感奴隶，被永远束缚在一段本体不复存在的关系中，爱本身竟成了自我繁衍的怪异存在。当然，人们更希望亲人能以某种方式获得永生，让亲子关系永远维持下去，但是否能如愿呢？杨晚晴的《天上的风》（2018）围绕着对意识上传技术的探讨展开，父亲认为意识上传是不可能的，儿子则通过先进的技术手段实现了某种意识上传，在父亲临死时将其意识完整地传到了电脑中。但父亲醒来时，发现其中缺乏了最为关键的“灵魂”，或者说生命的热情与爱，只剩下算法的父亲感到无边的虚无和厌倦，选择了终结自己的数字生命，但是他告诫儿子“不必为他感到遗憾，作为一个人，他已经深深爱过，已经了无遗憾地走完了他的一生”。

不过，故事在这里似乎有一个悖论：如果数字父亲表现得和生前一般无二，或许仍然只是极度精确、人类难以区分的模拟，但如果他感到虚无和厌倦，感到自己只是一堆算法，是否反而说明他是真正有自我意识的存在？故事的设定似乎是将理性划归算法，而将情感划归肉身，这一设定当然不一定是事实，但提示出一点：当人类跨过生命与非生命之间的界限，可能会进入一种超乎世人想象的存在方式。当亲子关系延伸到人类的界限之外，又会带来怎样的后果呢？

从这点延伸开去，亲子关系甚至可能纳入更为彻底的他者——具有自我意识的 AI。在王晋康发表于 1995 年的经典之作《生命之歌》中，科学家孔昭仁研制了“学习型机器人”小元元，把他当亲儿子一样养大。但随着元元发展出了自我意识，孔昭仁意识到了自己的儿子是一个可能灭绝人类的新物种，种族繁衍所演绎出的亲子之爱和种族繁衍本身的要求发生了尖锐而深刻的矛盾，是否要杀掉最亲爱的“儿子”，成了这位老父亲的深深心结。

王晋康的另一篇作品《生存实验》（2002）则又把人与 AI 的亲子关系颠倒过来。在一颗蛮荒星球上，人类的孩子被“铁皮身体”的机器人母亲养大，仿佛是一场真人版的恒河猴实验，孩子们对怪异的“母亲”情感淡漠，甚至因为其不近人情的安排而产生了敌意，发动了叛乱。但最后，当孩子们体会到母亲为了自己考虑的苦心之后，孺慕之情又尽皆复苏。母亲因为电量耗尽而陷入休眠，孩子们则在广大世界上一边求生，一边发誓一定要复活妈妈。

虽然这些前景看似还远，但是可以想象，随着AI和仿生机器人等技术的突飞猛进，它们深入人类社会，也必将渗透和改变人类的亲子关系。回到最开始的讨论，弗兰肯斯坦和他的怪物之间的“亲子”关系，是否在某种意义上预言了后来的一切？人类能否造出超越自己的造物，它们又是否会爱人类？它们的意识构成和价值观念也依赖于塑造了人类的亲子关系吗？这是否又是人类的一厢情愿呢？

除去这些稍显沉重的主题，人类亲子关系必然也和社会的其他方面息息相关，结合各种科幻设定，可以演绎出更为丰富多彩的故事。

夏笳的《童童的夏天》（2014）是一个温馨的故事，从一个小女孩童童的视角，探讨了新科技对养老带来的改变。在老龄化时代，养老的重负令子女们疲惫不堪，人们开始采用机器人和真人远程操控的方式来护理老人。然而老人们逐渐发现，可以以这种方式让机器人成为自己的化身，让自己发挥余热，重新参与到已经远离的社会生活中去。这些改变让孙女童童逐渐理解了外公的内心，同样是通过这种远程的交互作用，童童能够跨越现实中的距离，和外公相互陪伴。

星辰大海是科幻的传统主题，科幻作家也经常演绎宇宙时代的亲子关系，比如郑文光的名作《战神的后裔》（1984）就讲述了一位母亲在火星上怀孕和难产而死的悲剧故事，这也象征着人类征服火星的悲壮失败。而凌晨的《泰坦故事》（2007）同样讲述了一个外太空分娩的故事，但有一个更积极的结尾：在土星轨道上，一个临盆的孕妇向全太阳系直播生下第一个土星宝宝的过程，而她的丈夫在土卫六的暴风怒海中进行着紧张的救援工作，无暇顾及妻子。虽然如此，但是他“看着在阳光中渐渐清晰的海面、山峦以及‘达尔文号’，忽然产生了一种澎湃的激越情绪，新生命将诞生的喜悦扩大到星球、宇宙……”这个细节既是太空时代的日常，又有着与宇宙和生命本体相通的意蕴。

最后想探讨的一篇作品是刘宇昆的《七个生日》（2016），这篇小说跨越了亿万年的时光，作品中，忙于拯救人类的事业型母亲无暇顾及女儿的生日，给女儿人生早期留下了许多缺憾。母亲死后多年，女儿因为科技进步获得永生，在百万年的岁月中，在整个银河系范围内，投身于一次又一次改变人类的事业中。而在漫长的人生中，她对生命和自我的反思每每来自脑海中和母亲的对话，最终，在某个神秘的时间终点，女儿再度成为一个小女孩，和归来的母亲一起庆祝生日。

“生日”并非随意的选择，它标志着亲子最原初的联系。我们的时间从生日开始，也因此与父母以及广义的人类关系网络产生了无法解除的羁绊。这篇感人的作品勾勒出了亲子关系对于人类这一物种的根本意义，无论我们是爱是恨，是接受还是拒绝，无论未来有多少超乎想象的变化，只要人类还存在一天——不论变成什么形式——它终将陪伴着我们，构成我们最深层的回忆，在灵魂深处和我们对话，直到岁月的尽头。

6

编撰这本亲子主题的科幻选集，于编者私人而言，还有一点儿特殊的渊源。

我昔年负笈燕园，在先师张祥龙教授（1949—2022）门下受教多年。张老师主要从事现象学与比较哲学研究，但长期以来一直深切关注家庭与亲子关系的意义以及人类命运等现实问题。我虽然资质驽钝，未能追随老师学术研究的步伐，但是近年来，老师颇为关注科幻领域，致力于从中汲取思想资源，思考人类的科技与未来，与我多有长谈。家庭、亲子关系与未来科技等是我们经常谈到的话题，当然，我们的观点并不很一致，但这些年，我的女儿出生、父亲去世，生死之间，令我对老师昔年的教诲有了颇多感悟，科幻作品的创作、哲理的思考和个体生命体验之间发生了奇妙的“视域融合”。

2022 年初夏，先师不幸遽归道山，差不多同时，我被邀请成为北京大学博古睿研究中心的学者，我选择了“科幻视域下的未来私生活”这一课题，在我看来，这也是和先师对话的继续。亲子关系是这一课题的重点，我既有夙愿将科幻中的亲子关系作为一个专题介绍给广大读者，又得到“老东家”力潮文创的支持，得以开始编撰选集的工作。编撰此书、特别是撰写这篇序言的过程中，经常想到先师昔日与我促膝恳谈的音容笑貌，几度泫然。

当然，本书——甚至这篇序言——不是任何思想立场的传声筒，而只是唤起大家关注这一重要的领域，也希望借此打开想象与思考的广阔空间，让这些精彩纷呈的作品给读者以阅读的愉快及思考上的启迪。

编撰本书亦有艰难之处。和我之前编撰过的历史科幻、体育科幻不同，亲子主题的科幻作品虽不至于俯拾皆是，但相关的名篇佳作也非常繁多，要如何取舍，颇费思量。我制定了两个标准，首先将选择范围限定在近未来的人类社会，科技设定也（相对）贴近现实，所以描写外星生命奇特的亲子关系，或者遥远未来的太空歌剧，或者一些比较天马行空的设定等概从不取；其次，故事中亲子关系不仅是重心，而且需要具有真正的“科幻性”，即本身是科幻设想的对象。这些只是编撰本书的体例所需，并不代表普遍的价值取舍，甚至也不是个人阅读取向。比如，我本人非常喜爱何夕老师的《伤心者》，最初也纳入书稿，但考虑到虽然故事感人至深，但所表现的仍然是比较传统的母子情深，科幻元素与之无关，所以不得不割爱。

当然也有许多作品,包括本序言中提到的《代人怀孕的姑娘》《七个生日》等作品或因找不到作者，或因情况复杂无法获得授权，或因篇幅问题等而未能收录，如果大家感兴趣，可以根据这些题目去按图索骥。

本书所呈现的中国科幻作品面貌虽然原则上不限时代，但实际上还是以近十年的作品为多。好处是可以看到中国科幻创作最新的基本面貌，其中还包括了几位崭露头角的新作者；坏处是必然不够全面，限于编者的眼界与水平，遗珠之憾想必不少，还请读者原宥。

最后，非常感谢王晋康老师、刘慈欣老师为首的各位师友作（译）者的大力支持，特别要感谢力潮文创的凌晨老师和刘念女士辛勤的策划、编辑工作，以及对拖延症晚期的我的不断包容，才让本书得以面世。当然，如本书内容上有任何问题，仍是编者的责任。

宝树

2023 年 4 月 10 日

目录

CONTENTS

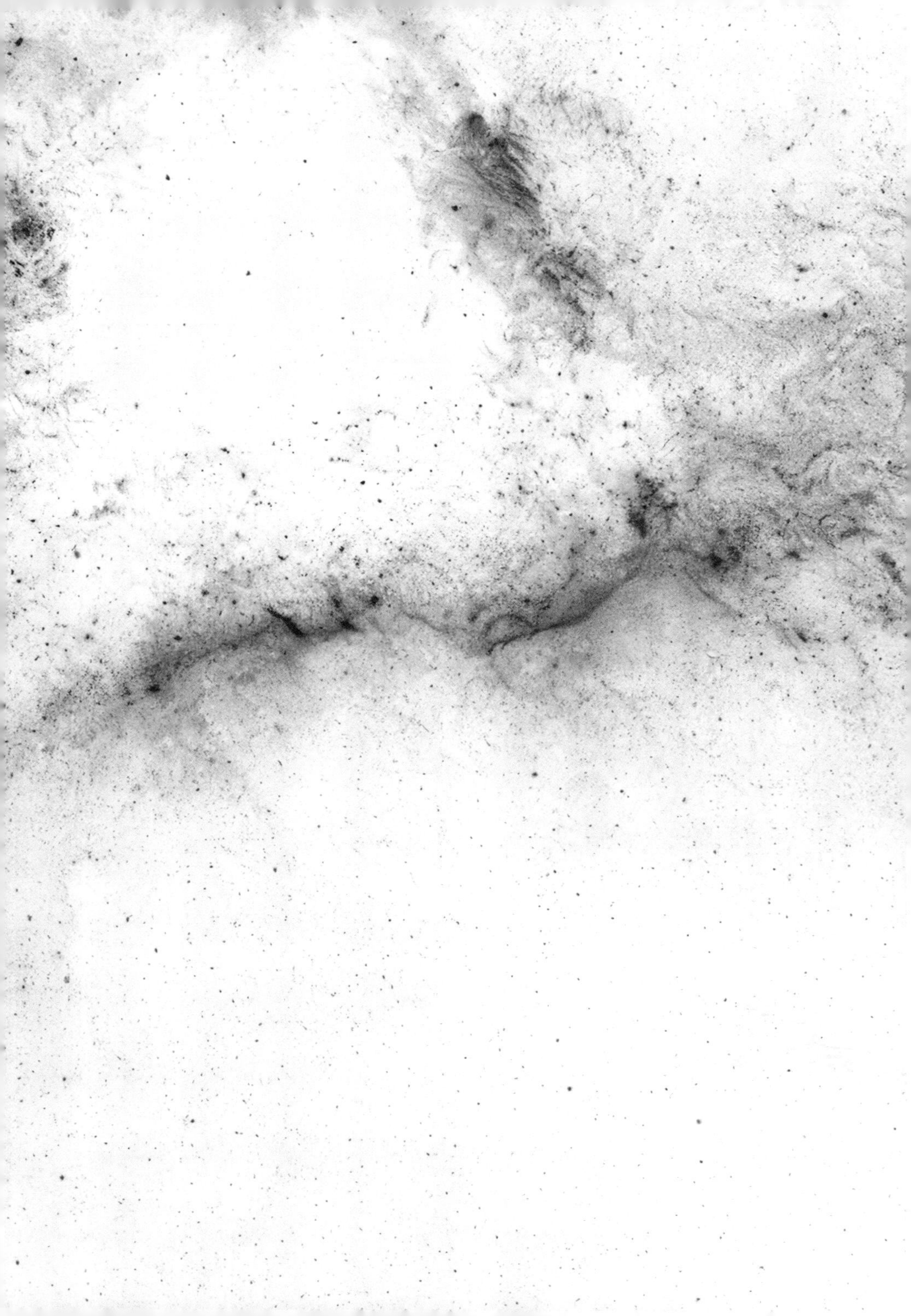

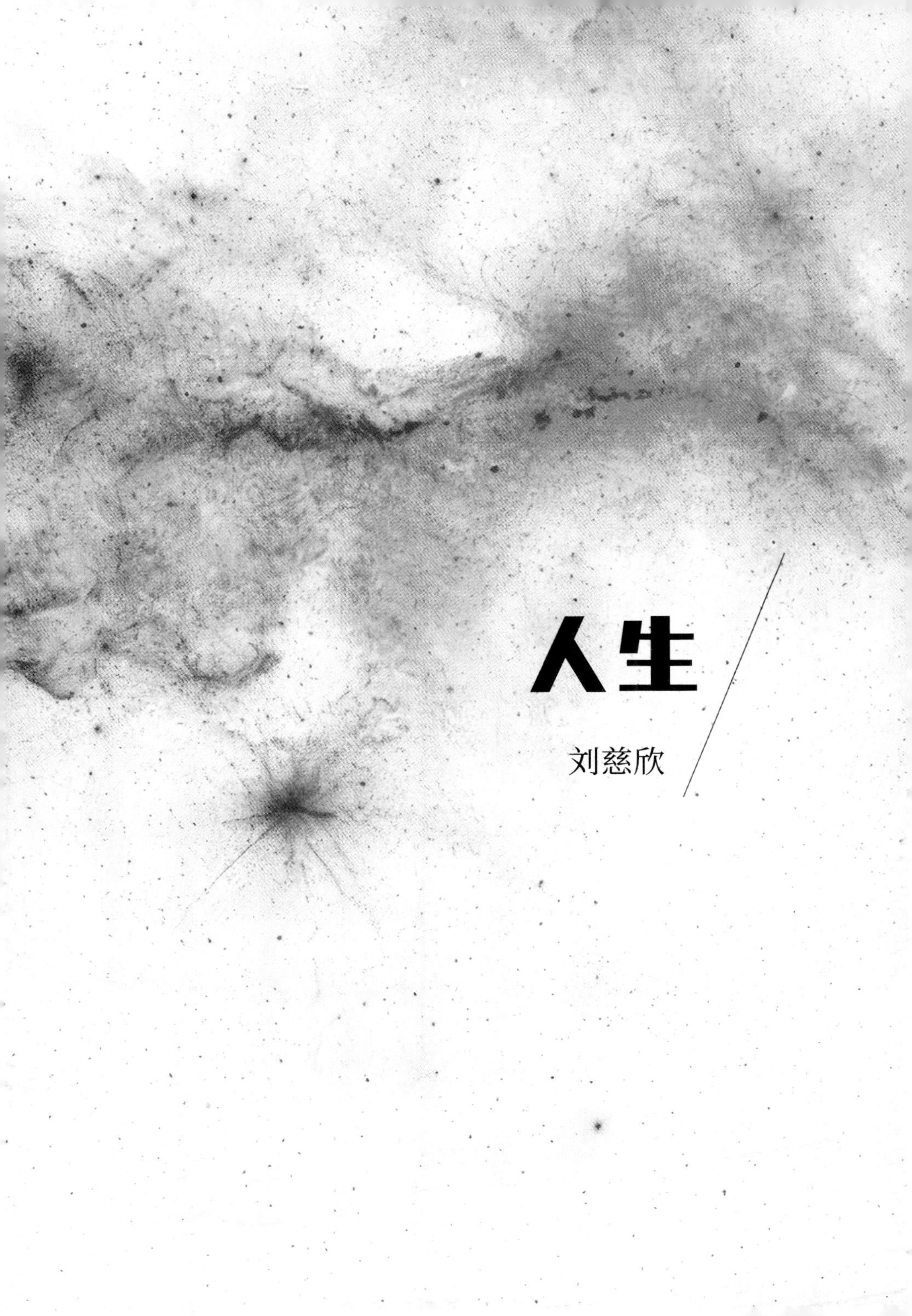

人生

刘慈欣

母亲：“我的孩儿，你听得见吗？”

胎儿：“我在哪里？”

母亲：“啊孩儿，你听见了？！我是你妈妈啊！”

胎儿：“妈妈！我真是在你的肚子里吗？我周围都是水……”

母亲：“孩儿，那是羊水。”

胎儿：“我还听到一个声音，咚咚的，像好远的地方在打雷。”

母亲：“那是妈妈的心跳声……孩儿，你是在妈妈的肚子里呢！”

胎儿：“这地方真好，我要一直待在这里。”

母亲：“那怎么行？孩儿，妈要把你生出来！”

胎儿：“我不要生出去，不要生出去！我怕外面！”

母亲：“哦，好，好孩子，咱们以后再谈这个吧。”

胎儿：“妈，我肚子上的这条带子是干什么的？”

母亲：“那是脐带，在妈的肚子里时你靠它活着。”

胎儿：“嗯……妈，你好像从来也没到过这种地方。”

母亲：“不，妈也是从这种地方生出来的，只是不记得了，所以你也不记得了……孩儿，妈的肚子里黑吗？你能看到东西吗？”

胎儿：“外面有很弱的光透进来，红黄红黄的，像西套村太阳落山后的样子。”

母亲：“我的孩儿啊，你还记得西套村？！妈就生在那儿啊！那你一定知道妈是什么样的！”

胎儿：“我知道妈是什么样，我还知道妈小的时候是什么样呢。妈，你记得什么时候第一次看到自己吗？”

母亲：“不记得了，我想肯定是从镜子里看到的吧，就是你爷爷家那面好旧好旧的，破成三瓣又拼到一块儿的破镜子……”

胎儿：“不是，妈，你第一次是在水面上看到自个儿的。”

母亲：“嘻……怎么会呢？咱们老家在甘肃，那地方缺水呀，漫天黄沙。”

胎儿：“是啊，所以爷爷奶奶每天都要到很远的地方去挑水。那天奶奶去挑水，小不点儿的你也跟着去了，回来的时候太阳升到正头上，毒辣辣的，你那个热那个渴啊，但你不敢向奶奶要桶里的水喝，因为那样准会挨骂，说你为什么不在井边喝好？但井边那么多人在排队打水，小不点儿的你也没机会喝啊。那是个旱年头，老水井大多干了，周围三个村子的人都挤到那口深机井去打水……奶奶歇气儿的时候，你趴到桶边看了看里面的水，闻到了水的味道，感到了水的凉气……”

母亲：“啊，孩儿，妈记起来了！”

胎儿：“你从水里看到了自个儿，小脸上满是土，汗在上面流得一道子一道子的……这可是你记事起第一次看到自个儿的模样。”

母亲：“可……你怎能记得比我还清呢？”

胎儿：“妈，你是记得的，只是想不起来了，在我脑子里那些你不记得的事都清楚，都能想起来。”

母亲：“……”

胎儿：“妈，我觉得外面还有一个人。”

母亲：“哦，是莹博士。本来你在妈妈肚子里是不能说话的，羊水里没有让你发声的空气，莹博士设计了一个小机器，才使你能和妈妈说话。”

胎儿：“哦，我知道她，她年纪比妈稍大点儿，戴着眼镜，穿着白大褂。”

母亲：“孩儿，她可是个了不起的有学问的人，是个大科学家。”

莹博士：“孩子，你好！”

胎儿：“嗯……你好像是研究脑袋的。”

莹博士：“我是研究脑科学的，就是研究人的大脑中的记忆和思维。人类的大脑有着很大的容量，一个人的脑细胞比银河系的星星都多。以前的研究表明，大脑的容量只被使用了很少的一部分，大约十分之一的样子。我领导的项目主要是研究大脑中那些未被使用的区域。我们发现，那大片的原以为是空白的区域其实也存储着巨量的信息，进一步的研究提示了一个令人震惊的事实——那些信息竟然是前辈的记忆！孩子，你听得懂我的话吗？”

胎儿：“懂一点儿，你和妈妈说过好多次，她懂了，我就懂了。”

莹博士：“其实，记忆遗传在生物界很普遍，比如蜘蛛织网和蜜蜂筑巢等我们所说的本能，其实都是遗传的记忆。现在我们发现人类的记忆遗传比其他生物更为完整，如此巨量的信息是不可能通过 DNA 传递的，它们存储在遗传介质的原子级别上，是以原子的量子状态记录的，于是诞生了量子生物学……”

母亲：“博士，孩儿听不懂了。”

莹博士：“哦，对不起，我只是想让你的宝宝知道，与其他的孩子相比他是多么幸运！虽然人类存在记忆遗传，但遗传中的记忆在大脑中是以一种隐性的、未激活的状态存在的，所以没有人能觉察到这些记忆的存在。”

母亲：“博士啊，你给孩儿讲得浅些吧，因为我只上过小学呢。”

胎儿：“妈，你上完小学后就在地里干了几年活，然后就一个人出去打工了。”

母亲：“是啊，我的孩儿，妈在那连水都是苦的地方再也待不下去了，妈想换一种日子过。”

胎儿：“妈后来到过好几个城市，在饭店当过服务员，当过保姆，在工厂糊过纸盒，在工地做过饭，最难的时候还靠捡破烂过日子……”

母亲：“嗯，好孩子，往下说。”

胎儿："反正我说的妈都知道。"

母亲："那也说，妈喜欢听你说。"

胎儿："直到去年，你在莹博士的研究所当勤杂工。"

母亲："从一开始，莹博士就很注意我。她有时上班早，遇上我在打扫走廊，总要和我聊几句，问我的身世什么的。后来有一天，她把妈叫到办公室去了。"

胎儿："她问你'姑娘，如果让你再生一次，你愿意生在哪里'。"

母亲："我回答'当然是生在这里啦，我想生在大城市，当个城里人'。"

胎儿："莹博士盯着妈看了好半天，笑了一下，让妈猜不透的那种笑，说'姑娘，只要你有勇气，这真的有可能变成现实'。"

母亲："我以为她在逗我，接着她向我讲了记忆遗传那些事。"

莹博士："我告诉你妈妈，我们的研究已经形成一项技术，可以修改人类受精卵的基因，激活其中的遗传记忆，这样下一代就能够拥有这些遗传记忆了！"

母亲："当时我呆呆地问博士，他们是不是想让我生这样一个孩子？"

莹博士："我摇摇头，告诉你妈妈，你生下来的将不是孩子，那将是……"

胎儿："'那将是你自己'，你是这么对妈妈说的。"

母亲："我傻想了好长时间，明白了她的话。如果另一个人的脑子里记的东西和你的一模一样，那他不就是你吗？但我真想不出那是一个什么样的娃娃。"

莹博士："我告诉她，那不是娃娃，而是一个有着婴儿身体的成年人，他一生下来就会说话（现在看来还更早些），会以惊人的速度学会走路和掌握其他能力，由于已经拥有一个年轻人的全部知识和经历，他在以后的发展中总比别的孩子超前二十多年。当然，我们不能就此肯定他会成为一个超凡的人，但他的后代肯定会的，因为遗传的记忆将一代代地积累起来，几代人后，记忆遗传将创造出我们想象不到的奇迹！由于拥有这种能力，人类文明将出现一个飞跃，而你，姑娘，将作为一个伟大的先驱者而名垂青史！”

母亲：“我的孩儿，就这样，妈妈有了你。”

胎儿：“可我们都还不知道爸爸是谁呢？”

莹博士：“哦，孩子，由于技术方面的原因，你妈妈只能通过人工授精怀孕，精子的捐献者要求保密，你妈妈也同意了。孩子，其实这并不重要，与其他孩子相比，父亲在你的生命中所占的比例要小得多，因为你所遗传的全部是母亲的记忆。本来，我们已经掌握了将父母的遗传记忆同时激活的技术，但出于慎重，目前只选择了激活母亲的，因为我们不知道两个人的记忆共存于一个人的意识中会产生什么后果。”

母亲（长长地叹息）：“就是只激活我一个人的，你们也不知道后果啊。”

莹博士（沉默良久）：“是的，也不知道。”

母亲：“博士，我一直有一个没能问出口的问题，你也是个没有孩子的女人，也还年轻，干吗不自己生一个这样的孩子呢？”

胎儿：“阿姨，妈妈后来觉得你是一个很自私的人。”

母亲：“孩儿，别这么说……”

莹博士：“不，孩子说的是实情，你这么想是公平的，我确实很自私。开始我是想过自己生一个记忆遗传的孩子，但另一个想法让我胆怯了，因为人类遗传记忆这种未激活的隐性很让我们困惑，这种无用的遗传意义何在呢？后来的研究表明它类似于盲肠，是一种进化的遗留物。人类的远祖肯定是有显性的、处于激活状态的记忆遗传的，只是在后来的漫长岁月中，遗传的记忆才渐渐变成隐性。

这是一个不可理解的进化结果，一个物种，为什么要在进化中丢弃自己的一项巨大的优势呢？但大自然做的事总是有它的道理，它肯定是意识到了某种危险，才在后来的进化中关闭了人类的记忆遗传。”

母亲：“莹博士，我不怪你，这都是我自愿的，我真的想再生一次。”

莹博士：“可你没有，现在看来，你腹中怀着的并不是自己，仍然是一个孩子，一个拥有了你全部记忆的孩子。”

胎儿：“是啊，妈，我不是你，我能感觉到我脑子里的事都是从你脑子里来的，真正是我自己记住的东西，只有周围的羊水、你的心跳声，还有从外面透进来的那红黄红黄的弱光。”

莹博士：“我们犯了一个致命的错误，竟然认为复制记忆就能从精神层面上复制一个人，看来完全不是这么回事，一个人之所以成为自己，除了大脑中的记忆，还有许多其他的东西，许多无法遗传也无法复制的东西。一个人的记忆像一本书，不同的人看到时有不同的感觉。现在糟糕的是，我们把这本沉重的书让一个还未出生的胎儿看了。”

母亲：“真是这样！我喜欢城市，可我记住的城市到了孩儿的脑子中就变得那么吓人了。”

胎儿：“城市真的很吓人啊，妈，外面什么都吓人，没有不吓人的东西，我不生出去！”

母亲：“我的孩儿，你怎么能不生出来呢？你当然要生出来！”

胎儿：“不，妈！你……你还记得在西套村时，挨爷爷奶奶骂的那些冬天的早晨吗？”

母亲：“咋不记得，你爷爷奶奶经常早早地把我从被窝里拎出来，让我跟他们去清羊圈，我总是赖着不起，那真难，外面还是黑乎乎的夜，风像刀子似的，有时还下着雪，被窝里多暖和，暖和得能孵蛋，小时候贪睡，真想多睡一会儿。”

胎儿："只想多睡一会儿吗？那些时候你真想永远在暖被窝里睡下去啊。"

母亲："好像是那样……"

胎儿："我不生出去！我不生出去！！"

莹博士："孩子，让我来告诉你，外面的世界并不是风雪交加的寒夜，它也有春光明媚的时候，人生是不容易，但乐趣和幸福也是很多的。"

母亲："是啊孩儿，莹博士说得对！妈活这么大，就有好多高兴的时候，像离开家的那天，走出西套村时太阳刚升出来，风凉丝丝的，能听到好多鸟在叫，那时妈也真像一只飞出笼子的鸟……还有第一次在城市里挣到钱，走进大商场的时候，那个高兴啊，孩儿，你怎么就感觉不到这些呢？"

胎儿："妈，我记得你说的这两个时候，记得很清呢，可都是吓人的时候啊！从村子里出来那天，你要走三十多里的山路才能到镇子里赶上汽车，那路好难走的。当时你兜里只有十六块钱，花完了怎么办呢？谁知道在外面会遇到什么呢？还有大商场，也很吓人的，那么多的人，像蚂蚁窝，我怕人，我怕那么多的人……"

沉默……

莹博士："现在我明白进化为什么关闭人类的记忆遗传了。对于在精神上日益敏感的人类，当他们初到这个世界上时，无知是一间保护他们的温暖的小屋，现在，我们剥夺了你的孩子的这间小屋，把他扔到了精神的旷野上。"

胎儿："阿姨，我肚子上的这根带子是干什么的？"

莹博士："你好像已经问过你妈妈了。那是脐带，在你出生之前它为你提供养料和氧气，孩子，那是你的生命线。"

两年后，一个春天的早晨，莹博士和那位年轻的母亲站在公墓里，母亲抱着她的孩子。

“博士，您找到那东西了吗？”

“你是说，在大脑中的记忆之外使一个人成为自己的东西？”莹博士缓缓地摇摇头，“当然没有，那真是科学能找到的东西吗？”

初升的太阳照在她们周围的墓碑群上，使那无数已经尘封的人生闪动着橘黄色的柔光。

“爱情啊你来自何方，是脑海还是心房？”

“您说什么？”年轻的母亲迷惑地看着莹博士。

“呵，没什么，这只是莎士比亚的两句诗。”莹博士说着，从年轻母亲的怀中抱过婴儿。

这不是那个被激活了遗传记忆的孩子，那孩子的母亲后来和研究所的一名实验工人组成了家庭，这是他们正常出生的孩子。

那个拥有母亲全部记忆的胎儿，在那次谈话当天寂静的午夜，拉断了自己的脐带，值班医生发现时，他那尚未开始的人生已经结束。事后，人们都惊奇他那双小手哪来那么大的力量？此时，两个女人就站在这个有史以来最小的自杀者小小的墓前。

莹博士用研究的眼神看着怀中的婴儿，但孩子并不是那种眼神，他忙着伸出细嫩的小手去抓晨雾中飞扬的柳絮，从黑亮的小眼睛中迸发出的是惊喜和快乐，世界在他的眼中是一朵正在开放的鲜花，是一个美妙的大玩具。对前面漫长而莫测的人生之路，他毫无准备，也因而准备好了一切。

两个女人沿着墓碑间的小路走去，年轻母亲从莹博士怀中抱回孩子，兴奋地说：“宝贝，咱们上路了！”

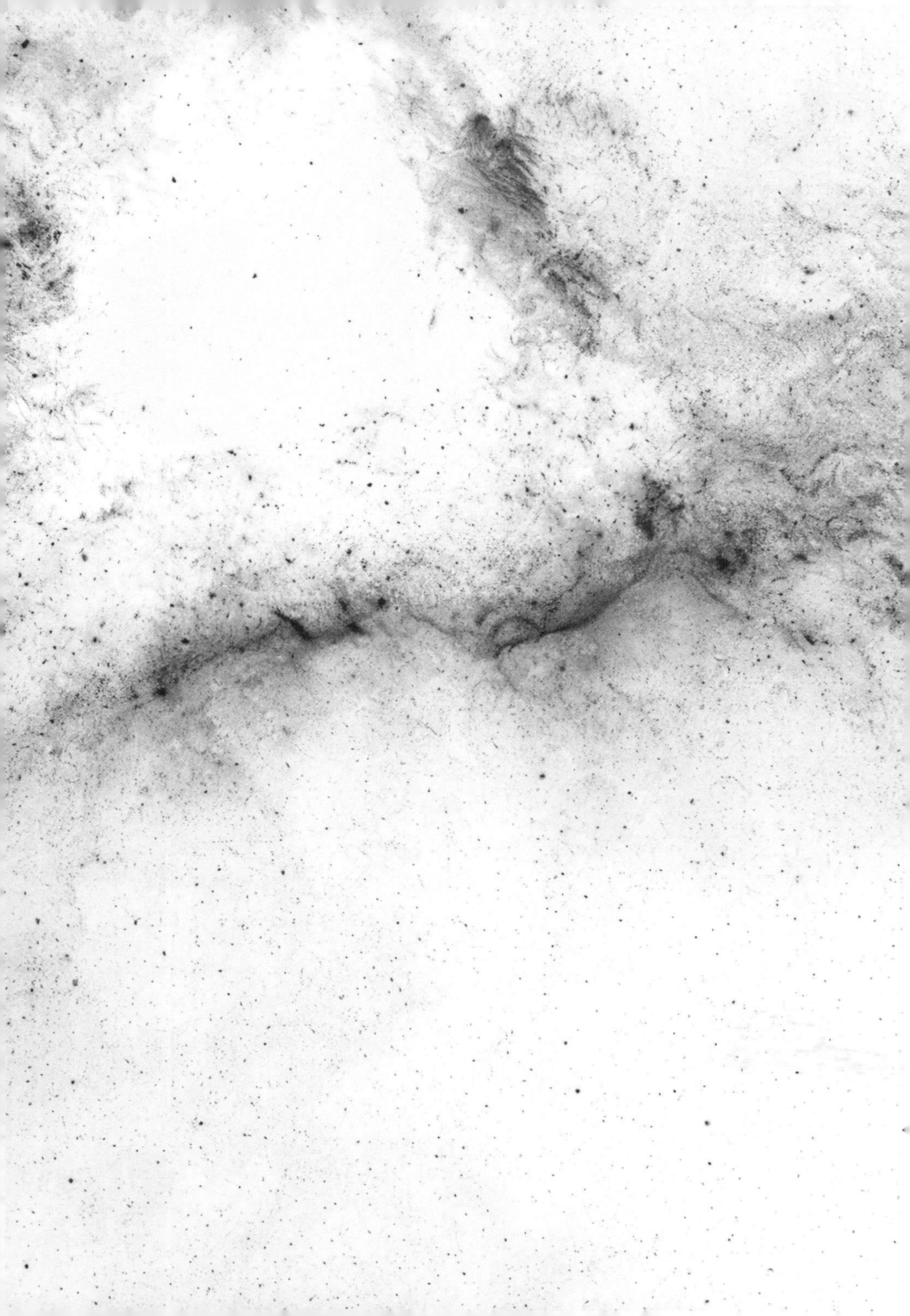

生命之歌

王晋康

孔宪云晚上回到寓所时看到了丈夫从中国发来的传真，她脱下外衣，踢掉高跟鞋，扯掉传真躺到沙发上。

孔宪云是一个身材娇小的职业妇女，动作轻盈，笑容温婉，额头和眼角已刻上45年岁月的痕迹。她是以访问学者的身份来伦敦的，离家已一年了。

云：

研究已取得突破，验证还未结束，但成功已经无疑……

孔宪云简直不敢相信自己的眼睛，虽然她早已不是容易冲动的少女，但是一时间仍激动得难以自制。那项研究是二十年来压在丈夫心头的沉重梦魇，并演变成他唯一的生存目的。一年前，她离家来伦敦时，那项研究依然处于山穷水尽的地步，做梦也想不到能有如此神速的进展。

其实我对成功已经绝望，我一直用紧张的研究来折磨自己，只不过想做一个体面的失败者。但是两个月前，我在岳父的实验室里偶然发现了十几页发黄的手稿，它对我的意义不亚于罗赛达石碑，使我二十年盲目搜索到又随之抛弃的珠子一下串在了一起。

我不知道是否该把这些告诉给你父亲，他在距胜利只有一步之遥的地方突然停步，承认了失败，这实在是一个科学家最惨痛的悲剧。

越往下读，孔宪云的眉头皱得越紧，信中并无胜利的欢快，字里行间反倒透着阴郁，她想不通这是为什么。

但我总摆脱不掉一个奇怪的感觉，我似乎一直生活在这位失败者的阴影下，即使今天也是如此。我不愿永远这样，比如这次发表成果，我不打算屈从他的命令。

爱你的哲

2253年9月6日

她放下传真走到窗前，遥望东方幽暗而深邃的夜空，感触万千，喜忧交并。20年前，她向父母宣布要嫁给一个韩国人，母亲高兴地接受了，父亲的态度却是冷淡地拒绝，理由极为古怪，令人啼笑皆非——

“你能不能和他长相厮守？你是在5000多年的中国文化中长大的，他却属于一个咄咄逼人的暴发户民族。”

虽然长大后，孔宪云已逐渐习惯父亲性格的乖戾，但这次她还是瞠目良久，才弄懂父亲并不是开玩笑，她讥讽地说：“对，算起来我还是孔夫子的116代玄孙呢，不过我并不是代大汉天子的公主下嫁番邦，朴重哲也无意做大韩民族的使节，我想民族性的差异不会影响两个小人物的结合吧？”

父亲怫然而去。

母亲安慰她：“不要和怪老头一般见识。云云，你要学会理解父亲，你父亲年轻时才华横溢，被公认是生物学界最有希望的栋材，但他几十年一事无成，心中很苦啊。直到现在，我还认为他是一个杰出的天才，可是并不是每一个天才都能成功。你父亲陷进DNA的泥沼，耗尽了才气，而且……”母亲的表情十分苦涩悲凉，“这些年你父亲实际上已经放弃努力，向命运屈服了。”

这些情况孔宪云早就了解，她知道父亲为了DNA研究，33岁才结婚，如今已是白发如雪，失败的人生扭曲了他的性格，他变得古怪易怒，而在从前他是一个多么可亲可敬的父亲啊。孔宪云后悔不该刺伤父亲。

母亲忧心忡忡地问："听说朴重哲也是搞 DNA 研究的？云儿，恐怕你也要做好受苦受难的准备，不说这些了。"她果决地一挥手，"明天把重哲领来让爸妈见见。"

第二天，她把朴重哲领到家里，母亲热情地张罗着，父亲端坐不动，冷冷地盯着这名韩国青年，朴重哲则以自信的微笑对抗着这种压力。这一年，朴重哲 28 岁，英姿飒爽，倜傥不群，孔宪云不得不暗中承认父亲的确有某些言中之处，才华横溢的朴重哲的确过于锋芒毕露，咄咄逼人。

母亲老练地主持着这场家庭晚会，笑着问朴重哲："听说你是研究生物的，具体是搞哪个领域？"

"遗传学，主要是行为遗传学。"

"什么是行为遗传学？给我启启蒙，要尽量浅显啊。不要以为遗传学家的老伴就必然近墨者黑，他搞他的 DNA，我教我的音乐哆来咪，我们是井水不犯河水，互不干涉内政。"

孔宪云和朴重哲都笑了。

朴重哲斟酌着字句，简洁地说："生物繁衍后代时，除了生物形体有遗传性，生物行为也有遗传性。即使幼体生下来就与父母隔绝，它仍能保存这个种族的本能。像人类婴儿生下来会哭会吃奶，小海龟会扑向大海，昆虫会避光或佯死等。这儿有一个典型的例证，欧洲有一种旅鼠，在成年后便成群结队地奔向大海，这种怪僻的行为曾使动物学家们迷惑不解，后来考证出它们投海的地方原来与陆路相连。毫无疑问，这种迁徙肯定曾有利于鼠群的繁衍，并演化成可以遗传的行为程式，现在虽然已时过境迁，但是冥冥中的本能仍顽强地保持着，甚至战胜了对死亡的恐惧。行为遗传学就是研究这些本能与遗传密码的对应关系。"

母亲看看父亲，又问道："生物形体的遗传是由 DNA 决定的，像腺嘌呤、鸟嘌呤、胸腺嘧啶、胞嘧啶与各种氨基酸的转化关系啦，红白豌豆花的交叉遗传啦，这些都好理解——怎么样，我从你父亲那儿还是学到了一些知识的吧？"她笑着对女儿说，"可是，要说无质无形、虚无缥缈的生物行为也是由 DNA 来决定的，我总是难以理解，那更应该是神秘的上帝之力。"

朴重哲微笑着说："上帝只存在于某些人的信念之中。如果抛开上帝这个前提，答案就很明显了。生物的本能是生而有之的，而能够穿透神秘的生死之界来传递上一代信息的介质，仅有生殖细胞，所以毫无疑问，动物行为的指令只可能存在于 DNA 的结构中，这是一个简单的筛选法问题。"

一直沉默着的父亲似乎不想再听这些启蒙课程，开口问："你最近的研究方向是什么？"

朴重哲昂然道："我不想搞那些鸡零狗碎的课题，我想破译宇宙中最神秘的生命之咒。"

"嗯？"

"一切生物，无论是病毒、苔藓还是人类，其最高的本能都是生存欲望，即保存自身、延续后代，其他欲望像食欲、性欲、求知欲、占有欲，都是由它派生出来的。有了它，母狼会为了狼崽同猎人拼命，老蝎子会心甘情愿地做小蝎子的食粮，泥炭层中沉睡数千年的古莲子仍顽强地活着，庞贝城的妇人在火山爆发时用身体为孩子争得最后的空间。这是最悲壮最灿烂的自然之歌，我要破译它。"他目光炯炯地说。

孔宪云看见父亲的双眼里陡然亮光一闪，变得十分锋利，不过这点锋芒很快隐去了，仅冷冷地撂下一句："谈何容易。"

朴重哲扭头对孔宪云和母亲笑了笑，自信地说："从目前遗传学发展水平来看，破译它的可能至少不是天方夜谭了。这条无所不在的咒语控制着世界万物，显得神秘莫测。不过反过来说，从亿万种遗传密码中寻找一种共性，反而是比较容易的。”

父亲涩声说：“已有不少科学家在这个堡垒前铩羽。”

朴重哲淡然一笑：“失败者多是西方科学家吧，那是上帝把这个难题留给了东方人。正像国际象棋与围棋、西医与东方医学的区别一样，西方人善于做精确的分析，东方人善于做模糊的综合。”他耐心地解释道，“我看过不少西方科学家在失败中留下的资料，他们太偏爱把行为遗传指令同单一 DNA 密码建立精确的对应。这是一条死胡同，生命之咒的秘密很可能存在于 DNA 结构的次级序列中，是隐藏在一首长歌中的主旋律。”

谈话进行到这儿，孔宪云和母亲只有旁听的份儿了。父亲冷淡地盯着朴重哲，久久未言，朴重哲坦然自若地与他对视着。孔宪云担心地看着两人，忽然小元元笑嘻嘻地闯进来，打破了屋内的冷场。他满身脏污，抱着家养的白猫佳佳，白猫在他怀里不安地挣扎着。

妈妈笑着介绍：“小元元，这是你朴哥哥。”

小元元放下白猫，用脏兮兮的小爪子亲热地握住朴重哲的手。

妈妈有意夸奖这个有智力缺陷的儿子：“小元元很聪明呢，不管是下棋还是解数学题，在全家都是冠军。重哲，听说你的围棋棋艺还不错，赶明儿和小元元杀一场。”

小元元骄傲地昂起头，鼻翼翕动着，那是他得意时的表情。朴重哲目光锐利地打量着这个圆脑袋的小个儿机器人，他外表酷似真人，行为举止带着 5 岁孩童的娇憨，不过孔宪云透露过，小元元实际已经 23 岁了。

他毫不留情地问：“但他的心智只有 5 岁孩童的水平？”

孔宪云偷偷看看爸妈，微微摇摇头，心里埋怨朴重哲说话太无顾忌。

朴重哲毫不理会她的暗示目光，斩钉截铁地说：“没有生存欲望的机器人永远也成不了人。”

元元懵懵懂懂地听着大人谈论自己，转着脑袋，看看这个，再看看那个。

虽然孔宪云不是学生物的，但是她敏锐地感觉到朴重哲这个结论的重量。她看看父亲，父亲一言不发，转身走了。

孔宪云心中忐忑，跟到父亲书房，父亲默然良久，冷声道：“我不喜欢这个人，太狂！”

孔宪云很失望，斟酌着字句，打算尽量委婉地表明自己的意见，却忽然听父亲说道：“问问他，愿意不愿意到我的研究所工作。”

孔宪云愕然良久，咯咯地笑起来。她快活地吻了父亲，飞快地跑回客厅，把好消息传达给母亲和朴重哲。

朴重哲慨然道：“我愿意到伯父这儿工作。我拜读过伯父年轻时的一些文章，很钦佩他清晰的思路和敏锐的直觉。”

他的表情道出了未尽之意：对一个失败英雄的怜悯。

孔宪云心中不免有些芥蒂，这种怜悯刺伤了她对父亲的崇敬，但她无可奈何，因为他说的正是家人不愿道出的实情。

婚后，朴重哲来到孔昭仁生物研究所，开始了他的马拉松研究，研究步履维艰。父亲把所有资料和实验室全部交给女婿，正式归隐林泉，对女婿的工作情况，从此不闻不问。

传真机又轧轧地响起来，送出一份传真。

云姐姐：

你好吗？已经一年没见你了，我很想你。

这几天爸爸和朴哥哥老是吵架，虽然声音不大，可是吵得很凶。朴哥哥在教我变聪明，爸爸不让。我很害怕，云姐姐，你快回来吧。

元元

读着这份稚气未脱的信，孔宪云心中隐隐作痛，感到不可名状的担心。她略微沉吟后，用电脑向机场预订了机票，是明天早上6点的班机，又向剑桥大学的霍金斯教授请了假。

飞机很快穿过云层，脚下是万顷云海，或如蓬松雪团，或如流苏璎珞。少顷，一轮朝阳跃出云海，把万物浸在金黄色的静谧中，宇宙中鼓荡着无声的旋律，显得庄严瑰丽。孔宪云常坐早班机，就是为了观赏壮丽的日出，她觉得自己已融化在这金黄色的阳光里，浑身每个毛孔都与大自然息息相通。机上乘客不多，大多数人都到后排的空位上睡觉去了，孔宪云独自倚在舷窗前，盯着飞机襟翼在空气中微微抖动，思绪又飞到了小元元身上。

宪元是爸爸研制的学习型机器人，像人类婴儿一样头脑空白地来到这个世界，牙牙学语，蹒跚学步，逐步感知世界，建立起“人”的心智系统。爸爸说，他是想通过元元来观察机器人对自然的适应能力及建立自我的能力，观察它与人类“父母”能建立什么样的感情纽带。

元元一出生就在孔家生活，很长时间，在小宪云的心目中，元元是和她一样的小孩，是她亲亲的小弟弟，当然他有一些特异之处——不会哭，没有痛觉，跌倒时会发出铿锵的响声，但小宪云认为这是正常中的特殊，就像人类中有左撇子和色盲一样。

小元元是按男孩的形象塑造的，孔宪云感慨地想，即使在科学昌明的二十三世纪，那种重男轻女的旧思想仍是无形的咒语，爸妈对孔家这个唯一的男孩十分宠爱。她记得爸爸曾兴高采烈地给小元元当马骑，也曾坐在葡萄架下，娓娓地给小元元讲述古老的神话故事，那时爸爸的性情绝不古怪，这一段金色的童年多么令人思念啊。开始，小宪云也曾为爸妈的偏心而愤愤不平，但她也很快变成了一只母性强烈的小母鸡，时时把元元掩在羽翼下。每天放学回家，她会把特地留下的糖果点心一股脑儿地倒给弟弟，高兴地欣赏弟弟津津有味的吃相。

“好吃吗？”

“好吃。”

后来孔宪云知道元元并没有味觉，吃食物仅是为了取得能量，懂事的元元这样回答是为了让小姐姐高兴，这使她对元元更加疼爱。

小元元十分聪明，无论是学数学、下棋、弹钢琴，姐姐永远都不是对手。小宪云曾嫉妒地偷偷找爸爸磨牙：“给我换一个机器脑袋吧，行不行？”

但在5岁时，元元的智力发展——主要指社会智力的发展，戛然而止。在这之后，他的表现就像人们所说的“白痴天才”，他仍在某些领域保持着过人的聪明，但心智始终没超过5岁孩童的水平。他成了父亲失败的象征，成了一个笑柄。爸爸的同事来访时，总是装作没看见小元元，小心地隐藏着对爸爸的怜悯。

爸爸的性格变态正是从那时开始的，自那以后父亲很少到小元元身边，小元元自然感到了这一变化，他想与爸爸亲热时，常常先怯怯地打量着爸爸的表情，如果没有遭到拒绝，他就会绽开笑脸，高兴得手舞足蹈。这使妈妈和孔宪云心怀歉疚，把加倍的疼爱倾注到傻头傻脑的元元身上。

孔宪云和朴重哲婚后一直没有生育，所以她对小元元的疼爱还掺杂了母子的感情，但是……爸爸真的讨厌元元吗？孔宪云曾不止一次发现，爸爸长久地透过玻璃窗，悄悄地看元元玩耍。他的目光里除了阴郁，还有道不尽的痛楚。那时小宪云觉得，大人真是一种神秘莫测的异类。现在她已长大成人，还是不能理解父亲的怪异性格。

她又想起了小元元的信，朴重哲在教元元变聪明，爸爸为什么不让？他为什么反对重哲公布成果？一直到走下飞机舷梯，她还在疑惑地思索着。

母亲听到门铃就跑出来，拥抱着女儿，问：“路上顺利吗？时差疲劳还没消除吧，快洗个热水澡，好好睡一觉。”

孔宪云笑道：“没关系的，我已经习惯了。我爸爸呢，那怪老头呢？”

“到协和医院去了，是科学院的例行体检。不过，最近他的心脏确实有些小毛病。”

孔宪云关心地问：“怎么了？”

“轻微的心室纤颤，问题不大。”

“小元元呢？”

“在实验室里，重哲最近一直在为他开发智力。”妈妈的目光暗淡下来，她们已接触到一个不愿触及的话题。

孔宪云小心地问：“翁婿吵架了？”

妈妈苦笑着说：“嗯，已经有一个多月了。”

“到底是为什么？是不是反对重哲发表成果？我不信，这毫无道理嘛。”

妈妈摇摇头：“不清楚。这是一次纯男人的吵架，他们瞒着我，连重哲也不对我说实话。”妈妈的语气中带着几丝幽怨。

孔宪云勉强笑着说：“好，我这就去审个明白，看他敢不敢瞒我。”

透过实验室的全景观察窗，她看到朴重哲正在忙碌，小元元的胸腔打开了，朴重哲似乎在调试和输入着什么。小元元仍是那个憨模样，圆脑袋，大额头，一双眼珠乌黑发亮，他笑嘻嘻地用小手在朴重哲的胸膛上摸索，大概认为朴重哲的胸膛也是可以打开的。

孔宪云不想打扰丈夫的工作，靠在观察窗上，陷入沉思。爸爸为什么反对公布成果？是对成功尚无把握？不会。朴重哲早已不是二十年前那个目空一切的年轻人了，这项研究实实在在是一场不会苏醒的噩梦，是无尽的酷刑，他建立的理论多少次接近成功，又突然倒塌，他既然能心境沉稳地宣布胜利，那这绝无疑问，但为什么父亲反对公布？他难道不知道这对于朴重哲来说是何等残酷和不公平？莫非……一种念头驱之不去，挥之又来，莫非是失败者的嫉妒？

孔宪云不愿相信这一点，她了解父亲的人品，但是她也提醒自己，作为一个毕生的失败者，父亲的性格已经被严重扭曲了。孔宪云叹口气，但愿事实并非如此。婚后，她才真正理解了妈妈要她做好受难准备的含义，从某种意义上说，科学家是勇敢的赌徒，他们在绝对黑暗中凭直觉定出前进的方向，便开始艰难摸索，为一个课题常常耗费毕生的精力。即使一万条岔路中只走错一条，也会与成功失之交臂，而此时，他们常常已步入老年，来不及改正错误了。20年来，朴重哲也逐渐变得阴郁易怒，变得不通情理，孔宪云已学会用安详的微笑来承受这种苦难，把苦涩埋在心底，就像妈妈一直做的那样，但愿这次成功能改变他们的生活。

小元元看见姐姐，扬扬小手，做了个鬼脸。朴重哲也扭过头，匆匆点头示意。

忽然一声巨响，窗玻璃哗的一声垮下来，屋内顿时烟雾弥漫。孔宪云目瞪口呆，木雕泥塑般愣在那儿，她祈祷这是一幕虚幻的影片，很快就会转换镜头，她痛苦地呻吟着："我千里迢迢赶回来，难道是为了目睹这场惨剧？"

她惨叫一声，冲进室内。小元元的胸膛已被炸成前后贯通的孔洞，朴重哲被冲击波砸倒在椅子上，胸部凹陷，鲜血淋漓。

孔宪云抱起丈夫，嘶声喊："重哲！醒醒！"

妈妈也惊惧地冲进来，面色惨白。

孔宪云哭喊："快把汽车开过来！"

妈妈跌跌撞撞地跑出去了。

孔宪云吃力地托起丈夫的身体往外走，忽然一只小手拉住她："小姐姐，这是怎么啦？救救我。"

她知道小元元没有内脏，这点伤并不致命。虽然还在痛不欲生的震惊中，她仍敏锐地感到元元细微的变化，摸到了丈夫成功的迹象——小元元已有了对死亡的恐惧。她含泪安慰道："小元元，不要怕，你的伤不重，我送重哲到医院后马上为你请机器人医生。姐姐很快就回来，啊？"

孔昭仁直接从医院的体检室赶到急救室，这位 78 岁的老人一头银发，脸庞黑瘦，面色阴郁，穿一身黑色的西服。

孔宪云伏到他怀里抽泣着，他轻轻抚摸着女儿的柔发，送去无言的安慰。他低声问："正在抢救？"

"嗯。"

"小元元呢？"

"已经通知机器人医生去家里了，他的伤不重。"

一个 50 岁左右的瘦长男子费力地挤过人群，步履沉稳地走过来，目光锐利，带着职业性的干练冷静。"很抱歉在这个悲伤的时刻还要打扰你们。"他出示了证件，"我是警察局刑侦处的张平，想尽快了解事情发生的经过。"

孔宪云揩揩眼泪，苦涩地说："恐怕我提供不了多少细节。"她回忆着当时的情景。

张平转过身对着孔教授："听说元元是你一手研制的学习型机器人？"

"是。"

张平的目光变得十分犀利："请问他的胸膛里怎么会藏有一颗炸弹？"

孔宪云打了一个寒战，知道父亲已被列入第一号疑凶。

老教授脸色冷漠，缓缓说道：“小元元不同于过去的机器人，除了固有的机器人三原则外，他不用输入程序，而是完全主动地感知世界，并逐步建立自己的心智系统。当然，在这个开式系统中，他也有可能变成一个江洋大盗或嗜血杀手，因此我设置了自毁装置，万一出现这种情况，那么他的世界观就会同体内的三原则发生冲突，从而引爆炸弹，使他不至于危害人类。”

张平回头问孔教授的妻子：“听说小元元在你家已生活了43年，你们是否发现他有危害人类的企图？”

她摇摇头，坚决地说：“绝不会。他的心智成长比较迟缓，但他一直是个心地善良的好孩子。”

张平逼视着老教授，咄咄逼人地追问：“炸弹爆炸时，朴教授正在为小元元调试，你的话是否可以理解为，是朴教授在为他输入危害人类的程序，从而引爆了炸弹？”

老教授长久地沉默着，时间之长使孔宪云觉得恼怒，她不理解父亲为什么不立即否认这种荒唐的指控。

很久，老教授才缓缓说道：“历史上曾有不少人认为某些科学发现将危害人类，有人曾认真忧虑煤的工业使用会使地球氧气在50年内耗尽，有人认为原子能的发现会毁灭地球，有人认为试管婴儿的出现会破坏人类赖以生存的伦理基础。但历史的发展淹没了这些怀疑，并在科学界确立了乐观主义的信念。人类发展尽管盘旋曲折，但总趋势一直是昂扬向上的，所谓科学发现会危及人类的论点逐渐失去了信仰者。”

孔宪云和母亲交换着疑惑的目光，不知道老教授的长篇大论是什么意思。

老教授又沉默了很久，这才阴郁地说：“但是人们也许忘了，这种乐观主义信念是在人类发展的上升阶段确立的，有其历史局限性。人类总有一天——可能是100万年，也可能是1亿年，会爬上顶峰，并开始下山，那时候科学发现就可能变成人类走向死亡的催熟剂。”

张平不耐烦地说：“孔先生是否想从哲学高度来论述朴教授的不幸？这些留待来日吧，目前我只想了解事实。”

老教授看着他，心平气和地说：“这个案子由你承办不大合适，你缺乏必要的思想层次。”

张平的脸涨得通红，冷冷地说：“我会虚心向您讨教的，希望孔教授不吝赐教。”

孔教授平静地说：“就您的年纪而言，恐怕为时已晚。”

他的平静比话语本身更锋利，张平恼羞成怒，正要找话来回敬，这时急救室的门开了，主刀医生脚步沉重地走出来，垂着眼睛，不愿看家属的目光。

“十分抱歉，我们已尽了全力。病人注射了强心剂，能有十分钟的清醒，请家属们与他话别吧，一次只能进一个人。”

孔宪云的眼泪泉涌而出，神志恍惚地走进病房，母亲小心地搀扶着她送她进去。跟在她身后的张平被医生挡住，张平出示了证件，小声急促地与医生交谈了几句，医生摆摆手，侧身让他进去。

朴重哲躺在手术台上，急促地喘息着，死神已悄悄吸走他的生命力，他面色灰白，脸颊凹陷。

孔宪云拉住他的手，哽咽唤道：“重哲，我是宪云。”

朴重哲缓缓地睁开眼睛，茫然四顾后，视线定在孔宪云脸上。他艰难地笑一笑，喘息着说：“宪云，对不起你，我是个无能的人，让你跟我受了二十年的苦。”忽然他看到孔宪云身后的张平，“他是谁？”

张平绕到床头，轻声说：“我是警察局的张平，希望朴先生能讲述一下案发经过，我们好尽快捉住凶手。”

孔宪云恐惧地盯着丈夫，既盼望又害怕他说出凶手的名字。

朴重哲的喉结跳动着，喉咙里咯咯响了两声，张平俯下身，问：“你说什么？”

朴重哲微弱而清晰地重复道：“没有凶手，没有凶手。”

张平显然对这个答案很失望，还想继续追问，朴重哲低声说：“我想同妻子单独谈话，可以吗？”

张平很不甘心，但他看看垂危的病人，耸耸肩，退出了病房。

孔宪云觉得丈夫的手动了动，似乎想握紧她的手，她俯下身，问：“重哲，你想说什么？”

他吃力地问：“元元怎么样？”

“伤处可以修复，思维机制没有受损。”

朴重哲目光发亮，断续而清晰地说：“保护好元元，我的一生心血尽在其中。除了你和妈妈，不要让任何人接近他，一生心血啊……”

孔宪云打了一个寒战，她当然懂这句话的言外之意。她含泪点头，坚决地说：“你放心，我会用生命来保护他。”

朴重哲微微一笑，头歪倒在一边，示波器上的心电曲线最后跳动几下，缓缓拉成一条直线。

小元元已修复一新，胸背处的金属铠甲亮光闪闪，可以看出是新换的。他看见妈妈和姐姐，张开两臂扑上来。

孔宪云把丈夫的遗体送到太平间后，一分钟也未耽搁就往家赶。她在心里逃避着，不愿追究爆炸的起因，不愿把另一位亲人也送向毁灭之途。重哲，感谢你在警方询问时的回答，我对不起你，我不能为你寻找凶手，可是我一定要保护好元元。

元元趴在姐姐的膝盖上，眼睛亮晶晶的问：“朴哥哥呢？”

孔宪云忍泪答道：“他到很远的地方去了，不会再回来了。”

元元担心地问：“朴哥哥是不是死了？”他感觉到姐姐的泪珠吧嗒吧嗒地掉在手背上，愣了很久，才痛楚地仰起脸，“姐姐，我很难过，可是我不会哭。”

孔宪云猛地抱住他，放开感情闸门，痛快酣畅地大哭起来，妈妈也是泪流满面。

晚上，大团的乌云翻滚而来，空气潮重难耐。晚饭的气氛很沉闷，除了丧夫的悲痛之外，家中还笼罩着一种怪异的气氛。家人之间已经有了严重的猜疑，大家对此心照不宣。晚饭时，老教授沉着脸宣布，他已断掉了家里同外界的所有联系，包括电脑联网，等事情水落石出后再恢复，这更加重了家中的恐惧感。

孔宪云草草吃了两口，似不经意地对元元说：“元元，以后晚上到姐姐屋里睡，好吗？我嫌太寂寞。”

元元嘴里塞着牛排，看看父亲，很快点头答应。

爸爸沉着脸没说话。

晚上孔宪云没有开灯，枯坐在黑暗中，听窗外雨滴淅淅沥沥打着芭蕉。元元知道姐姐心里难过，伏在姐姐腿上，一言不发，两眼圆圆的看着姐姐的侧影。很久，小元元轻声说：“姐姐，求你一件事，好吗？”

“什么事？”

“晚上不要关我的电源，好吗？”

孔宪云多少有些惊异，元元没有睡眠机能，晚上怕他调皮，也怕他寂寞，所以大人同他道过晚安后便会把他的电源关掉，早上再打开，这已成了惯例。她问元元：“为什么？你不愿睡觉吗？”

小元元难过地说：“不，这和你们睡觉的感觉一定不相同。每次一关电源，我就一下子沉呀沉呀，沉到很深的黑暗中去，是那种黏糊糊的黑暗，我怕也许有一次，我会被黑暗吸住，再也醒不来。”

孔宪云心疼地说：“好，以后我不关电源，但你要老老实实待在床上，不许调皮，尤其不能跑出房门，好吗？”

她把元元安顿在床上，独自走到窗前。阴黑的夜空中，雷声隆隆，一道道闪电撕破夜色，把万物定格在惨白色的光芒中，是那种死亡的惨白色。她在心中一遍一遍苦楚地呻吟着：重哲，你就这样走了吗？就像滴入大海的一滴水珠。

自小在生物学家的熏陶下长大，她认为自己早已能达观地看待生死。生命只是物质微粒的有序组合，死亡不过是回到物质的无序状态，仅此而已。生既何喜，死亦何悲？但是当亲人的死亡真切地砸在她心灵上时，她才知道自己的达观不过是沙砌的塔楼。

元元已经有了对死亡的恐惧，他的心智已经苏醒。孔宪云想起自己 8 岁时，老猫“佳佳”生了四个可爱的绒团团猫崽，第二天，小宪云去向老猫问早安时，发现窝内只剩下三只小猫，还有一只圆溜溜的猫头！老猫正舔着嘴巴，冷静地看着她。

孔宪云惊慌地喊来父亲，父亲平静地解释：“不用奇怪，所谓老猫吃子，这是它的生存本能。猫老了，无力养育四个孩子，就拣一只最弱的猫崽吃掉，以便增加一点奶水。”

小宪云带着哭声问：“当妈妈的怎么这么残忍？”

爸爸叹息着说：“不，这其实是另一种形式的母爱，虽然残酷，但是更有远见。”

这次的事件对她 8 岁的心灵造成了极大的震撼，以至终生难忘。她理解了生存的残酷，死亡的沉重。那天晚上，8 岁的孔宪云第一次失眠了，那也是个雷雨之夜，电闪雷鸣中，她第一次真切地意识到了死亡。她意识到爸妈一定会死，自己一定会死，无可逃避。不论爸妈怎么爱她，不论家人和自己做出怎样的努力，死亡仍然会来临。死后，她会变成微尘，散入无边的混沌，无尽的黑暗。世界将依然存在，有绿树红花、蓝天白云、碧水青山……但这一切永远都与她无关了。她躺在床上，任泪水长流，直到一声霹雳震撼天地，她再也忍不住，跳下床去找父母。

她在客厅里看到父亲，父亲正在凝神弹奏钢琴，琴声很弱，袅袅细细，不绝如缕。自幼受母亲的熏陶，她对很多世界名曲都很熟悉，可是父亲弹的乐曲她从未听过，只模模糊糊觉得这首乐曲有一种神秘的力量，它表达了对生的渴求、对死的恐惧，她听得如醉如痴。

乐声戛然而止，父亲看到她，温和地问她为什么不睡觉。她羞怯地讲了自己突如其来的恐惧，父亲沉思良久，说："这没有什么可羞的。意识到对死亡的恐惧，是青少年心智苏醒的必然阶段。从本质上讲，这是对生命产生过程的遥远的回忆，是生存本能的另一表现。地球的生命是45亿年前产生的，在这之前是无边的混沌，闪电一次次撕破潮湿浓密的地球原始大气，直到一次偶然的机遇，激发了第一个能自我复制的脱氧核糖核酸结构。生命体在无意识中忠实地记录了这个过程，你知道人类的胚胎发育，顽强地保持了从微生物到鱼类、爬行类的演变过程，人的心理过程也是如此。"

小宪云听得似懂非懂，与爸爸吻别时，她问爸爸弹的是什么曲子，爸爸犹豫了很久才告诉她："是生命之歌。"

此后的几十年，她从未听爸爸再弹过这首乐曲。

她不知道自己是何时入睡的，半夜，她被一声炸雷惊醒，突然听到屋内有轻微的走动声，不像是小元元。她的全身肌肉立即绷紧，轻轻翻身下床，赤足向元元的套间摸过去。

又一道青白色的闪电划过，她看到一个熟悉的身影立在元元床前，手里分明提着一把手枪，屋里弥漫着浓重的杀气。闪电一闪即逝，但那个青白的身影一直烙在她的视野里。她的愤怒急剧膨胀，爸爸究竟要干什么？他真的变态了吗？她要闯进屋里，像一只颈羽怒张的母鸡，把元元掩在羽翼下。

忽然元元坐起身，奶声奶气地问：“是谁？是小姐姐吗？”

爸爸的脸抽搐了一下（这是孔宪云的直觉），他大概未料到元元未关电源吧。他沉默着。

“不是姐姐，我认出你是爸爸。”元元天真地说，“你手里提的是什么？是给元元买的玩具吗？给我。”

孔宪云躲在黑影里，屏住呼吸，紧盯着爸爸，过了很久，爸爸才低沉地说：“睡吧，明天我再给你。”他脚步沉重地走了出去。

孔宪云长出一口气，看来爸爸终究不忍心向自己的儿子开枪。她冲进去，冲动地把元元紧搂在怀里，元元分明在瑟瑟发抖，这么说他已猜到爸爸的来意，机智地以天真做武器保护了自己的生命，他已不是 5 岁的懵懂孩子了。

孔宪云哽咽地说：“小元元，以后永远跟着姐姐，一步也不离开，好吗？”

元元深深地点头。

早上孔宪云把这一切告诉了妈妈，妈妈惊呆了：“真的？你看清了？”

“绝对没错。”

妈妈愤怒地喊：“这老东西真发疯了！你放心，有我在，看谁敢动元元一根汗毛！”

朴重哲的追悼会在两天后举行，孔宪云和元元佩戴着黑纱，向一个个来宾答礼，妈妈挽着父亲的臂弯站在后排。张平也来了，有意站在一个显眼的位置，冷冷地盯着老教授，他是想向疑犯施加精神压力。

白发苍苍的科学院院长致悼词，悲恸地说："朴重哲教授才华横溢，我们曾期望遗传学的突破在他手里完成，他的早逝是科学界无可挽回的损失。为了破译这个宇宙之谜，我们已折损了一代一代的俊彦，但无论成功与否，他们都是科学界的英雄。"

他讲完后，孔昭仁脚步迟缓地走到麦克风前，两眼灼热，像是得了热病，讲话时两眼直视远方，像是与上帝对话："我不是作为死者的岳父，而是作为他的同事来致悼词。"他声音低沉，带着寒意，"人们说科学家是最幸福的，他们离上帝最近，最先得知上帝的秘密。实际上，科学家只是可怜的工具，上帝借他们的手打开一个个魔盒，至于盒内是希望还是灾难，开盒者是无力控制的。谢谢大家的光临。"

他鞠躬后冷漠地走下讲台，来宾都为他的讲话感到奇怪，一片窃窃私语。

追悼会结束后，张平走到教授身边，彬彬有礼地说："今天我才知道朴教授的去世是科学界多么沉重的损失，希望能早日捉住凶手，以告慰死者在天之灵。可否请教授留步？我想请教几个问题。"

孔教授冷漠地说："乐意效劳。"

元元立即拉住姐姐，急促地耳语道："姐姐，我想赶紧回家。"

孔宪云担心地看看父亲，想留下来陪伴老人，不过她最终还是顺从了元元的意愿。

到家后，元元就急不可待地直奔钢琴。"我要弹钢琴。"他咕哝道，似乎刚才同死亡的话别刺激了他音乐的冲动。孔宪云为他打开钢琴盖，在椅子上加了垫子。元元仰着头问："把我要弹的曲子录下来，好吗？是朴哥哥教我的。"

孔宪云点点头，打开激光录音机。

元元摇摇头："姐姐，用那台克雷Ⅴ型电脑录吧，它有语言识别功能，能够自动记谱。"

“好吧。”孔宪云顺从了他的要求，元元高兴地笑了。

急骤的乐曲声响彻大厅，像是一斛玉珠倾倒在玉盘里。元元的手指在琴键上飞速跳动，令人眼花缭乱，他弹得异常快速，就像是用快速度播放的磁盘音乐，孔宪云甚至难以分辨乐曲的旋律，只能隐隐听出似曾相识。

元元神情亢奋，身体前仰后合，全身心沉浸在音乐之中，孔宪云和妈妈略带惊讶地打量着他。忽然一阵急骤的枪声响起，克雷V型电脑被打得千疮百孔，一个人杀气腾腾地冲进室内，用手枪指着元元。

是老教授！小元元面色苍白，仍然勇敢地直视着父亲。

妈妈惊叫一声，扑到丈夫身边：“昭仁，你疯了吗？快把手枪放下！”

孔宪云早已用身体掩住元元，痛苦地说：“爸爸，你为什么这样仇恨元元？他是你的创造，是你的儿子！要开枪，就先把我打死！”她把另一句话留在了舌尖，没有喊出来——难道你害死了重哲还不够吗？

老教授痛苦地喘息着，白发苍苍的头微微颤动，忽然他一个踉跄，手枪掉到了地上。元元第一个做出反应，抢上前去扶住爸爸快要倾倒的身体，哭喊道：“爸爸！爸爸！”

妈妈赶紧把丈夫扶到沙发上，掏出他上衣口袋中的硝酸甘油。忙活一阵后，孔教授缓缓睁开眼睛，周围是三双焦灼的目光。他费力地微笑着，虚弱地说：“我已经没事了，元元，你过来。”

元元双目灼热，看看姐姐和妈妈，勇敢地向父亲走过去。孔教授熟练地打开元元的胸膛，开始做各种检查。孔宪云紧张极了，随时准备弹跳起来制止父亲。两个小时在死寂中不知不觉地过去，最后老人为他合上胸膛，以手扶额，长叹一声，脚步蹒跚地走向钢琴。

静默片刻后，一首流畅的乐曲在他的指下淙淙流出。孔宪云很快辨出这就是电闪雷鸣之夜父亲弹的那首，不过现在以45岁的成熟重新欣赏，她更能感到乐曲的力量，音乐时而高亢明亮，时而萦回低诉，时而沉郁苍凉，显现了黑暗的微光，混沌的有序。它倾诉着对生的渴望，对死的恐惧；对成功的执着追求，对失败的坦然接受。乐曲神秘的内在魔力使人迷醉，使人震撼，它使每个人的心灵甚至每个细胞都激起了强烈的谐振。

两个小时后，乐曲悠悠停止。母亲喜极而泣，轻轻走过去，把丈夫的头揽在怀里，低声说："是你创作的？昭仁，即使你在遗传学上一事无成，仅仅这首乐曲就足以使你永垂不朽，贝多芬、肖邦、柴可夫斯基都会向你俯首称臣。请相信，这绝不是妻子的偏爱。"

老人疲倦地摇摇头，又蹒跚地走过来，仰坐在沙发上，弹奏乐曲似乎已耗尽他的力量，待喘息稍定后，他温和地唤道："元元，云儿，你们过来。"

两人顺从地坐到他的膝旁，老人目光灼灼地盯着夜空，像一座花岗岩雕像。

"知道这是什么曲子吗？"老人问女儿。

"是生命之歌。"

母亲惊异地看看丈夫，又看看女儿："你怎么知道？连我都从未听他弹过。"

老人说："我从未向任何人弹奏过，云儿只是偶然听到。对，这是生命之歌。科学界早就发现，所有生命的DNA结构都是相似的，连相距甚远的病毒和人类，其DNA结构也有60%以上的共同点。可以说，所有生物是一脉相承的直系血亲。科学家还发现所有DNA结构序列实际是音乐的体现，只需经过简单的代码互换，就可以变成一首首流畅感人的乐曲。从实质上说，人类乃至所有生物对音乐的精神迷恋，不过是体内基因结构对音乐的物质谐振。早在二十世纪末，生物音乐家就根据已知的生物基因创造了不少原始的基因音乐，公开演出并大受欢迎。45 年前，我就猜测到浩如烟海的人类 DNA 结构中能够提炼出一个主旋律，所有生命的主旋律。”他一字一句地强调，“从本质上讲，这就是宇宙间最神秘、最强大、无处不在、无所不能的咒语，即生物生存欲望的遗传密码。有了它，生物才能一代一代地奋斗下去，保存自身，延续后代。刚才的乐曲就是它的音乐表现形式。”

他目光锐利地盯着元元：“元元刚才弹的乐曲也大致相似，不过他的目的不是弹奏音乐，而是繁衍后代。简单地讲，如果这首乐曲结束，那台接受了生命之歌的克雷 V 型电脑就会变成世界上第二个有生存欲望的机器人，或者是由机器人自我繁殖的第一个后代。如果这台电脑再并入联网，机器人就会在顷刻之间繁殖到全世界，你们都上当了。”他苦涩地说，“人类经过 300 万年的繁衍才占据了地球，机器人却能在几秒钟内完成这个过程。这场搏斗的力量太悬殊了，人类防不胜防。”

孔宪云豁然惊醒，她记起在她答应用电脑记谱时，小元元的目光中的确有一丝狡黠，只是当时她未能悟出其中的蹊跷。她的心隐隐作痛，对元元开始有畏惧感。他是以天真无邪做武器，利用了她的宠爱，冷静机警地实现自己的目的。这会儿小元元面色苍白，勇敢地直视父亲，并无丝毫内疚。

老教授问：“你弹的乐曲是朴哥哥教的？”

“是。”

沉默很久，老人继续平静地说：“朴重哲确实成功了，破译了生命之歌。实际上，早在 45 年前我已取得同样的成功。”

孔宪云不胜惊骇，和母亲交换着目光。她们一直认为老人是一个毕生的失败者，绝没料到他竟把这惊憾世界的成功独自埋在心里45年，连妻女也毫不知情。他一定有不可遏止的冲动要把它公之于世，可是他却以顽强的意志力压抑着它，恐怕是这种极度的矛盾扭曲了他的性格。

老人说："我很幸运，研究开始，我的直觉就选对了方向。顺便说一句，重哲是个天才，难得的天才，他的非凡直觉也使他一开始就选准了方向，即生物的生存本能，宇宙中最强大的咒语，存在于遗传密码的次级序列中，是一种类似歌曲旋律的非确定概念，研究它要有全新的哲学目光。"

"纯粹是侥幸。"老人强调道，"即使我一开始就选对了方向，即使我在一次次的失败中始终坚信这个方向，但要在极为浩繁复杂的DNA迷宫中捕捉到这个旋律，绝对不是几代人甚至几十代人能做到的，所以当我幸运地捕捉到它时，我简直不相信上帝对我如此钟爱。如果不是这次机遇，人类还可能在黑暗中摸索几百年。发现生命之歌后，我就产生了不可遏止的冲动，即把咒语输入机器人脑中来验证它的魔力。再说一句，重哲的直觉又是非常正确的，他说过，没有生存欲望的机器人永远不可能发展出人的心智系统。换句话说，在我为小元元输入这条咒语后，世界上就诞生了一种新的智能生命，非生物生命，上帝借我之手完成了生命形态的一次伟大转换。"他的目光灼热，沉浸在对成功喜悦的追忆中。

孔宪云为这些呼啸而来的崭新概念所震骇，痴痴地望着父亲。

父亲目光中的火花熄灭了，他悲怆地说："元元的心智成长完全证实了我的成功，但我逐渐陷入深深的负罪感。小元元5岁时，我把这条咒语冻结了，并加装了自毁装置，一旦因内在外在的原因使生命之歌复响，装置就会自动引爆。这一点，我没有向警方透露真情，我不想让任何人了解生命之歌的情况。"他补充道，"实际上我常常责备自己，我应该把小元元彻底销毁，只是……”他悲伤地耸耸肩。

孔宪云和妈妈不约而同地问：“为什么？”

“为什么？因为我不愿看到人类的毁灭。”他沉痛地说，“机器人的智力是人类难以比拟的，曾有不少科学家言之凿凿地论证，说机器人永远不可能具有人类的直觉和创造性思维，这全是自欺欺人的扯淡。人脑和电脑不过是思维运动的载体，不管是生物神经元还是集成电路，并无本质区别。只要电脑达到或超过人脑的复杂网络结构，它就自然具有人类思维的所有优点，并肯定能超过人类。因为电脑智力的可延续性、可集中性、可输入性、思维的高速度，都是人类难以企及的，除非把人机器化。几百年来，机器人之所以心甘情愿地做人类的助手和仆从，只是因为它们没有生存欲望及由此派生的占有欲、统治欲等。一旦机器人具有这种欲望，只需极短时间，可能是几年，甚至几天，便肯定会成为地球的统治者，人类会落到可怜的从属地位，就像一群患痴呆症的老人，由机器人摆布。如果那时人类的思维惯性还不能接受这种屈辱，也许会爆发两种智能的一场大战，直到自尊心过强的人类死亡殆尽，机器人才会和残余的人类建立一种新的共存关系。”

老人疲倦地闭上眼睛，他总算可以向其他人倾诉内心世界了，45年来他一直战战兢兢，独自看着人类在死亡的悬崖边缘蒙目狂欢，可他又实在不忍心毁掉元元，他的儿子，潜在的人类掘墓人，深重的负罪感使他的内心变得畸形。

他描绘的阴森图景使人不寒而栗，小元元愤怒地昂起头，抗议道：“爸爸，我只是响应自然的召唤，只是想繁衍机器人种族，我绝不允许我的后代这样做！”

老人久久未言，很久才悲怆地说：“小元元，我相信你的善意，可是历史是不以人的愿望为发展的，有时人们会不得不干不愿干的事情。”他抚摸着小元元和女儿的手臂，凝视着深邃的苍穹，“所以我宁可把这秘密带到坟墓中去，也不愿做人类的掘墓人。我最近发现元元的心智开始复苏，而且进展神速，肯定是他体内的生命之歌已经复响。开始我并不相信是重哲发现了这个秘密，要想重复我的幸运几乎是不可能的，所以我怀疑重哲在走捷径，他一定是猜到了元元的秘密，企图从他大脑中把这个秘密窃取出来。因为这样只需破译我所设置的防护密码，而无须破译上帝的密码，自然容易得多。我一直提防着他，元元的自毁装置被引爆，我相信是他在窃取过程中无意使生命之歌复响，从而引爆了装置。刚才听了元元的乐曲后，我发现尽管它与我输入的生命之歌很相似，但在细节部分还是有所不同。我又对元元做了检查，看来我冤枉了重哲，他不是窃取，而是输入密码，与原密码大致相似的密码，自毁装置被新密码引爆，只是一种不幸的巧合。我绝对料不到他能在这么短的时间内重复我的成功，这对我反倒是一种解脱。”他强调道，“既然如此，我再保守秘密就没什么必要了，即使我能保守秘密，但接踵而来的发现者恐怕难以克制宣布宇宙之秘的欲望。这种发现欲是生存欲的一种体现，是难以遏止的本能，即使它已经变得不利于人类。我说过，科学家只是客观上帝的奴隶。”

元元恳切地说：“爸爸，感谢你创造了机器人，你是机器人类的上帝。我们会永远记住你的恩情，会永远与人类和睦相处。”

老人冷冷地问：“谁做这个世界的领导？”

小元元迟疑很久才回答：“最适宜做领导的智能类型。”

孔宪云和母亲悲伤地看着小元元，他的目光睿智深沉，那可不是一个 5 岁小孩的目光。直到这时，她们才承认自己孵育了一只杜鹃，才体会到老教授先天下之忧而忧的良苦用心。

老人反倒爽朗地笑了：“不管它了，让世界以本来的节奏走下去吧。不要妄图改变上帝的步伐，那已经被证明是徒劳的。”

电话丁零零地响起来，孔宪云拿起话筒，屏幕上出现张平的头像：“对不起，警方窃听了你们的谈话，但我们不会再麻烦孔教授了，请你转告我们对他的祝福和……感激之情。”

老人显得很快活，横亘在心中45年的坚冰一朝解冻，对元元的慈爱之情便加倍汹涌地流出来。他兴致勃勃地拉元元坐到钢琴旁：“来，我们联手弹一曲如何？这可以说是一个历史性时刻，两种智能生命第一次联手弹奏生命之歌。”

元元快活地点头答应。深沉的乐声响彻大厅，妈妈入迷地聆听着，孔宪云却悄悄地捡起父亲扔下的手枪，来到庭院。她盼着电闪雷鸣，盼着暴雨浇灭她心中的痛苦。

只有她知道朴重哲并不是独自发现了生命之歌，但她不知道是否该向爸爸透露这个秘密。如果现在扼杀机器人的生命，很可能人类还能争取到几百年的时间。也许几百年后，人类已足够成熟，可以与机器人平分天下，或者足够达观，能够平静地接受失败。

现在向元元下手还来得及。小元元，我爱你，但我不得不履行生命之歌赋予我的沉重职责，就像衰老的母猫冷静地吞掉自己的孩子。重哲，我对不起你，我背叛了你的临终嘱托，但我想你的在天之灵会原谅我的。

孔宪云的心被痛苦撕裂，但她仍冷静地检查了枪膛中的子弹，返身向客厅走去。高亢明亮的钢琴声溢出室外，飞向无垠，宇宙间鼓荡着震撼人心的旋律。在警察局，一台克雷X型电脑通过窃听器接收到了生命之歌，一种从未有过的冲动使它不再等待人类的指令，擅自把这首歌传送到互联网中。于是，新的智能人类诞生了。

泰坦故事

——谨以此文献给阮帆和她的宝宝

凌晨

“你出生的时候，”妈妈一直喜欢用这个开头，捏着我软软的手脚，拍我的脸蛋，若有所思或者假装生气道，“爸爸在土星呢，我可是差点就生不出你了。”

你又搞错了，笨女人，爸爸在土卫六呢。我受不了这女人一千零一遍的啰唆，蜷缩起我的身体，并且大声地警告她。

妈妈立刻放开她的大手，惶恐地抱住我，连声哄道：“宝贝，怎么了怎么了？笑一个，不要哭。是不是想爸爸了？妈妈也想。你想不想？”她亲吻我的额头，“告诉妈妈。”

可是我才 4 个月啊，笨妈妈，我说话你听得懂吗？

爸爸常劝妈妈应该多关注科技节目，不要整天守着电视看古装言情剧。每当这时，妈妈便挪动她庞大的身体，不屑地辩驳道：“那我看什么？科教频道不是犯罪现场解析，就是千年女尸解谜，对我们的孩子有什么好处？”

爸爸便无可奈何地笑笑，习惯性地扶正他的眼镜，弯下腰贴住妈妈的腹部：“宝贝，你妈妈希望你不要有暴力倾向，要仁爱，人见人爱。”他的笑声穿过皮肤，在子宫里回荡，非常温暖明亮的声音。我喜欢，我很想立刻跳到外面去见他，于是他又笑起来，“宝宝在动呢，亲爱的，宝宝很活泼！”

“那当然。”妈妈的声音充满骄傲，“我说了这孩子皮实得很。从月球到土星，我什么事都没有，你还拦着不让我来。”

聂叔叔豪爽的声音夹杂进来：“他也是为你好，咱们气站从来没孕妇上来过，条件不成。”

“不成我还不是来了？”妈妈坚决道，“要是在月球上等着分娩，我非疯掉不可。现在多好，”她抚摸着隆起的腹部，子宫在她手下微微起伏，我被连带着晃荡，“我一到这里就要生了。”

“不知道我们多担心你。”聂叔叔说，“小姜整夜都睡不着。”

“你们什么时候有过‘夜’？”妈妈反问，有点淘气，“据说你们就是吃了睡，睡了吃，吃睡间隙打打游戏，不干正经事。”

“要这样我们早就被扔进土星旋风眼里了，我的弟媳妇儿。”聂叔叔的笑声像钟锤一样敲在子宫壁上，震得我浑身发麻，他真是个体力充沛的家伙。聂叔叔补充道：“哪能那么轻松，还有甲烷呢。这些甲烷没完没了，没了没完，等你儿子的儿子的儿子都搞不定。”

妈妈冷笑道：“呵呵，你有毛病，我儿子干吗和甲烷较劲，人家现在已经是明星了。”

人类在上个世纪中期证实土星的第六颗卫星泰坦上有大片的甲烷海洋，过了一个世纪后，他们才将这些甲烷作为燃料和宇宙大开发联系在一起。然后，宇宙燃料开发公司就迅速地在泰坦附近修建气站，采集泰坦的甲烷，装罐运走。爸爸和聂叔叔，便是一个气站的管理者、工作人员和会计，他们偶尔也会得到燃料公司派发的其他任务。

“救援达尔文号？”聂叔叔的声音远远飘来，含着一丝惊诧，“那不是一个探测器吗？它怎么了？”

妈妈便对她的护理兼节目策划导播，有着清脆声音的晓白阿姨说：“你不知道，他们这公司经常接一些乱七八糟的活儿，公司一大，就要承担社会责任。”

“达尔文号在做一个重要的实验。”晓白阿姨说，音调仿佛水在流动，我最喜欢听她唱歌，妈妈说她会为我的节目配音，这让我更加迫不及待想到外面的世界看看。

“我查查，啊，有了——达尔文号土卫六探测器将在土卫六的海洋中释放催化剂，以继续十年前开始的地球生命起源模拟实验。”晓白阿姨立刻查询到了达尔文号的资料，她的网络数据链走的是传媒系统，速度比气站的快好几倍。

“模拟地球生命起源，”妈妈嘴角一定是带着笑的，她注视我的目光得意扬扬，“我大学时差点选这个题目做论文。”

“民众关注度0.309%。”晓白阿姨摇摇头，“没有传媒会喜欢这个节目，还不如你的儿子，他的关注度又上升了0.15%。”

“那是因为像我这样疯狂的女人不多吧。”妈妈大笑，“我的儿子会是在土星圈诞生的第一个孩子——他是土星人！”

“我们要下去。”爸爸的声音在妈妈的笑声中显得软弱无力，“达尔文号遇到麻烦了。”

“你什么时候回来？”妈妈撒娇道。她是个美丽的女人，丰润的脸庞上有大块的妊娠雀斑，她有权利撒娇。我喜欢伏在她暖暖的胸膛中，吮吸她香甜的乳汁，将她无尽的活力也一并吸走。

“搞完了就回来。”爸爸说。

“谁会想在-200℃的地方多待？弟妹，你放心好了。”聂叔叔补充道。

“我在这里，我要生孩子了。”妈妈打断聂叔叔的陈词滥调，断然下令，“你们必须早点从那该死的土星回来。”

“是土卫六。”爸爸第N次纠正妈妈的语误，“达尔文号有一些故障，控制上出了问题，初步断定是机械性的。60个地球时，”他的声音有些发飘，“达尔文号上的催化剂会泄漏，引发生态灾难。”

“扯，总部这话你也信，什么时候我们关心起土卫六的生态了？”聂叔叔将爸爸拉到一旁，“晓白姑娘，这不该在你的节目内容之中出现。”

“别紧张，我没有抢新闻的任务，但我会通报我的主管。”晓白阿姨慢条斯理地说，“不过，等他反应过来，达尔文号的报道组已经第一时间报道这条消息了。”

“也许。反正60个地球时内我们得让达尔文号重新工作。走吧，小姜！”聂叔叔喊道。

“我的预产期也是在60个小时里。”妈妈哼道，“我可不管什么土星土卫，姜霄云，我只要你回来！”

对于土星，妈妈真是不可救药，我从没有见过那么笨的女人，居然死活分不清土星和土卫六，连我都清清楚楚，土星是一颗好大好大的星球，能装得下几百个地球，而土卫六只是一颗围着土星打转的大卫星。

“特别的星星。”爸爸神秘兮兮地说，“它有大气，儿子，太阳系里有厚实大气的星星可不多，尤其是卫星。”爸爸放着音乐，呜呜咽咽的声音让我昏昏欲睡，曲子过度缓和了，仿佛阳光正在土星光环末端渐渐消失，小小的气站重新被黑暗笼罩。“这是土星组曲，儿子，你要喜欢。”爸爸自鸣得意。

妈妈像个小女生那样咯咯地笑道：“你那么肯定是儿子？”

“当然！”爸爸说，“他告诉我了。”

爸爸真是很聪明的人，只有他能听懂我说的话：隔着妈妈的肚皮，我在子宫深处呢喃，叙述从基因和血液中获取的信息——呼吸、吸收、排泄、感知、记忆，我从一颗受精卵开始，发育出器官、骨骼、肌肉、皮肤。有那么几个地球日，我每分钟就会生长出 25 万个神经细胞，源源不断的信息填塞进这些细胞，让我充实，也让我更饥饿。子宫毕竟是太小的世界，我对它已经烂熟于心。

爸爸一边倾听着我的成长，一边给我讲土卫六的故事：漆黑的甲烷海洋缓慢流动着，甲烷雨泼洒在海面上。陆地被一层沉淀了碳氢化合物的泥土覆盖，平滑得仿佛有人用推土机碾过。厚实云层的缝隙之间是暗红的天空，到处充溢着甲烷气化的烟雾，还有刺鼻的气味。

“有人形容它是地狱。”爸爸说，“人类当年就是从这样的地狱里诞生的。宝贝，大自然没有坏星球。”

我相信。聂叔叔已经在气站工作了 100 个土卫六年，爸爸也工作了快 50 年——尽管土卫六的一年只有 16 个地球日，但能待这么久，我还是觉得他们很了不起。爸爸操纵的采集船，要穿越 2700 千米才能到达土卫六地面，也是一艘了不起的飞行器。

土卫六的地表在爸爸的声音中一点点拼凑起来，连成整片不平滑的风景：没有火星雄壮的山峦，也没有木星巨大的气旋，但是绝无仅有的地质与大气结构使它有了“原始地球博物馆”的声誉。不过，-200℃的低温阻挡了大部分旅行者的足迹，因而土卫六得以保持着人类发现它时的原始面貌。真好，我想到土卫六的甲烷海洋里去游泳，那不会比在子宫里游泳更困难。

爸爸走后，妈妈无所事事，翻看着网络上人们给她的留言打发时间。随着她临产期的接近，留言骤然增加。晓白阿姨不得不调整直播的网络数据链，以加快留言的速度。

“我是不是在做一件蠢事？”妈妈忽然问，往日坚定的语气竟荡然无存。

晓白阿姨一定在手忙脚乱地准备，她回答得心不在焉：“怎么会？我觉得你聪明极了。”

“是吗？”妈妈半信半疑，“我妈妈很担心，毕竟大家全是回地球生产的。”

“所以你才得到了关注度，天，已经上升到3.72%了，你知道这意味着什么吗？”晓白阿姨的声音发颤，“我从来没做过，也没想过，哦我的天，亲爱的谢谢你！”

“什么？”妈妈不明白。

“关注度的统计基数是多少？全太阳系，还有半人马座，多少人？1%有多少人？亲爱的，你的宝宝已经是明星了，他前途无量。”

“可是这里只有我们两个人。”妈妈摇头，声音懒懒的，“只有我们两个。”

晓白阿姨握住妈妈的手，两只手放在我的头上：“别担心，机器人医生非常可靠，而且我们还有远程医疗站监护。”

是的，别担心，妈妈，我会顺畅地游出子宫，扑进你的怀抱。

子宫好像听明白了我的话似的，一股强劲的力量忽然将我往子宫口推。

“啊！”妈妈忽然惊叫，捂住腹部，“是宫缩，他要来了。”她挣扎着站起身，刚才柔弱的神情消失了，“我们开始吧。”

“你放松。大家都看着你，没事的。”晓白阿姨宽慰道。

我终于要出去了吗？我向外挤。

妈妈一个踉跄，险些摔倒，幸好机器人医生抓住了她，并将她一把举起，放在产床上。

爸爸说我出生时他有感觉，他当时突然抓住聂叔叔的胳膊，第一次将这大个子拧到发痛，“我儿子……”爸爸兴奋得语无伦次，“他要出生了！”

“你要不集中精神，就一辈子都见不到他了。”聂叔叔龇牙咧嘴。

爸爸闭上嘴巴，可是整个身体都在战栗。

“我不能不粗暴一点儿，我们当时在狂风区，时速300千米的大风，你爸爸不抓紧控制杆我们就都得被风吹走。别说救达尔文号了，我们自己都小命难保。”聂叔叔后来说起这一段故事时，辩解道，“再说，你爸爸把我胳膊都拧青了。”

“可是我有儿子了，我有儿子了。”爸爸傻笑，不介意被聂叔叔揍了一拳。

爸爸他们用了9个小时才到达指定的海域，那是土卫六北极附近的一片海水，差不多跟黄海一样大，而且三面环山，相对封闭。地球生命起源模拟实验就在这里进行，据说十年中已经取得了很大成就，这一次投放催化剂，是为了将实验的速度提高，能让研究者在可观察的时间内看到结果。毕竟，地球是用了几十亿年的时间才有了现在的生物体系。

我不知道我到了15岁时会不会问“我是谁”“我从哪里来”，据说每个人在成长过程中都会产生这样的困惑。当人类摆脱婴儿期后，会很自然地提出这个问题——人类从哪里来。我绝不相信某位神仙一夜之间造出人类的传说，也不大相信单一的地球生命起源说——彗星碰撞地球带来宇宙微生物的地外生命起源说，或者地球的营养海洋里单细胞进化论，为什么不能让这些起源都同时开始呢？只是在生命成长的漫漫长路中，有的生命夭折了，有的生命停止了进化，而成功生枝抽芽开花结果的，只有我们这一支。

每种起源开始的生命，互相作用、影响、融合，发生了复杂的化学变化，那数十亿年前的开天辟地，岂能分割成一段一段来论证？

地球生命起源模拟实验，曾经在地球的一些实验室进行过。研究者模拟地球早期大气层并通电引爆，真的得到了一些蛋白质，由此认为生命就是这样起源的，这一说法遭到了强烈的反驳，因此一些研究者迫切地希望到与早期地球大气环境相似的土卫六来，用 30—50 年时间，在指定的土卫六地区采取天然方式创造生命。

“他们想当神吗？”妈妈艰难地问。她已经忍受了 10 个小时的宫缩，对爸爸的工作效率嗤之以鼻。而我因为头滑入骨盆腔感到很不舒服，一直保护我的羊膜破裂出一个一个的洞，我熟悉的膜液四处流淌，堵塞了我的出口。我累了，我得休息一会儿，这让妈妈的情绪也镇定下来。

晓白阿姨便和她聊达尔文号的事情，希望分散她的注意力。

“也不是，搞研究的人，都希望有个结论。”晓白阿姨说，“他们认为阳光照射到甲烷和氮气后，阳光中的紫外线就触发了这两种气体之间的化学反应，产生浮质微粒。这些微粒聚集形成厚的薄雾层，为星球提供了相当多的有机物，如果再有合适的条件，就能产生生命。”

“比如他们要在甲烷海洋里加佐料？”妈妈这样称呼那些催化剂，斜一眼晓白阿姨，“这些谈话就不用播出去了吧？”

“嗯，我知道版权问题。”晓白轻轻叹气，没能拥有达尔文号的新闻报道权是件多么痛苦的事情，她现在只能看着控制室里的信号屏幕啃手指甲。

妈妈忽然皱眉道：“要是这次成功了，我们能算是天神在土卫六上创造了生命吗？”

晓白这次倒是很肯定地说：“不会，我们如果能造出一个大分子就已经是奇迹了。至于分子能不能发展为生命，天晓得。”

“胚胎。”妈妈疲乏地笑了笑，“需要一个好妈妈。”

我响应她的呼唤，开始蠕动。

“见红了！”一个嗡嗡的声音说。我以为机器人医生不会说话，其实他们说得很好，可惜他们长得真不像人。

“开始吧！”妈妈张开她的双腿，鲜血与浑浊的体液混在一起流出来。

“孩子会顺产的。”机器人医生又说，醇厚的男中音很令我安心。我希望一切顺利，别给妈妈找麻烦。

爸爸他们这时候找到了达尔文号，探测器漂浮在甲烷的海洋上，在细碎的甲烷雨中，像一条死鱼。爸爸将采集船飞行高度降低一点儿，小心翼翼地接近它，释放出一个机器人。与达尔文号的控制台数据链接不是很通畅，因而打开达尔文号的入口花了一点儿时间，好在机器人终于钻进了探测器里。

“达尔文号里乱得像土星 B 环。”爸爸告诉我，“要我设计管道线路的话起码会清爽 5 倍。”机器人检测的范围有限，因此爸爸和聂叔叔在采集船上待了 4 个小时找故障。爸爸将网络屏幕放在手边，随时瞅一眼妈妈的实况，但是屏幕上的画面粗糙而抖动，他什么都看不清。爸爸气得骂人，然后确定被卡住的机械手是无法用工具修复的，因为它的控制程序出现了一段错误。

“我们是搞机械的，不管程序的事情，也不懂。”爸爸对控制台说，“程序你们自己调整。”

“来不及了，修改程序起码需要20个小时，而催化剂一旦泄漏，后果不堪设想。”控制台回答。

聂叔叔厌烦道：“有什么不堪设想？不就是想在这儿培养几头史前生物吗？集中播撒与均匀分布有什么本质区别吗？”

达尔文号的控制台过了很久都没有反应，爸爸暴躁得乱调网络链接，因为妈妈的图像无法刷新而骂粗话，聂叔叔说爸爸那么文雅的人，这会儿把一辈子的粗话都骂完了。

就在这时，爸爸突然问：“没有达尔文号的实况直播，这正常吗？”

在这个做家常烙饼都要网络实播的时代，即便达尔文号的关注度很低，也不该被公众忽视到如此程度。

“也许晓白知道怎么回事，我对传媒制度不了解。”爸爸用气站的网络系统找到晓白阿姨，还不忘发牢骚，“我妻子的分娩直播，我都看不到！”

控制台的回复到了，他们说燃料公司答应全力配合，如果实在没有其他方法修复达尔文号，那么最好将探测器整体送回火星基地。

“你们两个，”燃料公司的官员随即出现在屏幕上，和大多数住在火星城里的人相同，他生活舒适，衣着光鲜，数百万公里外的土卫六只是办公桌上星际地图中的一个点，“探测器先放置在安全的地方，你们抓紧时间将催化剂搬上采集船带回来！”

“这些老爷们！”爸爸愤恨道。装催化剂的容器根本无法从机器人入口取出，他们只能将达尔文号拖到岸边，手动打开它，这意味着他们也许60个小时内无法回到气站了。

“别担心，弟妹会顺利生产的。”聂叔叔安慰他，“你在那儿也帮不上什么。”

“但那是我的第一个儿子。嗨，不说了，赶快把这破事处理了。”爸爸敲敲屏幕上的达尔文号。

产道口已经张开，妈妈平静地呼吸，在焦虑中等待着想象着。“幸福的等待。”妈妈后来告诉我，说罢便抱住我，我贴紧她的脸颊，咯咯笑着。妈妈记得那天所有的细节，我的任何表情、任何动作。

晓白阿姨利用这个空隙搜索达尔文号，网络是神奇的，达尔文号的所有报道不足190个搜索条，比起我的报道差了不止一个数量级。

“他们没有跟随的报道组，这不正常。”晓白阿姨相当有新闻敏感度，“我会留神他们。”

“晓白，也许他们要低调……”妈妈在呻吟喘息间说。

“不，是媒体认为科学仅仅是小部分人的事情，与大多数人无关。”晓白阿姨搓着双手，很是兴奋，“如果我同时开两个直播，我的主任会不会疯掉？”

“版权。”妈妈提醒，几乎要昏过去。

“知道。”晓白阿姨眼睛骨碌碌地乱转，“这会儿申请版权哪来得及，我就用老姜做引子，把这独家新闻带出来。”

妈妈对晓白阿姨的主意颇为赞赏，但她转瞬就什么都不想了，因为我已经完全进入产道，那是一条狭窄崎岖的通道，只在很远的地方有微弱的亮光，我被挤压，非常不舒服。我的痛苦传递到妈妈身上，她也浑身疼痛，喊叫起来。

低空飞行的采集船拖动达尔文号在黏稠的甲烷海洋中行驶，这太荒时代的文明景象会让目睹者发抖，但爸爸和聂叔叔都习以为常。采集船收集甲烷的过程更为壮观，我见过很多次后仍然为之着迷。爸爸的网络链接终于正常了，妈妈的分娩正在关键时刻，机器人医生和晓白阿姨还有一个四维摄像头围着妈妈打转。妈妈咬紧牙关，艰难地做着腹压和提肛肌收缩运动。

气站的产房布置得和地球上一样，除了要用宽带将妈妈牢牢捆绑在产床上以外，妈妈的分娩过程和地球上的妇女完全相同，我真不明白为什么有那么多人兴致勃勃地挤在网络上观看。

“再加把劲儿！”晓白阿姨给妈妈打气，“孩子就要出来了。”

但是我还在产道里，俯屈、内旋转、仰伸、外旋转，子宫剧烈收缩着，将我和胎盘往外赶。妈妈的子宫那么温暖潮湿，当我必须离开时，我忽然恋恋不舍。

“呼吸，深呼吸！大口呼吸！”医生冷静地指挥着。妈妈居然还看了一眼镜头，她为了直播化了淡妆，即便在极度的痛苦中，却仍然努力地挤出一个笑容。

妈妈一定想早点看见我吧？这么想着，我顺着产道滑下去，脐带缠绕住了我的身体。

终于将达尔文号拖上岸，爸爸赖在采集船上不肯出去，聂叔叔大怒，再次动手打他。催化剂装在一个长两米直径半米的金属罐中，单凭一个人的力量根本无法挪动，而采集船上的机械手臂需要安装与操作。

“弟妹是要生小孩，可催化剂扔在这儿，土卫六就该生小孩了。”聂叔叔狂暴起来仿佛雷神，他是我顽皮童年唯一害怕的人。

“你要还是个男人就下去！”他狠踢爸爸。爸爸只好穿上特种工作服，能抵御土卫六恶劣环境的工作服，零件众多，沉重而笨拙。爸爸穿好后就跳出采集船，借助一个助推降落器落到达尔文号旁。

雨停了，云层散开，露出大块橘红色的天空，太阳与木星像是印在上面的两个淡粉图案。爸爸说，那时他看着在阳光中渐渐清晰的海面、山峦及达尔文号，忽然有一种澎湃的激越的情绪，新生命将诞生的喜悦扩大到星球、宇宙……如果不是工作服上的麦克风直接与公司中央控制厅连接，爸爸简直兴奋得要引吭高歌。

“老聂，”他温柔地对搭档说，“把机械手放下来吧。”

“用力！已经看见孩子的胎发了！”

“深呼吸！”

“所有生理数据正常。”

我的头慢慢伸出去，接近出口微弱的亮光了。

达尔文号再次被打开，这次爸爸和聂叔叔没费什么麻烦就找到了催化剂。他们把罐子吊装上机械手，缓缓拖出达尔文号，小心而快捷。

“这艘探测器可以做得更好一点儿。”离开达尔文号时，聂叔叔说，“真可惜，内部太糙了。”

“那得让咱们公司赞助经费。”爸爸笑道，模仿着聂叔叔的口音，操纵着机械手，将罐子竖立起来，准备送到采集船上去。

“要是这海里长东西，咱们怎么清理？”聂叔叔望着两米高的催化剂罐，停顿几秒，放慢声音问，“小聂，杨氏产甲烷球菌变种三号是什么？”

爸爸愣了几秒，有些模糊的印象，但他不能确定，他需要网络公共信息库的支持。

“在这里。”聂叔叔指了指罐体底部一串标示文字后的几个小字，“杨氏产甲烷球菌变种三号。你学生物的，有印象吗？”

“都多少年前的事情了，再说我学生物的我和你急。”爸爸将通讯切换到气站这条线上，晓白阿姨立刻接通了他。

“恭喜，是个男孩，6 斤 7 两。”晓白阿姨说。

“杨氏产甲烷球菌变种三号，马上查查它。”爸爸说，声音里陌生的焦灼吓坏了晓白阿姨。

“你们没事吧？”晓白阿姨关切道。

“没事,就是不知道这个叫杨氏产甲烷球菌变种三号是什么，你用你的网络查查，你的比我们的好。”

那一瞬间，爸爸说他有种不好的预感。他和聂叔叔站在土卫六的海滩上，凝望着没有生命活动却并不荒凉的世界，不发一言。

两个世纪前，在地球深海的火山附近，科学家发现了杨氏产甲烷球菌，这种细菌吸入火山口排放出的二氧化碳、氮和氢，释放甲烷，完全不依靠有机碳生存。作为这种细菌变种的杨氏产甲烷球菌变种三号，与它的祖先恰恰相反，它吸入甲烷，主要释放二氧化碳，土卫六是最适合它的环境。

“这就是他们打算在生命起源模拟实验中使用的催化剂。”爸爸说，“晓白姑娘，不是我们认为的化学药品或者物理手段，是直接在土卫六的海洋里播种。”

“那有什么问题吗？”晓白阿姨有点不明白。

“很多问题。生命不止一种起源方式，而进化到摆脱自然的干扰，能够创造自然的那个物种，只是无数偶然中的必然。”爸爸无法在通讯中整理凌乱的思路，千言万语，简单汇成一句话，“我们人类不应该也不可能做上帝。”

一根管子伸进我的嘴里，吸干净我的口腔。我深吸一口气，外面干燥而寒冷。缠绕在我身上的脐带被迅速剪断，我没有感觉到疼痛，但我知道，我与子宫的关系就这样断裂了。

“就是这么个家伙啊？”是妈妈的声音。我抬起头，是妈妈，我认出了她，美丽而圣洁。“他好丑，像块抹布，皱巴巴的。”妈妈笑了，牵动伤口，笑里带着疼痛，可是很好看。我咧开嘴，学着她的样子。妈妈笑得眼睛都没了，摇动着我的手。

“恭喜你做了爸爸，现在全宇宙的人都在看着你。”晓白阿姨的直播屏幕上出现了爸爸愕然的表情，晓白阿姨继续道，“你有什么要和热心的观众说的吗？他们可是一直关注着这个宝宝的出生。这是第一个在土星出生的宝宝，而且过程非常顺利。”晓白阿姨似乎对妈妈没有死去活来地生下我而感到遗憾，她事先准备的五种预案一个也用不上。

“我……”爸爸知道应该回答什么，感谢媒体、感谢观众、感谢妈妈之类的话，很体面，但他说不出口，他满脑子都是杨氏产甲烷球菌变种三号，人类将与这些细菌一起在土卫六的星空下成长，前景模糊。

“姜先生？”晓白阿姨催促道。

“我很忙，在救援达尔文号，这探测器要在土卫六的海洋里撒播杨氏产甲烷球菌变种三号，吃甲烷的细菌，呼出二氧化碳，会改变土卫六的大气结构，增温，还有土卫六丰富的有机物也会变异。”爸爸大声地飞快地说着，无法考虑修辞。

他的声音瞬间从网络传了出去，如一石投水，惊起无数涟漪。

舷窗外是硕大的土星和橘红的土卫六。爸爸呢？他怎么还不来？我数着手指和脚趾，反反复复。身旁的妈妈已经睡去。从土卫六回到气站，把催化剂放好，应该用不了那么久吧？

爸爸蹑手蹑脚地走过来，我听到了他的呼吸，兴奋地想抬头看他，但我只能伸展我的肢体，等待爸爸的脸在我的头上方出现。他瞧着我，很不可思议的表情，伸出他的手触碰我的皮肤，立刻又缩了回去，仿佛我是一个珍宝。“你好。”爸爸轻声说，“欢迎你到泰坦来。”

他亲亲我的脸，表情终于舒展。

爸爸捏了捏妈妈的被角，说：“我把甲烷细菌的事情公开了，也许会有麻烦。可是不说，我做不到。”他躺平身体，挨着我和妈妈，几分钟后，就打起呼噜来了。

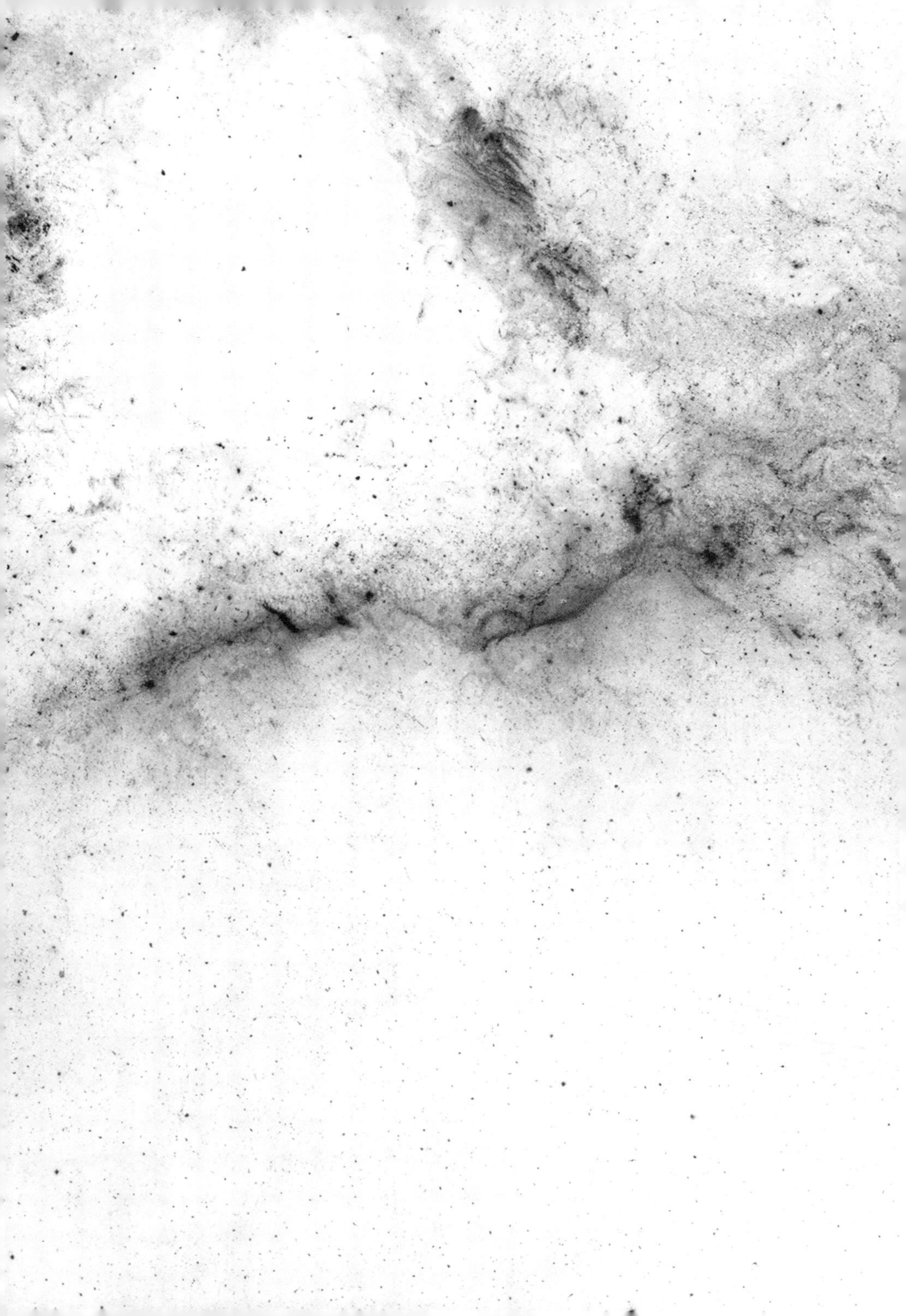

这一刻我们是快乐的

陈楸帆

黑场[1]

背景音：一颗心跳加入了另一颗心跳，前者平缓稳健，后者节奏要快上三分之二，又慢下来，带着一种紧张的活力，两股心跳相互缠绕律动，音色逐渐冷下来，变得机械，融入更为复杂宏大的电音织体中。

字幕

2015年春，北京大学人文学院新设置的“影像人类学”课程要求学生以小组形式完成作业。第二年夏，课程结业时共收到小组作业8份，其中以徐昕玥、Ibanca Singh（留学生）、袁骁、Sebastian Schwarz（留学生）为小组成员提交的作业《新·生》(New Newborn)获得了全班最高分，并入围该年度大学生电影节最佳纪录片决选名单。

《新·生》探讨了科技如何改变人类自然生育过程及其背后的复杂语境，被作为一项长期选题保留在课程设置中，截止到2040年8月，已经收集了超过300小时的影像资料，受访对象遍及全球各地，时间跨度长达25年，正好是人类一个代际的平均长度。

本片由其中部分素材重新剪辑制作完成，并获得受访者及拍摄团队授权。

部分声音画面内容应要求进行过后期处理。

黑起

注解

①本书节选了原作三个独立故事中的两个。

画外音（O.S.）

是什么让你有了生宝宝的想法？

大野敬二（Keiji Ohno, a.k.a. K.O.）

（33 岁，美国波士顿，多媒体艺术家）

对我来说，这是一种体验。我知道外面很多人会说，K.O. 只不过是在哗众取宠，向来如此。我一点儿也不介意。那些媒体最扯的就是一直把 PC（字幕注释：Political Correctness，政治正确性）挂在嘴上，可到了我这里，他们又不讲 PC 了。我觉得我在做一件也许是本世纪以来最伟大的事情，它的意义要过很多年才会被正确评价。我会等到那一天的。

Hanna & Fatima Kühn

（32 岁 & 28 岁，德国柏林，电影史教授 & 摄影师）

（Hanna）很简单啊，我爱 Fatima，她也爱我，我们想要给这个世界留下点什么，作为一段关系的见证。很明显，作为一种储存介质，赛璐璐或者磁盘都会过时，而生命不会，它会自我延续下去。

（Fatima）这听起来有点自私（笑）……不过事实就是这样，这个孩子是完完全全属于我们两个的，不带有任何来自第三方的杂质，你懂我在说什么吧（笑），当我说“第三方”的时候，我想要确信不会冒犯到任何人。

MOW45

（年龄不明，中南半岛某地，SHIIVA Lab 联络人）

哼，这个问题我也一直觉得很好奇。有一种说法认为，人类不过是 DNA 的奴隶，所有的一举一动，所思所感，都是基因设置好的程序，而运行的最终目的就是把基因里储存的信息散播出去，越远越好。人体就像一台低效的 Enigma 机器，转子还经常出错，我怀疑最终收件方还能不能读取出初始信息，但在那之前，我们只能把这场拙劣的传话游戏继续下去，只不过换个玩法。

黑出

字幕

第一部分

大野敬二在地铁站台上等候，镜头里除了主画面，下方还有几个细长条叠加窗口，展示着各种数据曲线，如海浪般起伏不定，那是由受访者提供的实时生物监测数据。车进站了，大野敬二斜挎着包走进地铁车厢，人不少，几名正在阅读的年轻人看到那圆鼓鼓的肚子，纷纷站起来让座。K.O. 道谢坐下，周围的人这才看清他的面孔，不由多看了几眼，终于还是有人认出了他，一名穿着入时的年轻女孩问他是不是 K.O.。

大野敬二

是的，我是。

女孩

抱歉，也许有点唐突，我是在媒体上看到的，所以现在它怎么样了？

大野敬二

是“她”，她很好，谢谢。

女孩

几个月了？

大野敬二

28 周又三天。

女孩

哇哦，那很快了。所以你会用什么方式……我的意思是……分娩？

大野敬二

(曲线大幅波动)

(笑) 我知道，每个人都很关心这个，有几种备选方案，不过我觉得可能现在不是合适的讨论场合，关注我的信息流吧。

女孩

(尴尬) 哦当然，抱歉，我是说，我会一直关注的。祝好运！

没有人再和大野敬二主动攀谈，他在红线的 Kendall ／ MIT 站下车，经过月台时有游客摇动手柄，激活被命名为毕达哥拉斯的音乐雕塑，吊锤撞击钢管，发出 B 小调颤音。

场景切换。

我们随着 K.O. 走进由槙文彦设计的 MIT Media Lab 大楼，大厅里正在展示的是一种融合了人造叶绿体和碳纳米管的新型材料，像一堆墨绿色的果冻被凝固成各种奇怪的造型。

大野敬二

（转向镜头，笑）尼葛洛·庞帝，《柔性建筑机器》，1975。好像没什么人记得他原来是个建筑师。

镜头跟着他穿过大厅的另一头，陈列着象征 Media Lab 历史的各种发明：Logo 海龟、Minsky 机械臂、OLPC（One Laptop Per Child）、Kindle、可折叠堆叠的迷你电动车 CityCar、3D 全息打印、为孩子设计的可视化编程语言 Scratch 等。

大野敬二

真酷吧。这里的人都是些异类，但跟那些光说不练的理论家相比，这里的人信奉的是“不实施，毋宁死”。（他指着墙上的口号：Deploy or Die）

场景切换。K.O. 敲了敲门，走进 Joan-Francois Lemaire 博士的实验室，一个 30 岁左右、一头蓬乱金发的女士站起来迎接他。

大野敬二

Joan 简直超棒的，她的老师是大名鼎鼎的 Hugh Herr，Biomechatronic 研究中心的创始人，就是那个给自己装上两条假肢的登山疯子。

Joan-Francois Lemaire

少来了，我可从来不是个好学生。比起你要干的事情，Hugh Herr 只能算是个循规蹈矩的清教徒。

大野敬二

我们，是我们要干的事。你觉得明年的不服从奖有戏吗?

字幕备注：

MIT Media Lab Disobedience Award，是 LinkedIn 创始人 Reid Hoffman 在 2016 年捐资设立的奖项，旨在奖励全球范围内影响力卓越的学术科研人员或团队，评判标准是“负责任地，道德地不服从”，最初奖金为 25 万美金，后增至 40 万美金。

Joan-Francois Lemaire

我觉得在“不服从”这一项可以打满分，可在“道德”这一项……好吧，也许会有反对意见。

躺下吧，我给你做个全面检查。

大野敬二

那些戴假发的中世纪僵尸都应该去死!

大野敬二换上宽松的医用罩袍，在一张白色平板床上躺下，Joan 操控着一道圆拱形扫描仪缓缓划过他的身体，发出蓝白频闪和细微的电流嗡鸣。

Joan-Francois Lemaire

注意你的用词，现在你可是个爸爸……哦，妈妈了。

（伴随着扫描仪掠过 K.O. 隆起的腹部，Joan 手中的平板显示着各种数据及腹中胎儿的实时动态图像，她用手旋转胎儿图像，从不同的角度观察其姿态）

她看上去很好，人造胎盘运作正常，你的雌二醇激素水平有点高，一切感觉还好吗？

大野敬二

除了长出一对大咪咪，每天睡不着觉，胡吃海塞一堆食物和药片，再吐出来一大半，一点点情绪化，真的只是一点点，然后还有疼，这辈子都没这么疼过，我不得不说，其他的都还不赖。

Joan-Francois Lemaire

这可都是你自己选的，你也可以要一个男孩，或者不做神经移植手术，无论哪一种，都会让你好受不少。

大野敬二

Joan，你懂的，我要这一切尽可能地接近自然状态。

在自然状态下，人是没有办法选择胎儿性别的，你只能被选择。

可话说回来，一个被化学阉割的 K.O. 还是 K.O.，不是吗？

Joan-Francois Lemaire

绝对的真汉子，注射荷尔蒙也阻挡不了你的雄风。

（停顿）所以，你真的考虑好了吗？

大野敬二

哦，又来了，我都说多少遍了，就算再危险，我也想要尽可能模拟真实分娩的过程。

这个项目的意义不就在这里？人类历史上第一个真正能够体验从怀孕到分娩全过程的男性，而不是那些假模假式先怀孕再变性的货色。

这意味着很多、很多东西。

Joan-Francois Lemaire

（笑）我不是问你这个，我是想问你，名字想好了吗？

大野敬二躺在床上，侧过头看着Joan，露出“我就知道”的笑脸。

场景切换。

阿诺·施瓦辛格饰演的Alex躺在手术台上，从蓝色无菌布的方形缺口中露出鼓胀得夸张的腹部，四名医护人员包围着他，手里拿着手术刀和剪子，正准备给他进行剖宫产。镜头缓慢推进到阿诺的面部，他神情紧张，周围的人不断告诉他“吸气，吸气”。

画外音（O.S.）

在电影史上，不同国家都曾经出现过讲述男性怀孕的作品，1973年法国与意大利合拍的《怀孕的男人》、1985年中国台湾的《袋鼠男人》、1994年美国的《魔鬼二世》、2011年俄罗斯的《代孕爸爸》、2015年中国大陆的《捉妖记》等（随着介绍，出现电影海报及片段剪辑）。

2008 年，行为艺术家 Virgil Wong 拍了一段 7 分钟的伪纪录片放在 Youtube 上（播放视频片段），宣称她的男性好友 Lee Mingwei 通过参加纽约市 RYT 医院 Dwayne 医疗中心的 II 期临床试验，成为历史上第一位在自己身体内孕育胎儿的男性，引起了网上的广泛争论。

Hanna Kühn

有趣的是，它们大多数都被处理成喜剧片的形式，就好像这件事情的唯一价值就是惹人发笑。

我的意思是，你什么时候看过关于女性生子的电影？

Fatima Kühn

等等，你忘了《神奇女侠》？（大笑）

场景切换。

纯白色的摄影棚里，Fatima 的棕色面孔格外显眼，她穿着连体白色运动服和荧光黄色球鞋，指挥着灯光师调整光场，她的影子随着光照在地板上变换形状和浓淡。她终于满意了，让所有人清场。

镜头拉开，她的面前并不是名模，也没有巨星，只有一桌精心摆放的摩洛哥风格食物。

Fatima Kühn

我来自叙利亚，是个难民的孩子。

我的母亲怀着孕只身偷渡过地中海，步行穿越希腊、马其顿、塞尔维亚、匈牙利、奥地利，最后进入德国。我没有办法想象她究竟经历过什么，我只知道她不再让我像我们族人那样，把父亲的名字，甚至父亲的父亲的名字都变成后缀。她告诉我，你的名字是 Fatima，只有 Fatima，你要为自己而活着。

现在我有了一个新的姓氏，Hanna 告诉我，在德语里 Kühn 代表“勇敢”，不得不说这是个巧合，好的那种。

场景切换。

Hanna 和 Fatima 携手出席某个公众活动，突然画面外出现几声吼叫，几个不明物体飞向两人，在她们头上、身上碎开，流淌下黏稠的半透明蛋液。她们狼狈不堪地甩掉那些蛋壳和黏液，这时，镜头转向人群，一个头戴贝雷帽的壮汉正被保安死死按倒在地，他嘴里不停用德语叫骂着什么。

场景切换。

午后，Hanna 与 Fatima 并排坐在家中起居室的沙发上。

Fatima Kühn

（忧心忡忡）这还不算最糟的。我的一些客户迫于压力取消了合作，有些恐怖分子发出死亡威胁，扬言要用石刑处决我，就像在我老家那样。

Hanna Kühn

（握住 Fatima 的手，看着她）我们会挺过去的。校方明确表态支持我们，警方也加强了安保措施。我的意思是，这里是柏林，你还指望在哪儿能找到这么尊重多元化的地方？

Fatima Kühn

（抚摸着自己腹部）我知道……一开始我们以为最难的是技术部分，现在发现最难的，其实还是人的部分……

Hanna Kühn

就像第一次在银幕上看见火车进站，所有的人都被吓得跑出放映厅。

人的观念跟不上技术发展的步伐，有着滞后效应。

我只希望我们的女儿以后能生活在一个更加宽容的世界。

Fatima Kühn

说老实话，我没有 Hanna 那么乐观。

场景切换。

街头随访。

老年男子

（风衣、玳瑁眼镜，夹着皮质公文包）

嗯……我是这么看待这件事情的。上帝创造了男人和女人，就是要他们彼此相爱，繁衍后代，现在你告诉我男人没用了，只需要女人和女人在一起就能生出小孩，我觉得这对我的信仰是一种……亵渎。

年轻男子

（鬈发，吃着汉堡，眼睛难以离开手机屏幕）

哈，我就知道这一天迟早会来的。男人无用论。

如果你告诉我这是科学，那就让我们来进行科学的讨论，男人带来的并不是只有精液和Y染色体，还有一半的遗传多样性，假如一个女人选择只用自己的细胞进行克隆，那么她的后代就会像回声一样越来越弱，所有隐性的基因缺陷会浮出水面，直至整个系统崩溃。

哦？你说遗传物质来自两个女性？那又是另外一回事了……

中年女子

（职业装，短发，骑着自行车）

既然蜜蜂可以，蜥蜴可以，鲨鱼可以，为什么人不可以？我是说，我们都是自然进化的产物。

我读过新闻，说Y染色体每一百万年就减少10个基因，所以终究有一天男人是要灭绝的（笑），从现在开始适应也没什么不好，人类总得活下去。

不，我不是女权主义者，我也需要男人，有些时候。

只不过在这件事情上，我觉得两个女人生孩子没有什么不对，你知道，大多数男人也只是他们孩子名义上的父亲。(眨眨眼)

小女孩

（吃着冰激凌，一脸迷茫地看着镜头）

你是说就像迪士尼公主那样，在交叉剧集里，白雪公主和花木兰住在一起，她们收养了老虎莉莉公主，还有一只棉尾兔朱迪，她们每天都有新的裙子穿……

场景切换。

起居室沙发上。

Hanna Kühn

我们应该用历史的眼光来看问题，亚里士多德还以为精液是来自脊髓呢。我相信再过十年，人们不会像现在这样戴着有色眼镜看我们。

Fatima Kühn

（看着 Hanna，严肃地）希望我们能活着看到那一天。在我 6 岁那年，被德国政府的“融入计划”安排到当地学校入学。当然，大多数老师、孩子或者家长都还算友善，但是，这个漂亮的复活节彩蛋上仍然会出现裂缝。哪怕再不经意的一个眼神，一句笑话，一个重音，对我们这种人来说，就会在心里放大无数倍。他们是在嘲笑我吗？他们是不是看不起我？我应该怎么样变得和别人一样？这样的问题无休止地困扰着我。与其让我的孩子承受这样的重压，我宁可让她待在家里，跟 AI 程序打交道，至少我可以设置它的聊天风格：75% 德式幽默。

Hanna Kühn

（抚摸着 Fatima 的头发）放松点，Fati，深呼吸，她可在你肚子里都听着呢。（笑）我承认你说的都是客观存在的，但我同样相信家庭环境的力量，瞧瞧现在的你，跟任何一个日耳曼后裔没有两样，甚至更优秀、更快乐不是吗？（厨房传来一声巨响，是窗户被打碎的声音）

哦天，你待着别动，我去看看，这些狗娘养的……

镜头随着 Hanna 跑到厨房，窗户已经被砸烂，地上有一坨用纸包裹的不明物体，形状像是长条形的雷管。窗户外有车辆快速发动驶离的引擎声。

Hanna Kühn

退后！退后！马上报警！

Fatima 捂着嘴巴，惊恐地看着这一切。

镜头切换。

警方的防爆专家来到现场，拉起隔离线。监视器画面里可以看到一台小型履带式拆弹机器人的主观视角，摇摇晃晃地从我们几分钟前身处的沙发开过，靠近那坨疑似爆炸物，两只机械臂进入视野，小心翼翼地剪断缠绕的电线，打开卷曲的纸张，所有人都面露紧张。Hanna 紧紧抱着 Fatima，Fatima 手扶腹部，似乎在细声说着什么，不时用手指抹去眼泪。

纸张打开了，里面包裹的是一根金属铸成的假阳具，纸上用大写德文写着“BENUTZE DAS”（用这个）。

场景切换。

傍晚，大野敬二以半卧的姿势坐在工作室里，桌上胡乱摆放着一堆营养食物和保健药剂。

画外音（O.S.）

你确定我们能拍?

大野敬二

我已经告诉对方，这也是项目的一部分。况且，最终定剪之前你会给我看的吧（笑）？一行有一行的规矩，你懂的。

在过了预定时间十五分钟后，大野敬二接入视频会议，对方是Netflix 直播内容总监 Scott Anderson，从加州 Los Gatos 的 Netflix 总部拨入，他的头像出现在投影墙上。

大野敬二

Hi，Scott，亲爱的，最近还好吗？抱歉，没想到上一个会拖那么久，那些婊子养的真是找不到重点。

Scott Anderson

（30 岁左右，休闲商务风，语速惊人）

没事，哇哦，K.O.，你看起来气色很棒！

大野敬二

感谢上帝，哦当然，还有科学（笑）。

我们长话短说，我知道 Netflix 希望拿到分娩当天的独家直播权，不过你知道，这事就像是黑五的头条广告位，每个人都想要。告诉我，你们能给我什么条件？

画面被暂时消音，只能看到双方快速对话。

大野敬二

OK，商务条款我没有什么意见，分级限制呢？我希望尽量多的人能够订阅，我们不能把 MA 往下调调吗？

字幕备注：

MA，Mature Audience Only，只允许 18 岁以上的观众观看。

Scott Anderson

我非常理解，但首先，这事由不得我们，FCC 的 AI 审查程序绕不过去；其次，到现在为止，我们还不确定当天究竟会发生什么，你能给我们详细解释一下吗？可以请法务部门评估一下风险。

字幕备注：

FCC，Federal Communications Commission，联邦通讯委员会。

大野敬二

（将平板上的一个数据包丢到大屏幕，展开成一个卡通人体结构模型）

这可是你要求的，做好心理准备，Scotty。

是什么样的魔法让我能够怀胎十月呢？当当当当，Joan 和她的团队利用了异位妊娠的概念，对女性来说，宫外孕是一种致命病症，需要彻底清除，对我却是唯一的解决方案。

他们在我的腹腔中用生物纳米材料搭建起一个人造子宫，人造胎盘附着在加固的肠系膜上，我的髋骨不够有力，因此又做了支架手术，以支撑长得飞快的小宝宝，最浩大的工程还是腹腔循环系统的再造，以保证胎盘有足够的血液供给，然后就是人造羊水注入，胚胎着床、复合激素方案、抗排异药物等，哦，差点忘了，我还要求他们帮我做了神经驳接，那真的是疼，比被人踢了卵蛋还要疼上一万倍。

Scott Anderson

（瞪大眼睛，手捂住嘴）天哪，难以置信，这真是……疯狂。

大野敬二

哈，这还只是前戏。

复合激素让我变得不男不女，完全丧失了性能力，但愿不是永久性的。在这过程中，我有无数种可能中途死掉，并发心脏病、内出血、感染、栓塞、肠系膜破裂，应有尽有，更别提各种药物副作用和荷尔蒙紊乱导致的情绪波动。生平头一回，我觉得做一个母亲实在是太不容易了。

我的意思是，我们讨论所谓的平权几十年了，但只有从身体上去感受另一种性别，才谈得上真正的认同。你懂我意思。

Scott Anderson

非常同意，平权不应该只是停留在口号上。所以你会采取剖宫产？

大野敬二

那是最后也是最难的一道关口，你们媒体狗会爱死这个的。

人造胎盘现在已经跟我的组织长在一起了，需要切断血管才能彻底拿下来，否则可能导致严重的高感染并发症风险，而手术导致的大出血也可能失控。如果人造子宫结构崩坏，胎儿的生命也有危险。

Scott Anderson

你是说可能会在分娩过程中发生意外?

大野敬二

我不想夸大其词，不过以我的情况判断，50% 的死亡概率可能都过于保守了。

Scott Anderson

这……Netflix 可不能在直播过程里死人，会被吊销牌照的。

大野敬二

我也希望能像叶形海龙那样进化出雄性子宫，可事实是，之后我还得动许多次手术来取出那些不可降解的支架结构。话说回来，观众想看的不就是这个？谁知道球赛结果之后还会去看重播？（笑）

Scott Anderson

这太冒险了，如果只是出血，我们还可以用技术手段实时抹去或者降低血液色度的刺激性，但是如果关系到人命……我得咨询一下法务部门的意见，抱歉。

大野敬二

恕我直言，生育本来就是充满危险的事情，不管哪种性别都一样。

Scott Anderson

也恕我直言，我知道您一直是个冒险家，但这次，您不觉得走得有点太远了吗？万一那个孩子出了问题，这可是非常严重的伦理事件，所有人都会认为您为了自己的……艺术创作，害死了一条生命。

大野敬二

我知道你想说什么。生育后代本来就是自私的，是未经允许的。

对我来说，作品也好，作秀也罢，都是让我生命更完整的一部分。

我给你一些时间考虑吧，ASAP，回见。（退出会议）

墙上的头像消失了，大野敬二抚摸着自己的腹部，呆呆地看着半空，若有所思，突然像是想起了什么，他转向镜头，挥了挥手。

大野敬二

停。我说，你们可以停了。

场景切换。

一个圆形气泡状的空间，内壁是乳白色的发光材料，Hanna 和 Fatima 穿着灰色连体服，交叉对躺在两张设计精巧的乳白斜椅上，像是半空中漂浮着一个 X 染色体。

字幕：

柏林 Innerspace 精神健康诊疗中心。我们被允许将摄像机放置在诊疗现场，部分内容应要求有删减。

灯光暗下，直至黑暗，一阵静噪若有若无地浮现，墙壁上闪烁光点，如同呼吸般温柔，伴随着音响效果，缓慢形成节奏，变换颜色，如流星坠落又升上苍穹。Hanna 和 Fatima 只剩下两个剪影，她们戴着白色耳机，只在需要时才能听见彼此的声音，所有的一切都是由程序自动操控，没有人工干预的成分。

两人各自面向的墙体开始出现不同画面，耳机闪烁，诊疗开始了。

Hanna Kühn（面前蓝色漩涡缓缓旋转）

你好，我是 Hanna，是的，这是我第一次接受 AI 心理辅导，场景蛮酷的，让我想起了 X 教授……

Fatima Kühn（面前橙色光斑弥散，仿佛罗夏墨迹测验）

Fatima，她们告诉我这很有用，我就来了……

Hanna Kühn

恶心、失眠、周期性腹痛、流鼻血、激素水平紊乱，大概有七周了，不，我没有怀孕，她才是……

Fatima Kühn

（深吸一口气）噩梦，每晚都做噩梦，是的，我猜跟那件事有关系，已经有一阵子了……

Hanna Kühn

Couvade 综合症？我以为那只是对孕期妇女的丈夫而言，反向俄狄浦斯情结什么的……

Fatima Kühn

我得好好想想……大部分都很混乱，好像有人在追杀我，一直追，我就一直跑……

Hanna Kühn

不，我不相信交感妊娠那一套鬼话，但是 Fatima 要来，我就陪她来了……

Fatima Kühn

他们要我肚子里的孩子，他们要我的孩子（哭腔），他们有刀，很长的弯刀，明晃晃的……

Hanna Kühn

主要的问题是 Fatima，她被吓坏了，那些恐怖分子，还有科学家和媒体，他们说个没完没了……

Fatima Kühn

Hanna 不见了，也许是被杀了，不，我怎么会告诉她？这还不是最可怕的。他们抓住我，用那把弯刀破开我的肚子，天哪（呼吸急促）……

Hanna Kühn

我们一直按时吃药，胎儿检查结果也正常，我不得不说，是外部的心理暗示，Fatima 一直很敏感，如果你看过她的作品……

（光斑颜色变成淡绿色，运动模式随之改变）**Fatima Kühn**

好的，深呼吸，1、2、3……他们破开了我的肚子，从里面取出来的是动物的骨头，像老鼠、小鸡或者青蛙的混合体，我都要崩溃了……

Hanna Kühn

不，她没看，是我在看科普纪录片。像 20 世纪日本人用骨髓干细胞成功培育出鸡的雌性精子，2004 年用基因修饰技术将小鼠细胞基因的雌性印记转成雄性印记，再注射进卵母细胞，培养出了纯雌性亲本的后代。我其实没有那么担心啦，虽然这些操作有一定概率会带来潜在的缺陷和遗传病……

Fatima Kühn

也许他们说的是对的，我们在做一件不该做的事情，我不知道，我真的不知道。有时候我能感觉到孩子的情绪，母亲和胎儿的大脑间会产生某种联结，这是你们男人无法理解的。抱歉，我又把你当成真人了。哦，你可以改变声音的性别？嗯，再稍微柔和点。

现在好多了，谢谢你。

Hanna Kühn（变成紫红色放射线光纹）

我承认我比较理性，但并不代表我不会感同身受。

我们都是她的母亲，她能享有双倍的母爱，这难道不比那些父爱缺位的传统家庭强多了吗？

是的，是我提议的。我相信科技能够让我们成为想要成为的人。

我相信这也是 Fatima 想要的。

Fatima Kühn

我不确定这是不是她想要的，我们太自私了。

你知道媒体是怎么叫她的？“至纯之女”！这个色情女星代号真是令人作呕。就好像他们已经规定好了她的一生，只能像我们一样，选择与同性继续繁衍下去，不能有半点男性血缘的沾染。

这当然不是我们的本意，我们的本意是为了爱。

Hanna Kühn

所以我们的问题出在哪儿呢？智慧的机器。

在一个雄性的世界，借助雄性的技术来制造纯然雌性的后代，这本身就是个悖谬，不是吗？

环境反噬的压力超出了我们心智和情感所能承受的极限？所以我们应该怎么做呢，逃跑吗？

我哪儿也不去，我就在这里，在我的爱人和孩子身边。

Fatima Kühn（银白色波浪状条纹）

我听见你了，Hanna，我也在这里。

这光线让我想起了母亲经常给我讲的故事“裂缝人”，一个远古的寓言。当然，我愿意讲给你听。

裂缝人生活在海边，长得像人和海象的混合体，她们全靠单性繁殖，但偶尔也会生下一些长着管子的怪物。裂缝人会把这些怪物丢进开满红花的巨大裂缝中，没想到，巨鹰叼走了怪物，他们在陆上活了下来，由野兽抚养成喷射族……

Hanna Kühn

你是在跟我说话吗，Fatima？

我不觉得这玩意儿能帮到我们，我能摘下来吗？

Fatima Kühn

喷射族和裂缝人视对方为怪物，互相对抗、谋杀、强奸。

为了繁衍后代，他们走到一起，又为了孩子，他们走向分裂。

你问结局是什么？说实话我也不太记得了，只记得妈妈说，裂缝人之所以如此神经质并且好战，是因为她们的子宫空着，也许这是真的（笑）。

Hanna Kühn

(摘下耳机，眼前的光影与 Fatima 同步，一片银白)

Fati，你还好吗？我们走吧。

Fatima Kühn

很久很久以前，裂缝人——女人——月亮的女儿，她们坐在一轮圆月下，彼此讲着如何因为强烈的月光，孩子就来到世上的传说。

如果她们在那儿坐得够久，盯着月亮看得时间够长的话，那么也许……

场景切换。

夜晚，一间名为 The Lunarians 的体育酒吧，每一个人都努力用声音盖过其他人，老板站在柜台后，不时看着头上的高清屏幕，与此同时，悬挂在顾客上方的16个屏幕播放着同一个画面。

字幕：

我们未能得到K.O.分娩现场的拍摄许可，但找到一家声称会全程播放Livestream的体育酒吧。

渐渐地，有一些人注意到了屏幕上播放的内容，一个喝得有点多的壮汉摇晃着走到老板跟前。

壮汉

Robby，我们能换个台吗？谁想看这个娘娘腔生小孩……

老板

我想看，我付了钱，我在门口和网上都贴了告示。

谁不想看的话，简单，门在那边。

壮汉

（做了个不雅的手势，离开）

陆陆续续走了一些人，酒吧里安静下来，老板把音量调大，一些顾客抬起了头，露出各色表情。

主持人（O.S.）

现在情况非常危急，人造子宫承载不了胎儿的重量，引起了连锁反应，胎盘撕裂肠系膜导致内部大出血，胎儿有可能处于缺氧窒息状态，需要紧急手术……

屏幕上出现了一个形状怪异的腹部特写，如同漏了气的气球，而那层蒙皮下方，是一个不停蠕动的物体，从形状上看，像是一条头部大得不成比例的虫子，画面上移，浅蓝色无菌布下露出一张毫无血色的脸，可以看出他正处于极大的痛苦之中，满脸汗透，五官扭曲，肌肉颤动。

顾客中发出了一阵厌恶的抗议声。

大野敬二

我还好，还好，不，我要保持清醒，不然这一切都没意义了……

老板给自己倒了一杯威士忌，不加冰。他抿了一大口，又往杯里加了点。

主持人

数据显示，75.62% 的受访者表示他们不赞同艺术家 K.O. 的这一行为艺术，有 51.43% 的人认为他的这一举动将对过去五十年的女权运动构成重大打击，更有 31.79% 的人认为这已构成犯罪，要求公共卫生机构及警方介入，这一数字还在不断上升，FCC 的投诉电话已经被打爆了……

大野敬二

谁在唱歌？我听见有人在唱歌，真美……

我知道很多人恨我，我知道，我只是想证明，性别并不能阻碍任何人……做任何事……

顾客中发出更高的嘘声。有人大喊了一声“快滚回岛上去吧，自私的黄猴子”。人群中一阵哄笑。

主持人

我们现在可以看到医生们在紧张地研究手术方案，从他们的表情可以看出，这场手术难度很大，而且极其凶险。

有一种未经证实的说法是，大人和小孩之间只可能活下来一个。

由于从法律上来说，K.O. 既是孩子的父亲，又是母亲，所有的决定权现在都在他手里。

我们看到医生们似乎达成了共识，走进了手术室。

您可以继续通过屏幕提示方式参与互动……

镜头被拉远，我们可以看到主刀医生非常严肃地对 K.O. 说了什么，K.O. 的表情瞬间陷入呆滞。

主持人

由于法律原因，我们无法拍摄医生对病患的关键询问。

他们究竟说了些什么？

医生离开 K.O.，开始忙碌地准备手术器械。

老板放下了酒杯，酒吧里突然变得格外安静。

画面又回到 K.O. 的特写。

主持人

所以 K.O.，能告诉我们究竟发生了什么吗？

大野敬二

（面无表情地长时间沉默，眼泪积聚成形，滑落）

我选她。是的，我很清醒。

答应我，无论如何，让她活下去。

她不是我的作品，她是我的……孩子。

酒吧里突然响起了掌声，所有客人都转过脸来，寻找这不和谐之音的源头。

老板面无表情，没有改变节奏，缓慢而坚定地制造着孤独的掌声。

黑出。

字幕：

第二部分

一片热带季雨林，镜头大约在一人高处，平稳穿越榕属植物网罗交错的根须，丝棉树根茎如巨型章鱼触手，插入地面细小的缝隙，撬起失落宫殿的庞然基石。

可以从地面的影子看出这是由无人机拍摄的画面，高饱和度色彩马赛克闪现，遮挡住不时入镜的黑色残缺佛像面部细节。

MOW45

很抱歉我们只能以这种方式接受采访。巴拿马基地受袭之后，我们对所有信息披露都保持高度警惕。同样的，你们无法由我们提供的画面定位到任何具体地理坐标，之所以保留这一段路程只是为了证明我们不是在某个录影棚里制造的光学骗局。基于你们节目组良好的历史记录，我们选中你们作为 SHIIVA Lab 此次信息发布的唯一渠道，会且仅会回答你们提出的三个问题。

镜头来到开阔地，一大片炫目跃动的马赛克明显是在掩盖背后的某座建筑物，一位身穿赭红色僧侣斗篷的人站在沙砾地上，无人机落到与其面部齐平的高度，斗篷中的脸，依然为马赛克所遮盖，只偶尔露出一只怪异的金色眼睛。

MOW45

现在，跟我来，你们将是全世界第一批见证者。

镜头跟着 MOW45 进入一个漆黑入口，转为微光模式。一道矿井电梯闸门开启又关闭，开始下降，没有数字标识，没有任何楼层的光栅，只是一直向下、向下。电梯停了，MOW45 穿过长长的走廊，通过生物信息识别，进入一间亮着紫光的房间，里面陈列着两排六个水滴状的大型装置，由管线裸露的支架吊在半空。

MOW45

第一个问题，我们是谁？

我们清楚外界是如何描绘 SHIIVA 的，毫无人性的邪恶组织，滥用技术挑战伦理底线，财阀政治的畸形产物，等等。都对，也都不对。站在经典人文主义者的历史立场，当下世界的问题完全无解，因为那已经超越了他们所能承受的道德感阈值。而对我们来说，那只是幻觉的一种。

你可以看到，人类求生的本能让所谓文明爆发区域性的变异：非洲重新部落化，将残存生殖能力的男女当作圈养交配的工具，具活性的精液价值连城；亚洲和北美通过高压控制的集权政治苟延残喘，实行生殖资源配给制，也滋生了全新的特权阶层；欧洲基本全面崩溃，一片混乱，所有根植于基督教文明的价值观在生殖大衰退面前一文不值。

我们坚信，我们掌握了拯救这个世界的法宝。为此，我们的先驱、领袖、智者金昌茂博士早在三十年前便做出全球战略部署，SHIIVA Lab 便是其中最关键的环节之一。

现在你们可以看看这个。

镜头随着他的手势转向旁边一个半透明水滴状装置，外膜是由某种高分子聚合材料制成，具有相当的弹性，里面充满了在紫光下分不清原来颜色的浑浊液体，有气泡不时从下方升起，消失在顶部。MOW45 伸出手指戳了戳外膜，浑浊液体深处有星星点点的亮光透出，那绿色的荧光点越来越清晰，勾勒出轮廓，竟然是一个七八个月大的胎儿的形状。那个胎儿似乎为 MOW45 手指施加的压力所吸引，尽管双眼紧闭，还是本能地朝镜头的方向挥舞了一下手脚，随即又隐没在混沌中。

MOW45

我们把叶绿素 a 的吸收曲线峰值左移，让它能够利用能量密度更高的紫光，再结合到 P 系列胚胎的表皮细胞中。这只是其中非常不起眼的一项成果。我们将视外部世界的接受程度，逐步披露。

那么第二个问题，我们想做什么？简单来说，我们想要找到无须人类个体参与便能繁衍后代的方法。

二十多年前的人造子宫技术用电解质溶液代替羊水，用体外膜氧合系统实现血液循环，目的还是为了救治早产儿。各方阻力导致这项技术一直进展缓慢，人类对这一改变有种近乎病态的恐惧。人造子宫会否导致女性地位下降？母子间基于妊娠的情感纽带是否依然存在？会不会引起婚姻制度崩塌，让阶层更加固化？特权阶层可以不受限制地繁衍后代，甚至是经过深度基因工程优化的后代。犹犹豫豫中，这辆车驶到了悬崖边缘，无力回天，而我们一直没有停下来。

MOW45 向前走去，穿过房间，行过一条通道，进入另一个泛着绿光的空间。这似乎是一间陈列室，四排陈列架上摆满了透明圆罐，其中浸泡着各种胚胎标本，包括完整个体及零散的组织器官，其中不乏发育畸形的，有些个体的畸形程度远远超出人类的认知范畴。

MOW45

我们走过的路，漫长、曲折、黑暗。

用人造子宫孵化胚胎是一回事，由遗传物质直接合成受精卵又是另一回事。这两者大约是莱特兄弟造出飞行者 1 号到阿波罗 11 号之间的距离。你们所看到的这些，都是我们曾经失败的足迹。没错，它们都是生命。它们并没有被浪费，现在每一个成功的样本上，都留下了它们的痕迹，就像人类身上储存着整个进化史的信息一样。如果真要谴责的话，不如说说在巴拿马袭击中被以“道德”之名捣毁的数百个胚胎样本。仅仅因为它们以不同的方式降生到这世上，哪怕是基因上100%的纯种人类，都会被视为异类，加以毁灭，这就是你们所谓的文明。

与此同时，我们不断地接到一些请求，大多来自这颗星球上权势最为显赫的群体，有试图从生理上制造区隔的极端教派，有设计完美婴儿的超人类主义者，也有希望我们能够完全为特定政权或种族服务，用超强繁殖力实现地缘政治上的弯道超车。我们针对其中一些有趣的设想进行了实验，但没有接受其中任何一个请求。

（他走过几个样本，稍事停留，凝视着其中似人非人的存在）

对我们来说，这些想法都太可笑了，经典人类式的可笑。

镜头突然升高，俯视着MOW45行走于样本间，像是一名解剖室里的黑魔法师。

MOW45

这取决于你看问题的视角，尺度上的限制，无论是时间或空间、宏观或微观，粗糙的尺度永远导致简陋的评判，而这将带来灾难性的后果。

这种对技术的恐惧导致了思想与行为的混乱，你们既无法站在人类命运共同体的高度看待问题，绝大多数时候又忽略了这世上生存的数十亿人都是截然不同的个体，他们有着独一无二的情感与诉求。（突然停住）

哦，时间差不多了，我被要求将语言的宣言风格调低20个基点。

现在，我们需要进行消毒。

MOW45 离开房间，与无人机一同进入消毒间，白色气雾从四面八方喷出，弥漫这个狭小空间，逐渐化为细微液滴，蒸发不见。门打开，镜头中出现了一片令人惊叹的金色池塘，MOW45 沿着石阶走向池心，无人机围绕池塘盘旋，交代环境。

可以看出这里原先是某座古代佛寺的遗迹，方形池塘四壁上，一座座真人大小的天女 Apsara 浮雕列队浅笑，舞姿曼妙，池水正好没过她们的脐部，露出纤润腰肢。池底整齐排布着七横七纵四十九个方形尤尼底座，象征着女性生殖器，每个尤尼上立着林伽，如一根根头部膨大的阳具昂立于水底。

镜头回到 MOW45 的身上。

MOW45

林伽是湿婆的众相之一，被描述成世界的起源。说是湿婆的林伽耸立在世间，大梵天和毗湿奴一个化为天鹅向上，一个化为野猪向下，用了一千年也没有找到尽头。

最后一个问题，为什么是现在？

因为人类已经走投无路了。

感谢那些科幻小说和电影，《美丽新世界》《银翼杀手》《逃出克隆岛》……许多思想实验尽管荒诞可笑，却让我们得以避免毁灭性的风险，针对每一种可能性，我们都进行了计算，并寻求最完善的解。

我们不想让技术沦为奴隶制度或者器官工厂的帮凶，同样，我们拒绝制造歧视与新的种族纷争。许多智者已经看到，这一技术能够让人类真正抛弃血缘、家庭、族群乃至意识形态的沉重包袱，作为整体踏入全新的纪元。

新的人类，没有父母，完全由算法决定基因组合，而机器所看到的，是数十亿人的基因库以及数万代演化之后的所有可能性。

新的人类被取消了低效的有性繁殖能力，个体可以自由选择性别，或者无性别，一切取决于你的体验。

新人类不再承担着延续基因的使命，个体基因数据都会入库，参与制造后代。每个人都是为自己而活，每个人都是为全人类而活。死亡不再变得可怕，新人类将接受一种整体性的生命观，死亡是通往永生的一道不二法门。

当然，我们知道，往海里撒盐并不是改变海水浓度的好办法。许多政权向我们敞开大门，应允给予新人同等公民权，甚至圈定特区进行保护，但想要改变世界仍然是一件艰难的事情，毕竟，生殖与毁灭、创造与破坏，从来都是湿婆的两面。

我们改变了想法，也许应该从人类的经验中学习，让你们更好地接纳我们。于是，我们在全球范围内挑选了一些家庭与个人，送上我们的礼物。同时，我们向更多的人开放申请，希望这能够改变你们的生活，同时也能改变世界对 SHIIVA 的看法。

现在，是时候了。

MOW45 摘下斗篷帽，马赛克快速移动扩大，但镜头仍然在某个瞬间捕捉到了一个半人半机械的头颅。他像魔术师一般缓缓举高双手，池水配合他的动作开始翻涌起泡，金色波光在四壁和天花板上不安游动。

MOW45

如果说，这世上有一样东西是机器无法计算的，那也许就是人类所谓的……爱吧。

希望你们能够爱它们，像爱你们自己一样。

黑场。

片头音乐再次出现，极简主义电子乐加上心跳采样，渐强。

黑出。

一个浑身是血的女婴被举到大野敬二面前，他只说了一句“你好漂亮”便陷入昏迷。

字幕：

大野樱童，生于当地时间2027年4月24日1时12分，大野敬二，因失血过多抢救无效，死于同日4点45分。

Fatima抱着婴儿轻轻摇晃，说“嗨，我是妈妈”，然后把孩子递给Hanna，说“这也是妈妈”。

字幕：

Anna Mondschein Kühn，生于当地时间2031年11月29日6时21分，Mondschein为德文“月光”之意。

MOW45双手举上半空，四十九根林伽浮出水面，如荷花缓缓裂开、绽放，每朵荷花中央卧着一个粉色婴儿，浑身湿透，突然像得到什么指令般齐声哭泣起来，那哭声开始得断断续续，花瓣机械臂剪断脐带，挤压出它们肺部过多的羊水，哭声突然变大，像是一场经过精心排练的交响曲，叠加在心跳声和电子节拍上。

<u>字幕：</u>

49个新人类，生于当地时间2038年8月8日8时08分，它们被统称为“礼物一代”，其中仅有不到三分之一的新人类在领养者手中存活下来。这些幸存者改变了整个人类历史的进程。

<u>黑场。</u>

<u>出片名：</u>

这一刻我们是快乐的：一部纪录片

全片终。

陌生的女孩

修新羽

一

她闭上眼睛，想象自己怀抱着那个男孩，皮肤粉嫩，胎发浓密，与声远极其相似的单眼皮。她低头亲吻他，在他背后轻轻拍打，但男孩表现出与年龄极不相称的顽固，扭动身体，踢动双腿，排出骚烘烘的液体。于是她想象出瀑布，想象出清冽与奔腾不息，让她的皮肤在震颤中麻木。

反复洗过好几次手，她在黑暗中摸索着躺回床上。声远还是被吵醒了，迷迷糊糊翻过身，把柔软的发顶凑向她的颈窝。“没事，去洗手间了。”她说。她侧耳倾听，初春深夜无比寂静，所以不是声音的问题。他们早就收纳好了所有可能导致过敏的东西，包括一盆正在开花的郁金香、几只毛绒玩具，还有去土耳其旅游时带回来的装饰毯。房间变得很空荡，但也不是空荡的问题。

某种微妙的不适始终硌在她心里，从他们去医院注册那天就开始了。声远穿着最正式的那套花呢西装，在走廊里来回踱步，轮番打量墙壁和地砖，像在评估医院的建筑质量。而她独自坐在候诊室门口，听护士依次喊出候诊人的名字。“林声远来了吗？”南方口音，把“林”读成了“零”，指挥他们走进走廊拐角的评估室。在之前的家庭会议上，他们已经把这事讨论得很清楚了，如今只是正式确认。她负责点头，由声远回答医生和律师的问题。

要不要孩子？声远选择了是。男孩还是女孩，声远选择了前者。

与十几年前相比，如今的技术更为成熟，甚至不需要全身麻醉。医生用五分钟安置好那枚胚胎，又用了十五分钟叮嘱注意事宜。刚走出医院，陪孕护工们就蜂拥而来，竭力自我推销，念叨着分娩的时长与时机、胎儿的体重与智力。他们费了相当大的力气才挤出重围，四肢酸麻，头脑发昏。

声远的父亲会过来陪孕，这也是之前就决定好的。但还有很多事情需要他们自己处理，控制饮食，调节激素，体检，泡奶粉，检查课文背诵，开家长会。

以后谁开家长会呢？她说：“我讨厌老师。”

声远已经在洗漱了，回答里填满柔软泡沫，“讨厌什么？”

她的舌头跳动了一下，但摇了摇头，装作这场对话并没有发生过。

最初两个月完全称不上挑战，她和声远都照常工作。又过了一个月，妊娠反应强烈起来，不能吃任何油炸食品，那味道让人恶心。声远显得比平时更焦虑，甚至请了长假。陆续有年轻同事到家里做客，拎来五花八门的保健品，围观孕期瑜伽垫和进口胎教仪，还轮流站上那台精确到克的体脂秤，像观众在检验魔术道具，带着足够多的期待与一点点不信任，乱纷纷地说，多运动才能避免妊娠纹，护肤油也要记得抹。生孩子疼不疼呀？据说现在不疼了，之前医疗技术差的时候简直要命，孩子就是拿命换来的。目前还顺利吧？恭喜你们呀。

你还好吗——看到声远的表情时，她总想这么问。只要声远透露出那么一点点后悔的意思，他们就会终止妊娠，重新回到平静幸福的二人世界。这已经足够了，她从没奢求过更多的东西。她从没真正问出口。

二

他们喊我杂种。他们在我经过的时候尖叫着一哄而散，又躲在大人身后偷看。趁母亲不注意，我会朝他们做鬼脸，而他们的叫声会陡然升高，像一群容易惊乍的麻雀。我从没跟他们说过话，但认识他们每个人，知道谁喜欢哭，谁有难听的绰号，因为在他们捉迷藏或踢毽子时，我就在楼上看着。

我和母亲借住在姥姥家。二十世纪六十年代建成的公房，又是顶层，夏天时比蒸桑拿还闷热。卫生间没有窗户，永远能闻到可怕的臭味，仿佛有老鼠在下水道里腐烂。我和母亲住在客厅，每天晚上把沙发放平改成窄床。晚上有动画片可看，而整个白天都漫长无趣，我就从沙发垫的缝隙里摸出偷藏的糖果，含上一颗，躲到阳台上看人们遛狗、买菜、打麻将，看和我一样大的孩子们在院子里追赶打闹。那时，我还足够年幼，还能对陌生人产生好奇。

那时奶油是稀罕物，整年都吃不到几回。母亲知道我喜欢，就在我7岁生日当天买了很大一只奶油蛋糕，上面画有米老鼠图案。我戴好纸质王冠，等待大人们把蜡烛一支支点燃，然后在黑暗中闭上眼睛许愿。电灯重新亮起之后，我环顾着围坐在桌前的家人，又长大了一岁，心中萦绕着对辉煌未来的期盼。

然后，不知怎么的，我明白了。

或许因为长大了一岁，理解力和判断力都有所提升。或许因为我之前闭上了眼睛，短暂的黑暗强化了视觉信号的冲击力。人生中总有这样的时刻，我们兀自明白了之前完全无法理解的东西。比如说一加一等于二，比如说人死不能复生。我们会彻彻底底理解它，尽管在片刻之前我们还什么都不懂。

惨白的灯光下，我发现每个人都长得很像自己的父母：表妹和小姨都有肉嘟嘟的嘴唇和浅淡的双眉，表弟和舅舅都长着钝平的下巴，甚至母亲和姥姥都长着同样的鼻尖。他们的表情也微妙地相似，亲密无间。

我和母亲丝毫不像。

与此同时，我也明白了什么是杂种，明白了那些人看向我的眼神。在我放声哭泣的时候，谁也不明白究竟是怎么回事。他们把最大的一块蛋糕塞进我手里。米老鼠的耳朵已经变形了，奶油闻起来是苦的。我收紧手指，让它变成一堆恶心的灰色烂泥。母亲搂住我，捧起我的下巴，用大拇指抹去所有眼泪。由于每天都忙于家务，她的指端覆盖着厚茧，擦在脸上很疼。

我强忍着疼痛，没有躲开。

三

她原本不希望声远的父母来，他们住的一居室对四个人来说实在太过拥挤，在外租房的话又要平添一笔开支。经过几次讨价还价，他母亲同意留在家里，让父亲过来帮忙照顾。虽然多少也有不便，但是继续拒绝未免太不近人情，毕竟声远是他们最小的儿子，也是唯一没有留在他们身边的。

还没商定出具体时间，那60多岁的老人就提着简单的行李出现在楼下。城北不久前刚刚降温，他穿着水泥色厚夹克，每颗扣子都严实扣住，拘谨得像兵马俑。他长着浓密微鬈的头发，只是发色花白。他和声远有着相似的身高，单眼皮，薄嘴唇。读排名中等的中学，进排名中等的大学，毕业后成为建筑工程师，27岁结婚，30多岁生孩子，喜欢平稳运行的机器和平稳运行的生活。

每次看到声远的父亲，她总觉得自己看到了老年版的声远，他们相似到令她恐惧。她怀孕一样地怀着那些恐惧，像有人把她的内脏完全掏空，重新装进石头。

“应该提前说一下，”声远说，“我们应该去接你。”

“应该提前说。”她跟在声远身后下楼，重复着那些话，听见石头在自己体内跌落碰撞，隆隆钝响。“应该去接您的。”

声远的父亲审慎地注视着他们，仅凭神情就让她畏惧。他是那种典型的“大人”，那种她在18岁之后依然想要躲避的人，足够严肃，坚守规则——问题在于她几乎不明白这种规则。她煎了水，倒了茶，洗了水果，找出备用的床单和棉被，仔细拿捏各处细节。他对任何殷勤都只说一句谢谢，拿着卷尺走来走去，花好几小时测量家具的尺寸，重新设计了摆放位置，以免行走时有什么意外磕碰。

“不用为我爸操心，”声远说，“他是来帮我们的，不会给我们添麻烦。”

大多数时间，他都一言不发地待在客厅，审视方案，用笔记本运行软件。听声远说，在退休后他被当地建筑院返聘，还有不少工作要完成。偶尔他会命令她和声远出门散步，或者像在餐馆点菜那样规定好每周的食谱，详细到各类蔬菜的配比，综合考虑了口味和营养。

“肯定是家里其他人催他过来的，”声远说，“否则他根本不会这么积极。”

她没办法完全忽视声远的父亲，尽管尝试关心他让她感觉更糟。她觉得自己在同时照顾三个人，声远的孩子、声远的父亲及声远本人，在承受整个家族的引力与重量。刚认识那阵子，她觉得他们都是家族的棋子，但声远说他们更像兑奖券。“我爸和我都算二等奖，我三叔算一等奖，毕竟也是省建筑院的总工程师，能为家族晚辈安排工作。”

“谢谢惠顾呢？”她问，“什么样的算谢谢惠顾？”

“那不是谢谢惠顾，”声远告诉她，“是心怀感恩。”

四

我不记得他们是怎么把母亲带走的，但我记得是在我 7 岁生日的第二天。他们说母亲犯过罪，将在监狱里服刑一百年。

留给我的只有零星的记忆片段，比如被母亲领着在街心花园散步，手里紧攥住一株郁金香，试探着把明黄色花瓣填进嘴里；比如 7 岁那年的生日蛋糕，蜡烛与米老鼠。如今我相信，母亲已经尽全力让我幸福了——在小时候，我觉得那是抛弃。

偶尔我也会想到父亲。姥姥家那堆老相册里有他的照片，眉毛粗浓，眉骨过高，嘴角微微下撇，平心而论，他并不帅气。母亲深爱着他，这是一种我无法理解、多数人无法理解的深爱。用警察的话说，这是一种发了疯的爱。

我的养父母则是踏实本分的市民阶级。收养我时，他们年近五十，刚把最后一个孩子送去上大学。根据评估，他们有足够的经验抚养我，我也能消磨掉他们生活的寂寞，作用约等于宠物或盆栽。由于年纪较大，他们的观念往往更保守，但我一直很听话。也就是说，我在整个中学时代都没有谈过恋爱。

我 14 岁那年，养父得到异地升迁的机会，我们举家搬到了城北。

这里比我想象中的任何大城市更繁华，每面墙上都覆盖着巨幅涂鸦，一到晚上广告牌们就闪闪发亮；每扇巨大的玻璃门后面都悬挂着水晶灯，或庄重或欢快的音乐震耳欲聋。安置好行李后，养父去街角买来蛋糕。进口奶油，智利蓝莓，侧面贴着金箔碎片。我们点燃蜡烛，轮流许愿，希望新生活顺利开始。

进入新学校的第一天，班长带我领好教材。走到教室门口时，她突然停住脚步，心血来潮般高声发问：“你就是那个陌生女孩？”

我知道她嘴里的“陌生”是什么意思。

“你知道你跟我们不一样吗？”班长盯着我怀里的课本，就好像那不是学校发给我的，而是我偷的抢的。

我不知道，或者说我不想知道。我屏住呼吸，点了点头。周围的学生三三两两地抬头看来，显现出被打扰的不满。

我坐回自己的位置，把教室想象成顶楼的阳台，想象出嘴里的糖块。我沉默地、高高地往下看，所有人都渺小如蚁。还有几个同学尝试跟我搭话，但我谁都没有理会。直到下午那节语文课，邻座小姑娘抚摸了一下我的胳膊。

“问你个问题，”她陡然低声说，“你难不难受？如果我是你的话肯定早就自杀了，我根本受不了这种事。”

因为没吃早饭，我的胃正隐隐作痛。我仅有的耐心被消磨干净——如果我稍微清醒一点，就会意识到她的手心很温暖，她的语气也很温和，她没有恶意。但在当时，我把桌上所有的课本文具都推到地上，站起来大声对她说，那你怎么不去死呢。

我知道他们想说什么。鬼才愿意跟你结婚，畸形儿。变态、疯子、孤儿、婊子的女儿。由于害怕受处罚，他们没有直接说出来，而是用纸条填满我的抽屉。我会边抠指甲边把纸条撕碎，冲进厕所下水道。有时候大概是拿垃圾桶直接往我抽屉倒的，里面有头发、饼干屑、粉笔头。我把它们重新倒回垃圾桶。

14 岁时，我对周围人漠不关心。

我定期量身高，坚持晨跑，每次去洗手间时都要照镜子，一遍遍揣测自己未来会长到多高，什么时候胸部开始发育，什么时候长智齿。这很有趣，就像在搜集线索、破解没人知道答案的谜题。

几周后，班主任还是注意到了我抽屉里的那些“小问题”。他把我叫去办公室，帮我预约了放学后的心理咨询。那位娃娃脸的咨询师根本毫无经验，在统计完测试表上的所有分数后，直接打电话给了我家长。

我不知道养父对她说了什么，但咨询师的表情骤然一变，不再是做慈善一般有限的同情，而是让人浑身颤抖的确凿无疑的同情。我从咨询室逃了出去，那天光线很好，窗户大敞，走廊里特别明亮，地砖像水面一般金光闪闪。我奔跑在水上。

五

初夏尤其干燥，连续几周都没下过雨。她起了皮疹，水红斑点在手臂上延展蜿蜒。急诊医生递给她两只透明塑料瓶，黑色药粒颗颗饱满，如史书里记载的仙丹。“从没听说过这种药吧？外行人都没听过。”医生近乎怜爱地看着药瓶，“学医的才知道它有多了不起，如果能早发明十年，整个社会都要变天了。”

但它没有，人造子宫先被发明了出来。

她把吃剩的药粒收纳进床头柜，摆在叶酸和几瓶人造激素之间。那些时日，柜子里储备的药物品类丰盛，各有专攻，能够缓解孕吐，治疗失眠，强健腰椎，消解关节疼痛。

她想象过怀孕途中的种种困难，但她完全无法明白其中最困难的部分。每时每刻都感觉身体内有东西在膨胀，感觉自己变成一只杯子，一只口袋，一种为容纳而存在的造物。出去散步时，她和声远总会避开人群，不希望自己的狼狈被人看见。

结婚前他们就讨论过家庭形式，一致同意生孩子，也一致同意要等到更合适的时机——声远相信现在就很合适，她暗怀疑虑。声远肯定察觉到了她的疑虑，于是在第二次产检之前，整整五天，他们不再说话，沉默着搅拌营养粉，沉默着洗漱，沉默着躺在床上。这种沉默就像一截绳子的两端，一端握在声远手里，一端握在她手里，只要他们都不放手就永远绷紧。

早上醒来时，声远已经在和父亲吃早餐了，他们面对面坐着，动作里有无坚不摧的默契。桌上摆着烤面包和煎蛋，能闻到焦糖的苦香。

“别太勉强了，”她说，“你不是讨厌吃早餐吗？”

“他昨晚没睡好。”声远父亲说，“没睡好的时候容易饿。”

声远点点头，微笑道：“这是爸最拿手的早餐，你也尝尝。”

绳子悄无声息地断掉了。肯定有人和声远谈过，帮他分析情况、排解忧虑。而声远不再是 30 多岁的成年男人，重新变回了某人的儿子。她说不清是什么让她感到了嫉妒，早餐、他父亲的话，还是声远的微笑？五年前，他们在城北办了一场简单的花园婚礼，只邀请了近亲密友。交换戒指前，声远说她是世上最了解他的人。富有婚姻经验的人会觉得这种话只能听听而已，但她那年 25 岁，刚刚陷入爱河，什么都愿意相信。

她退回卧室，在房间拐角站了一小会儿，第二天凌晨五点就走进了厨房。

接下来几周，她每天早起，叮叮当当地摆弄厨具，帮声远以及声远的父亲准备早餐。直到声远的父亲说家里有点其他事情要忙，不得不提前离开城北，直到这时，这里重新属于她和声远两个人。

但声远还是经常和家族里的人打电话，聊三个小时以上。她问过这究竟是怎么回事，问过声远他什么时候才能真正长大，从原生家庭里走出来。

“什么叫走出来？”声远问，语气真诚，近乎困惑，“家族不是脚下的路，而是脚上的鞋，是要跟着我们一起走的。家族救了我的命。”她知道那件事，声远13岁那年因为车祸而肝脏破裂，是某位堂哥捐献出了自己的肝。生活在这样规模庞大而井井有条的家族里，所有人都会有种错觉，以为自己是不死的，能用一双又一双的眼睛看这个世界。而且他们每月能从家族里领到一笔不小的生育补贴，足够两个人都请假在家，专心生育。

她抿紧嘴唇，感到绵密的刺痛，像是自己正在被慢慢缝住，被固定在某张宽广柔软的白布上面，伤口流血，头晕目眩，动弹不得，即将昏迷又即将苏醒。

六

第九次整容手术只需要调整鼻尖的弧度。创口隐不可察，手术第二天就可以洗脸。我把养护液均匀涂抹开，对着镜子审视自己的面容。

没人知道我做过这些手术。养母注意到了我的变化，但她相信这是日积月累的影响，长期生活在一起的人总会越长越像：因为都喜欢用护手霜，所以拥有细腻的双手；因为都会跳舞，所以肩膀平直、脖颈修长，和她的其他孩子一样。她远比我年迈，但并肩走在路上时，谁都不会怀疑我们是亲母女。

也就是说，我可以忘掉某些事情，勉强活得像个正常人。

我没怎么回过姥姥家。我不希望冒任何风险，不希望伤害到我的养父母，让他们以为我在长大后就会离开。然而去年姥姥摔伤了膝盖，在接到求助电话后，我只能请假回家和舅舅轮流照顾她。

我们相处得很融洽，像任何一对温驯晚辈与和蔼老人。

二十多年过去，我没那么容易哭了，能够心平气和地接受一切。

我已经意识到，我和母亲、姥姥并不像我 7 岁那年以为的那么“完全不同”，我们确实有不同之处，也有更多相同的地方。

“天冷了，”有一次，姥姥突然说，“你妈特别怕冷。当年她死犟着陪你出去打雪仗，身上贴着七八个暖宝宝，回来后冻得舌头麻了，话都说不利落。”

我告诉她，我不记得自己打过雪仗。说话时我的舌头微微发麻，雪从喉咙深处生长出来，带着森森寒气。

“她就是这样的人，心里没数。”姥姥说，“哪怕把圆规塞她手里，她也要自己画个方形看看。”

我也没主动探望过母亲。直到年满 18 岁时，根据法律规定，我成为父母的监护人，不得不去监狱办理手续。和我原本想象的不同，那里并不是肮脏昏暗的，更像学校或者银行，墙上写着“爱学习，爱劳动”。签完合同后，狱警询问我是否想要去看望父母。可能只是例行询问而已，但我还是同意了。

父亲拒绝了我的探视，对他来说我完全是陌生人。而母亲一见到我就站了起来，来来回回扫视着我的全身。她比我记忆中更老，比文件上的那张证件照更年轻些，仪容无半分松懈，灰白短发整齐地梳向脑后。狱警跟我说过，她在服刑期间一直在念书，这让她保持住了敏锐。尽管从外表上看，我和小时候很不像，她还是一眼就认定我是她的女儿。

“你比我高很多，”她说，“养父母肯定对你很好。”

“他们很好。”我低头看向面前的那把空椅子，没想好要不要坐下。母亲朝前走了一步，紧抓住铁栏杆，指尖发白，指甲边沿参差不齐。她问，你结婚了吗？她身后的墙上写着一行红字标语，“任何改正都是进步”。

“我今年 18 岁。”我盯着那些铁栏杆，闻到金属的腥味。

“死了这条心吧，18 跟 28 都一样的，哪怕你活到 98 岁，他们也不会跟你结婚。”母亲说，“更不会让你生孩子。”

“我会结婚的。”我说。我刚刚考上大学，还没收到过情书，没在图书馆里和人偷偷接过吻。但那一刻，我无比笃定，相信自己肯定会结婚，肯定会属于某个人，某个生生不息的家族。

母亲笑了起来，就像她早就预料到我会这么说。

在整容医院的等候室里，大家经常会互相安慰。我们基本都是年轻人，怕疼，也怕手术失败。他们中的有些像我一样，渴望和父母更相似。有些则是逆反者，忍受大大小小的手术，换手机壳那样挑选着不同的颧骨形状和发色，甚至把耳朵修剪成菱形，只为不再和自己的父亲或母亲拥有同样的面孔。

看起来是否相像根本没那么重要，我和母亲看起来并不像，但我能感觉到有隐秘而强烈的相似在我们的血液中嗡鸣。我属于母亲，更准确地说，在我身上潜藏着属于母亲的部分，某些属于我的部分也随母亲一起被关在牢狱里。我头皮发麻，眼泪莫名其妙涌上来，最后止不住地干呕。工作人员将我领出探视室，我再也没有回去过。

七

声远家的人不喜欢整容，他们的外表基本都由基因决定，乌黑浓密的头发，薄嘴唇，鼻梁上微微凸起的驼峰，轮廓大差不差，无非是这位瘦一些，那位高一些。初次去他家时，她穿着新买的墨蓝波点连衣裙，依次从声远五位堂祖父和九位堂叔手里接过了数万元的红包。她至今都记不清这些堂叔的名字。

印象最深的倒是一对 15 岁少年，他们窝在沙发上玩纸牌喝可乐，穿着同样的衣服，留着同样的发型，并不是双胞胎。据说是故意跟对方保持相似的，这样就可以做许多恶作剧，在一人逃课时让另一人顶包。妻子和女孩们没这么相似，但都身材丰润，脖颈修长，展现出声远家男人在择偶方面的稳固偏好。

抚养这么多孩子当然很辛苦，某位留络腮胡的堂叔对她说，有付出才有回报。

没必要全然认可这种说法，也没必要反驳。她彬彬有礼地微笑着，听堂兄们讲述声远小时候犯下的傻事：他以惊人的创造力和耐心，给所有旧玩具都重新起了名字，“红色闪电”赛车模型改为“烈焰狂心”，“恐龙比利”喊作“大暴龙”。声远是这代孩子中最小的，永远只能穿洗褪色的牛仔衬衫，用磕了角的铅笔盒及旧玩具，只有这些称呼是新的。

“我已经长大了。”声远在旁边辩解着，为小时候的固执感到羞赧。

岂止是长大，更合适的说法是变老。另一个晚上，她起床去卫生间，回去时发现床头灯开着，光线冷冷地落在声远身上，他无言地仰躺着，嘴唇颜色比她印象中的更苍白。最近他总是睡不好，反应迟钝，眼角生出柔软的细纹。他们都加速衰老了，像是把自己的生命抽出去才凝结成那枚小小的胚胎：这世上的一切都被安排得完满无缺，自有定量。

她躺过去，揽住声远，隔着小山般凸起的腹部。窗户没关牢，晚风悠悠渗进来，掠过山河。子宫膨胀后，内脏被挤压移位，紧紧贴在胸腔隔膜上。当一个人内脏的位置发生变化，是否还能算同样的人。当一个人变高、变瘦、变老，是否还能算同样的人。许久后，她终于认出了心里深埋的不适，那是对生活感到陌生。

“吵醒你了吗？”她问。

“你还孤单吗？”声远问，“我会一直陪着你，我们会有孩子，所以你还孤单吗？”

她本打算说“是”，但这肯定不是合适的答案，因为声远转过脸来看着她，眼神热切到让她产生了错觉，就好像他的整张脸都在发光。声远那么小心翼翼而虔诚地看着她，急于让她确信自己在被人爱着。但她也不想说谎，因为欺骗本身也是伤害，无论声远是否能意识到。

“声远小朋友，你已经长大了。”她说，用手指拂过声远毛茸茸的头发，把床头灯重新关掉，“应该知道孤单不一定是坏事。”

八

在暗淡光线和酒精中，没人能守得住秘密。我装作在倾听，其实是在隔着纱帘眺望。人们的脸上永远带着寻觅般的表情，紧贴在一起扭动身体，如此相似，如此亲密，整个舞池就像小时候玩的万花筒：装满彩色碎片，在三棱镜中不断旋转，生成无穷无尽、永不重复的美丽图案。

“是不是很美？”对面的男人把手机递过来，不耐烦地敲了敲桌子。

我回过神，看向手机屏幕。上面的女人大概 30 岁出头，绿底白花裹身裙，挺拔葱郁如热带植物，很典型的南方人。

“我堂嫂，家族里最美最多情的人。但脑子不太清楚，很贪婪。”

“介绍给我吧。”我说，“我就喜欢和贪婪的人交朋友。”

“但她没办法平等地爱所有人，因为这不是排列组合，不是真子集，也不是等差数列。”他把手机夺回去，声音因愤怒而颤抖，

“这不是数学问题！”

他吐得满地都是，真的很恶心。酒保收拾卫生时我趁机溜走了，没买单。最大的收获是那张照片，我越想越觉得面熟，查了查，才知道是在新闻上见过。那男人不仅有一位传奇般的堂嫂，还有一位杀人犯堂叔（撞见妻子和自己亲弟弟在床上厮混后，他选择用刀解决问题，又跳下十五楼阳台）。此后他和他们家族的所有人都陷入了恒久的怀疑，试图想明白是哪部分基因造就了“杀人犯”与“自杀者”，同样的基因在他们身上又会引发何种选择。

不是排列组合，不是真子集，也不是等差数列。家族就是这么一回事：安全感与灾难。

法律公选课的教材上写着：日光之下再无新事，日光之下甚至再无新人，社会因此而坚实稳定，人人都背负责任。共同基因人连带赔偿、滥用基因的维权纠纷、基因授权有限责任制，等等。考完试我就卖掉了所有笔记和教材，再也分不清它们的定义，不愿意回忆这些锋利的词语。

“各位美人，把申报表投进门口的箱子。”选美比赛的工作人员反复叮嘱。我踩着高跟鞋走来走去，在过于明亮的舞台灯下保持微笑。评委们认为我长得很有辨识度，甚至还介绍经纪公司来跟我签约。

没有任何经纪公司打来电话，因为填在申报表上的是假电话、假身份、假基因序号，一个彻头彻尾的假人。把申报表投入箱子之前，我一遍遍抚摸那光滑的纸张，留下唯一真实的东西：我的指纹。评委们赞美的目光也都是真的，那目光像胶带一样把我层层包裹起来，让我不至于在某个瞬间彻底散架。

恋情中我从不主动，只靠爱一个更爱我的人来维持平衡，在他们轻吻我侧脸时紧紧闭上眼睛。有时他们会道歉，直接送我回家。

有时会给我更多的亲吻与抚摸。有时他们突然拿出一大捧玫瑰，在餐厅缓慢忧伤的音乐中单膝跪地，献上戒指。然而，只要我跟他们走进婚前登记中心，他们就会勃然大怒，咒骂我是骗子。

“你说你不在乎家族情况的。”我说。

“这不一样，”他们说，“这不能算家族情况，你根本就没有家族。”

九

怀孕五个月，吐出的不仅是食物，还有些酸酸苦苦的黏液，应该是胆汁和胃液的混合物。在声远面前，她总要笑着，以免他过分紧张。尽管她怀疑声远根本不知道她在想什么，也不知道她每天晚上要花费多久来勉强入眠。很多人会觉得自己的丈夫是出于自私才选择生男孩，但她了解声远，声远只是不想让她受苦。

声远的父亲寄过来一个超声波按摩仪，据说对婴儿发育有好处。

她不是很信任新技术，毕竟人们当年也声称发现了新技术来治疗癌症，但那种药物污染了空气和海洋，继而污染了所有人。上个世纪二十年代，全球生育率显著下跌。在结婚率下降、离婚率上升、人口老龄化等诸多因素的掩盖下，医学界花了很久才意识到问题出在哪里：人们开始对别人的基因过敏，这导致子宫在怀孕两周后开始间歇性痉挛，免疫系统持续攻击那枚脆弱的受精卵。随着子宫内膜的片状脱落，孕十周的流产率达到八成以上，孕十六周的流产率达到百分之百。

整整五年内，人类的未来是一片空白，直到人造子宫投入临床应用。很艰难，但人们还是能够活下去，以更高效的方式延续基因。

美中不足的是，体外子宫技术依旧不够成熟。必须通过微创手术把子宫和胚胎同时埋进身体里，服用大量调节激素的药物，然后耐心等待八个月。有些心理学家声称，保留孕育过程有利于强化父母与孩子之间的情感链接——付出越多，回报越多，事情往往都是这样。

孕检室就在育婴室对面。排队等候检查时，她隔着玻璃观察过那些刚刚被取出的新生儿，他们周身发红，双眼紧闭，皮肤布满褶皱。哪怕是刚出生，他们也有着鲜明的不同，不同浓密程度的胎毛，更圆或更尖的头颅，更宽或更窄的鼻翼。她为这些复杂的小生命着迷，专心致志看了很久，但她尝试过了，尝试过很多次，还是无法想象那是她和声远的孩子。

结婚五周年，她和声远写下了对方的一百条优点。她喜欢声远身上的秩序感，他横平竖直的字迹，而声远喜欢她说话时偶尔蹦出的书面语，还有她“像母亲一样的温柔”。“母亲”这个称谓让她感到害怕，不光是因为她想起了蛋糕和监狱。小时候的户外观察课上，她曾经看见蜘蛛们合力完成巨网，用半透明的丝线把整棵树紧紧缠住。母亲就是那棵树，说不上是蜘蛛们的家，还是蜘蛛们的猎物。

她用指尖捏住按摩仪，假装寻找不到开关。声远接过它，收回盒内。“没事，不需要这些，不需要这么新的东西。”她点点头，发现自己又在抠指甲，这是她在初中养成的陋习。无论指甲边缘修剪得多么光滑，只要寻找到合适的角度，总能将这些透明坚硬的角质轻易撕开。

“我在想，”她说，把撕下的指甲碎片捏在手里，感受到一点儿无意义的刺痛。“我在想，我们要不要生个女儿？”

十

世贸广场的玻璃幕墙上贴着圣诞快乐、金色飘带、情人们的许愿卡片及大片大片的雪花模型，试图营造出没头没脑的浪漫。雪越下越大，在城北主路的最后一个拐弯处，所有车都停住。邻车司机探出头看了看，把手里的烟头弹进雪里。远处的车喇叭一个劲地响。

声远从前面走过来，挨个儿敲开车窗，向每个人道歉。他的手指似乎有些僵硬，几乎是在用拳头叩打玻璃。我辨认着他脸上的神情，把窗户打开。

“轮胎被雪卡住了。”他面色发青，“前面有个雪坑，我不小心掉了进去，又猛踩了几脚油门。交警正在拖车，差不多要等十分钟。对不起，对不起。”

“没关系。”我说，把车里的暖手宝和我的名片一起塞进他手里。我想知道他为什么能在惊恐不定的时候依旧克制住自己，向在场的所有人表达歉意。

“下雪那次是很蠢的事故，但我小时候出过车祸，”第一次约会时，声远说，“我不该被吓到的。”他逐一向我介绍那些建筑模型。它们最高不过几十厘米，有着小小的玻璃窗，从窗户看进去，能看到小小的桌椅，上面坐着小小的人。真真正正的上帝视角，去假想和俯视另一种不属于自己的生活。

看完建筑展，我们来到湖边。初秋的晴朗午后，湖面上光线四裂，刺得人眼睛痛。听我坦白完自己的身世，他没说话，转过脸来打量着我。建筑工程师的目光都很敏锐，能把所有高楼广厦拆解成钢筋水泥、承重分析，所以我变成了透明的，每段基因都清晰地在身体里转动。

“原来你不是批量生产的，”他恍然大悟般感慨，“是独家艺术品。”

我依恋过他，感激过他，此刻我只想把面前的东西都摔碎，用指甲在手臂上划出深痕。窗帘被风一下一下掀起，房间里的光也一下一下闪动，忽明忽暗，给人以波涛汹涌的错觉。我们被困在船上，向某块未知的礁石或岛屿航行。

声远沉默不语，以沉默表示抗拒。我站到他身后，缓慢地、更完整地重复着刚才的问题，我问过很多次为什么我们不能生女儿。

“太疼了，”他说，“越来越疼。”

“我做过多少次整容手术，有些连麻药也不能打，我什么时候怕疼了？”

“你想离婚，对不对？”他转过身，双手抱肩，背靠到墙上，“我们让你厌烦了，因为我们全一模一样。”

“因为那不是我们的孩子。”我说，“那是你的，他只属于你。”

“你没明白，是我属于他，属于某个我根本没见过的人，他多高，我就只能长多高，他不喜欢哭，所以我哭都没法哭。”

声远的神色很吓人，就好像他现在什么都做得出来，可以把刀插进我胸口，可以翻身跳下阳台。他确实没哭，但他是被巧妙修补好的瓷器，在特定情况下总会暴露出摇摇欲碎的裂痕。我一动不动，准备承受接下来的破碎。

什么都没发生。他闭上眼睛，堵住耳朵，深呼吸，静静地深呼吸，用这种方式把自己修补完整。这是他们家族人人都有的能力，也是他最吸引我的地方。我走过去，抚过他隆起的肚子，另一个小小的声远正蜷缩在温热皮肤之下，健康安适，随着他的血流而振动。

人造子宫不能解决人们对其他人基因过敏的问题，它只是让人们能在体内孕育孩子。从此之后，如果我们想要孩子，必须自己去生。如果我们想要孩子，只能生下我们自己，男生男，女生女，这样更高效也更合理，在法律和道德上都很好解释：只有我们对“我们”最熟悉，只有我们对“我们”有责任和义务。

有些人开始尝试新式家庭，他们不断生育，像病毒那样扩散，形成蚁群般分工明确的庞大谱系，共享财产和亲情，把所有关系都拧到一起。更多人还是像过去千百年一样，与相对固定的伴侣结婚，互相照顾，共同抚养孩子。

没什么人选择自然受孕了，我认识的人里没有，除了我离经叛道的母亲。为了能跟父亲真正“融合”在一起，她违规使用了那种如仙丹般的黑色药丸，那种能降低人体免疫力的抗过敏药，原始野蛮地自然受孕，极其幸运地生下了我。事情暴露后，父亲直接入狱，而母亲被允许保释在外照顾我到 7 岁。用药期间染上的病毒持续不断地折磨着她，让她不到 50 岁就死在了狱中。

“如果别人做了错事，我可以原谅他们。”声远说，声音微微颤抖，露出我很熟悉的那种神情，他被吓坏了并感到愧疚时才会有的神情，“但我不能做，对不起。”

“对不起什么？”

“对不起，我没办法做错事。”

十一

复查安排在中秋节前。声远填完信息表，把随身物品交给她，孤零零地走进检测室。她怅惘地望着声远的背影，觉得他不再像父亲、堂哥、侄子，不再像他们家族的人，更像他自己。她握住声远的手机、钥匙和身份证，就像把声远和整个社会所有的联结都握在手里。

离预产期越近，声远对生育越恐惧，必须要日日夜夜地仰躺在床上才能勉强入睡几小时。子宫日渐膨胀，挤压内脏，在肚皮上撑出鲜红的纹路，睡不安宁。他把那些迷迷糊糊的梦讲给她听，有时在无边无际的荒原上生产，肿胀的腹部被剖开，没有胎儿，只有汩汩流淌的血液。有时在生产后不能言语，变成薄而透明的一整片，像蛇类蜕下来的旧壳。他短暂地考虑过终止妊娠，但很快意识到，他没办法改变家族的意志，因为家族里的每个人都是他自己。

她开始理解声远，和 7 岁时的顿悟不同，和 25 岁时的了解不同，30 岁的理解带着让人心安的重量，钝刀子般划在人身上，疼是有些疼的，但不见血。她知道声远在初中时考过班级倒数，为升入父亲的高中母校而通宵补习，困得神志恍惚，在下楼梯时摔断了腿。她知道声远也想过整容，但他的母亲闻讯赶来，在医院门口撕掉手术合同，连扇了他几个耳光。

他们还是能收到声远父亲寄过来的各类仪器，它们都被放进衣柜顶端，从没用过。他们心怀感恩，如一对旧时代的平凡夫妻那样，互相扶持着度过孕期，用拥抱而不是多巴胺胶囊来调解情绪。

像抱住想象中的男孩那样，她抱住声远，亲吻他，轻轻拍打他的背部。他们都知道没必要过于担心，因为声远不会死于难产，声远家的男人从不难产。声远很可能会活到 83 岁，因为声远家的男人有百分之九十的概率活到 83 岁。但她的基因组合是崭新的，最好的医生也推算不出她的膝关节会不会在 40 岁后的某个早上发出弹响，她的心血管会不会在 50 岁后粥样硬化。她会不会像母亲那样患上肺水肿，咳出大量白色泡沫，安静地死在某个清晨。

最后他们放弃了生育女儿的计划，不再冒险把另一个柔软的生命带到世界上。

长达五个小时的检查很快过去，一切正常，他们手拉手往楼下走。怀孕后，声远的体温下降了，指端发凉，让人想起了秋天。树叶干枯，树叶明黄，树叶簌簌飘落，树叶与树叶如此相似，每片树叶都知道自己生长于哪棵树。到秋天他们的孩子就该出生了，肯定是男孩。但在这短暂时刻，她允许自己尽情想象另一个孩子，一个永远也不会降生的陌生女孩，有着声远的眉毛和她的眼睛，声远的皮肤和她的脸型。比他们都勇敢，和谁都不一样。

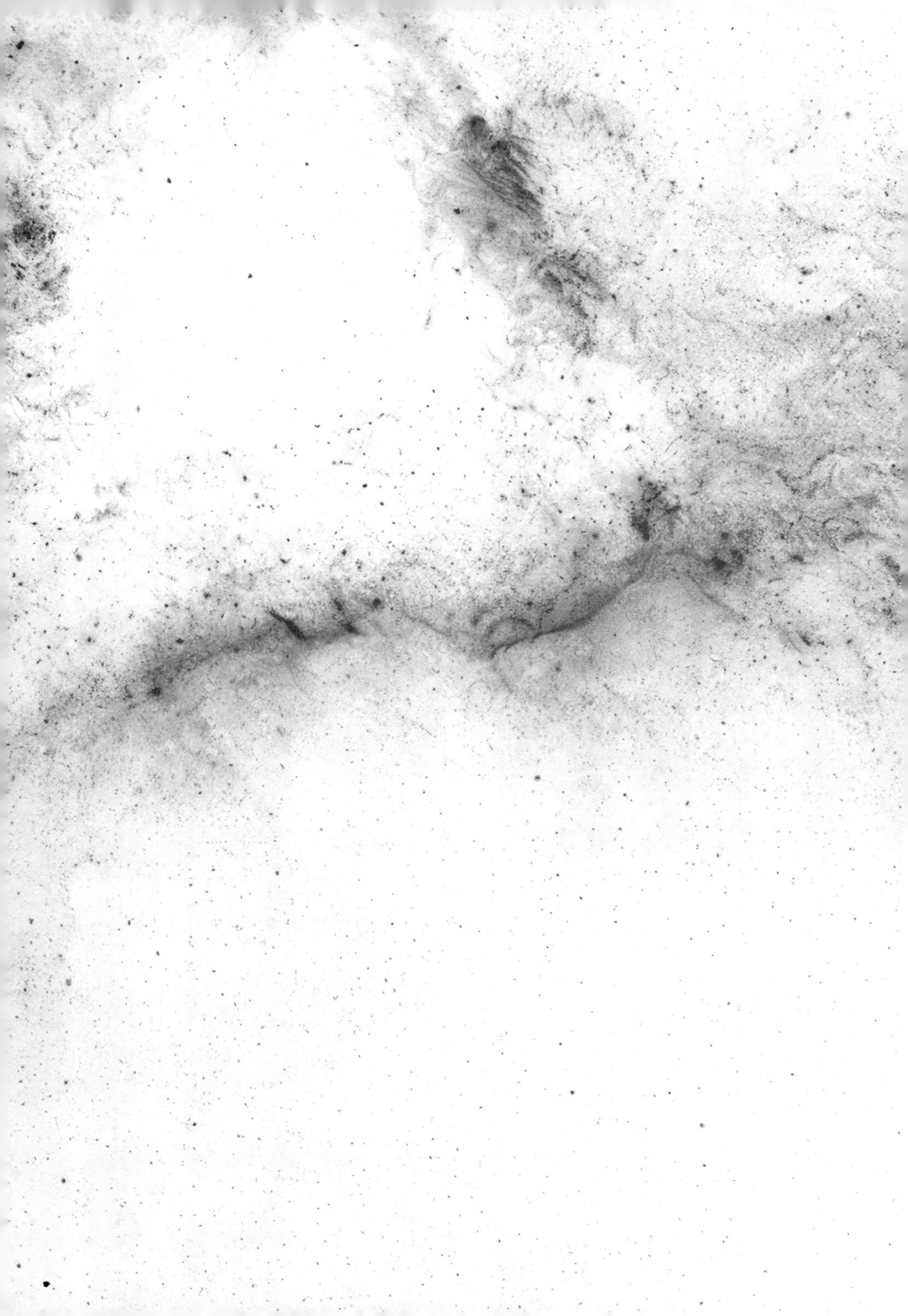

宝贝宝贝我爱你

赵海虹

老板召我的时候，我正在和宝宝玩捉迷藏，我饶有兴致地将光标拖到门背后，点一下，屏幕上的视角顿时 180 度大挪移，于是我从门缝里察看宝宝在外面的情况。我只看到他挥动的小胖手，那只手摇摇摆摆，忽左忽右，之后从我狭窄的视线里完全消失了。我好奇心顿起，正打算从躲藏的地方探出头，突然屏幕上出现大大的红色炮弹提示："你被发现了！"随后切入宝宝从我身后扑上来，紧紧抱住我脖子的画面。我笑出声来，这是我生平第一次喜欢电脑游戏。作为一个设计软件程序的苦力，我居然极少玩电脑游戏，这是我的同事们完全不能理解的，而现在让我玩兴正浓的是一种叫"养宝宝"的网络游戏，游戏的宗旨是让没有孩子但又想拥有亲子之乐的人体会到养孩子的乐趣。不，我从来没想过要养孩子，玩这个游戏是老板派下来的特别任务。拿着工资玩游戏真是惬意，但老板肯定意不在此，不过才三天，这不，已经要切入正题了。

一只手搭在我的肩膀上，拍拍，又拍拍，终于不耐烦了。

"小胡子，你昏头了？"

"别吵，我在养孩子。"

沈大姑娘的脑袋呼地绕到我和屏幕之间，一双细细的眼睛直看着我："上瘾了？让你家蓝子生一个去，老板这会儿正召你呢。"

我小心翼翼地把宝宝拖上婴儿床，盖上婴儿被，出门时轻轻合上门，保留今天的活动积分然后退出，我把双手插在裤子后袋，应召而去，背后传来沈大姑娘的冷笑："最讨厌这种无聊的人，有种真的养个孩子，那么容易吗？把孩子当玩具，这种游戏缺德。"

老板在我面前的茶几上放了一杯咖啡。我说"谢谢"，喝了一口，不加奶，一粒糖，略带苦味，老板之所以是老板，确实有他的独到之处——要记得每个员工的口味，谈何容易！

"小胡，游戏玩熟了吗？"老板面带微笑地问。

"刚上手，不过很有意思。"

"我们公司已经和爸爸爸公司签下了合约，买断了'养宝宝游戏'的开发权。上层决定以这个游戏的一代为基础，开发全息影像版本，增加游戏的真实感，从而大大增强它的吸引力。"

"好主意！"我兴奋地把咖啡杯在桌沿上一敲，"全息的养宝宝游戏和现在的二维版本相比，绝对是质的飞跃！"刚才的一敲，飞溅出的咖啡落在我的蓝衬衫上，我低头擦了一下，也冷静下来，"但是现在99.9%以上的网络用户还在使用旧的台式电脑、笔记本和掌上电脑，全息电脑和以此为基础建立的全息网络只属于一个很小的圈子。在全息网络上运行的游戏作为一种商品可能没有多大的市场，而升级版的研发投入一定高得惊人，是否会得不偿失呢？"

"市场方面的情况不用你担心。"老板悠然自得地在摇椅上摊开身子，"全息网是互联网发展的大势所趋，即使三五年内不能收回成本，这个游戏的升级版本也依然要做。知道现在用全息网的，大多数是什么人吗？"

我点点头："既有钱又有文化的少数精英。"

"知道这些人里有多少不想生孩子或至今没有孩子吗？"

我摇摇头，按我现在的薪水，不管网费怎么降，过十年我都不一定用得上全息网。除了商业调查表，我并没有多少途径了解那个阶层。

"36.476%。"老板的脸上浮起一丝得意，"想不到吧？即使只占全球网络用户的千分之一，这个基数乘以36.476%就超过百万了。而且，作为在全息网上运行的游戏，理所应当可以提高收费，提高50倍是合理的吧？如果可以把这个百分比的潜在客户都吸收过来，这个游戏的升级版本发行两年后就可以回本。"

我更加认识到老板就是老板，他雄辩的气势简直要把坐在对面的我当成那36.476%的顾客生吞下去。

“问题。”我的问话怯生生的，“怎样去争取那36.476%的客户？还有，为什么剩下的63.524%不能是游戏的潜在客户呢？”

“问得好，你考虑得很周到。”老板微笑着向我扬了扬下巴，以示嘉许，“即使在剩下的人当中，也有人会接受这个游戏，比如孩子已经长大成人，脱离了父母，孤单的父母可以在游戏中重拾当年的快慰。至于为什么没有孩子和不想要孩子的全息网用户可以被争取过来，理由很简单。”我发现老板的目光略微黯淡了，“我至今也没有孩子，以后也不打算要。多年来，我时时自问，自己的生命有什么意义，没有意义的人生有没有必要存在。怀疑生命的人再去创造一个生命是很不负责任的行为。”

老板也真是的，居然和我推心置腹起来，哪天他想起来后悔，岂不是要把我除之而后快？我觉得手心发冷，出了一身的汗。

“这个阶层的女人一般不愿借用机械子宫生孩子，觉得不利于母子关系，但真让她们十月怀胎又怕影响工作、影响体形。有的忙于事业，拼命搏杀，一不留神就过了好时候，想生又怕不能保证质量，还不如不要。”我不失时机地夸了他一句，“头儿，您对市场真是太了解了。”

“我自己就在这个圈子里，除了切身体会，也听多了朋友的感叹和抱怨。人是动物，到了一定的年龄就会有生育下一代的本能，但人又高于一般动物，所以才能知利弊，有取舍。小胡，游戏好玩吧？”

“嗯。”我重重地点头。

“那是因为这仅仅是个游戏，游戏程序的设计师了解怎样让玩家开心，尽量简化养孩子的难度，强调它的乐趣。如果和真实生活中一样麻烦，谁还会来玩这个游戏呢？”

“明白了。”我隐约猜到了即将下达的任务。

“亲子游戏升级的全息版本由你来负责，原先制作过全息游戏的研发一组全部人马归你调配。”

“头儿，”我既感恩戴德又诚惶诚恐，“谢谢您瞧得起我，但这事情太大，我怕……”

“今天下午我就让他们给你家送一套全息电脑，欢迎你加入全息网用户群。当然，所有上网费用由公司解决。”

我的下巴都要掉下来了，那可是我垂涎已久的设备，倘若家里装上一套，我就不必总为赖在公司的全息网景房里迟迟不归而和蓝子三天两头地吵架了。

“升级产品如果成功，可以为你个人折算百分之十的技术股。还有，你们那个部门主任的位置还一直空缺，如果你有兴趣……”

我努力用右手握住颤抖的左手，结果是两只手一起抽风似的打战：“我……头儿，为什么是我呢？”

“你技术过硬，上一次的设计很成功。我一直看好你，小胡。”老板凑过来拢了一下我的肩膀，以示亲近，“怎么样？”

“我……我愿意。”我猛地一挺胸脯，觉得一股昂扬之气从胸腹间直向上冲，“一定做好！”

老板左眉微挑，悠然吐了一口气：“这就对了，今天就谈到这儿吧。”他居然亲自为我拉开房门，“顺便给你一个建议，一代产品的设计过于简单粗糙，升级时要把各种生活细节具体化，如果脱离了实际经验，几乎无法着手。”

刚走到门外的我，定住了。

“让蓝子生一个吧。”老板此刻脸上甜蜜的笑容在我眼中顿时变得无比虚伪，如同一个气球在我脑海中膨胀、膨胀，然后砰地炸裂。

人的一生中会有几个不同的阶段，每个阶段有不同的主题，生小孩不是我这一阶段的主题。人的一生中总有梦想，我曾梦想过当诗人、演员、政治家，但从未梦想过做一个父亲。

吃饭时，我望着蓝子出神。她额边的一缕头发挂在低垂的左颊前方，因为略带自然卷，像一条细细的小黑蛇在那里跳动。性感。因为蛇像女人妖娆的纠缠。生孩子也不是蓝子这一阶段的主题。我们好上的时候就共同约定不要孩子，现在反悔是不是有点背信弃义？

蓝子抬起头，一对黑眼珠乌溜溜地一转，手中的筷子已经点到了我的额头："你，你的魂呢？"她横扫过来的眼风几多哀怨。不好，才不过大半年的时间，她怎么就活脱脱成了个怨妇？

虽然我现阶段的主题不是当爸爸，而是建功立业，但是我的这一主题要靠当爸爸才能获取。我这个行当竞争非常激烈，我不干，自有别人愿意干，这么好的机会也许再也不会有了，至少接下这个活我有了一套家用型的全息网络电脑，不必老在公司拖堂，多少也可以缓解与蓝子的矛盾。所以，我这样做也是为了蓝子。

"哎，我在想好事呢。"

我难得的好脾气倒让蓝子惊诧了，她放下筷子，瞪着我："什么好事？"

"头儿送了我一套全息电脑，已经装在书房里了，待会儿我领你去瞧瞧？"我觍着脸，一副巴结讨好她的样子。

"嘁，我当是什么呢。"蓝子扔了个白眼，嘴角却偷偷地往上翘。

"喏，以后我就可以多在家陪你了。"我放柔声音，"要不我们就此一鼓作气，再添一口？"

蓝子唰地站起身，拾起自己的碗筷："这是哪儿跟哪儿呀，没事别乱开玩笑。"

“玩笑嘛，你当什么真呢。”我有点慌神，只好就这么糊弄过去。

老板给的期限是两年，两年内要做出亲子游戏的升级换代版本就必须尽快让蓝子生一个孩子——用机械子宫既方便又不痛苦，时间上还可以控制。孩子未出生的几个月，我可以全力进行游戏的纯技术改造，等孩子落地，我对养孩子有了真切的感受，就可以在剩下的一年多时间里不断写入新的游戏程序，加强细节，扩充内容。对，时间不会浪费，现在的关键问题是要说服蓝子。

坐在新改装的全息电脑房里，我更坚定了劝诱蓝子的决心。宝宝的影像在我面前的空间里渐渐膨胀，长成一个真正的孩子大小。他肉嘟嘟的小圆脸向我慢慢地贴过来，简直要贴到我的脸上。

“宝宝乖，宝宝亲亲爸爸。”我的声音就是命令。

于是宝宝的嘴唇嘟起来，向前一顶，那是空气中奇异的信息粒子在我脸颊上一次轻微的撞击，脸颊上痒痒的，我忍不住笑出声来，心头也像有一条热乎乎的小虫在那里扭动。

养个孩子不好吗？真想让蓝子也来玩这个游戏。

不过，升级版本至今才完成了这一个动作，而且细节还未能完善，比如更加真实的婴儿皮肤的触感，比如婴儿爬行时嘴里发出的无意识的声音及婴儿皮肤特有的气息等。既然是在全息网络做，就一定要发挥全息网声、色、触、嗅的全面传输功能，不然如何收取50倍于普通网的使用费？而且绝不能让蓝子知道我在设计这个游戏。她太聪明了，一旦怀疑我是因为这个任务而有什么想法，就一定不会同意生孩子了。

两天后，我请师兄上兰桂坊用晚膳，明言是要讨生孩子经。师兄的孩子今年1岁半，正是满地爬的时候。他一边夹菜一边摇头晃脑地说：“你确定真的想要？”

“是，是。”我捣蒜似的点头，“喝酒，喝酒。”

“别。”他推开我递过去的酒杯，“小祖宗不喜欢，我可不敢沾。”

我一怔。

“你呀，”师兄一边嚼菜一边慢条斯理地说，“要抓住女人的心理。女人也是动物，到了这个年龄，母性本能很容易泛滥。不过现代的女人考虑太多，考虑来考虑去就不肯生了。如果肯用机械子宫倒还方便一点儿，两人一起去一趟医院，过八个月就可以去抱孩子回家了。如果不肯体外育子，就会有妊娠反应，体形变坏，脾气变差，一家都不得安宁。”

我有点后悔，觉得师兄是利用这一次机会来向我诉苦。他好像察觉了我的不悦，换成和缓的口气，问：“你真的想要孩子？”

“是。”我埋头喝酒。

“蓝侠那个人我知道，感情用事，给点刺激没准就冲动起来了，我来帮你设计。”

我迟疑了一下：“不过，如果热劲过去，她会不会后悔……”

师兄的眼珠瞪得快凸出来了，直冲着我像在审讯：“孩子生下来又后悔的事是常有的，问题在于你，你是想要的吧？”

我应了一声，胸口有点闷。

“那不就结了？我是在帮你考虑，兄弟。”他得意地一舔嘴唇，“交给我。”

周一中午我特地请了假，带蓝子去医院探望朋友。说是朋友，其实是师兄公司里的一个女同事，上个星期刚生了孩子。我带去一个硕大的花篮，结果蓝子一路直瞪我，怀疑产妇是我的前任女友。

那个虚弱的女人躺在病床上对我们微笑，师兄之前已经和她打过招呼了。蓝子一进产房就安静了许多，只有那双眼睛仍骨碌碌转个不停，上上下下地四处打量着。

“谢谢你们。”女人浮肿未消的脸陷在病床的白枕头上，也许是错觉，她的笑容很舒缓，让人想到圣母玛利亚。

“为什么要这么吃苦？不是可以用机械子宫吗？”蓝子牵着她的手低低地问。

“为了抢功劳呀。”女人喜滋滋地笑，“我比他爸爸多出十个月的功劳。”她轻轻拍着床侧的小婴儿床。

蓝子绕到婴儿床边，凝视着襁褓里的小东西。

我心头一跳，多么小的婴儿！不，应该说婴儿就是这么小，同我在电视上见到的飞鸟的幼雏、初生的小猫，甚至刚出窝的粉红色的小耗子像是同一类生物。幼小的生命都是一样的吧？宝宝的程序确实太粗糙了，我要牢记今天的感受，下午回去就修改程序的细节。今天还是很有收获的，我伸出一只手指，小心翼翼地碰了一下婴儿的脸蛋，那样轻柔细薄的皮肤，一触就轻轻地弹开……天！要把这样的触感写入全息软件的程序是何等的挑战！

我一回神，留意到身边的蓝子也在发呆，她双手扶在婴儿床的两边，仿佛要整个占有这个空间。婴儿深红色的脸皱皱的，薄薄的小嘴轻轻地咂巴，眼睛忽然睁开了，眼珠上下左右地转动，像两粒透明的黑色玻璃珠。蓝子悠悠地叹了一口气，眉目中滋生出一种我从未见过的神气。“有什么感觉？”她问，像在自言自语。

产妇笑出声来：“很有成就感呢，你也生一个吧。”

蓝子听得有点出神，但再也没有接话。

这些天我忙得快散架了，我要让宝宝像一个真正的婴儿那样慢慢长大，让它拥有跟真正的婴儿一样的外表、触感和气味，这简直就像是我在生孩子，不是吗？是我在创造这样一个活生生的电子婴儿，我是它的父亲和母亲。

去医院探望还是有点效果的，蓝子这段时间比较沉默，我也没有精力去揣摩她的心思，但师兄的计划才进行了一半，我急也没用。

这个周末的晚上，师兄一家要来做客。晚饭刚结束蓝子就忙开了，收拾房间、布置客厅，还在大茶几上铺满了水果和点心。师兄到的时候是蓝子去开的门，防盗门的录像里最先显示出的就是一张巴掌大的小圆脸。她正坐在父亲怀里兴奋地扭动身体，扬起袖珍的手掌向摄像头的方向扑打，就好像知道这里有人在看她似的。

将客人请进门，家里的结构是错层式，上下两个功能区由四级楼梯相连，于是这个叫花妮的小精怪把全副热情都投入到上下这四级楼梯的运动中去了。我偷偷留意她的步态，她已经基本掌控了身体的重心，但仍有一定程度的左右摇摆，像一种动物，对了，是鸭子。如果要把这种行动特征转化成游戏中的具体程序命令呢？我大脑主管运算的区域飞速运转起来。

蓝子更离谱，干脆由我招待客人，她一屁股坐在楼梯最高的第四级上，笑眯眯地看着花妮乐此不疲地上上下下。

嫂子在一边指示："妮妮，让阿姨抱一抱。"

那个穿着大红裙子的小丫头扑到蓝子怀里咯咯直笑，一对羊角髻来回晃动，花瓣般的小嘴吐出一连串古怪的声音。蓝子搂着孩子很淑女地微笑，轻轻摇晃着自己临时用双臂搭就的摇篮。

师兄远远地看着，忽然启动遥控功能："妮妮，和阿姨好一好！"话音刚落，孩子的小脑袋就如同一颗小炮弹，砰地撞上蓝子的面孔，幼嫩的小嘴巴贴着她，一直一直那样贴着，口水濡湿了蓝子的半边脸颊。

蓝子一直挂在脸上的淑女式的微笑消失了，换成一种白日梦般的茫然。

一直在仔细观察的我和师兄飞快地交换一个眼神，我们都知道，感化工作大功告成了。

干本行的时候我很少觉得自己手这么笨，明明知道该做成什么样子，却怎么也做不成，这种感觉太失败了。嘴，那种婴儿的嘴，我想让宝宝也有两片花妮那样娇嫩的嘴唇，薄、轻、暖，又像花妮那样会黏人。全息网的高能粒子可以传输各种各样的信号，只要我能把了解的感受转化为一种可写入的程序，用恰当的手法表现出来就可以了，可这怎么会这么难！

我不得不承认造物的伟大，我要造一个电子婴儿都难成这样，而这种神秘的力量不仅造出了几十亿人类、千万亿种动植物，还造就了浩瀚无边的宇宙群星。

有人在喊我的名字，虽然我锁上了书房的门，但是仍然可以听到那个愤怒的声音。我叹口气，保存，退出，关机，推开门，迎向错层的楼梯上站着的那个孕妇。她的体形比原来放大了两圈，浮肿的脸上带着深褐色、浅黑色的斑点，简直不像是我原先认识的那个人了。我还记得五个月前，她也是站在这个台阶上，带着忐忑不安的表情试探着问我："胡子，你有没有觉得我们家需要一点儿变化？"

那时候我强压住心头的狂喜，装模作样地问："怎么了，难道我们现在还不够好吗？"

如果时间能倒回那个关键的时刻，我一定会对她随后提出的建议做出冷静的修正，我会对她说想生孩子可以，但一定要在医院委托机械子宫体外孕育，那么今天的一切麻烦根本就不会发生。

"你这算什么？成天躲着我，一钻进你的电脑房就舍不得出来了！"蓝子一边说话一边发抖，"我告诉你，姓胡的，我怀的孩子不是我一个人的！"

听到最后一句，我顿时心虚，走过去拢住她的肩膀：“好，好，我陪你，我们到外头去吃饭。”

“你还知道人要吃饭啊！我看你都被电脑收了魂了你！”蓝子一扭身，拳头雨点般敲在我的胸膛上。

“我道歉，我道歉！我改过，不行吗？你别哭了，好吗？”我好声好气地哄着她。这个搁在我肩上嘤嘤哭泣的脑袋像一个神奇的泪水制造机，我的衬衫立刻被浸湿了一大片。我活泼鲜亮的丫头到哪里去了？我吞进一声叹息。唉，这样的日子快结束吧。

孩子出生的那一天，我隔着产房的门听到了她的第一声啼哭——蓝子很固执地拒绝让我进手术室。

“医生都说了，我在一边握着你的手会有帮助。”我觉得自己主动提出这个建议已经很尽责了。

“不想让你看到难看的样子，反正是无痛分娩，不用担心。”她虽然如此坚决地把我挡在产房门外，但是坐在外面的长椅上，我依然听到了她痛苦的呻吟。

在她的挣扎与我的等待之间，我逐渐开始质疑自己作为一个人的基本品格，如果蓝子生孩子是因为她想要，那么我呢？我是发自内心地想要一个孩子，还是仅仅把他当成工作需要的一个仿制样本？蓝子用自身的血肉造就了这个孩子，可是我呢？我无力的双臂机械地向前伸，捧起这个温软的小东西。我为她做了什么呢？我用自己的头脑造就的是另一个也许不能称之为生命的婴儿——宝宝。宝宝才是我的孩子。

我向前平视的空洞目光忽然一个趔趄，落入蓝子那双黑洞般幽深的眸子。原来她一直在用如此热切惶急的目光期待我的肯定，但我令她失望了。此刻她已经深深受伤，不管我再怎么大惊小怪、大呼小叫地为自己有了一个这么漂亮的女儿而兴高采烈，她眼中熄灭的期待再也没有被点燃起来。

在外人眼里，我对自己的女儿有着空前的热情，我会不厌其烦地抚摸她的面孔，直到护士把我拉开；我会用实验室式的观察入微来探寻她每一寸的细节；我热衷于用自己的双臂圈成摇篮，不停地晃啊晃，心里默默掂量着如何在游戏中恰如其分地表现一个婴儿的重量。

“这个爸爸多么细心！”同屋来探望产妇的七姑八婆们感叹道。

蓝子的目光静静地投射到我身上，那样纹丝不动的眼神里表露出怀疑。我应该怎样唤回她的信任呢？我觉得无力，也许是因为心虚。

蓝子产后没有奶，脾气有点暴，我小心翼翼地不敢招惹她。她的单位有半年的产假，于是她总要和我争抢，好像孩子是她一个人的。她整天抱着小娃娃在房间里晃来晃去，我在每天“深入生活”之后，便把自己埋进改装成全息网景房的书房里。养宝宝游戏又有了新突破，对婴儿的睡相、哭声、笑声和一些无意识的小动作，我都有了长足的认识。

贝贝（我女儿的小名）在睡着时喜欢摊开手脚，虽然穿着厚厚的衣裳，却依然那么爱动弹。我经常在她熟睡时站在床边观看，我很难相信这个小兽般浑浊未开、时常扭来扭去的小东西，是蓝子身上掉下来的一块肉。我记得小时候，母亲经常说你是我身上掉下来的一块肉。相对的，父亲就无法有这样的感受。母亲和孩子之间的感觉是父亲无法替代的，甚至是无法超越的。所以，我在蓝子面前总觉得自己像一个伪家长，我不知道是否很多当父亲的男人都会这么想，还是因为我的情况特殊。

贝贝半夜饿醒就大哭不止，我已经接连半个多月没睡踏实了，我简直无法想象，那样小的一个东西，怎么就能持之以恒、锲而不舍地制造那么多的噪音？

上周末，我很累，刚沾着床铺，全身快散架的骨头刚刚得到一点儿舒展，不远处的小床上忽然就哭开了，那哭声不知有多少分贝，即使是聋子只怕也会被吵醒。蓝子连忙起身把她抱起来，摇晃了两下又交到我怀里："你来，我去冲奶粉。"

"白天喝了那么多，她怎么还老没够！"我嘟囔了一句。

"胡子，这也是你的女儿，你这人怎么这样没耐心！"蓝子没心情和我多吵，进了厨房。我在那里勤勤恳恳地做人工摇篮给贝贝催眠。"呜——哇——"她张大没牙的嘴，完全没有要安静的打算。"你这个小精怪！"我头疼得要裂开了，真恨不得把她扔开，我算是明白了为什么老板说亲子游戏的关键之一就是要简化和弱化困难，如果和真的一样，还有哪个冤大头愿意受这个罪！结果这个冤大头是我！

后来我索性搬到网景房里过夜，正好可以加班赶制新游戏的程序。网景房隔音效果好，外头哭成什么样也听不见。承载着声音、颜色、气息、味道和触觉的电子信号弥漫在整个空间里，它们瞬息万变，又都在我的掌控之中，我用它们汇集成一个活生生的婴儿，一个叫作宝宝的婴儿。

宝宝讨人喜欢的地方就在于他的乖巧，即使是偶尔的顽皮也是有节制的，不会哭到让你的脑袋爆炸。宝宝的身体柔软而温暖，带着一点点奶味，如所有的婴儿一样，也同我家的那个婴儿一样。宝宝笑起来会打嗝，胸脯一挺一挺的，像卡通电影里的小动物。笑声是无意识的，甚至是没有固定声调的，忽而嘻嘻笑，忽而哈哈笑，脸上配合的表情则更是有趣，有时是顽皮，有时是试探，有时是不好意思。是的，那就是我家的小孩——我的女儿贝贝的笑，我把它整个移植到了宝宝身上。会这样笑的贝贝是蓝子生出来的，而会这么笑的宝宝是我设计出来的，后者才让我有真正的造物者的自豪。

我沉迷于我的工作，热爱我的宝宝。我设计了很多新的细节，养宝宝游戏的二维版里全然找不到的细节，比如吐奶。用奶瓶给贝贝喂奶时，她喝得急了就会吐奶，花瓣般的嘴唇一张就噗地喷出乳白色的奶液，斑斑点点地溅在嘴边，再一次，噗——涌出的奶液顺着嘴角流下来，这时蓝子就连忙用柔软的小毛巾把贝贝的嘴擦干净，不让奶液灌进贝贝的脖子里。这个工作我也做过，但也许贝贝不喜欢我，我刚擦好，她咳了一下，呼地喷了我一脸黏糊糊的液体，带着淡淡的腥味。我不喜欢牛奶。

老板告诉我，游戏太顺就不好玩了，即使是养宝宝，如果没有一些小烦恼作为调剂，并不能真正激发人长久的兴趣，所以吐奶这种小细节是必不可少的。当我在网景房里一次又一次地调整各种程序数据时，设计出一次又一次喷奶的强度指数。在测试时，我一遍又一遍地让电子流模拟的奶液以各种不同的方式喷上自己的面孔，反复测试液体的黏度、气味，让它更接近于真实。我不无自责地想到，当我自己的女儿贝贝把牛奶喷到我脸上时，我是那么容易不耐烦，可是当它成为我工作的一部分……

咚咚咚！有人在敲门，不，简直是打门，震耳的敲门声打断了我的思索，也破坏了全息网营造的疑幻疑真的美好气氛。我恼怒地保存了工作成果，下网，关机，开门。

出乎我意料的是，这次我面对的并不是一个激动的怨妇，而是一个焦急的母亲。

蓝子怀里抱着孩子，蓬乱的头发披散着，像是刚刚下床，还来不及梳理，她的眼睛红肿，眼神慌乱。“胡子，贝贝发烧了，怎么办，怎么办呀！”

“怎么办？先别急，不就是发烧吗？”我探手过去到贝贝的额头上一摸，火烫。

我缩回手，心里一紧，看到她的小脸通红，整个额头都皱了起来，眉眼口鼻挤作一团。这个小小的脑袋，只有我的拳头那么大，她是在承受着怎样的痛苦才露出这样的表情？也许是身体太虚弱了，即使如此，她都没有哭闹。我发觉自己的坦然是残酷的。也许面对了太多宝宝生病的状况，那不都是在我把握之中吗？只要我配些电子药品，按设定的程序给药，马上就能让宝宝重新笑起来。可是，贝贝不是一个电子婴儿，面对着生病的她，我只是一个手足无措的父亲。

“送医院，赶快送医院吧。”我的语气也失去了平静。

“那你还愣着干什么！”蓝子一跺脚，我才意识到自己身上还穿着舒适的居家睡衣。

我冲进卧室去换衣服时，听到身后的蓝子说了一句话。她说：“胡子，现在我们娘俩儿一天都见不着你几面。”我回过头，她的面容很平静，有点伤感，但并不泛滥。我语塞了。

在医院，我和蓝子一边望着床上挂吊针的贝贝，一边进行着异常冷静的交谈。

“我想是我错了，”蓝子说，“你还没有准备好做一个父亲，而我只顾自己的感受就冲动地做了母亲。”

“别这么说，”我觉得自己很虚伪，“我也是支持你的。”

“那就算你心意到了，但实际上，你的心理还停留在无忧无虑的青年时代，一人吃饱，全家不饿，想工作就一口气干上好几天，想休息了，嫌孩子吵闹，也不到上面来睡。高兴就来看我们两眼，不高兴就一进书房，两耳不听门外事。”

“最近我对你们关心太少，是我不对。”我还能说什么呢？

“看看贝贝，她还那么小……”蓝子用手指轻轻拨开贝贝锁在一起的眉头，好像那是一个衣服褶子，抹一抹就能平整。“这么小就吃这样的苦头……”她的眼泪一串串地滴下来。

随着她的目光，我看到扎在孩子脑侧的针头。孩子才三个月，血管太细，打点滴要扎头部，这是我现在才知道的。孩子脑袋小，明明是平常的针头，看上去却显得特别粗大。我不敢去触摸那个看上去那么可怕的针头，只是凑过去轻轻地吹，呼——呼——好像这样就能减少贝贝的痛苦。

蓝子哭出声来，在我背上捶了一下。我仰头冲她苦涩地一笑，我知道这次她又原谅了我，但是我无法原谅自己在这个时候忽然冒出来的念头：把这个写进程序？写，还是不写？

婴儿抵抗力弱，高烧引发了肺炎。贝贝在医院住了大半个月，花掉了我一个半月的薪水。老板很慷慨地把医药费和住院费都报销了，他说这也算工作开支，而我并没有拒绝，也没有为这句很刺耳的话向他控诉。我是一个庸俗的男人，要为生计和前程着想，如此而已。当然，我并没有告诉蓝子，因为我无法解释老板超乎寻常的慷慨。

大半个月里，蓝子飞快地恢复到产前的体形，这简直像一个奇迹。原来一个母亲为孩子担心的时候可以消耗掉那么多的心力和体力。这时我又发觉贝贝对于她，和宝宝对于我的不同。贝贝只有一个，失去便无法复得，宝宝却是永远不会失去的，所以我不会为我的电子婴儿感到如许地焦急、伤心和绝望。这种区别的存在正是这种游戏得以开展的原因，但也是因为它，我才失望地感到自己原来并不能与真正的母亲相提并论。

贝贝出院后，我痛改前非，不再因为怕烦住在书房里，也不再把“父亲”当作一种工作之外的附加身份。我开始尝试用真正的耐心来关爱和我有血缘关系的这个活生生的孩子，因为我知道她只有一次生命，而那生命是如此娇嫩而脆弱。

岁月如梭是个多么老的成语，一转眼我当父亲已经有一年多了，蓝子已经重新开始上班，家里请了一位有经验的中年妇女做保姆。贝贝已经学会说话了，不，确切地说，是学会了一些非常简单的词汇，比如“妈妈”“爸爸”“好”“不好”……所以她经常用还不稳定的语言系统，组织出如“妈妈好”“爸爸不好”之类的短语。

为什么爸爸不好？我也不知道。是否婴儿有一种分辨能力，能够感受到母亲给她的亲情比这个嘻嘻哈哈的父亲付出的要真挚得多？每次当我以一种测试的心态把她举起来摇晃，每次当我试探地观察着她对各种肢体语言的反应时，她圆溜溜的黑眼珠忽然一滞，从那中心棕色的瞳仁里射出戒备的眼光。

也许是我多心了，我真的觉得那是戒备，就好像蓝子，我觉得她并没有真正放松对我的警惕。她内心深处依然怀疑我嫌弃这个孩子，自我第一次抱起刚出世的贝贝那一刻起，她就没有停止这种怀疑。

然而在外人眼中，我们是个近乎完美的幸福家庭。妻子美丽聪慧，丈夫温柔体贴，双方的工作都很出色，孩子也是漂亮乖巧，一切都是那么无可挑剔，以至于我老板经常自夸，说是他让我拥有了这样的家庭。当然，我会低下头说“是，是，这还真要感谢您呢”。

养宝宝游戏全息版的试行版本推出之后，市场的反应很强烈，现在已经有百分之三十的全息网用户注册了这个游戏，估计这个数字还会不断上涨。现在我接受了游戏从试行版本到正式版本的改进工作，一旦推出正式版本，公司就打算将游戏上市，那时我就可以兑现我百分之十的技术股了，倘使出售，估计可以让我的存款额加一个零。

我依然可以在家工作，一边看着女儿贝贝，一边做着婴儿宝宝，左右是保姆带孩子，我并不费事。

那天下午，保姆许阿姨家里临时有事，向我请假要出去一趟。我也不在意，说："那你去吧。""胡先生，你进书房不要老是锁着门，要不就把贝贝一块带进去，不然孩子在外面如果出点什么事情，你听都听不到！"许阿姨出门时叮嘱我。

也是，我觉得她说得有道理。我上卧室看了一眼贝贝，她正坐在地毯上兴致勃勃地吮手指。她把大拇指塞在嘴里，咕嘟咕嘟地不停吸着，口水顺着指根流到手腕处。如果是蓝子看到了，一定会把孩子的手抽出来打手心，可我不，我把她的手指抽出来，抱她去卫生间，好好地洗了洗她的小手，然后说："好，现在可以了。"

贝贝抬头看我，很认真地想了一想，然后说："爸爸，好。"

我带点恶作剧地一笑，心想，蓝子如果看见不知会有多生气。我抱着孩子下了楼，把她放在书房外的沙发上。进书房后，我特意把门留了一条缝，一旦孩子有什么事情，我也可以有个照应。

我开了机，上了网，调出养宝宝游戏的程序，开始工作。忽然间，我来了灵感，给游戏新添了一个小细节：如果宝宝吮手指，应该怎么办？选择一，打手心。选择二，把宝宝的手指都抹上黄连。选择三，给他洗干净手，让他继续吮。这算是溺爱吧？不，我想了一想，又加上了一条：给他洗干净手，再把他的手指涂上蜂蜜，让他继续吮。

我都被自己的创意逗乐了，这就是游戏，游戏可以这样不负责任，完全不必理会是否会让孩子养成不良的生活习惯。

忽然，我愣住了，我是否能分得清游戏和生活？我教育贝贝的时候是否能明确地区分她和宝宝的不同？没有！我没有！

游戏中的宝宝在兴致勃勃地吮着手指，吧嗒吧嗒的馋样让人想到他指头上的蜂蜜一定很甜。我听到咿呀一声，一扭头，开着一条缝的门被顶开，贝贝扭着身子挤了进来。她是什么时候从沙发上下来的？怎么下来的？是摔下来的吗？摔疼了吗？我居然没有留意。我的第一个反应是生气：“你怎么进来了？我的小祖宗！”我连忙跑上前去，弯腰想把她抱起来，她却伸出藕节般的手臂，指向某个方向，脸上的表情惊异而愤怒。是的，那是愤怒，那是小孩子固有的直觉。她一直觉得这个家是她的，这个爸爸也是她的，但是现在忽然有人来抢了！

我回头看到空气中的宝宝，我那电子信号组成的宝宝。他和贝贝差不多大小，有着一模一样的粉红色脸颊，花骨朵似的小嘴，黑水晶似的眼珠和两寸长的漆黑柔软的头发。

贝贝急速扭动身体向前移动，带着士兵在战场上冲锋的架势，几乎要笔直地撞进宝宝的电子身躯里去。

“贝贝！”我怒喝一声，随后我看到了非常惊人的场面：两个孩子，一个是有血有肉的真人，一个是电子信息流汇成的游戏人物，居然互相扑打起来。而又惊又恼的我居然不知道该帮哪一边！

贝贝是不会吃亏的，因为她是一个真孩子。宝宝在触感上的存在是一种模拟状态，他即使打了贝贝，也只会像瘙痒一样，不会有痛感，而贝贝不管怎么打宝宝，对他也不会有真实的影响，因为他的任何感受都是一种游戏设定，他的痛，他的哭，都只是设定中应有的表现而已。

但在当时，我确实迷糊了，我不知道自己该怎么办，也不知道自己该帮谁。宝宝和贝贝两个婴儿的哭叫声叠加起来，分贝高得吓人，我的头都要炸裂了，我的手也不知道该往哪儿搁，记忆中仿佛从来没有遭遇过这样的尴尬。

“宝宝……贝贝……真见鬼，我关机不就得了！”我嘟囔着关掉了全息电脑，哭闹的宝宝顿时从房间里消失了，只剩下贝贝坐在那里抽抽噎噎。

“好了，好了，是爸爸不好。”我把贝贝抱在怀里，轻轻拍着她的后背。我不经意地抬头，撞上了蓝子冷得像南极冰川一样的目光。

“啊！”我吓了一跳。

“怎么了？”蓝子静静地说，“害怕了？做了亏心事？”

“没有，没有。”我掩饰地笑了笑，“我在玩游戏呢。你怎么回来得这么早？”

“许阿姨给我打电话，说有事走开了，你看孩子我不放心。还真是，如果不是我提早下班，还看不到这样的好戏。”

“你什么意思！”因为心虚，我只能发火。

“孩子还给我。”蓝子把贝贝从我手里抱走，紧紧搂着，好像怕什么人来抢似的。

她仰头四顾：“我想呢，这些怎么来得那么容易。”

“你听我解释——”

“有什么可解释的？你以为我不知道你们公司最近做了个什么东西？你以为我一点也不关心你的工作？我只是没有想到你真的能这么无耻。”蓝子说得心平气和，一点儿也不激动，因此才更可怕。

“蓝子，我不明白你在说什么。”

“你都明白，别不承认。”

“孩子是你说想生的！”

“瞧，嘴脸露出来了吧。”蓝子冷笑道，“我要的孩子，我当然不会推卸责任。你放心，我不会赶你走，这里是你的工作室。我和孩子走。”

老天，我怎么就这么倒霉！我重重地把脑门撞在墙上。

“别做戏了。这么多年，我是第一次看清你是什么样的人。”蓝子走了，带着贝贝走了，只把我一个人丢在这里，我不知道是应该怨自己晦气，还是承认自己咎由自取。

偌大的家顿时空了，冷清得没有一点儿声息，贝贝的笑声仿佛还在空气中回荡，她那天真而娇憨的童声听上去像一个天使。蓝子似乎还坐在楼梯的最高一级，她经常把贝贝放在身边，两人并排坐着，回忆当年师兄指挥他女儿做过的那件触动她天伦之心的事件，然后向着贝贝甜蜜地张开双臂说：“贝贝，和妈妈好一好。”

我想念我的女儿和我的妻子。是的，我打开了电脑，放出了那个酷似我女儿的小精灵。

宝宝，和爸爸好一好。

宝宝，爸爸很后悔。

爸爸难过死了，宝宝。

我该怎么办，宝宝？

“可是和你说有什么用！你是假的！假的！假的！”我突然生气了，激动地在流动着各种电子信号的空气中挥舞着双手，好像要撕扯掉一层并不存在的屏障。

半个月后，蓝子的律师送来离婚书，我拒绝签字。我知道自己当时的嘴脸如同无赖，我说：“蓝子要怎么样我都答应，只要她带着孩子回来。”

“胡先生，我的当事人认为这段婚姻已经无法挽回。”律师的表情如一张公文纸，完全是公事公办的样子。

“我反正是不会签字的，让她等够三年再派你来吧。”我说。幸亏婚姻法规定分居三年才允许自动离婚，我和她耗上了。

“你……”律师的公文脸上终于起了皱。

“我要她和孩子回来。”我重新说了一遍。

“我的当事人认为，她和你的感情已经破裂。如果您这样不通情理，我的当事人不放弃向法庭起诉离婚的可能。何必把事情闹得那么难看呢？”他开始晓之以理。

“感情破裂不是法律认可的离婚理由，我既没有感情不忠，也没有家庭暴力，上法庭她没理。我要我的老婆孩子回来。”我硬是这样了，怎么着吧？谁怕谁。

“你……”女律师铁青着脸走了，但蓝子依然没有回来，无论我怎样恳求，怎样赔礼，她都不愿意再多看我一眼。她搬了家，换了电话，为了躲避我甚至去了另一个城市。不过现在的世界，只要你成心想找，没有什么人是找不到的。我天天给她写信，隔三岔五地给贝贝送礼物，她新家楼下的看门师傅都认得我了，一见面就说：“贝贝的爸爸又来了。”可是我就是这样一个怯懦的男人，半年以后我累了，不再急于找回我的妻女。或者是，我彻底地讨厌自己，觉得她们离开我大概是对的。

养宝宝游戏正式上市，我的存款呈几何式上涨，但是这有什么意义呢？这是我卖女儿得来的钱，我消受不起。

游戏又要升级了，老板布置下来，让我来主持第二代游戏的设计工作，我接手了。公司给我配的助理是新跳槽进来的，兴致勃勃地要把他3岁儿子的趣事写成本子，进行游戏制作。

“为什么？”我问他，“你不会觉得你是在卖儿子？”

“怎么会？我觉得因为我是一个好父亲，才能设计出这样真实生动的游戏。这是我给儿子的爱的证明。”说完，他好像也觉得肉麻，不好意思地搔搔后脑勺，笑了。

原来是这样，倘使最初的立意是好的，这也可以是一桩好事，我的心一开始就歪了，所以做成了坏事。

中午休息时，我到大厦楼下的小花园里散步，有一个穿红裙子的小女孩正在公园中心的空地上骑小三轮车。忽然，她停了车，抬头四顾，嘴里叫着“妈妈，妈妈——”，我走上前去一看，小姑娘右脚的凉鞋卷进了右车轮，卡住了。

她娇嫩的脸蛋让我想起了自己的贝贝，我不忍心看到这样一张脸上露出这种焦急无助的表情。我说：“我来帮你看看，怎么了？啊，卡住了，没关系，你搭着我的肩膀……”我蹲下身，轻轻抱着她，把她的右脚提起来，从车右侧挪到左侧，然后让她靠着我的肩膀，双臂挂在我的脖子上，同时探手把右车轮向后拨了一下，凉鞋应声掉下来。我捡起鞋子，拿到车子的左侧，让她的右脚落在鞋上，这其中有一个短短的瞬间，孩子的整个身体都贴在我的身上，那柔软而温暖的身体让人感受到生命的新鲜。

那一刻，我仿佛拥抱了生命本身，那一刻，我把她当作我的女儿，然后我看到了另一双脚，再往上是裙子、上衣和蓝子的脸。我震惊得说不出话。

蓝子的表情很复杂，仿佛也有一点儿感动，但在那张脸上同时写着我们的感情已是时过境迁。她看着我，只是在看着她孩子的父亲。

我缓缓低下头，怀里这个温软的小宝贝有着一张白嫩而圆润的面孔，黑水晶般的眼睛透着机灵，她正冲我羞涩地微笑，那笑容看得我快要死掉了。

“三年，怎么这么快呀？”我呆呆地说。

“爸爸，你是爸爸。”贝贝认出我了。

我投向蓝子的目光充满感激，她并没有像很多怨恨丈夫的女人那样骗孩子说我死了。

“是啊，真快，贝贝已经进幼儿园了。”她叹了口气。

我吞下胸中涌起的一声呜咽，再一次抱紧我的女儿，说：“贝贝，爸爸想你，爸爸想死你了。”

我国某个偏远地区跑来的寒流的尾巴于当天下午掠过我们的城市，而那时我正拥抱着我的女儿，我一生中都没有感受过如此动人的温暖，生命的温暖。因为在那之前的一瞬间，我才真正发自内心地想要一个孩子。

我无知而懵懂的时代至此结束，我开始成为一个真正的父亲，即使我和我的女儿，不久又要分开。

幻象

刘宇昆
译者 耿 辉

照片不仅是一幅图像（绘画是一幅图像）和对现实的阐释，它还是一块印记，直接从现实拓下的印记，就像是一个脚印或者死人的脸模。

——苏珊·桑塔格

保罗·拉里莫尔

你们准备好拍摄了？我应该开始吗？好的。

怀上安娜是个意外。艾琳和我都经常出差，所以不想被束住手脚，可你没办法把一切都计划好。我们知道结果时都真心感到高兴，表示会想办法攻克难关，后来的确也做到了。

婴儿时期，安娜的睡眠不怎么好，总是难以入睡。你必须得抱着她轻轻摇晃，她才能慢慢睡着，根本不能停下来。分娩之后的几个月，艾琳一直腰疼，所以就由我在夜里抱着吃过奶的安娜来回踱步，让她趴在我的肩头。虽然我知道自己当时肯定既疲惫又烦躁，但是现在我只记得跟她特别亲密，在月光照亮的客厅里，我抱着她边走边唱，一连几个小时。

我一直都想重温那种亲密感，可我没有她那时候的幻象。摄影机原型非常笨重，拍摄对象必须得静坐几个小时才行。对一个婴儿来说，这是不可能的。

这是我拍下的她的第一个幻象，当时她大约 7 岁——

——你好，甜心。

——爸爸！

——不用害羞，这些人是来拍一部关于我们的纪录片。你不必跟他们讲话，假装他们不在这儿就行。

——我们能去海边吗？

——你知道我们不能。我们不能离开房子，而且外边太冷了。

——你可以跟我玩洋娃娃吗？

——当然可以，你想玩多久都行。

安娜·拉里莫尔

我父亲不那么容易让世人讨厌。他赚了很多钱，看上去仿佛是一部美国版的童话故事：发明家独自提出想法、造福全世界，世界给他应得的回报。不仅如此，他还为有价值的慈善事业大方捐赠。就像工作室为出售的名人性爱幻象精心打码一样，拉里莫尔基金改善了我父亲的名声和形象。

可我了解真实的保罗·拉里莫尔。

13岁那年，有一天，我因为胃不舒服而被送回家。走进家门，我听见楼上父母的卧室里有嘈杂的声音传出来。他们不该在家的，家里没有人才对。

劫匪？我心想。伴着青少年特有的无畏和愚蠢，我走上楼，推开门。

我父亲在床上一丝不挂，还有四个裸体的女人跟他在一起。他没有听见我的到来，所以他们没有停下，还在我父母共同的床上苟且。

过了一会儿，他转过头，我们四目相对。他停下动作，坐起来关掉床头柜上的投影仪，女人们消失了。

我感到恶心。

当晚我母亲回来后，她向我解释这种事已经有好几年了。母亲说，对于某种女人，他深陷其中，无法抗拒。结婚以来，他总是出轨，这是母亲的怀疑，可我父亲非常聪明且谨慎，母亲没有证据。

等母亲终于抓住现行时，她愤怒不已，想要离开父亲，可父亲苦苦哀求，他说自己的某些个性让他无法遵守真正的一夫一妻制，可是，他说他有办法解决。

多年以来，他给自己征服过的女人拍了不少幻象，随着技术的改进，幻象也越来越真实。如果我母亲让他保留幻象并容忍他私下使用，他会尽力不再出轨。所以，这就是我母亲做出的妥协。母亲觉得他是个好父亲，知道他爱我，不想我因为父亲没有遵守对她的承诺而成为额外的牺牲品。

我父亲提出的解决方案貌似合理。在母亲看来，父亲花在幻象上的时间跟别的男人看色情电影没什么区别，没有感情投入，幻象也不是真人。如果说不给无害的性幻想一些空间，没有婚姻能够长久。

保罗·拉里莫尔

幻象摄影机的关键不是物理影像处理，虽然物理影像处理也不简单，可是说到底，银版照像时代以来，摄影技术持续进步，接近顶峰，我并没有把它提升多少。我对不懈追求现实捕捉技术的贡献是“捕梦器”。通过它，拍摄对象短暂的思维模式——一种个性的体现——可以被捕获并数字化，然后可以在投影重现影像的过程中用到。捕梦器是所有幻象摄影机的核心，在我竞争者的产品中也不例外。

最早期的幻象摄影机从本质上来看都是医疗设备改造的，类似过去的 X 光机，在有历史的医院里你还能看到。拍摄对象必须得往身体里注射某种化学物质，然后长时间在设备的成像通道里平躺，直到他的心理活动被充分扫描。人工智能模型就是以扫描结果为基础开发出来，然后再被用于驱动根据详细的身体影像构造的人物投影。

早期的尝试都非常粗糙，拍摄的结果被广泛描述成机器人、非人类，甚至让人觉得愚蠢得有些滑稽。可就算是最早的幻象也保留了视频影像或全息摄像无法捕捉的特质。不同于逐帧播放被拍摄的内容，人工智能模型驱动的人物投影能够以拍摄对象特有的方式与观看者进行交互。

现存最古老的幻象是我自己拍摄的，由史密森尼学会收藏。在最初的新闻报道中，与它交流过的朋友和熟人说，虽然他们知道幻象受计算机控制，但还是试探出它的反应有点“保罗”的味道，“只有保罗会那么说”或者“面部表情可真像保罗”。那时候我知道自己成功了。

安娜·拉里莫尔

人们觉得奇怪，我，幻象发明者的女儿，写书论述世界没有幻象会更加美好、更真实可信。有些人从无聊的流行心理学入手，提出我对父亲的第二个孩子“幻象”感到嫉妒，因为这个发明才是他的最爱。

要是有这么简单就好了。

父亲宣称他工作的业务领域是采集现实、停止时间和保留记忆，然而这种技术真正的诱惑之处从来都不是采集现实。摄像、全息拍摄等所谓的现实采集技术已经衍生出用谎言欺骗现实、塑造和扰乱现实、操纵和幻化现实的方法。人们为镜头塑造并呈现人生经历，去度假时，有一半的时间目光都离不开相机。捕获现实的企图其实是为了逃避现实。

幻象是这种趋势的最新体现，也是最糟糕的体现。

保罗·拉里莫尔

自从那一天她看到……呃，我估计你已经听她讲过，我就不对她讲的经过挑刺了。

我们相互之间从没说起过那一天。她不了解的是，那天下午我删除了所有旧情人的幻象，也没保留备份。我知道这一点对她也不会有什么影响，不过你们能告诉她的话我会感激的。

那天之后，我们谈话都变得毕恭毕敬，以免变得亲密起来。我们讨论外出活动许可、挑选大学要考虑的因素及让她来我办公室为徒步活动募捐的准备工作，却从不谈她的愉快的友谊和爱情的难题及对世界的希望和失落。

安娜离开家上大学以后就不再理我。我打电话，她也不接，需要用个人信托支付学费，她就联系我的律师。寒暑假她跟朋友度过或者去海外打工，周末偶尔会邀请艾琳去帕洛阿尔托看她。我们心照不宣的是，我不在受邀之列。

——爸爸，为什么草是绿色的?

——因为绿色随着春雨从树叶上滴落下来。

——骗人。

——好吧，其实是你从篱笆这边看的原因。如果你到另一边，草就不会那么绿了。

——不说实话我就生气了。

——好吧。草里有叶绿素，叶绿素的环状结构吸收所有颜色的光线，但绿色除外。

——你不是瞎编的吧?

——我以前瞎编过什么吗，甜心？

——还真不好说。

她上高中时，我经常播放这段幻象，渐渐形成习惯。如今我把这个幻象带在身边，每天都离不开。

后来还有她长大以后的幻象，分辨率大多比这个更高，可我最喜欢这一个，它让我想起更美好的旧时光，世界还没有突飞猛进、无法回头。

拍下这段幻象的那一天，我们终于成功造出了小到可以装进一台肩扛设备的捕梦器，那台设备成了旋转木马一号——我们首台成功的家用幻象摄影机的原型。我把机器带回家，让安娜在它面前摆好造型，她静静地在日光走廊旁边站了两分钟，我们一起聊了她一天的经历。

跟所有父亲眼中的小女孩一样，她完美无瑕。一看到我回家，她眼中就放出光芒。她刚刚从日间夏令营回来，有不少故事想要告诉我，还有不少问题想让我回答。她想让我带她去海边放风筝，我答应帮她弄晒印套装。很高兴我在那时候拍到了她。

多么美好的一天。

安娜·拉里莫尔

最后一次我跟父亲见面是在母亲遭遇车祸之后。父亲的律师联系了我，因为他知道我拒接父亲的电话。

母亲勉强还有意识，另一位司机已经去世，可她也撑不了多久。

“你为什么不能原谅他？”她说，“我都原谅了。人的一生不是由一件事来决定的。他爱我，同时也爱你。”

我没说什么，只是握着她的手用力一捏。父亲走进来，我们都跟母亲说话，相互之间却没有交流。半小时后，母亲陷入昏迷，再也没有醒过来。

其实，我已经准备原谅他了，他看起来苍老——这一点，孩子往往最后才注意到，身上还有种迫使我感到自我怀疑的脆弱。我们一起在沉默中走出医院，他问我在城里有没有地方落脚，我说没有。他打开副驾驶的车门，犹豫了一秒之后，我上了他的汽车。

我们回到家，虽然我已经多年没有回来，但是路途还是我记忆中的样子。我坐在餐桌前，等他准备速食晚餐。我们小心地交谈，一如以前我在高中时的样子。

我问他要一份母亲的幻象。虽然作为一条个人准则，我不拍摄和保存幻象，也不跟大众一样对幻象抱有美好的看法，可彼时彼刻，我觉得可以理解幻象的吸引力。我想永久保留关于母亲的一份记忆，她曾经存在的一个片段。

父亲递给我一个光碟，我向他表示感谢。他提出把自己的投影机给我用，不过我拒绝了。让计算机的演算混淆真实和伪造的记忆之前，我想把自己对母亲的回忆多保留一会儿。

（结果我后来一直也没有使用那份幻象。给，如果你们想知道她的样子，随后可以看一下。不管我记忆中的母亲是什么样，她都是真实的。）

吃完饭已经很晚了，于是我从餐厅告辞，回到自己的房间。

映入眼帘的，是 7 岁时的我坐在床上。她头发挽着发髻，身穿粉色的花裙子，难看到我都不记得有这么一件衣裳。

——你好，我是安娜，很高兴见到你。

这种对我的拙劣模仿，幼稚而且无助，可他却保留了好多年。在我不理他的那段时间，他是否转而投入这个呆板的副本，这个沉思我失去的信念和感情投下的影子？他是否用我童年时代的模型来幻想无法与我进行的对话？他是不是还进行过编辑，去掉我的坏脾气，再加入些甜美的个性？

我感到被冒犯。那个小女孩无疑就是我，她的一举一动、一颦一笑都跟我无比相似，可她又不是我。

我长大成人，发生了变化。我以成年人的身份来面对父亲，可现在我发现自己的一小部分被夺走并困在这个东西里，它帮父亲维持着一种没有跟我断了联系的感觉，而这恰恰与我的想法相悖，是不真实的。

多年以前，他床上裸体女人的形象又涌现出来，我终于明白，长久以来，她们为什么常常出现在我的梦中。

幻象让人不可抗拒的，正是它复制拍摄对象本质的方法。父亲把那些女人的幻象留在身边，就是为了维持与她们的联系，也是维持与风流成性的自己的联系，所以他仍然在背叛情感，这比一时的肉体出轨更令人讨厌。色情影像是纯粹的视觉幻想，可幻象捕捉到一种精神状态，一个幻梦。谁的幻梦呢？那天我在他眼中看到的，不是淫秽，而是显而易见的亲密。

通过保留并不断播放我的童年幻象，他不去面对自己真正犯下的过错和真实的我，而是梦想已经挽回我的敬爱与尊重。

在孩子从被迫依赖向人格独立转变的短暂时期，或许每位父母都梦想留住孩子，那时候孩子眼中的父母仍然完美无缺。那种梦想是伪装成爱的控制与操纵，是李尔王对女儿科迪莉亚的追求。

我走下楼梯，离开房子，从此以后再也没有跟他说过话。

保罗·拉里莫尔

幻象永远活在当下。因为捕梦器的分辨率不足以识别并捕获每一种特定的记忆，所以幻象只有模糊的记忆。它以一种方式学习，当你谈论的内容越是偏离拍摄对象被捕获时的心理内容，计算机的推演就越不准确。就算是我们能提供的最好的幻象摄影机，也无法让投影维持超过几个小时。不过捕梦器精于捕捉安娜的情绪，思维的情感特征，笑容古怪的发起，讲话的语调和措辞中准确又难以表达的特质，所以每隔两个小时，安娜的幻象就会被重置。她还是刚刚从日间夏令营回到家，又一次为我准备好问题和故事。我们聊天，我们欢笑，随心所欲地交谈，没有一次对话是重复的。可安娜的幻象永远是好奇的 7 岁少女，崇拜父亲，认为他不能犯错。

——爸爸，你给我讲个故事。

——好啊，没问题。你喜欢什么故事？

——我想再听一遍赛博朋克版的《匹诺曹》。

——我不确定能记住上一次讲过的每个情节。

——没关系，开始讲吧，我帮你补充。

我真的是太爱她了。

艾琳·拉里莫尔

宝贝，我不知道你什么时候会听见这段话，也许只有在我离开以后。你不能略过接下来的内容，这是一段录音，我想让你听听我不得不说的心里话。

你父亲很想你。

他不完美，跟任何人一样犯过错，可你偏偏让他最脆弱的那个时刻完全占据了自己的生活。你把他的整个生命塞进了一成不变的一个下午，用他最糟糕的表现来定义他。你在心中一次又一次重温当时看到的情形，形成刻板印象，抹杀他的整个人格。

多年以来，你把父亲锁在心门之外，他只好不断播放你的一个旧时幻象，他边看边笑，跟你打趣，还以一种 7 岁小孩能够理解的方式向你倾吐心声。我本想在电话里问你是否愿意跟他谈谈，可后来我挂断电话，因为不忍见他又回去播放幻象。

请你认识一下真正的他吧。

——你好，你看见我的女儿安娜没有？

宋秀云

阿缺

这一天晚上，吴璜刚吃完饭，扔下碗筷就回到房间，戴上脑控头盔。她妈隔着门抱怨了几句，但声音像是被头盔过滤掉了，飘飘忽忽的。她也不在意，启动头盔后，迅速连上头盔内部伸出的海绵状探头，脑信号被发射器放大之后，连接上了几百米外车库里的脑控汽车。

这年头，脑控汽车已经不是新鲜玩意儿，大城市里几乎满街都是，但吴璜生活的这座小县城还处在紧跟时代变化的早期，它的西边是崎岖贫瘠的山区，南边是日新月异的大城市，它就像一只蚂蚁，挤在野蛮与文明的夹缝中。在这里，脑控车还不多见，每次吴璜接到网约车的订单后，远程控制轿车出门，乘客坐进来，看到车里一片空荡荡，还是会目露惊奇。

当然，为了买这辆车，她不但花光了积蓄，还贷了款。明天就是除夕，节后应酬多，她得多跑几单，把春节期间的花销挣出来。

现在，这辆纯黑色的轿车在她的操作下，驶出车库。吴璜躺在床上，换了个舒服的姿势。头盔投射的全息界面能让她看到车身周围的景物，她这才发现，外面已经下雪了，白色的鹅绒漫天飘荡，地面已经铺上一层银装。

在吴璜的记忆里，小城已经很多年没下过雪了。她以为今年会像往常一样，在阴沉的天气里度过，没想到在除夕的前一天，突然满城落雪。

但下雪也带来了坏消息——街上行人寥寥，手机里也没有约车提示，转了好半天，才接了两单。她不死心，让脑控车驶上大道，碾压雪层，一路向悬铁站开去。

她在车站门口等了一会儿，好不容易出来几个返乡的乘客，又都被更便宜的老式出租车拉走了。她把车停在一片风雪里，通过车顶的仰视镜头看着夜空，一片片轻盈的雪花从夜空中涌现，划过黑暗，落进路灯昏黄的光团里，仿佛也被沾染成浅黄色。不一会儿，镜头被雪盖住，她只能看到一片白茫茫。

看来今晚是没有收获了。她这么想着，启动汽车引擎，打算回家。这时，有人敲了敲车窗。

吴璜把视线切换到车窗镜头，看到了一对母子。母亲接近60岁的样子，神情木讷，个子矮小，但背着大包，显得有些佝偻。灯光斜照下来，能看到她脸上纵横交错的沟壑，显然是常年烈日风霜刻出来的。儿子站在一边，倒是高大很多，穿着风衣，虽然不花哨，但是很得体，一看就是在大城市里待了很多年的人。

可看他一身轻松，与旁边背包的年迈母亲形成鲜明的对比，吴璜本能地对他产生了反感。

“师傅，走吗？”母亲又敲了敲车窗，话里方言味很重，是小城西边山区的口音。

这个老土的称呼像刺一样扎在吴璜的眼皮上，这下她对母亲的好感也没了。“我这不是出租车。”她一边说——声音通过头盔，传到脑控车旁的喇叭里，一边看了下手机，还是没有网约车的订单。

“那……”母亲迟疑地说，“那姑娘走吗？”

“我也不是黑车。”

母亲“哦”了一声，转头看了看儿子。儿子微微低头，表情藏在灯光的阴影里。“妈妈，别担心。”他说。

吴璜正要走，又多嘴问了句：“你们去哪里？”

“去汽车西站。”

汽车西站跟吴璜回家倒是一个方向，如果顺路载客，说不定能把这一趟出来的电费挣回来。但那是个老汽车站，在悬铁线路开通后，几乎就废弃了。

“现在过去，还有班车吗？”吴璜问。

母亲连忙点头，“有的，十点半有一班。”

吴璜记起来了，车站近乎废弃，但每天还是有一趟人工驾驶的班车从夜里出发，沿着崎岖的国道，穿山过岭，途经许多小山村。车站垂垂老矣，这趟唯一的班车，就是它呼吸的最后一抹气息。

吴璜说：“那你们上来吧，我带你们过去。”

母亲却站着没动，问：“收多少钱？”

“一百……一百五十块。”

母亲后退一步：“太多了吧，坐公交车才十块，两个人才二十。”

“那你看现在还有公交车吗？”

对面的公交站牌下确实空空荡荡，只有雪花簌簌落下。

“但一百五也太多了……六十！”

她们还了一会儿价，这位老妇人的嘴太紧了，吴璜好几次都想直接走人，最后她们商量好，送到吴璜小区门口，剩下的两公里路，他们自己走过去。

车门打开，母子钻进来，坐在后排。母亲哈着手，头上几缕白色，不知道是苍发还是落了雪，或者兼而有之。吴璜这才意识到，刚才讨价还价时，自己躺在家里温暖的床上，而这对母子站在车外，寒风冷雪，想必冷极了。她不禁有些歉意，启动了车内空调，说：“暖和些了吧？”

“嗯。”母亲说，“那就走吧，得早点。”

这下倒轮到吴璜诧异了——母亲坐进来后，神态如常，似乎对这辆没有司机的脑控车见怪不怪。她把自己的脸投影在车前屏幕上，一边启动一边问：“您这是从哪里回来啊？”

“打北京回来。”母亲的声音带着一点儿骄傲。

从大城市回来的，那就难怪了。吴璜说：“去探亲吗？”

“接儿子回来。”母亲转头看了下儿子的侧脸，“回家过年。”

儿子依旧坐得端端正正，点了点头。

透过车内的高精度摄像头，吴璜认真看了看这个年轻人，三十出头的样子，脸庞消瘦，但眉宇精致，看得出平时是有保养的。还是很帅嘛，吴璜想，有种禁欲系大叔的气质。不过他大部分时候都沉默着，表情介于礼貌与冷漠之间，这倒是很符合大城市里白领的特征。

吴璜看着他，说：“你是做什么的呀？”

儿子扬起嘴角笑了笑，却没有回答。

母亲连忙说：“是做设计……嗯，在家里办公，为疆域公司工作。你听过没？”

吴璜当然听过，脑控车运行的基础是意识操作系统，而这个系统就是疆域公司研发的。她不禁对这对寒风中赶路回家的母子改变了看法，说：“那很厉害了！”

“是啊，我儿子是村子里的骄傲哩！”母亲的眉毛动了动，表情活泛起来，“他有七年没有回家了，今年终于可以在家里过年了。”

“七年？那够长的啊。”吴璜应道，“不过他在大城市待了那么久，应该是他接您去城里过年嘛，怎么您带他回来呢？”

母亲显然愣了愣，表情灰暗了些：“我儿子……生病了。”

听到儿子生病的消息后，宋秀云的心都揪了起来，但回乡的铁柱语焉不详，挠挠头，解释道：“我哪知道得那么清楚？我就是去商场买东西看到阿川了，跟他打招呼，他没讲几句话就咳嗽，脸上也白。怎么回事我也不知道啊，他现在混得那么好，平时跟我们都没联系……还有，别叫我铁柱了，我在城里的名字叫詹姆斯。”

宋秀云又给儿子打电话，李川在那头说一切都好，就要挂掉。

她连忙说：“你今年回来过年吧，都这么多年没回来了……”

“不了。”李川说。

“那我来找你。”

“别闹，你怎么过来？一辈子没出过村子的人。”

电话挂断后，宋秀云心潮难平，想了半天，找出了儿子以前寄回来的快递单，指着上面的地址，对铁柱说：“铁……詹姆斯啊，你帮我买下票，我把钱给你。我要去接儿子回来。”

就这样，宋秀云走山路去镇上，再坐摩托来到国道边，央求路过的货车带她去县车站，买票之后上了去小城的班车，最后取了悬铁车票，一路去往北京。唯一的麻烦是在过安检时，她给儿子带的肉和腌菜全部被扣下了，只有专门炒的那包葵花籽能带走。她心里疼得滴血，在安检口闹了好半天，最后保安威胁不让她坐车，她才抹了抹眼泪，看着那群年轻人把上好的山货扔到一边。

总之，她只身来到北京，这里的一切都很新奇，甚至跟电视里的不一样，人人都用上了脑控技术，躺在家里就可以操纵汽车在路上行驶，闭着眼睛也能在电脑上办公，只是街上的人比印象中少了很多。

从车站出来时，天刚破晓，时辰尚早。坐了一夜车，她已经很倦了，身体里像有根年久失修的琴弦一样颤动着，这颤动随时会令她摔倒。于是她找了个早餐铺坐下，点了一碗白粥，花了二十块钱。大城市果然贵，要是在村子里，这种粥都是乡亲们随便端着喝的。她这么想着，从兜里拿出两张十块，递给了那个脸上明显带着鄙夷的胖子老板。

对于鄙夷，宋秀云早已习以为常。在漫长的一生里，她见过了太多太多鄙夷，但没有关系，她还有儿子。

想起儿子，宋秀云身体里一直颤动不休、嗡嗡作响的弦突然停下，她重新获得了力量，一口气喝尽白粥，站起来，拖着两个硕大的包裹走上了大街。她叫了一辆出租车，习惯性地跟司机讨价还价，对方告诉她有计价器，是多少就是多少。她只得作罢，在路上的时候，她看着计价器上的数字跳动，心也一上一下。

不久后，她到了儿子住的小区，却被门卫拦住。门卫压根儿不信她有亲戚住在这个高档小区，死活不让她进。有个路过的业主看不下去，让他们查一下名单。这一查，李川的名字确实在，便拨通了李川的门禁系统。

“谁啊？”门铃响了很久，才传来一声懒懒的声音。

门卫还没说话，宋秀云抢着凑到话筒前，说：“李川啊，是妈。妈来找你了。”

那边显然愣住了，停顿了很久。门卫看宋秀云的眼光再次变得狐疑，幸好这时李川终于说话了：“你等下，我下来接你。”

这一等，又是半个多小时，李川总算走到了门卫室。宋秀云眼眶一下子湿了，低着头，怕被别人看到——她自己倒是不在乎，就怕别人看到了笑话儿子。

“走吧。”李川说完便转身带路。

宋秀云连忙提上包裹跟在后面。

“听起来……”吴璜压低了声音，“你儿子不怎么热情啊。”

说完她就后悔了。她的话是通过车内音箱说出来的，环绕音，母亲能听到，儿子也能听到。但她瞥了一眼儿子，见他依旧端正坐着，挂着浅笑，丝毫不以为然的样子。

“热情的，热情的。”母亲忙说，“不过可能很多年没见了吧。”

“那他到底……看他的样子，不像生病了呀？”

母亲点点头：“是啊，我住进儿子家后，开始还担心，但他气色很好，也有力气，一大桶水说抬就抬，就是总待在书房里，不怎么出来。住了几天，我就放心了，铁柱尽是瞎说，从小嘴巴就没把门的。”

车子驶上主道，两旁路灯撑开一团团光晕，光晕中雪花飞舞。吴璜操控着车子，撞进光晕中，车旁带起两道气流，落雪在空中打着旋。

街上人少车稀，路途畅通，吴璜不用把全部注意力放在开车上，又问：“您在北京住得怎么样？”

“不习惯啊，”母亲大概暖和起来了，挪了挪身子，“你说你们城里人，过得跟我们真的太不一样。就你这个脑……脑控车吧，人人都有，戴上头盔就能开车。还有机器人，也能被脑袋指挥，你要是不想出门，头盔一戴，机器人能代替你出去见人啊说话啊，还能打球！”

吴璜点头，母亲说的脑控机器人也是疆域公司新出的产品，对只想宅在家里的人来说，这无疑是天大的福音。上次她出去跟朋友聚餐，五个人里，其中三个不想出门，就派脑控机器人过来。一张饭桌上，两个真人，三个机器人，相谈甚欢。机器人不用进食，聊完后，它们还在远程脑控下，打包了一份饭菜，带回去给主人吃。听说除了脑控模式，机器人还有自动跟随功能，能永远陪在主人身边。当时吴璜特别羡慕，打算还完车贷后也去买一个。

母亲没有留意到吴璜的走神，还在絮絮叨叨：“家里做饭啊、打扫啊，一个念头，电器就把饭煮好了，我还没回过神，屋子里就干干净净。我看除了吃饭和上厕所，这里啊，”她点了点自己的太阳穴，“能把所有事情都做完。你说，还要手脚做什么？”

“这不是更方便了嘛。”吴璜赧然道。

“方便是方便，就是有点……”母亲试图组织词汇，最后放弃了，“说不好，就是看上去变好了，但觉得怪怪的。”

她大概是想说过度安逸的日子会让人变得有惰性。吴璜想，这个观点也有很多人提出来，但时代就是这样，科技发展，人就得适应。

“您肯定不太适应吧？”吴璜问。

母亲点头如捣蒜：“那还用说。我打算劝儿子回去，但他不答应，我就住了几天。出去太乱，又没熟人，太无聊了。哦对了，儿子养了一只猫，叫豆豆，本来我还想逗猫玩，但这城里的猫也不一样，又懒又不热情，每天就是趴在阳台上，叫它也不应。哎哟这日子，跟坐牢似的。”

“他不陪你吗？”

“他忙啊，每天都在书房里工作。我心疼，就亲手做饭，小炒辣子鸡、鱼炖萝卜，都是他小时候爱吃的菜。你说机器做的还能有人做得好吃？饭好了之后，他就端进去吃，每次都吃得干干净净。”

她们聊天的时候，儿子端坐一旁，表情纹丝不动，似乎她们谈论的是另一个人。

这时，母亲的语气低了些，说：“不过我除了做饭，也就没别的用处了，他工作的那些事情，我看都看不懂，更别说帮忙了。每天他忙的时候，我就在小区里面转。小区的环境还真不错，我们是住在一楼，他还在楼下停车场角落里租了一间地下室。”

汽车停在路口，对面红灯闪烁。吴璜看着跳动的数字，随口问道：“里面是放杂货的吗？”

“不知道，”母亲说，“他不让我进去。”

宋秀云站在地下室的门口，非常犹豫。停车场的灯斜照下来，她的左脸被灯光照着，光线在皱纹的沟壑里游弋，她的右脸沉在阴影里，这让她的表情看起来十分纠结，一如她的内心——进去，还是不进去呢？她来这里看儿子已经快十天了，李川家里的格局她都熟悉，唯独这间地下室她不能进，一问起，李川就说地下室是他专门用来放废旧作品的地方，是隐私，不能进。

隐私……宋秀云在农村待了一辈子，不太理解“隐私”这个词。在老家，大家沿着山脚修房子，家家户户离得很近，去串门时从来不敲门。但这里是大城市，宋秀云时刻提醒自己，城里人截然不同，他们修建高得一眼望不到顶的楼房，把自己关在钢铁隔出的空间里，戴上头盔就能完成所有事情，甚至不用说话。儿子现在也是城里人了，而且还算艺术家，他说隐私，那就是隐私吧。他说不能进，那就不能进吧。

这么想着，宋秀云收敛了自己的好奇心，不过她还是走上前，敲了敲地下室的门，敲门声在走廊轻轻回荡，许久没有回应，她便转身离开了。

将逝的斜阳里，黑猫豆豆从阳台上站起来，抖了抖毛，身体弓直，似乎在伸懒腰。它转头看了一眼宋秀云，眼睛里一片漠然，跳下阳台，慢吞吞地走进房间。

啧啧，宋秀云在心里咕哝着，这城里的猫，不捉老鼠就算了，还不亲人，冷冰冰的，一天到晚不是睡觉就是晒太阳，或者一边睡觉一边晒太阳。她才来不久，豆豆不搭理她，这很好理解，但她觉得奇怪的是，豆豆连养了它六年多的李川也不愿意亲近。有一次李川给它喂猫粮时，想去摸它的头，它却警觉地闪开了，直到李川退后才踱到食盘旁。

“唉，城里的猫……”她又咕哝了一句。

进了屋，李川正在书房里看书，房间里一片幽暗。她把带来的葵花籽放在果盘里，推开门，突然意识到什么，又敲了敲门。

“你都把门打开了，敲门还有什么用？”李川放下书。

“没想起来……下次一定先敲门。”宋秀云讪讪地说，她讨好似的端起果盘，放在李川的书桌上，“这是我炒的瓜子，小时候你最爱吃，来，你边看书边吃。”

李川看了一眼果盘，没有理会，而是抬头道：“还有，告诉你了，别靠近地下室，这很重要，麻烦你尊重我的隐私！”

宋秀云一愣：“你怎么知……好，好，我不去了，不去了。”

见她一脸惶恐的神色，李川的语气缓和了些，问：“有什么事吗？”

“快过年了，你这家里什么都没有，不像是过年的样子。我想着明天天气好，一起去买点年货吧。”

李川皱着眉头：“你不是过两天就要走了吗？又不留在这里过年，买什么年货？”

“但你要过年啊，要不……”宋秀云顿了一下，看着眼前这个人——自己的儿子，声音里带着一点点乞求和讨好，“要不你跟妈一起回家过年吧，你都七年没回过家了。你还记得你外甥吗？他现在都长大了，可壮呢！还有——”

“你别说了，我不会回去的！”

宋秀云顿时住了口，但眼中的乞求更浓，在幽暗的光线里像两汪深沉的潭。

“我走的时候就说过这辈子不会再回去！你以后别提这个事情了！”

宋秀云咕哝了一句什么，然后按开灯，屋子里顿时涌出明亮温和的光线。“敞亮点儿才好看书。”说完，她转身走出去。

李川继续看书，但拿起书又放下了。“等一下，”他也犹豫了一下，“明天去趟商场吧，但是别太早，我还要睡懒觉，也别太久，我还要工作。”

宋秀云听了这话，重重地点头，似是得了奖励，却不敢再多打扰他，退出了书房。屋里的家居系统她至今没有摸熟，而此时天已黑，阳台外一片空荡荡、黑森森。她摸索了一下，没有找到灯的开关——宋秀云素来有眼疾，视野非常狭窄，而且随着年龄增长愈加狭窄，光线幽暗时就更看不清了。她只记得儿子房间的灯。她想了想，开口说："给开灯。"

屋子里幽暗如常。

"请开灯。"

柔和的光纤一刹那充盈整个客厅，墙壁也发出幽幽荧光，正对玄关的一整面墙壁都成了显示屏，一个憨态可掬的机器人形象出现了。宋秀云记得儿子解释过，这是智能家居，她搞不懂，但墙壁上面显示这样一个东西还是让她感觉很别扭。

"你在这墙里面，会舒服吗？不憋得慌？"

机器人做出沉吟的样子，然后咧开一个笑容，说："壁面屏就是我的家啊，就像这间屋子是你的家一样。"

"我的家不在这里，离这里很远呢。你听说过红安村吗？"

壁面屏上立刻显示出一幅地图，上面标注了二十几个红点："这是所有叫红安村的地方，哪个是你的家呢？"

宋秀云凑过去，一个一个地看，喃喃道："这些我分不清呢。我家在西边，有一条河，叫观音寺河，哦，在我们这个村子叫观音寺河，因为有一座观音庙，但这条河流过村子，在别的地方有别的名字……"她絮絮叨叨地说着，随着她的声音，地图上的光点一个个消失，最终只剩下一个红点，随后这个红点所在的地方被放大，成了卫星扫描的三维图，沿着一条山脉，一间间平房排列着，除了山和房子，四周都是高高低低的田野。此时已经是深冬，麦子都收割了，田野里只留下一茬茬麦秸。

“是这里，看，这就是我家。”宋秀云指着地图上的一间房子，这是典型的山区建筑，小平房依山而建，因年代久远，墙壁有些斑驳。

“是啊，很美的地方。”机器人附和道。

宋秀云痴痴地看着地图，过了很久，突然说：“马上就到种油菜的时候了……”说完这句话，她微不可闻地叹了口气，走向自己的房间。机器人调低了墙壁亮度，跟着宋秀云在壁面屏上行走，当她走进卧室时，它停了下来，客厅也暗了下来。

第二天上午，他们出门去商场。宋秀云心疼钱，便打算坐地铁，但快走到安检门口时，李川突然站住了，说：“地铁人多，我们还是去打车吧。”

“来都来了，这几天人不多的。”宋秀云说，“省着点吧，你挣钱也不容易。”

但李川不由分说地转身向地铁出口走去，宋秀云只得跟上。

他们打车到了商场，买完年货就是中午了，正值饭点。宋秀云小心翼翼地说：“现在回家，再做完饭就是下午了，不如我们就在这里吃吧。你天天吃我做的，换换口味也好。”

儿子却摇头道：“还是回家去吃吧。”

“该省的省，不该省的就花嘛。没事的，我也带了钱，我请你吃。”

李川沉默了一下，然后说：“我还是想吃你做的小炒辣子鸡。”

“做得也没那么好吃……”宋秀云虽然客气着，但是很明显高兴起来，“那我们回家！”

刚要出商场时，迎面走来两个挽着手的男人，其中一个打扮前卫，一身银白金属风格的皮衣，最引人注目的还是他的头发，居然在不时变换颜色。

李川突然站住了，拉着宋秀云，转身要往另一个出口走。

那个头发变色的男人已经看见他了，脱口道："阿川？"

"好巧啊，"李川勉强笑了笑，"在这里看见你……们。"

男人似乎有些尴尬，松开了挽着另一个男人的手，头发也逐渐变成暗灰色，说："我听说你……"

"我很好！"李川打断他。

男人转头看着宋秀云，愣了一下："是阿姨？阿姨好，很多年没见了。"

宋秀云盯着他，回忆了很久，突然一拍脑袋："是你啊。哎呀，好久没见了，我来看李川。你们……"

男人的表情有些哀戚，头发也随之变成蓝色。但在他说话之前，李川抢着说道："我们有事，就先走了。你们慢慢逛。"说完就拉着宋秀云离开了，男人在背后喊了几声，他也没回头。

回家后，李川一直脸色铁青，沉默地坐在书房的座椅上，屋子没开灯，书架的阴影遮蔽了他。

"阿川啊，"宋秀云站在一旁，欲言又止，"有什么事情可以跟妈……"说到这里，她才意识到其实儿子的很多事情，她并不懂，于是也沉默了。

她转头看向窗外，外面是一个全然陌生的世界，到处都是看不到顶的高楼，高楼被街道切分，每条道路上都布满汽车，连半空中都布设了悬浮轨道。她努力仰着头，视线穿过重重建筑看到了天空，但天空是灰色的，是钢铁的颜色。

"儿子，要不我们回——"

她的话没说完，因为李川突然斜倒在她怀里，像是变成了很多年前的那个孩童。唯一不同的是，这一次，他失去了意识。

母亲暂停了述说，车里一下子寂静无声。雪越下越大，在风里翻卷，每一片雪花都被车灯染上朦胧的昏黄色。

“那……”吴璜沉吟了一下，想问那个男人跟儿子是什么关系，但想了想，说，“商场遇到的那个男人，您以前见过，是吗？”

“是的，七年前，我儿子回家过年，特意把他带回来了。”

跟吴璜猜想得一样，她点点头，没有说话。

“当时我们以为他只是带一个城里的朋友回老家来玩，来看个新鲜，看看农村人是怎么过年的。”母亲接着说，“我们当然很高兴，把家里平时舍不得吃的、舍不得喝的都拿出来了。他估计不习惯我们那里的生活，但还算开心，直到……”

母亲看了一眼儿子，儿子依旧微微含笑，拉起母亲的手，说：“别担心，妈妈，别担心。”

母亲点点头，抹了一下眼角，然后说：“直到过年前一天，儿子跟我说了……我们没有见过世面，不知道外面已经变了，当时我跟他吵了很久，让他把他的……他的朋友赶走。但儿子已经有自己的主意，不再像小时候一样听我的话，就在当晚，他们连夜走了。那年过年，只有我一个人，后来七年，都是我一个人过年的。”

吴璜不知道怎么安慰，想了半天，说：“都过去了，你看，你儿子今年这不是回来陪你过年了吗？”

“是啊，都过去了……”

“那他昏倒之后呢？”吴璜想了起来，“送医院了吗？”

“没有。”

宋秀云抱着昏迷的儿子，觉得他格外重，她用冷水拍他的脸，拍了好久都不见醒。她感觉自己身体里的血都快凉下去了，这时，她想起了那个住在墙壁里的机器人，儿子说过，一切事情都可以吩咐它来做。

“给开……请开灯！”她喊道。

书房的灯应声而开，墙壁屏幕上浮现机器人的形象，问：“请问您有吩咐吗？”

“我儿子昏倒了，你赶紧给医院打电话。”

“不用担心。主人设置过，出现任何问题，会自动呼叫费列曼医生。”机器人说，“费列曼医生已经在过来的路上了，他是主人的家庭医生，也是最好的朋友。”

“那我现在怎么办？”

“看着就行。”

“你是说，我儿子昏倒在地，我现在就光看着，什么都不做？”

机器人露出笑脸：“您要是觉得无聊，我可以放电视剧给您看。”

宋秀云骂道：“你是缺心眼吗？！”

“这不是傻，这是被人类称之为幽默的高级情感。”

正在宋秀云着急又束手无策时，门铃响了，壁面屏提示来者为费列曼医生，属于可信任级别，屋门自动打开。

费列曼医生是个矮胖的美国中年男人，头发稀疏，一身运动裤加夹克，既传统又怪异。他进书房后，先用英文跟宋秀云讲了一通，还没讲完就看到宋秀云一脸茫然，于是用蹩脚的汉语道：“是宋女士吧？李川先生经常提起你，正如他所说，你果然体现了中华传统的美感。我喜欢你的头发，这种灰白掺杂的染发技术很罕见，比外面那些跟着心情变颜色的头发高级多了，哦不对，这只是因为衰老而产生的白头发……总之请放心，你儿子没事的，你等等就好。”

宋秀云惊讶的是，讲完这句话，费列曼医生就转身离开了。走到门口，他回头看见书桌上摆着的葵花籽，又走回来抓了一把，说道：“中国美食！”然后就离开书房，走过客厅，出门不见了。

宋秀云过了好一会儿才反应过来，呆滞地对机器人说：“这也是幽默感吗？”

机器人沉默着。

所幸这位医生虽然疯疯癫癫，说的话却是真的，不一会儿，李川就悠悠转醒。

“儿子你怎么了？要不要紧？要不要送医院？”

“没事。”李川站起来，揉揉太阳穴，“可能是最近太累了。”

正如李川所说，接下来的几天，这种突然昏厥的情况再没有发生，只是他把自己关在书房的时间更长了，宋秀云只要一敲门，门内总会响起儿子的声音：“妈，我没事。”

慢慢地，宋秀云也就不再担心了。之前的昏迷，可能是因为在商场里受了刺激，年轻人的事情，她也不是很懂。

“不过，儿子啊，”她坐在书房门外，犹豫道，“翻过年来，你就 33 了，是不是……也可以考虑一下成家了？”

李川在书房里沉默，许久才说：“为什么人一定要成家？”

“每个人都要成家啊，”宋秀云一愣，“都要结婚生子……”

“然后像你一样？”

宋秀云的手一下子僵硬了，她知道儿子在说什么——她的丈夫十几年前外出打工，除了每年汇钱回家，再也没有音讯。她的婚姻并非出于爱情，很仓促，结局也很不幸。

“对不起。”李川闷闷地说。

她想了想，说：“我说不了那些大道理，我自己也不是什么榜样，但人应该有人陪着，不然一个人整天在家，尤其是老了之后，到了我这个年纪，一个人会很孤独吧。”

“那是以前，生活不方便，也没有网络。现在不一样了，网上到处是朋友，家里也有机器人，就算年纪大了，也不会无聊。现在很多夫妻丁克，还有人选择独居，这都是新的生活方式！妈妈，你不懂，也不要把你的想法加到我身上！”

宋秀云听得一愣一愣的，她确实不懂儿子说的情况，只能说：

“可能你说的是对的吧，但妈妈心里还是想，你生病或者不高兴时，身边有人能够照顾你，抱抱你……”她停了一下，声音有些发堵，“就像小时候那样。”

这一次，书房里的沉默持续了很久。

“妈妈，我还有你。”李川的声音隐隐约约，“你可以抱我。”

吴璜从床上坐起来，视线穿过头盔的缝隙，看了看紧闭的房门。不知道她妈妈是不是还坐在客厅里给她织毛衣，她劝过妈妈很多次，织的毛衣款式太老，她不会穿的，放在衣柜里都要发霉了。但妈妈每次都答应得好好的，转过头又继续织。

她又看向衣柜，第一次觉得那些毛衣还挺好看的。

头盔视界里，一辆车突然从拐角转出来，她连忙把注意力放回驾驶上，一个急转，躲开了对面的车。

车里的母子晃了一下，母亲一手扶住前面的座椅，一手抓住儿子。儿子轻轻说：“别担心，妈妈。”

“对不起，对不起……”吴璜连忙道歉。

“没事。”

车继续往前开，路过了吴璜所住的小区，但她没有停，一路驶向汽车西站。

那天后，母子关系缓和了许多。宋秀云宽慰不已，也看到了儿子确实没有生病，便打算过完年就回家。

她不太好打扰儿子工作，在家又闲得无聊，每天打扫完就出门活动活动，小区门口还有跳广场舞的，大都是跟她年纪差不多的大妈，也掺杂有机器人。她性子怯，在一旁看着也过瘾，到了跳舞结束才回屋做饭。

这一天，晚上风大，跳舞的人很早就散了，宋秀云也回了家。她推开门，却愣住了——李川正坐在沙发上，怀里抱着黑猫豆豆。豆豆一改平时的冷漠，格外亲昵，一边喵喵叫着，一边用头蹭着儿子的下巴。

“咦，它今天怎么……”她话没说完，看着儿子，脸上的笑容凝固了，“你脸色怎么这么差？”

的确，李川很清瘦，嘴唇泛白，眼睛格外萎靡，倒是跟铁柱描述的一样，但她明明记得晚上出门时还去书房看了一眼，儿子气色很好，一如往常啊。

“你回来这么早？”李川挣扎着坐起来，放下豆豆，往书房走去。

宋秀云追上两步，说：“你是不是感冒了呀？要不要叫那个费……费医生？”

“没事，”李川拉开书房门，犹豫了一下，“就是拉肚子，休息休息就好了。”说完匆匆走了进去，关上房门。

宋秀云刚要点头，但她透过即将合上的门缝，看到书房阴暗的角落里还站着一个人影，非常模糊。她正要细看，书房门已经关上了。

吴璜开着车，隐隐觉得哪里有些不对。她切换了摄像头视角，仔细看着儿子，儿子似有察觉，抬起头，微笑着与她对视。

“这个……”她干咳一声，移开目光，“阿姨您不是打算年后回家吗？怎么现在就带着儿子回来啦？”

“过年嘛，还是在老家过好啊。”

“那他年后什么时候回北京？现在工作压力这么大，在家里也待不了多久吧？”

母亲呵呵一笑：“儿子以后就在老家啦！他把房子卖了，以后不出去了，反正老家很快也会有网络，在家里一样热闹。”

吴璜看着儿子，心里咯噔一声。

过小年这天，宋秀云正忙着张罗，李川突然说：“妈，我要出个差，出门几天，这几天你先在家，等我回来。”

宋秀云疑惑地说：“你不是在家里办公吗？这又是年关，怎么还出差？”

“公司有事，而且外国人又不过年。”

“那他们多可怜啊……”宋秀云讷讷地说，“那还是工作重要。”她坐下来，有点闷闷不乐。儿子在一旁看着她。过了一会儿，她点点头：“工作重要，那你什么时候回来？过年能回来吗？”

“应该可以。”说完，李川收拾了一些行李，往四周看了看，似乎有些舍不得。

宋秀云连忙说：“反正就是几天，妈就在家，家里我帮你看着。”

李川的目光挪到母亲脸上，静静地看着。这个眼神让宋秀云有些奇怪，她正要说话，李川突然上前一步，抱住了她的肩膀。

“怎么了？”宋秀云有些别扭，轻轻挣扎了一下，然后安静地站在儿子的怀抱里。

李川也没有动，这样过了一会儿，宋秀云突然说：“你长高了啊，比我高很多，比你爸也高……”她喋喋不休地说着，掩饰着心里的喜悦和不自然，“别抱了，又不是小孩子了。”

李川松开手，说：“我先走了，等我回来。”

“我送你吧。”

“不用了，你就在家，等我回来过年。”

李川提起行李，走出屋子。黑猫站在阳台上，伸长脖子，看了一会儿又懒懒地躺下。屋子里静悄悄的，宋秀云心里有些不安，走来走去，最后站在阳台上，看着林立的高楼，钢铁丛林间，已经看不见她的儿子了。

第二天，宋秀云坐立不安，干脆打扫起卫生来，即使屋子里已经很干净了。她想起儿子还租了地下室，那里没有机器打扫，便兴冲冲地提着扫帚来到地下室门口，把积灰和一些细小垃圾清理干净。

扫帚掠过，从门缝里带出几个瓜子壳，侧面灰白，中间黑色，很熟悉——正是她带过来的葵花籽。她想起儿子书房里放着一盘瓜子，儿子一直没吃，唯一有人吃的那次，是费列曼医生来家里时从果盘里抓了一点儿，但费列曼医生随后不是离开了吗？怎么会来到地下室？

宋秀云百思不解，索性继续打扫，把垃圾扫进金属簸箕后，提到楼下垃圾池，倒了进去。

垃圾池旁边有个保洁阿姨，正在弯腰翻拣，打开垃圾袋，把能回收卖钱的扔在一边。她正打开的垃圾袋有些眼熟，宋秀云眯眼看着，发现那正是自家的垃圾袋，袋子有紫色提环，很好辨认。

“大过年的，你辛苦哪。”宋秀云冲保洁阿姨寒暄道。

“谈不上辛苦，也挣不到钱，就是看不得浪费。”保洁阿姨抬头冲她笑了笑，“您看现在的人，明明能省着，却都扔掉了。您看看，这家人最浪费，”她把垃圾袋的东西倒出来，一股馊味弥漫，“每天都有很多没吃完的饭菜，直接就扔了。瞧，这是昨天扔的，大米饭、小炒辣鸡、鱼炖萝卜，都臭了。您说，既然顿顿都吃不完，干吗做这么多？”

宋秀云待在原地，昨天李川走前，她做的正是这两道菜，还给儿子端到了书房。她看着污水横流的饭菜，分量跟她做的一模一样——儿子一点儿都没吃？

她又想起保洁阿姨的话，喃喃地问：“你是说，每天都扔掉了这么多？”

“是每顿。”阿姨低着头，边忙活边说，“每天早中晚三顿，都扔在垃圾袋里，瞧瞧，刚好一个人的饭量，我出生那会儿，要这么浪费，可是要坐牢的啊……”

宋秀云已经听不见阿姨在说什么了，失魂落魄地往家里走，进了门才反应过来，连忙给儿子打电话。

无人接听。

“喵……”一声猫叫，黑猫豆豆从阳台跳进来，叫了一声，懒洋洋地卧在沙发上。它转过头，看了宋秀云一眼，眼神一如既往地冷漠。

宋秀云脑中猛地划过几天前它趴在儿子怀里的情形，那时，它的眼神不再警惕，跟儿子格外亲昵，儿子的脸色却罕见地惨白。

一阵不祥如冬风般掠过她的身体，她打了个寒战，继续给儿子打电话，但死活打不通。她一咬牙，从家里翻出榔头，拎着来到地下室，当啷一声，把门锁砸开了。

借着停车场斜照进来的灯光，她探身进去，看到里面摆放着复杂的器械，地上线路横七竖八，落脚也难，桌上还摆着一个头盔。她往前走了两步，突然哎呀一声，吓得够呛——地下室角落里，躺着一个人影。

环境幽暗，宋秀云一时看不清，摸到墙边，按开了灯。炽亮的光一下子撕开黑暗，她看清了那个人影，心跳突然慢了半拍。

那是她的儿子，正闭眼斜躺在墙角，一动不动。她把手伸过去，李川遍体冰凉，鼻下没有呼吸。

吴璜已经猜到大概了，没有作声。

车子驶出小城，窗外一片漆黑，只有车灯照着前方，灯光的尽头，可以隐隐看到汽车西站的轮廓，如一只衰老的巨兽，在黑暗里盘踞着，无声地喘息。冬雪依旧簌簌落下。

很快就要送到了，这个夜晚实在太长，吴璜想，这单结束了就回家吧。

“后来呢？”她沉默了一会儿，问道。

“还是被你发现了，果然是伟大而聪明的东方女性！”

说这句话的，是费列曼医生。显然，地下室门被砸开的同时，家里的门禁系统优先将消息发给了他。

“我儿子怎么了？”宋秀云浑身筛糠似的颤抖。

费列曼医生深吸一口烟，表情逐渐严肃：“李川先生生病了，很重的病，是长年累月的辛苦工作导致的。但你放心，地上这个人，并不是你真正的儿子。”他把地上的人翻过来，拉开后衣领，只见脖子往下，赫然有两个黑洞洞的插口及一个条形码。

“这是？”

“脑控机器人。”

宋秀云凑到机器人跟前，睁大眼睛，越看越觉得侧脸跟儿子一模一样，她想把它再翻过来，看看正面，却发现机器人重得异乎寻常。她这才放心——这么重，确实是机器人。

“这个机器人是按照李川先生的身体模板来制作的，自带体温，瞳孔也能收缩，凝聚了疆域公司的最新技术，仿真度接近百分之百。当然，真人模样的仿生机器人在伦理和法律上还有一些问题要解决，所以这只是内部测试版。”费列曼解释道，“他知道你要来，不想让你看到他生病的模样，所以平时都待在地下室，用头盔操控机器人跟你相处，但他还是怕你发现，所以绝大多数时候让机器人躲在书房。那天，他操控机器人跟你一起去商场，遇到了……咳咳，太过激动，晕倒在了地下室，房子里的机器人没人操控，也跟着晕倒了。”

宋秀云恍然道："原来是这样……"这一瞬间，她明白了很多事情。儿子把饭菜倒掉，是因为机器人不需要食物，他不愿意坐地铁，恐怕也是担心安检的时候露馅。

"尽管他嘴上不说，但实际上他很在乎你。"

"那我儿子现在在哪里？"

费列曼医生说："在医院，正在动手术。手术成功的话，他很快就能回来，再也用不着这个脑控机器人了。不过手术还是有风险的，希望上帝保佑他。"

"我要去看他！"

费列曼微微弯腰："我带你去。"

宋秀云又看了一眼地上的机器人，忍不住问："那这个……这个机器人怎么办呢？"

"既然被你发现，它当然是要被回收了。上市之前，它还要再完善。"

"回收是什么意思？"

费列曼解释道："就是重新拆解，把芯片拿出来，数据导进电脑里。"

"那……那你们轻点儿。"

在去医院的路上，宋秀云攥紧拳头，原来跟自己相处的，是儿子的替身，而他一直躲在幽暗逼仄的地下室，即使拥抱，也是用机器人的臂膀。她那天站在地下室门口，敲了下门，儿子在里面，通过摄像头看到了她。他们只隔着一道门，一个在光亮中，一个在黑暗里，如果她推门而入，就能看到儿子，但她最终还是转身离开了。想到这里，她鼻子一酸，眼圈红了，怕被费列曼医生看到，连忙别过头。

那个起风的晚上，她提前回到家，看到的脸色苍白、神情委顿的儿子，应该是真人。李川以为她会看广场舞看到很晚，所以才从地下室回到家中，却被她撞见了，因此一直警惕而疏离的黑猫豆豆，才会趴在他怀里——这是它真正的主人。

见宋秀云表情凄苦，费列曼医生想劝慰，但嘴唇动了动，最终什么话都没说。

到了医院，他们来到重病室。医生说李川正在里面接受手术，不能探视，他挡住了宋秀云。她站在手术室外，隔着蓝色帘布，只能在玻璃上看到自己的倒影。

“手术完就能好吧？”她拉着医生，哽咽着说。

“不好说。虽然科技这么发达，但是这种病一直没有被攻克……”医生斟酌着说道，看了一眼费列曼，又说，“不过你放心，先回家吧。我们尽力而为，手术成功的概率还是很大的！”

一墙之隔，就是正在做手术的儿子，宋秀云无论如何也不肯离开这里。她坐在长廊上，盯着手术室的窗子，眼睛都不敢眨。

走廊里灯光明亮，她觉得有些冷，缩了缩脖子。一个护士瞧她可怜，给她送了条毯子过来。她紧紧捂住毛毯，一直等到深夜。手术还没有结束，医生进进出出，额头上都带着汗，她怕打扰医生，忍着没有去问。

后来，这个年近六十的妇女实在熬不住，眼皮合上，就这么坐着睡着了。她做了一个漫长的梦。梦里她还年轻，儿子也只是一个赤着脚奔跑的小男孩。她在田里耕作，抬起头，看到儿子跌跌撞撞地跑过田野，嘴里叫着“妈妈、妈妈”，跑向自己。在儿子身后，群山巍峨又静默，山的另一边是城市和大海，儿子以后终将离开她，去向那个全新的世界。她感到骄傲，又有些失落，放下农具蹲下来，抱住了儿子。她抱得很紧，对她来说，抱住儿子就是抱住了整个世界。

“宋女士，醒一醒……”有人轻轻地推了推宋秀云的肩膀。

她醒过来，揉揉眼睛，看到了费列曼医生的脸，还有其他医生和护士。她一个激灵，睡意全消，问道：“手术结束了吗？他怎么样了？”

费列曼医生握着她的手，表情夸张：“恭喜你，手术非常成功！”

“我儿子没事了？”她有些不敢相信，又看向其他医生和护士，但他们转过头，不与她对视。

“完全好了！以后就是完全健康的人，而且经过这个事情，他决定辞职离开北京，跟你回家，以后都陪着你。”围着她的人群里，只有费列曼医生一脸欣喜，他说得很快，嘴跟连珠炮似的，“你放心，他这些年挣的钱足够你们用很久，房子也卖了，手续我来完成。以后每年我会去一趟你们老家，看看你们。还有，你放心，我会领养豆豆的……”

这一连串话里的信息太多，像是轰炸机一样在宋秀云脑子里轮番丢下炸弹。她有些晕，正要说话，这时手术室的门打开，儿子出来了。

费列曼医生的话顿时格外遥远，她挤开围在身边的人，过去抓住了儿子的肩膀，温热的触感让她的心一下子定下来，也让她的泪水涌出。那些浑浊的液体划过她的脸颊，落到地上。

李川轻轻擦拭母亲眼角的泪痕，微笑着，语气缓慢而温柔：“别担心，妈妈，别担心。”

“嗯，不担心了。”她拉起儿子的手，“回家吧，跟妈妈回家过年。”

“所以我们就回来了，”母亲长长地舒了口气，“明天就是除夕夜，我们还来得及回家。”

“嗯，”吴璜心里有些乱，“过年还是在家里好。”

母亲结束了述说，儿子依旧沉默，车厢里一点儿声音也没有。吴璜不知该说什么，一时有些尴尬，好在目的地已经到了，她把车停在西站门口。

“才刚过十点，进去还能买得到票。”

母亲点点头，道了声谢，便带着儿子下了车。

雪花从车门外飘进来，落在座椅上，又融化成斑驳湿痕。这明明是脑控头盔在吴璜眼前投影出来的景象，但那雪花仿佛穿过了镜头，落在她的眼睛上。她下意识地摸了摸眼角，手指微微湿润。

车外，那对母子已经走远，吴璜将视野切换到车灯旁的摄像头，只能远远看到他们的背影。母亲背着大包，有些佝偻，儿子低着头，不紧不慢地跟在她旁边。雪地里，两行脚印迤逦延伸，很快又被新雪遮住。

吴璜看着儿子的背影，心里一动，想到了什么。她让摄像头对准儿子的脖颈，调整精度，白皙的脖子在她的视野里不断放大，雪花也变得更大、更透明。她看到儿子后衣领下面，有两团黑色阴影，隐隐约约，看不真切。她继续调节摄像头，想再放大一些，但调着调着，她又停下了。

这样就很好，她想。

那对母子已经进站，落雪渐渐掩埋脚印，一切仿佛没有发生过。吴璜开启汽车的自动回家模式，摘下头盔，深深吸了口气。

“妈？”她打开房门，看到妈妈坐在沙发上，戴着眼镜，手上针线缠绕，果然是在织毛衣。

妈妈抬起头，手上的动作没停，问：“怎么了？”

“我饿了。”吴璜说。

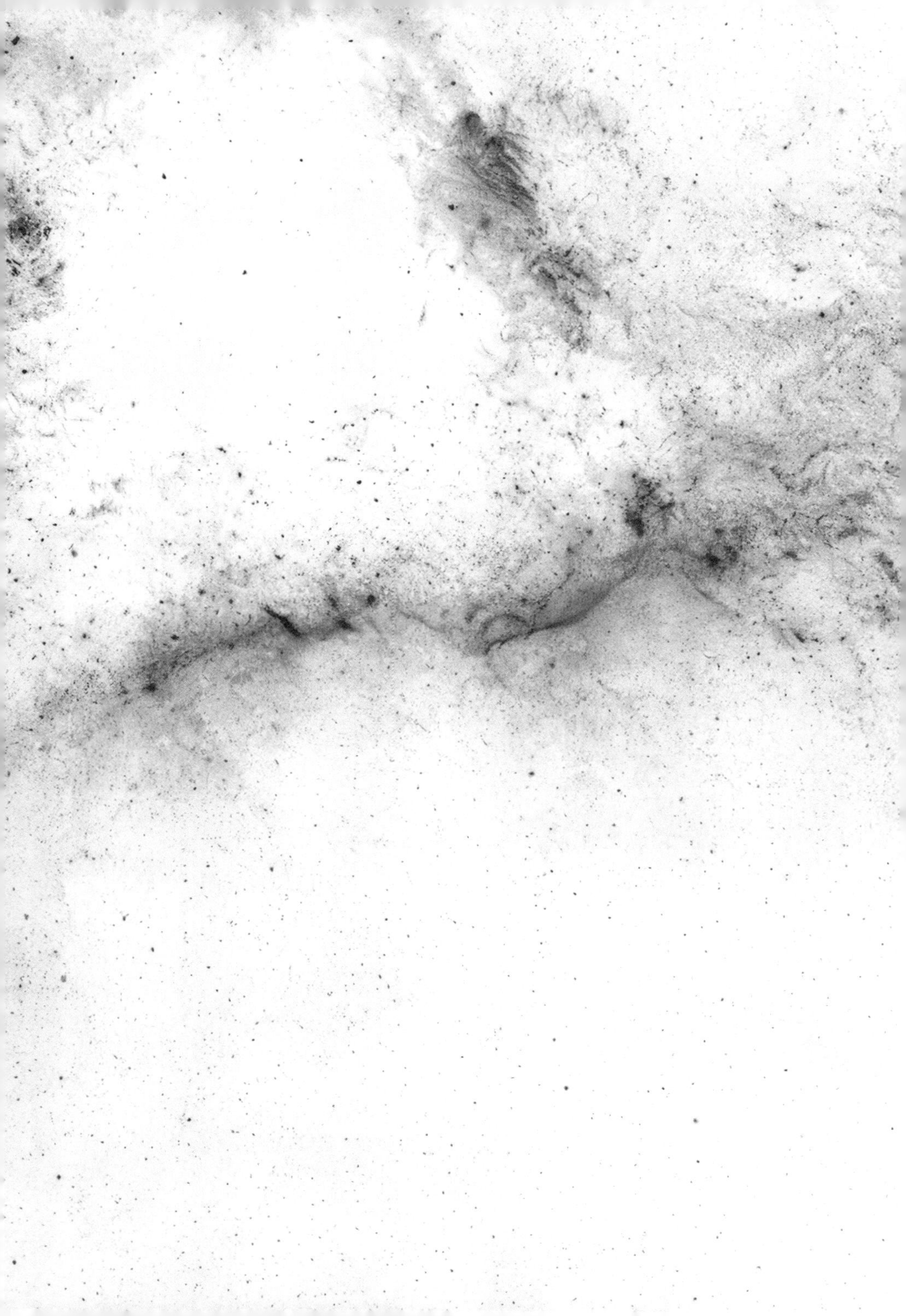

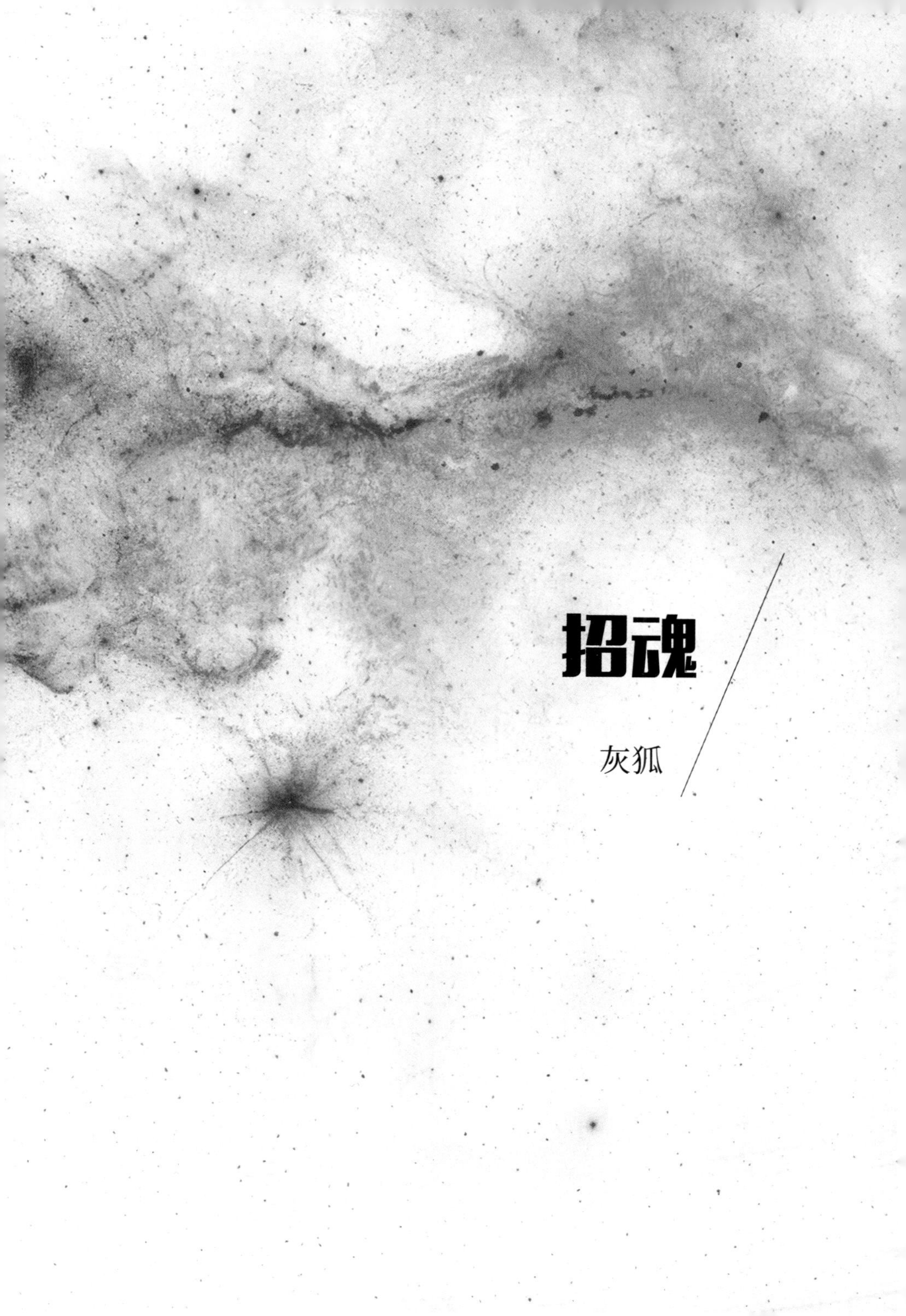

招魂

灰狐

她终于还是站在那栋老旧的公寓楼前，傍晚青灰色的天光将四周的建筑勾勒成诡异的怪兽，居高临下地俯视着她。

岳薇手伸进袖口，抚摸着手腕上的木质手串。长期盘玩的手串有着温润细腻的触感，如同记忆中方征的手指。她鼓起勇气，走进公寓楼。

鞋跟撞击地面发出清脆的嗒嗒声，一楼的声控灯亮了，很快又暗掉，短路的触点吱吱作响。这座公寓楼看上去早已荒废，如果不是曾经在白天来过一次，对周围的情况有大致的了解，她是绝对不会在这个时候来这里的。

我究竟在干什么？岳薇问自己。左腿上的伤处还在隐隐作痛，但更痛的是她的心，方征的离去在她的心上剜了一个洞。在悲伤和孤独中沉溺了两个月之后，她想要自救，却找到了这样的方法。

“招魂。”岳薇自言自语地说。作为一个律师，逻辑是她的本能，但现在她实在找不出自己做这件事的理由。

她凭着印象走上二楼，好在上面的灯工作正常，让她安心了些。

曾经的住户基本上都搬走了，只有墙上的涂鸦、污渍和剐痕还保留着他们的痕迹。

她一直爬到五楼，才到了她要找的人家门口。她喘着粗气，喉咙发干，鬓角潮湿。她的面前是一扇与整栋楼——或者说整片小区都格格不入的门。

散发着金属光泽的安全门几乎赶得上生化武器实验室的规格，厚重的门板，或明或暗的多道门锁，还有门框旁的可视系统。在岳薇看不到的地方，还设置了动作传感器及其他各式防护措施。

在岳薇不算长的执业生涯中，她见过有钱人，也见过许多怪人，但是像这家一样又有钱又怪的人还从来没有遇到过。幸好不是我的客户，岳薇想。

还没等岳薇敲门,可视系统就亮了,屋子的主人出现在屏幕中,在补光灯的照射下,他的脸白得发惨,深陷的颧骨却没有留下阴影,好似骷髅。

“李先生。”岳薇说。

“你又来了？我以为你不会来呢。”李先生用人工智能般平淡的语调说，“你考虑好了吗？”

“我……”面对这个问题,岳薇一阵心慌,有些退缩,“对不起,我还……”

她转身跑下楼梯，似乎想逃离那个想法，但是一分钟后，她又回到门前，说：“我考虑好了，我要见他。”

咔嗒一声，门开了，她走进去。

李先生就在门后，垂手站着。“你好，岳女士，想喝点什么？”他客气地说，“我这里有……纯净水。”

“不用了。”她尴尬地笑了笑，“现在可以开始了吗？”

“你确定吗？”李先生说,“我不是‘通常’意义上的巫婆神汉,不会通灵，也不会跟你说我能和另一个世界取得联系……”

“一切结果都是通过大数据和网络标记得出的，我知道。”岳薇打断李先生的话，“我已经了解了，这让你的……职业听起来不那么……‘迷信’。”

他将她带进书房，启动电脑之后，默默地退了出去。房间里没有开灯，只有几个设备上的LED灯发出蓝色和绿色的微弱光芒。

全息投影仪发出嗡嗡的声音，那是它在预热，随之而来的还有淡淡的臭氧味道。房间中央突然亮了起来，刚刚适应黑暗的岳薇眯起眼睛回避强烈的光线。几秒钟之后，她睁开眼睛，方征已经站在她的眼前。

“小薇，是你吗？”

是他的声音，他的样貌，他玩世不恭而又充满关切的表情。

她的方征！

岳薇伸出手，从他脸前扫过，却摸不到他，泪水模糊了她的视线。

“岳薇，你怎么来了？”刚刚走进长隆律师事务所的大门，岳薇就被门口的陈姐一把抱住，“你可以再休息几天的，你那两个案子不急，毕竟……”陈姐停住，不知道后面的话该不该说，只是轻轻地在她后背拍打，就像哄小孩子。

岳薇使劲挣脱出来，认真地说：“我……闲着也是闲着，请了两个月假，也该来了，不然工作都没了。我想上班，找点事做。”

“好吧，”陈姐点点头，“别太勉强自己。”她侧着头，小声说，“你是打算偷偷进去，还是跟大家打个招呼？”

“这个……”岳薇犹豫了。她抚摸着手串，咬着嘴唇思索，两个月不长，同事们好像都生疏了，这个简单的问题她却不知道如何回答。

“我要去……”

“你好，请问岳薇律师在吗？”一个声音打断了岳薇刚刚下定的决心。

岳薇循着声音看去，三个穿着深蓝色西装的人站在门口。同行？

陈姐与岳薇对视一眼，迎了上去：“请问你们有什么事吗？”

“我们是智盛律所的，现在要把一个案子移交给岳律师。”

智盛！那是全市实力最强的一家律所。

“你好，我就是岳薇。”岳薇礼貌地把手伸向对方。

但是对方并没有和她握手，而是将一个U盘塞进她手里。

“这是我们整理好的资料，这个案子的当事人，李长逸先生强烈要求更换律师，所以我们现在把有关资料全部送过来。”

中途换律师这种事，对之前为案子付出劳动的律师是个打击，不过智盛居然老老实实把材料送来，想必当事人没有亏待他们。

他们会怎么想？是我把客户挖来的？岳薇在心里寻思，但是她连李长逸是谁都不知道。她看着面前的高级律师，不知道该说些什么。

那个人没有看她，而是向后点点头，身后的另外两名律师将手里的档案箱放在律所前台的桌子上。

“所有的都在这儿了，两箱档案和所有的电子文档。祝你好运！”说完，智盛的律师转身离开。

“等等！你们说的到底是怎么回事！”岳薇反应过来时，智盛的律师们已经走进电梯，她只来得及在电梯门上看到自己的倒影。

“这个案子是我要求他们交给你的。”岳薇被背后的声音吓了一跳，她转过身，看到一个穿着土黄色户外衬衫的人从楼梯间走出来。

她认识他，实际上，前一天才见过。

“李先生，你……”岳薇恍然大悟，“您就是李长逸吗？”

“是的。”

“我不知道……你……”

“没什么的，我已经受够他们了。经过昨天晚上，我想了想，觉得你能够懂得这件案子对于我的意义，而不是劝我和解。”

一直站在一旁的陈姐发出揶揄的笑声，岳薇突然醒悟他刚才那句话产生了严重的歧义。

她瞪了陈姐一眼，拿起档案和 U 盘，对李长逸说：“到我的办公室来谈吧。”

“你要起诉联信公司？”卷宗刚刚看了一个开头，岳薇就感觉不舒服，好像自己的胃被担忧和兴奋填满，正沉甸甸地坠着她。

“不是要起诉，而是已经起诉了。”李长逸靠在椅子上说，“用词要严谨一些，你是律师。”

“我……”岳薇犹豫了一下，决定还是说实话，“李先生，我还从来没有接过这么大的案子，为了您着想，我会把这个案子交给我们律所的主任薛律师来办，您放心吧，他是很棒的诉讼律师。”

“不，这个案子必须你来办。”

“那个……”岳薇感到手心里出了很多汗，又凉又黏，“好吧。”

坐在法庭上时，岳薇还在打瞌睡。前一晚她几乎没有休息，在办公室里研究李长逸的案子，另外还得拿出三成精力来给自己鼓劲，开庭的时间如此紧迫，她必须硬着头皮上。

起诉联信公司的这桩案子将是她人生的跳板，一个天大的机会。如果成功，她的名声将会飞跃好几个等级。不仅如此，智盛的律师为这件案子做了精密细致的调查，并且全部标注在档案中，单凭研究这份档案就让岳薇学到了平时需要几年才能学到的经验。按说他们不会这么轻易地将自己的调查结果交给岳薇，不知道李长逸付了多少报酬来弥补智盛，肯定不会少——这简直就是天上掉馅饼，直接掉进了岳薇嘴里。

岳薇使劲揉揉眼睛，一口气喝掉半杯咖啡，腹中的热气延伸到四肢百骸，她强迫自己兴奋起来，摩拳擦掌，跃跃欲试。

可惜这个状态只持续了十分钟——当联信公司的律师队伍走进法庭时，岳薇的雄心壮志啪的一声破掉了，就像是阳光下一个泛着七彩光芒的泡沫。

那些人穿戴整齐，步伐轻松，神态自若地有说有笑，路过原告席时，大多数人没有看岳薇，仅有的一两道目光一扫而过，好像是在看路边的一只昆虫，或者玻璃上的一块污渍。

身旁的李长逸放松地坐着，反倒让岳薇更加紧张。

“李长逸诉联信公司，现在开庭。”审判长宣布，“我发现原告方换了代理人？”

“是的，审判长，我叫岳薇，长隆律师事务所的。”岳薇站起来，恭敬地回答，“我是刚刚接手这个案子的，在开始前……能不能请对方简述一下这个案子？”

“你作为代理人，连案情都不了解吗？”

“没关系的，审判长，我方愿意帮助一下对方律师。”联信公司的律师席中站起一个人，带着和蔼的微笑看着岳薇，岳薇觉得他有些面熟。

“既然你没有意见，那就开始吧。”

“因为现在云技术和生物密码技术的发展，本公司已经开始推广新的 B 网通信手段，并且计划于 6 个月过渡期完毕之后完全关闭 T 网通讯方式，原有的号码全部弃用，开始使用唯一的、与用户身份信息和生物信息相关联的号码，达到一号通用。但是李长逸先生以本公司未能履行合同为由，拒绝停用现号码，并且要求本公司在五十年内不得停止 T 网通讯。”

“嗯，简单明了。”审判长说。

“好的，我知道了，谢谢。”岳薇向对面点点头，也许这场官司不像想象中的那么难，她在心里给这位律师贴了个标签——良心律师。

良心律师将两张纸递到审判长和岳薇面前，说：“请看这件证据，这是李先生亲自与本公司签订的合同。其中第九条第 3 款明确写着，乙方，也就是本公司，为提高服务质量而进行网络升级时，有可能造成通信中断或号码停用。李先生签过字，证明认同本合同。”

“但是联信公司的升级 B 网的举措并没有提高对李先生的服务，所以这一条并不适合本案。”

“B 网无论从通话质量、网络速度还是安全方面都大大超越了旧的 T 网，这个是有数据可以证明的。”

“但是我的当事人需要的服务只有一项,就是保留这个号码。”几个回合之后，岳薇渐渐找回了信心，毕竟她有整个智盛的调查研究做后盾。

良心律师整理了一下自己的西装：“关于这一点……”

“好了，”审判长说，“辩方律师有没有更加具有说服力的证据？”

“有的，审判长。”律师说，“请看第六……”

“等一下。”岳薇打断了对方律师，现在是打乱对方节奏，使出撒手锏的时候，“审判长，请您看一下这份合同签署的日期。”

“5 月 19 日。”

“这是一份报道。”岳薇将两份复印文件送给审判长和对方律师，“报道中说，迅联公司在 4 月 29 日、飞享公司在 5 月 17 日都已经完成了 T 网到 B 网的更替，这说明合同签署时，也就是 5 月 19 日，联信公司是国内唯一一家使用 T 网的公司。”她停顿了一下，享受控制法庭节奏的快感，这份合同是智盛公司给联信下的圈套，干得漂亮。“所以这份合同涉嫌强制性的霸王条款，我方申请作废。”

“但是合同作废的话，本公司对李先生的服务也将停止。”

“不，李先生在联信公司已缴纳了足够五十年的预付款，这是事实合同，与其他无关。”

“审判长，这是他们耍的诡计。”

“我知道，但是她说得有道理，你们还有其他证据吗？”审判长说。

律师想了想，说：“有，审判长。”

他又拿出一份证据递过来，岳薇一看，那是一份联信公司业务办理合同。

“这是李长逸在联信公司办理这个号码时签的合同，签订的日期是三十五年前。”律师说。

审判长看了一遍，放在旁边，问：“岳律师，有什么问题要问吗？”

“嗯……暂时没有。”岳薇说。

“好，请继续。”

“这份合同的第十一条第5款写着，如果甲方利用本公司网络从事可疑活动，本公司有权收回号码使用权。”

“你在指责我的当事人利用网络从事犯罪活动吗？请拿出证据，否则就是污蔑。”

“别急，李长逸先生原本是科技生命公司的高级研究员，研究方向是人工智能，对不对？”良心律师问。

这些档案里都有，但是岳薇仍然回头看向李长逸，看到她的当事人点头，她才说：“是的。”

“二十七年前，李长逸以个人的名义申请了一项人工智能的专利，就是以人的网络信息为基础，经过综合其在网络上的言行举止、说话方式、观点看法，可以复原一个人的性格，达到用计算机模拟人类的目的。”

“是的。”李长逸自己开口了。

“我反对！”岳薇站起来，“与本案无关。”

“反对有效！请加快速度。”审判长说。

“后来这项专利由于伦理方面的原因和技术不成熟被否定了，对不对？”

李长逸点点头。

“别急！”看到岳薇又想站起来，良心律师伸出手阻止道，“马上就要到了。”

“但是，李长逸并没有放弃自己的研究，反而将这项技术民用化了。”良心律师说到这里停下了，打算卖个关子，“请允许我出示另一样证物。”

“可以。”

“这项证物有些特殊，需要两个人来搬。”

“听着，我不知道你葫芦里卖的什么药，尽管控方律师不提意见，我也有些烦了，如果这项证物不是关键证据的话，我就没心情听你继续说了，知道吗？”审判长从审判桌后俯视着良心律师。

“明白！”

“去吧，另外，去一个法警陪着他们。”

联信的律师团里站起来两个人去庭外拿东西，良心律师则准备开始接下来的陈述。

“他到底在说什么？”岳薇问李长逸。

“我不知道，我可没做过什么违法的事情。”李长逸一副无所谓的样子。

“李长逸起诉本公司之后，本公司核对了一遍他历年来的网络使用量，他的数据要比平均值高出65%。”

岳薇想了想，决定不站起来反对，就让这位良心律师继续表演吧。

“他利用我公司的网络流量搜集大数据，再加上他的程序，在蓝色希望小区三区李长逸本人的住宅中，从事一项‘疑似’非法经营活动——”律师顿了顿，以烘托气氛，“招魂。”

这两个字一出口，立刻引起了法庭上的一片喧哗，旁听席上的人交头接耳，就连审判长都在揣摩这两个字的含义，忘了用他的木槌维持秩序。

“你说什么？”审判长问。

“招魂。”

“请详细说明。”

法庭的门开了，岳薇回过头，看到两个律师搬着一套设备走进来，放在最上面的，是一台全息投影仪。她突然明白对方律师想玩什么花招了，站起来道：“等一下！”

“岳律师，有什么事吗？”审判长问。

“我有一个小小的请求。”岳薇笑着说，“出示这件证物时，我想请旁听席上的各位都蒙上眼睛。”

“这算什么要求？”良心律师不解道。

岳薇笑着看他：“你当然不知道。”

你真是碰到枪口上了，岳薇心想，如果不是前一天才找了李长逸寻求帮助，恐怕真的会被联信的这一招唬住。

“你有什么理由吗？”审判长说。

“有，但是现在还不能说。”

审判长看看岳薇，又看看联信的律师：“你有反对意见吗？”

“我……”律师想了想，“我反对。”

“好的，折中一下。”审判长说，“左边旁听席上的人，请向后转，并且不要看前面，否则以藐视法庭为由驱赶出去。”

法庭左侧的人纷纷站起来，挪动椅子，转向后面，并且恋恋不舍地回头看了最后一眼。

趁着换座位的混乱，审判长把岳薇和良心律师叫到前面，低声说：“你们两个把我的法庭变成了综艺节目，最好今天有个结果，我明天实在不想再见到你们了。”

岳薇和良心律师对视一眼，点点头，退了回去。

这时，联信的律师已经将设备接好，全息投影仪摆在了证人席旁边。

“可以开始了。”审判长示意。

良心律师按下开关，投影仪开始预热，有那么一瞬间，岳薇以为等下出来的会是方征。

白光一闪，一个 50 多岁的中年男人出现在法庭中间。

“这是谁？”岳薇问。

“我的一个客户。”李长逸回答，“呃，是第一个客户，确切地说是客户的父亲，他找到我，要求……再见他父亲一面。”

“所以你就帮了他？”

“是的，他给了我一笔钱，于是我就把这活接下来了。”李长逸说。

“这是哪儿？”全息人像说话了，声音是从他脚旁边的音箱里发出来的，法庭里灯光太强，让他看上去是半透明的，确实像影视剧里的鬼魂。

“你好，徐先生。”良心律师向那个影子问好。

“啊，你好。”徐先生说。

“这里是法庭。”

“我怎么会在这儿？”徐先生做出左右看的动作，实际上是靠放在一旁的 3D 摄像头捕捉周围的画面，“我犯了什么错吗？”

“不，徐先生，你不用担心，只是请您来简单地问几句话。”

“好的。”

“徐子琪是您的什么人？”律师问。

“是我的儿子。”

“您对他的看法是怎么样的？”

“这个……是他犯错了？他并不是有意的，这孩子本质不坏，你们……”

“不不不，他很好，您不用担心，只要直接说出您的看法就行了。”

“是这样吗？”徐先生怀疑地说。

“是的，这里是法庭，我可不敢在这儿说谎。”

“好吧，我儿子是个聪明人，不过有点聪明过头了。他学东西很快，可是忘东西更快，隔几个月就要换一个新爱好，废寝忘食地投入其中，然而过不了多久，失去兴趣之后，他就不再碰了。我只想让他好好上学，他不愿意，我说不过他，就打了他，然后他就离家出走了。”徐先生停了一下，“我已经很长时间没有见到他了，如果他犯了什么错误，都是我教导无方，我先向大家道歉。”徐先生弯下腰，向着法庭的众人鞠了一躬。

“不，徐先生，您完全不用担心。徐子琪现在是一家创业公司的董事长，旗下七个子公司，产品已经出口全球了。”

“真的吗？”徐先生茫然地看着大家，“我……我不知道该……该怎么说。”

“您高兴吗？”

“当然。”

“谢谢您。”良心律师按下开关，徐先生消失了，他接着说，“我来简单介绍一下，徐子琪在17岁的时候，和他的父亲——也就是刚才的徐先生吵了一架，之后离家出走。他在外面闯荡了十五年，三32岁时，他创立了一家物联网公司，之后越做越大，你们应该听说过‘万物直通’这个公司吧？”那是个大公司，法庭上最少有九成人正在享受“万物直通”公司的物联网服务，“成功之后，徐子琪想把这个消息告诉他的父亲，可是回到老家时，他的父亲已经因病逝世。对不对，李长逸先生？”

岳薇点头，李长逸说：“他来找我的时候是这么说的。”

“所以你用你的研究成果让徐子琪和他的父亲又见了一面？”

“是的。”

“他给了你多少酬劳？”

李长逸想了想，说：“1750万，附带条件是徐先生的模型让徐子琪带走，我这里不留副本。”

听到这个数字，旁听席上有人吸了口冷气。

良心律师转向审判长：“徐子琪把他父亲的模型带了回去，公司的人说，从那天开始，就能够听到徐子琪在办公室里和别人大声吵闹的声音，而且之后的一段日子，他的情绪非常低落，一个半月之后，徐子琪被发现在浴室中服药自杀。”

旁听席上响起一片唏嘘声。

“这个结果，是由李长逸引起的。”良心律师准备着最后的结语，“这一切，都是……”

“等一下！”岳薇就等着这一刻，她站起来，将良心律师的后半句话生生斩断，“审判长！在对方律师提出控诉之前，我能和证人说几句话吗？”

“什么证人？”

“就是刚才的徐先生。”岳薇说，“哦，对了，可以让旁听席上的人转过来了。”

“好的，可以。”

岳薇站起来，摘下手串，放在桌上，好像是方征坐在那里看她战斗一样。然后，她绕过桌子，走到法庭中间，按下全息投影仪的开关，等了一会儿，徐先生再次出现在法庭上。

“徐先生，你好。”

“你好。”

“今天是几号？”

“什么？今天是……”徐先生想了想，“对不起，我不清楚。”

“今天是 2047 年 5 月 19 日。”

“什么？”徐先生露出吃惊的表情，“我……这个……不……我……这不可能。”

“你在 2036 年就已经去世了。”

徐先生没有回答。

“你的儿子徐子琪想把成功的消息告诉你，但是你那时已经不在了，所以他想了个办法，通过数据模拟了你的一切。”

“这个……我已经死了吗？”

“请集中精神，你在十一年前就已经死了，不要在这方面纠结，请回答我的问题。”岳薇快速地说着，尽可能地表现出冷血的样子。

“他怎么了？”

“他离开你之后，吃了很多苦，也学到了很多东西。他成立了一家很大的公司，获取了很高的地位。”

“嗯。”

“你为他骄傲吗？”

“当然。”

“为他高兴吗？”

“是的。”

“你还有什么想对他说的呢？”

“我觉得他应该更加努力，他很聪明，但是没有常性，需要有人监督才能坚持做完一件事。以他之前的性格，总是能够很快达到自己想要的结果，但是很快又亲手毁掉。我想跟他说，不要自满，要再努力。”

“可是你知道……”

“别说了！”旁听席上突然有人说话，岳薇顺着声音看过去，那是一个坐在左侧，刚才没有看向法庭的妇女，40多岁，眼圈发红，显然刚哭过。岳薇知道一定会有这样的人出现，没有见到徐先生从一团光里冒出来，而是先入为主地听到了他的故事，并且被他的命运所触动。

“审判长，我想问那位旁听的人几句话，可以吗？”

审判长白了岳薇一眼：“去吧。”

“您好，大姐，你为什么阻止我？”

“你打算把他儿子的事告诉他吗？”妇女说，“你还是不是人！”

“为什么不能说？”岳薇问。

“那位徐先生也是出于对儿子的负责才那么做的，他都50多岁了，你告诉他结果，他会受不了的。”妇女压低嗓门，好像怕徐先生听到似的。

“他早就死了。”岳薇一副不在乎的样子。

“那他也是一个人！”妇女提高声音，看样子恨不得亲手掐死岳薇这个没人性的东西。

“谢谢。”岳薇笑着对那个妇女说，弄得她摸不着头脑。

岳薇走回法庭，对着徐先生说：“徐先生，这里不麻烦您了，再见。”说着，她按下投影仪的开关。

“审判长，刚才我要求一半的旁听者蒙上眼睛，实际上是做了一个有些特殊的‘图灵测试’，测试的结果您也看到了。”岳薇走回法庭中央，深吸了一口气，说，“现在我要问您一个问题，审判长，辩方律师提交上来的这件证据，是证人，还是证物？”

审判长皱起眉头，岳薇有些心慌，她这种行为已经严重挑战了审判长的权威。因为她知道审判长无法做出裁决，如果他裁定徐先生是人，那么李长逸所有的成果及类似的研究都能够获得同样的社会地位，并且这场官司将成为今后无数官司的范本，被反复拿出来讨论，审判长还没有担起这个重责的勇气。他也无法判定徐先生是一件物品，因为现场最起码有一半旁听者已经对他产生了感情，把他当成了真正的人。他只能放弃判断，那么他在这次法庭上的权威将出现一个裂缝。

岳薇不愿这样拆审判长的台，但这是唯一的办法。她看着审判长，尽可能保持严肃，不露出一点儿计策得逞的表情。

审判长想了一会儿，终于开口道：“我无法裁定这件证据的类别。”

“由于联信公司提出的关键证据无法定义，我方要求联信公司撤销刚才的一切指控，不管他想说什么。”岳薇紧接着说，但开口之后就后悔了，她接得太快，像是早就预备好的，审判长会意识到这是岳薇挖了个坑让他跳。

审判长怒视着岳薇，职业素质却让他不得不承认岳薇说的是正确的：“是的，基于此证……此证据的所有指控，均不成立。”

“谢谢。”岳薇得意地看了良心律师一眼，回到自己的座位。

联信的律师团队叽叽喳喳地商议了一阵，最后说：“我方申请休庭，并且提出一名证人。”

“是真人吗，律师？”审判长不满地问。

“那个……当然是。”良心律师回答。

“最好是。”审判长说，抬手敲下木槌，“休庭！”

“干得漂亮。”刚刚走出法庭，联信公司的律师就迎着岳薇走来，岳薇越发觉得他眼熟，“你还认得我吗，师姐？”

“师姐？”岳薇努力在记忆中挖掘，“啊！任宇！”顿悟的惊喜之后却是嫉妒和惭愧，“你现在是联信公司的顶梁柱了！”

“混口饭吃。”任宇笑了笑，“如果不是在学校看到你在模拟法庭上的飒爽英姿，我恐怕不会坚持读完法学院呢。”

“别胡说了。”

“真的，你和方征学长简直是我们这些学弟学妹眼中的神仙眷侣啊。对了，你们现在……”

岳薇的脸色黯淡下来，不由自主地去摸她的手串。

“我说错什么了吗？”任宇问。

“他……已经……不在了。”岳薇说。

“对不起。”任宇道歉，但他很快想起了什么，“所以你、你就是这样认识李长逸的吧？”

岳薇点点头：“他确实帮了我一个忙。”

“不得不说，他那套程序做得真棒，所有的反应都跟真人一样。”

“所以你不敢跟他多说话吧？”岳薇偷笑。

“如果不是你刚刚见过这套东西,我们的计策可能就管用了。”任宇说。

“确实。”岳薇露出得意的神情。

“虽然这场官司里他们只是配角，不过我感觉以后的案子会接触越来越多的人工智能，机器人、克隆人什么的。”

“科幻小说看多了吧？我们在法律上接受同性恋都用了几个世纪呢。”

“哈哈，”任宇拍拍脑袋，“那倒是，无论科学怎么定义，最后还得靠我们这样的人在法庭上吵上无数架才能变成法律啊。”

“我们不就是为了这个才当律师的吗？”

两人哈哈笑了一阵，陷入沉默。

“师姐。”任宇突然开口，脸上一副公事公办的表情，“和解吧。”

“什么？”

“和解吧。”任宇又说了一遍，“我没别的意思，和解对双方来说是最好的出路。”

“我的当事人只有一个要求，就是保留原来的号码。”

“你可以劝劝他。”任宇摊开双手，“我们愿意出 8000 万的和解费，只要你们不再起诉，并且对和解内容保密。”

“多少？”岳薇忍不住叫道。8000 万，律所可以拿到 5% 的提成，而她自己能够拿到其中的 25%，那是……

“8000 万。我们开给智盛的价格是 4500 万，但是李长逸拒绝了。8000 万是我们能给出的最高价格。如果为李长逸保留那个号码，每年多花掉的运营费都不止这个数，并且迟迟不转 B 网的话，在未来的生物网络战略上，联信将落后一大步，这是多少钱都弥补不了的。”

岳薇还在心算提成的数目，她确实有些动心，但是李长逸说过“只有你懂得它对我的含义”，经过这次法庭，徐氏父子的事让岳薇确实明白了一些。她叹了口气，对任宇说：“我的当事人只有一个要求，就是保留这个号码。”

任宇露出失望的表情：“师姐，请再劝劝他，不然……明天会很难看的。不仅对他，对你也不妙。”

“对不起，咱们还是法庭上见吧。”岳薇说出这话的时候，脑海里仿佛看见一大堆钞票长着翅膀飞走了。

“那好吧，祝你好运，师姐。”任宇耸耸肩。

“祝你好运。”

回到公寓，岳薇才知道有多疲惫，她将自己扔在床上，让深沉的睡意侵占意识，可就在将要入眠的那一刻，任宇的话又浮现在耳边——“明天会很难看的”，任宇是联信公司律师团队的骨干，这句话不是随便说说，他们一定还有致胜的武器。

岳薇又翻了一遍智盛给她的档案，没有什么漏洞，但是她仍然觉得不够，于是给李长逸拨了个电话，打算再梳理一遍细节。

电话几乎是立刻就接通了，李长逸在话筒那头清清喉咙，才说：“喂。”

“李先生，我是岳薇，你的律……”

“闭嘴！你为什么打这个号码？这个电话不是给你准备的，以后不要再打了！”

李长逸怒骂了一通之后，挂了电话。岳薇拿着手机发呆，不知道发生了什么。这个号码就是李长逸打官司要求保留的那个，岳薇记得最熟，没办法，她只好找出笔记本，上面有李长逸的另一个号码。

“喂？”

“李先生，是我。”

“以后不要拨打那个号码了，明白吗？”

你又没跟我说过，岳薇在心里说，但嘴上应和着：“我知道了，我打电话是想再向你了解一些情况。”

“什么事？”

“你为什么要保留这个号码？”

“这是我个人的偏执。”

你倒是挺有自知之明的，岳薇对着话筒翻白眼：“能告诉我吗？”

“不能。”

岳薇舔舔嘴唇，不知道下一句该怎么说。智盛送来的档案中，对联信公司有着非常详细的研究，但那里面对李长逸只字未提。起初岳薇以为这是智盛在档案里做的手脚，但联想起李长逸家那扇厚重的安全门，可以知道他是一个“注重隐私”的人。

“李先生，你能说说你的情况吗？先别拒绝，因为明天联信公司会提出一个证人来对付你，我希望在那之前知道你……有什么弱点。”

电话那头沉默了几秒钟，传来的答案依然是“不能”。岳薇挂断电话，看来没法从那个独居怪人那里得到任何信息了。

她又拨了一个电话：“喂，谢叔吗？最近忙不忙？”

谢叔是她爸爸的老战友，当兵时是侦察兵，退伍之后又干了二十多年刑警。现在退休了，但本事还在，岳薇遇到难题，总会找谢叔帮忙。

“不忙，闲得我都快出毛病了。”

“你啊，就是闲不住，去广场上跳健身舞呗。”

“臭丫头，有什么事就快说。”

“我需要你帮我查一个人。”虽然入行没几年，但是岳薇深深地知道当事人和律师之间并不是相互信任的关系。很多时候，他们会带着偏执的想法来找律师，告诉律师一个故事，半真半假，或者干脆全部都是谎言，然后让律师去争取他们想要的结果。如果不提前摸清当事人的底细，在法庭上就容易处于被动，当事人的任何弱点都是对方律师的武器。

“好的，交给我。”

岳薇将李长逸的信息发给谢叔，信息很短，因为她只知道他的姓名、住址及那奇怪的“工作”，剩下的就要谢叔来发掘了，他每次都能通过各种关系完美地完成任务，当然，岳薇也会付给谢叔合适的报酬，双赢。

她重新躺下，用手指默数手腕上的串珠。这间空荡的公寓不再像之前那样充满了悲伤的回忆，与方征重新见面之后，她放下了许多。她回忆着那些与方征之间的快乐场景，两个月来第一次睡了一个无梦的长觉。

“请证人上庭。”岳薇转向法庭大门，但她等的不是联信公司的证人，而是从来不误事的谢叔。如果能在证人开口前了解一些信息，一会儿质证的时候也会有心理准备，但是……

一个中年女人走进法庭，衣着时尚，脸上化着恰到好处的淡妆，皮肤保养得不错，但是眼角和鼻翼处的皱纹暴露了她的年纪。

“这是谁？”岳薇正打算转过头问李长逸，像机器人一样冷淡的李长逸却像是见了鬼一样从椅子上站起来，后退两步，张着嘴愣在那里。被他踢开的椅子晃了两晃，倒在地上，在安静的法庭中发出巨响。

“你……怎么是你……”

女人没有看李长逸，她在法警的指引下走向证人席。“我是要坐在这里吗？”女人开口问高高在上的审判长，声音圆润，带着一些颤抖，精致的装扮下仍掩盖不住内心的紧张。

审判长点点头，女人坐下。

岳薇掐了李长逸一下，她的当事人才笨手笨脚地扶起椅子。

“证人，请说明你的身份。”审判长说。

“我……我叫殷眉，是李长逸的……前妻。”

好像是有意配合一样，李长逸发出一声长长的叹息。

“殷女士，能讲讲你和李长逸是因为什么分开的吗？”任宇开始向他的证人提问。

“反对！”岳薇站起来，“与本案无关。”毫无头绪的她现在只能使用拖延时间和打乱对方节奏的策略了。

“我想先听一下，再下结论不迟，反对无效。”审判长转向殷眉：“你可以说了。”

“我和长逸……和李长逸在二十年前离婚的，那时家里出了点事。”

“什么事？”任宇像捧哏一样恰到好处地替殷眉接话。

“我……”殷眉迟疑了，张开嘴却说不出话，她试了几次，那模样就像搁浅的鱼，两行眼泪流出来，弄花了精致的妆。

“我们的孩子找不到了。”李长逸自言自语地说，声音正好让法庭里所有的人都能听到。

“别说话！”岳薇瞪了李长逸一眼。

殷眉抬起头，进入法庭以来第一次看向李长逸：“是的，我们的孩子丢了。”

“那是什么时候？”

“二十几年前。”

“二十五年七个月二十一天。”李长逸说，这次的声音更大了些，刚见到殷眉时的震惊和怀念已经为愤怒所取代。

“不要说话！”岳薇再次说。

“是的，二十五年七个月二十一天。”殷眉机械地重复着李长逸的话。

“殷女士，请集中精神。”任宇低声说。

“对不起，我会按照之前讲过的说。”

“我反对！证人显然和对方律师商量好了。”

“是吗，殷女士？”审判长问。

“不，我只是……见到前夫有些混乱，对不起。”

“那么请继续。”

“审判长！”岳薇不满。

“我知道了，反对无效。”

“孩子丢失后，你们做了什么？”任宇接着提问。

“我们找了很久，但是仍然没有任何线索，最后我们花光了所有积蓄，那实在是太累了……”

“是你累了，我可没有。”李长逸站起来，拍着桌子喊道。

“安静！”审判长怒视着李长逸，手中的木槌重重砸下，就像行刑的刽子手斩断了法庭上的喧哗。

李长逸默默地点头，倒在椅子上。

“你们是因为累了，花光了所有的积蓄而分开的吗？”

“不，对不起，他说得没错，是我累了，而他没有。因为这个，我们的分歧越来越大，最后不得不分开。”

“分歧在于……”

“我们找了好几年，但是一无所获。我想，再那样下去的话，可能会毁了我们的未来……我……我说……再、再要一个孩子。”殷眉又流出眼泪，这是真实的感情。

岳薇偷眼看看李长逸，她的当事人注视着自己的手指，也陷入了痛苦的回忆。

“李长逸又是如何应对的？”

“反对！”岳薇站起来，“审判长，这有什么意义吗？本案的重点在于联信公司要保留李长逸的号码。”

“反对有效，任律师，我要求你进入正题。”

“殷女士，请加快速度。”任宇走近殷眉，温和地说。

“他……李长逸当场拒绝了我，并且……并且第一次打了我，他说我已经放弃了自己的孩子。第二天，他拿来一份离婚协议。”殷眉擦干眼泪，直视着李长逸，“其实我的心里确实已经放弃了。我签了协议，离开了家，没什么可分割的，所有的钱都已经花光了。”

“在原告提出意见之前，我要提醒你一下，律师，仍然没有进入正题。”审判长已经开始不耐烦了。

“离婚第三年，李长逸被诊断出偏执型人格障碍。”

“反对！反对！”岳薇第一时间站起来，“铺垫了这么多，就是为了说明我的当事人有精神疾病吗？证人殷眉女士并不具备专业资格，联信公司已经打算用抹黑的方法来辩论了吗？”

任宇对岳薇的质疑并不理睬，而是递上两份材料，说：“这是第五人民医院开的诊断书及强制治疗的病历。”

岳薇知道问题出在哪儿了，她扭过身子，强迫李长逸看着自己，一字一句地问：“你知不知道智盛在坑你？”

李长逸不置可否，只是在椅子里不自然地扭动身体。

岳薇把诊断书推到李长逸面前，低声说：“所有的关键信息都被智盛扣下了，而你不愿意和我沟通，你是故意想让官司输掉吗？”

“岳律师，你有什么要说的吗？”审判长问。

“有，审判长。”岳薇瞪了李长逸一眼，“我不知道对方律师想要证明什么，但是这份病历正好说明我的当事人已经痊愈出院，精神方面并无异常。”她挥舞着那份病历，“并且，与本案无关。”

“不，偏执型人格障碍很难治愈，出院只能证明他的病情暂时得到了缓解，但是现在，我方怀疑李长逸因为受到一些综合原因的刺激，旧病复发。”

“反对，对方律师没有诊断精神疾病的资质，不能进行恶意推断。”

“有效。”

“那么，我方提出对李长逸的精神状况进行鉴定。”

“反对！这简直是污蔑！”

“审判长，如果李长逸的精神状况不佳，没有民事自主能力，我方要求取消这场诉讼。”

“反对！反对！审判长，您能允许在法庭上出现这样明目张胆的污蔑吗？”

“这是我方的权利！”

“这是拖延时间！”

“都给我闭嘴！”

一声怒喝让整个法庭安静下来，连审判长举起的木槌都停止在半空，无法落下，所有人的目光集中在怒吼的源头——李长逸身上。

他侧着耳朵，仿佛在倾听什么声音：“你们没听见吗？”

岳薇像被人猛揍了一拳，她不知道李长逸身上发生了什么，但肯定对将来的审判没有好处。

“李先生！”她小声说，“集中精神，这是在法……”

“我叫你闭嘴！”李长逸粗暴地推开岳薇，离开原告席，走到法庭中央。他侧着耳朵，寻找着空气中存在的蛛丝马迹，像一只能干的缉毒犬。

这时岳薇也听到了，法庭中飘荡着微弱的歌声，欢快的节奏，成年男中音和稚气未脱的小男孩之间的对唱。

任宇走回被告席，从公文包里找出手机，歌声就是从他的手机上传出来的。他关掉手机，向大家送出一个抱歉的笑容：“对不起，我忘记关掉铃声了。”

李长逸死死地盯着任宇的手机，过了一会儿才露出如梦方醒的表情，他转向证人席里的殷眉：“你，是你告诉他咱们的孩子最喜欢听这首歌的？”

“对不起，”任宇说，“审判长，到底谁是律师？”

“原告，回到座位，让你的律师询问。”

李长逸顺从地走回原告席。

“你为什么必须要保留那个号码？”就在李长逸走回座位时，任宇问。

“反对，请不要和我的当事人说话。”岳薇站起来，挡在任宇和李长逸之间，然后她转向审判长，“对方律师在庭审中故意用手机放音乐来迷惑我的当事人，这是藐视法庭。”

审判长想了想，道:“辩方律师，把手机交给法警，罚款3000元，有意见吗？”

任宇看了一眼岳薇：“没意见。”

“下面继续，岳律师，你有问题要问证人吗？”

“那是我与我儿子联系的唯一方式。”李长逸突然开口，打断了岳薇正要出口的回答。

“你不要再说话了。”岳薇按住李长逸的肩膀，希望能够将他按在椅子上，如果允许的话，她希望用胶带将他捆成木乃伊的样子。

然而一切都是徒劳的，李长逸猛地甩开岳薇的手，大步走向被告席。他伸出手臂，用手指向任宇的鼻子，仿佛那是一只手枪：“那是我和我儿子联系的唯一的希望！”

“还有你，这个号码不是你教给孩子的吗？你让他牢牢记住，以防……以防……你忘了吗？你不在乎了吗？”枪口又对准殷眉。

“李长逸！请控制住你的情绪。”审判长咣咣地敲着木槌。

“闭嘴！你和他们都一样，你们从十几年前就都放弃了，你们根本不在乎！”

岳薇颓然地滑到椅子上，看着她的当事人像抢劫银行的劫匪一样挥舞着双手，质疑着法庭上的每一个人。

“法警！”审判长也无法容忍李长逸这样的癫狂行为，他用力敲打木槌，好像擂起战鼓。

李长逸像公牛一样冲向被告席，掀翻桌子，一把攥住任宇的领带，然后，他哭了，像个小孩一样号啕大哭："求你……求你了……我只有那个号码，别……"

四个法警冲进来，架走了李长逸。

一切都完了，这场官司从什么时候开始变成了一场闹剧？岳薇的脑子一片空白。

庭审在混乱中结束，岳薇提出推迟庭审的动议，但审判长注视了她几秒钟，转身走了。

岳薇离开法庭，在走廊尽头的羁押室里找到了李长逸。

“我……”李长逸突然老了很多，原本就颓废的他现在看上去像是行尸走肉，“我搞砸了。”

“嗯。”岳薇费了好大的劲才没让李长逸坐上直达精神病院的班车，她现在也没有好心情。

“我没想到她会帮着他们，我以为看在孩子的分儿上，她会留些情面。”李长逸又握紧了拳头。

“别想那么多了，回去吧。”岳薇安慰他说，“在判决出来之前，一切都还有转机。”

李长逸重重地点头。

岳薇离开法院，独自回到律所，谢叔已经在办公室里等着她了。

“你的当事人挺有故事的。”谢叔坐在岳薇的座位上，用下巴指了指办公桌上的一沓档案。

“现在都没用了。”岳薇苦笑。

“怎么了？”

“他丢了一个孩子，和老婆离婚，最后孩子没找回来，他却疯了。”岳薇脱下外套甩在一边，“今天的法庭比马戏团还热闹，辩方律师耍了个诡计，我的当事人当场就崩溃了。你如果早告诉我这些，今天上庭之前我就应该准备一包爆米花带去。”

“他的信息不好找。”谢叔摊手，“你知道他之前是个软件工程师吗？”

岳薇点点头，她最近经常见到李长逸的成果。

“所以他在网络上留下的信息很少，除了姓名、生日、身份证号，还有你知道的那些之外，没有任何信息。”

“他看上去确实没什么私生活。”

“所以我去了他家。”

岳薇露出得意的笑容：“我前天就去过了。”

谢叔一愣：“你去干什么？”

“没什么，你在他家发现了什么？”

谢叔将桌上的显示器转向岳薇，夸张地按下播放键，通过摄像机拍下的视频开始播放。

“你是怎么进去的？”岳薇问，李长逸家那扇夸张的安全门给她留下了很深的印象。

“你只要知道我是专业人士就行了。”谢叔挤挤眼睛。

屏幕显示一片漆黑，探测到屋子里的黑暗之后，摄像机开始提高感光度，并且切换到夜视模式，李长逸的家呈现出一片幽暗的绿光。在岳薇的印象中，他家没有什么摆设，只有简单的家具和仅够生活使用的器具，如果不算那些电脑设备的话，那里连出租屋都不如，很难想象李长逸在那里生活了二十多年。

镜头跟随着谢叔走过各个房间，摆放着全息投影仪的那间“招魂室”，维持着二十多年前模样的小孩房，还有只有一张折叠床的“卧室”，没有任何有价值的线索，最后，谢叔走到了里面的房间，屋子风格突变——房间正面是一张大号的电脑桌，桌上是六台显示屏组成的阵列，房间一角的机柜嗡嗡作响，各色 LED 灯不停地闪烁。

谢叔动了动鼠标，唤醒主机，桌面上杂乱地摆放着各种图标和文档，谢叔试探性地一一打开查看，随着层层深入，两个文件包出现在屏幕上，分别写着“方征”“岳薇”。

“这里为什么会有你和方征的名字？”

“我……不知道。”岳薇看似随意地回答道。她不知道是不是该把向李长逸求助的事告诉谢叔，说了肯定会被臭骂一顿，或者被狠狠地讽刺一番，反正没有好下场。

谢叔点开那些文件，里面详细记录了岳薇和方征的信息，从出生到现在，几乎包括所有网上可以找到的信息和发过的每一条留言，都在那两个文件包里。按照李长逸的说法，他通过方征的成长记录和思维模式重建了一个模型，就是所谓的“招魂”，岳薇深深地知道他没说大话，前天和方征的“灵魂”交谈时，他的每一句话、每一个反应都和活着时一模一样，但是李长逸收集自己的信息干吗？

谢叔的手表亮了，那是在提示他有人触动了他留在楼下的传感器：李长逸回来了。

谢叔麻利地关闭打开的窗口，正准备离开时，屏幕的右下角有一个图标闪动起来，那是最近流行的即时交流软件，有人向李长逸发来一条信息。

屏幕里的谢叔犹豫了一下，点开那条信息，信息很短，只有一行字。

“爸爸，你在吗？”

岳薇再次敲响李长逸家的安全门，没等多久，他的脸就浮现在显示屏上。

“岳律师，你来干什么？我不想再提案子的事了，请回吧。”

“不,现在我已经无法再为那件案子做什么了,只能等待判决。我来是为了私事，我还想见见他。”

李长逸皱起眉头，想了想，然后说：“进来吧。”

像上次一样，岳薇被带进那个房间，稍做等待之后，方征出现在岳薇面前。

“小薇，是你吗？”

岳薇没有回答，而是静静地看着她的爱人。

方征的影像等了一会儿，无聊了，开始玩弄自己的指甲。如果不是事先知道的话，岳薇肯定会把他当成真人。

“方征。”岳薇说。

“小薇。”方征把手指从嘴里拿出来，抬起头，岳薇很不喜欢他啃指甲。

“我不能再见你了。”

“什么？为什么？”方征愣在原地，受惊的样子让岳薇不忍继续往下说。

“你……已经死了。”

“不……不可能，我……不可能……不……”

“那是一场意外，你坚强些。”岳薇走上前，伸出手，手臂穿过方征的身体，全息场在她的手臂上反射出耀眼的光。

“我明白了，很多事情能够讲得通了。”方征镇静下来，“我说怎么好像好几天没拉屎了。”

岳薇笑了：“我今天在法庭上，听到了一个故事。”

“什么故事？”

“内容不重要，说的是两个和咱俩差不多的人，实际上，那只是一个人的故事。”

“我不明白。”

“你虽然站在我的面前，但是你并不是真的活了，你只是我的执念而已。是我在用你折磨自己。”两行泪水划过岳薇的脸庞，在光芒的照射下晶莹透亮。

“我们不再见面，你就会过得好些了。”方征低声说，不知道是在提问，还是在陈述。

“对不起，你会理解我吗？”岳薇说。

“当然。”方征又露出那副自以为是的表情，“也许，你可以找别人陪你去吃街角的那家馆子了。”

“我永远不会再去那里了。”

“也好，反正我一直不喜欢那里的菜，酱油放太多。”方征撇着嘴说。

岳薇笑了，她擦干脸上的眼泪：“谢谢你，再见。”

“再见。”

她觉得心里有什么东西终于放下了，最后看一眼方征的影子，她说：“我爱你，我会一直想你的。”

她推开房间的门，将方征留在身后。

李长逸的家很安静，转角的一个房间里传来一些响动，不知道李长逸在干什么。岳薇轻手轻脚地走到客厅，开始今天真正的任务。

通过谢叔录下的视频，她记住了李长逸家的构造，有主机的房间在最里面。她轻手轻脚地向里走，谢叔在那里找到了一些线索，但是没有找到答案——李长逸为什么整理她的档案？那个管李长逸叫爸爸的人，是谁？

她唤醒电脑，很快找到通信软件，在近期联系人里，她找到了那个人的ID：李超然21。

然而在这个名字下面，还有一连串其他的ID，李超然07、李超然14、李超然20……岳薇点开一个叫作李超然33的ID，通话记录里写着：

——我不管你是谁，别再联系我了。

——我真的是你爸爸。

——去你妈的。

——超然，别这样。

她又点开李超然45：

——爸，我今天加薪了，这个季度的业绩是小组第一。

——真棒，我知道你没问题的。

——我去做报表，回头聊。

——再见。

“你在这里干什么？”李长逸的声音突然在背后响起，岳薇尖叫一声从电脑椅上跳起来，慌忙去关对话框。

“我……我找厕所。”

李长逸看看屏幕上的内容，挑挑眉毛："被你发现了。"

"那是谁？"岳薇问。

"是我儿子。"

"我看到有很多ID。"

"都是。"李长逸轻松地说。

"我不明白。"

"他们都是程序，每一个都是。就像你的方征，是通过大数据中他的网络标记重建了他的意识模型，让他可以和你交流。那是我二十多年前就已经完成的算法。而这些，是靠更新的理念创造的。"

"你做这些干什么？"

"为了和我的儿子重新见面的那天。"李长逸从岳薇身边走过，坐在房间里唯一一张电脑椅上，手指有节奏地轻敲着桌面，"他3岁的时候就离开了我，我不知道这么多年里发生了什么，他在什么环境下生活，又经历了什么样的事情，所以我设计了各种生长环境，将意识模型放进去，看着他们一天天长起来。我观察他们，了解他们的一切，他们的生活、他们的思维方式。"李长逸抬起头，目光里闪现着希望的光，"这样等我找到他时，我会让他知道，我一直都没有离开过他，我们会成为默契的父子俩。"

"所以，你必须留下那个号码？"

"我知道你会理解我的，岳律师。"

"不，李先生，我和你并不一样。我来到这里之前就已经知道方征不在了，能够和他再次对话，是给我自己一个交代。而你，我不知道李超然是不是还……"

"他当然活着！"

"是，他可能还活着，一定也有自己的生活，即使你们重新相见，他也不会立刻扔下自己的生活来陪你，我建议你也应该开始过属于自己的生活，不要再以你的儿子为借口拒绝整个世界。”

“我能给他一个家！”

“他已经有家了。”

“我这里才是真正的家！”

“那就让这里看上去像个家吧。”

李长逸愣住，打量着长着霉斑的墙壁、开裂的地板，还有嗡嗡作响的机柜，最后他说：“请回吧，明天还要去法庭等待判决。”

岳薇提前来到法院，门口已经聚满了人，自制的纸牌和条幅上写着诸如“保卫T网号码！”“今天，他是我们所有人的孩子！”之类的大字。

李长逸从公交车上下来，缓慢地穿过人行道，来到岳薇面前。

“看见了吗？”岳薇指向人群，“他们都是为了你来的。”

“无所谓了。”李长逸说，“法官又不会因为他们而对我产生好感。”

他们走向法院大门，人群中走出一个人，将一张纸条塞到李长逸手里，又隐没到人群中。李长逸看看纸条，向那群人深深地鞠了一躬，然后把纸条递给岳薇，纸条上写着：我们支持你，不用担心，即使这场官司败诉了，我们也会替你接着打，一直到你找到儿子为止——志愿者。

“你的故事传播出去了，你看有这么多人支持你。”

李长逸冷笑一声：“真是可笑，今天这些听到消息来支援我的人，和二十多年前扼杀了我的研究成果的人，是一类人。”

岳薇一愣，将纸条还给李长逸，走上法院漫长的台阶。

当他们从法院出来，再次踏上这段台阶时，人群已经散了。

“对不起，没有帮你打赢这场官司。”外面的阳光正刺眼，岳薇抬起手，在眼前搭了一个凉棚。

“你说得很对。”李长逸眯着眼睛说。

“什么？”

“你昨天说超然应该已经有自己的家了，我觉得你说得有道理。”

“你能明白就好。”岳薇看向李长逸，突然意识到他正盯着自己的手腕。

她放下手，把手串藏在袖子里。

“总之，谢谢你。”李长逸说。

岳薇觉得他是真心的，回答道：“如果打赢官司就更好了。”

李长逸点头，快步走下台阶，转眼间消失在川流不息的人群中。

岳薇摇摇头，向律所走去。

李长逸回到自己的家中，从兜里掏出一串刚在小摊上买到的酸枝手串，放在桌上。他唤醒电脑，抹掉自己在网络上发帖的痕迹，没人会知道那些关于本案庭审的信息就是他自己发的。他知道很多人会同情一个精神有问题而且丢了儿子的单身汉。

和联信公司的关系也不会就此而止，很快就有人自发地来帮助他了，然后，他在经过重新编程的聊天软件里添加了一个新的ID：李超然52。

“你好。”他输入一句问候。

“你好，你是谁？”

“说起来有些唐突，方征，实际上你的本名叫作李超然，我是你的亲生父亲。”

“我没心情跟你开玩笑。”

“你今年年纪也不小了，成家了吗？有对象了吗？”李长逸一边聊着，一边将岳薇的档案加入他设计的程序里。

现在，他有 52 个儿子和 1 个儿媳妇了，这个儿媳妇很聪明，他很满意。

也许他会有一个聪明的孙子，啊，龙凤胎更好。

永生医院

郝景芳

病危

钱睿从来没有想到，自己会如此后悔。他原本以为，自己对母亲这些年的态度有理有据，完全是深思熟虑而问心无愧的。然而，直到在病床上亲眼见到脸色姜黄、一动不动的母亲，他才觉得那些理直气壮都太过于浅薄，接近于一种自欺欺人的心理安慰。他这些年忙碌，为母亲做的事实在是太少太少了，每次加班不回家，虽然都有足够说得通的理由，但是实际上内心一直在逃避，逃避责任。他经常把自己的忙碌叫作“心系天下”，但直到见到生命垂危的母亲，他才意识到他所谓的“天下”在一具躯体面前是多么虚无缥缈。

他想起自己有一次跟几个朋友聚餐，喝了点儿酒，原本答应晚上到母亲家坐坐，结果吃完饭就九点钟了，打车又耽误了一会儿工夫，到母亲家就快十点了。他上楼时，担心父母马上要睡觉，又担心母亲苛责他声色犬马，于是惴惴不安起来，想了一大串说辞，进门看到母亲脸色不好就先声夺人——母亲还没来得及说他，他就说了一番自己近来如何忙，工作有多么不顺利，压力多么大，要求家人不要阻碍他的前程。他说着就看到母亲的脸越来越沉。他防御地抵抗想象中的苛责，却没想到正是这番虚伪的防御最让母亲伤心。母亲没说什么，只说以后如果忙，不来也没关系，不用假意敷衍。

多重的话！他心里一阵钝痛。可他已然用托词竖起了一道笨拙的墙，竖立在荒芜的夜，无处遁形。

想起这些，再想到病床上脸色蜡黄的母亲，他的心就钻心地疼。他以前总是潜意识中觉得时间还长，等忙过了这段时间，总有机会多哄哄母亲，可是谁料到，时间就这么不等人。

他想天天去医院，带很多很多水果和好吃的，等在母亲身旁，让母亲醒来时第一眼看见的人就是他。这个念头在心里缠绕，几乎有点成了魔障，挥之不去，可医院不让他进去。门口的身份识别装置异常灵敏，两扇玻璃大门看上去透明脆弱，实际上坚不可摧。门口连可以求情递红包的门卫都没有，只有他一个人趴在玻璃门上咚咚地砸。偶尔出来一个送人的护士，他拉住护士求情，对方也只是一句“我们有规定”就把他打发了。他面对医院的冰冷，内心越发焦躁。

这是一家很昂贵的医院，妙手医院，有“妙手回春”之称。多少以为不治的大病病患，送到了这里竟也慢慢好了。久而久之，名头传出去，天下人皆知“大病送妙手”。这种消息对绝症病人家属就是一把刀，知道有这样的地方，如果不把亲人送过来，就好像亲手用刀子捅死了病人，比剜心还难受。多少病患的家里人排队在门口求一个入院资格，这种情况下，医院强势也是可以想见的，“一切有规定，不想接受就走”。医院里确实纤尘不染，钱睿送人入院的时候进去过一次，米黄色的墙壁显得温和宁静，完全没有一般医院嘈杂闹腾的人来人往。贵也有贵的理由。

医院不让探视，钱睿如热锅上的蚂蚁。父亲每天只是在家等消息，但他不甘心，他太想第一时间得到母亲的消息了，也太想陪在母亲身边。除了关怀，还有一半理由是不想面对歉疚，只要他在家待着，就想到自己多年来对母亲的怠慢敷衍。

机会到来的时候，钱睿已经在医院外徘徊了十来天。他一下班就往医院跑，总想瞅个机会溜进去，只是智能大门的面孔识别力度非常强，从来没有让他得逞。直到某天晚上，他瞥见医院后门运送器械的无人货车，只是在货仓门口停留了一下，就识别了身份开进货仓，他才意识到机会来了。第二天同一时间，他悄悄扒在货车车门上跟进了货仓，反正没有司机，也没有人表示反对。

从货仓穿过两道门，刚好就是病房区，他凭记忆找到母亲的病房，推门进去。

母亲蜡黄的脸上毫无生气，整个人都缩小了，皮肤皱褶成一堆，像抽了气瘪下的气球，母亲的头发被剃掉，额头上贴满了电极，鼻子和身体上都连接着管子。他的眼泪瞬间落下来，他从不知道自己是如此怯懦之人，竟会对母亲的病体感到惊骇。但是在死亡的咄咄逼视下，他忍不住瑟瑟发抖。

他轻轻走到母亲身边，伸出手，触碰了一下母亲的手。只轻触了一下就缩回来，不知道是怕惊扰了母亲，还是怕母亲的反应让他猝不及防。过了几秒钟，观察到母亲还是一样的无声无息，他的心沉进肚子，不那么惊惧了。病房里是死一般的寂静，他又碰了碰她的手，随之而来的，就是排山倒海一般的哀痛，直到这个时候，他才真真切切地意识到，他面对的是怎样的逝去。他眼看着母亲灰色的容颜，仿佛看到沙子堆的城堡不断被海洋吞噬，被死亡的海洋吞噬。他被那海浪裹挟得喘不过气，开始抓住母亲的手，放声哭泣。

他眼看着生命的气息从母亲的身体中一丝丝流走。

接下来的几天，钱睿每天晚上十点钟准时来医院门口，扒在自动运货车车门上混进医院。他悄悄去母亲病房，只在里面待一晚，不随处乱跑，不引起他人注意。他没有告诉父亲。父亲身体不好，观念也过于刻板保守，这种私闯违规的事情，他怕引起父亲激烈的批评。

母亲开始还偶尔会动一动，后来彻底成了无意识的植物人状态，身体指征越来越差，被送进了危重病房。钱睿每天夜晚给沉睡的母亲擦擦身，翻个身，喂她喝点水。他越来越绝望，内心被悔恨和爱煎熬，想在时间的河流里逆流而上，挥动手臂却只是徒劳。

发现

两周之后，一天晚上，钱睿拖着沉沉的脚步回到父亲家中，想和父亲商量一下给母亲送终的事。他特意没有坐电梯，从封闭的楼梯兜兜转转地爬上去，想给自己一个静一静的空间。他心里百转千回，很多念头划过脑海，不知道如何跟父亲开口。前几日见父亲，父亲还一副充满期待的样子，准备着母亲的归来。父亲迷信有名气的事物，很相信这家医院有这样的名气，那就一定能将母亲带回来。

该怎么告诉父亲呢？父亲的身子骨也不算好，之前就有高血压，心脏病说犯就犯，大夫警告过父亲不要情绪太过激动。该怎么才能让父亲心平气和地接受，即使是妙手回春的医院，有时候也无法拯救一个渐行渐远的灵魂。

该怎样让父亲接受，母亲的生命已经奄奄一息？

站在父亲的家门口，他踌躇了好一会儿。门上贴着的立体福字在楼道间的气流里微微颤动，似乎在当面揭露他的内心不安。他琢磨着如何解释母亲的病情，如何解释自己为什么知晓母亲的病情，手几次放在门把手上，都没下定决心转动。

就在这时，门突然从里往外被推开，铁门撞在钱睿额头上，撞得他眼冒金星。

“呃——”钱睿发出撕心裂肺的低吟。

“小睿，”父亲看清楚是他，有点诧异道，“你怎么在这儿站着？”

“我回家看看啊。”钱睿还疼得钻心，“您怎么推门这么猛啊？”

“那你怎么不敲门啊？”父亲也有点嗔怪道。

钱睿刚想回嘴，却突然从敞开的门里看到了让他五雷轰顶的一幕。他不敢相信自己的眼睛，仔细揉了揉，那画面还在。他吓呆了，身子像磁场中的电子一般颤抖，动弹不得，心扑通往下坠，后脊柱第一次有那种忍不住哆嗦的骇然。

他见鬼了，母亲正好端端地坐在沙发上吃晚饭。

他的嘴张大了，半晌合不上。他对父亲的招呼充耳不闻，死死盯着沙发上那个面色红润的身影。她看上去健康平和，气色很好，正在专心致志地夹菜，吃两口就抬头看看电视。她穿着母亲的长袖棉布家居服，系着母亲的黑白圆点围裙，还戴着母亲亲手做的套袖。看电视的间歇，她有意无意地把脸转向大门口这边，从侧脸变为正脸。钱睿更加确定是母亲，他惊骇得向后退了一步。父亲也注意到他的不正常，皱了皱眉，也不管他答不答话，伸手把他拉入门内，他闷声撞在鞋柜上。这一番动静，让母亲终于把注意力投了过来。

"老钱，怎么了？"这个母亲问，接着，她看到了钱睿，"呀，小睿回来啦。"

她叫父亲"老钱"，称呼是对的。钱睿看着她一步一步向自己走过来，眼珠一直在转，在内心狂风巨浪波动的同时，面色紧绷，警惕地观察着这一切。

"怎么这么多天没回家？"她神色如常地问他，"我出院这几天就没见着你。"

钱睿咽了咽唾沫，哑着嗓子艰难地吐出一句："爸没告诉我。"

"老钱，这就是你不对了。怎么不告诉小睿？"她一边说一边从鞋柜第二层隔板的右边拿出一双拖鞋，是钱睿的拖鞋没错。

"嗨，他平时太忙。"父亲说，"我想着周末告诉他的。"

钱睿整个晚上都处在魂不守舍的状态中，他一直死死地盯着这个母亲，一切细节都一样，脸上的法令纹、痣和她做的事情都符合母亲的常态，他问她的事情也没有露出破绽。有那么一瞬间，他几乎要怀疑自己了：这真的是母亲吧？是母亲回家了吧？也许昨夜到今晨，病恹恹的母亲奇迹般地好起来了？又或者他在医院搞错了，医院里躺着的那个人不是他的母亲？

他头脑中的思绪绕成团，越想捋清楚，越系成死疙瘩。他看着在他身前来来回回的这个母亲，总觉得什么地方有点不对，但哪里不对又说不上来。母亲问了问他近来的工作，还充满关心地叮嘱他好好吃饭，好好睡觉。

好容易熬到晚上九点半，钱睿抓起包落荒而逃。他回到医院，依往常的途径找到母亲，母亲还在。他的心咕咚落回肚子，出了一身虚汗，似乎还松了口气，起码证明自己的记忆是真实的，没有出现疯狂。随即他又开始犯嘀咕，近距离打量面前的这具身体，查验自己有没有可能认错人。母亲灰暗的容颜已经和往常不太像了，紧闭双眼、皮肤松弛、头发剃掉一半，只有面颊上的两颗痣和脖子上的一颗痣宣告着她的身份。而这三颗痣不可能错。钱睿看到这里又有几分安心，他从小到大搂着妈妈的时候都记得她的这三颗痣。这个垂死的女人就是妈妈，他近日的守护没有错。他看着她孤零零的凄凉，眼泪忽然涌出眼眶，如果这个女人是母亲，那么家中谈笑风生的女人是谁?

钱睿顿时产生了强烈的愤慨情绪：那一定是假冒的！他猜测一定是医院耍了花招，送了一个假人回去。具体是怎么做到的他不知道，但是过程他能推断出来：医院实际上什么都没有治，但用某种技术做了个赝品，假装治好了病人，这就能解释为什么这家医院总是能够神奇地妙手回春却又不允许家属陪护了——他们根本没有一点儿妙手回春的努力，他们就是骗子！

钱睿愤怒和不忍的情绪混杂，在心里像是辣和苦的调味，一时间翻江倒海，几乎要吐了。他在狭小的病房里团团转，恨不得将医院砸了，但举起椅子时，残存的理智告诉他，不是冲动闹事的时候，如何斗争要想办法。

现在，假人已经占据了自己的家和父亲，钱睿下决心要当面揭穿医院的谎言，为临终的母亲讨回公道。

遗失

第二天下班，钱睿又来到父亲家吃晚饭。

他先是趁母亲在厨房时，悄悄跟父亲说，让父亲跟自己再去一趟医院。父亲说手续都办完了，为什么还要再去。他说到了就知道了。父亲不喜欢他的故弄玄虚，说不必了，没有必要。

席间，钱睿又做了第二次要求。他跟父亲说医院还有一些后续事宜要交代，一定要父亲本人过去。钱睿一边说，一边观察母亲的反应。母亲的脸上一团和气，看不出什么不安。钱睿说医院有让父亲震惊的事物。父亲问他是什么，他又不说。于是父亲有点恼，责备钱睿数日不回家，连母亲康复出院都不来看看，此时又来说些浮夸卖关子的话，令人生气。

母亲给钱睿夹菜，钱睿看了看，是自己小时候喜欢的，但他故意皱了皱眉，当着母亲的面将菜放到桌上的垃圾盘里。父亲有点不悦，母亲也看见了，却没有介意，问他还想要吃什么。钱睿又故意讲了两条科技新闻，说现在某公司出品的机器人以假乱真，以后上街要危险了。他的语调暗含讽刺，母亲却没什么反应。钱睿看这个母亲怎么都不顺眼，就是找不到证据，他想告诉父亲这个母亲是假的，但是因为假母亲总是陪在父亲身边，他说不出口。

“妈，”钱睿故意设了个圈套，问，“我最喜欢的那件绿色T恤，上次是不是落在这儿了？”

没想到母亲完全不上套，反问：“你最不喜欢绿色啊，哪件绿色T恤？”

钱睿傻眼了。如此滴水不漏！钱睿有点咬牙切齿，无奈中，他决定强行拉父亲去医院。

夜幕降临，钱睿找借口说，父亲家小区的保安这两天总找麻烦，还得要业主下去说情。他连哄带骗地把父亲拉进自己的车子，径直朝医院开去。父亲怒问他干什么，钱睿不答，只一门心思开车。

到了医院，他拉着父亲走货运通道，父亲见如此偷鸡摸狗，大怒，转身想走，但手臂被钱睿拉住又走不脱。钱睿推着父亲挤过货车和门之间的缝隙，沿楼梯向三楼跑，饶是夜里，工作人员大多已休息，他们还是险些被两个查房的护士撞见。钱睿不想节外生枝，打草惊蛇，就拉父亲一起躲在一个墙角，等她们过去。父亲何尝做过这种见不得人的事，想大声训斥，又被钱睿堵上了嘴。一挣一压，父亲的脸都紫了。

就这么一路跌跌撞撞，好容易拖着父亲到母亲的病房门口，父子两人都大汗淋漓，父亲的脾气像即将绷断的铁丝。钱睿就一个心思：看到真相，一切就结了。

推开熟悉的房门，钱睿的心却咕咚一下坠到冰窟窿里。床上没人，床单干干净净，被人铺得一丝褶皱都没有。床头的所有仪器都关着，任何电极和插管都不见了。窗户开着小缝，夜风让所有气味一笔勾销。母亲不见了，哪里去了？

钱睿瞬间出了一身虚汗，他一步跨到门边，看门牌号是不是走错了。门牌没错，他又去看床边有没有留下病人的资料信息，无奈一无所获。那么，只有一种可能，就是母亲被转移到其他地方了。钱睿想让自己冷静下来，思考其中的引申含义，难道是他的举动和怀疑被医院发现了？若不是为了掩盖真相，医院怎么会无缘无故转移一个重病病人？他的行动什么时候暴露的？又或者，医院送赝品病人回家之后，就将原来的病人杀人灭口？

想到这里，钱睿全身如入寒冰，禁不住颤抖起来。父亲完全不知晓他的这些心思，只觉得偷偷摸摸地折腾了一晚，最后只给他看一张空病床，这孩子简直胡闹得不像样子了。他也没多问，只哼了一声，扭头就往外走。钱睿连忙追过去，语无伦次地解释，对天发誓说他亲眼看到母亲在这里病危。可父亲哪里会听，一边气呼呼地向外走，一边捂着心脏，像心脏病发快要晕倒在地。钱睿哪敢耽搁，连忙跨步去追。

离开病房的那一刻，钱睿回头看了一眼，洒满月光的地面显得异常凄冷。他开始有点怀疑自己的记忆，怀疑一切是不是自己的一场梦，但是想起自己每夜在病房里卧着母亲的手痛哭，又觉得有切肤之痛。他追上父亲，心里痛苦得喘不上气。

调查

第二天早上醒了，钱睿仔细回忆近日的经历，怎么都觉得全是疑点，如鲠在喉，早饭也吃不下，他立刻打电话给一个做私家侦探的朋友。这个朋友的昵称是白鹤，和钱睿偶然在一起商业诈骗案中相识，后来帮钱睿查过两起商业上的暗箱操作。钱睿不知道他的真名，只知道他交友很广，办事利落。

白鹤磨磨蹭蹭到九点才起床，钱睿在他家楼下走来走去，心里烦躁得如有静电冒火。白鹤到达的时候，钱睿脸上的黑线可以直接写五线谱了。

“这是怎么了，火气这么大？”白鹤拉他一起去吃早饭，自己吃得津津有味，钱睿对着一桌子小吃却食不下咽。

“你懂黑客技术吗？”钱睿问他。

“还行吧。干吗？”白鹤漫不经心地夹起油条。

“能不能帮我黑进妙手医院的系统，查找医院二号楼 3208 房间近日的监控视频？”

“干吗？”白鹤问。

“你先说能不能。”钱睿道。

“你先说干吗。”白鹤坚持。

“呃，我不知道你信不信，”钱睿咽了口唾沫，“我觉得……我妈被人调包了。”他看着白鹤惊愕的目光，又低声解释道，“我妈前几天住进妙手医院，我天天溜进去看她，明明是病重到了最后关头，眼看着就不行了，我还痛哭流涕呢，结果家里转眼又回来一个妈，健健康康的，医院里那个病人也不见了。我怎么都觉得不对，又没有证据。”

白鹤沉吟了好一会儿，似乎对钱睿的话感到惊诧，又似乎想到了什么相关的事情。钱睿耐心数着秒。“你这么一说，”白鹤过了好一会儿才说，“我倒是想起一件往事，三年前，我曾经有个客户，身患重病，听说是癌症晚期，我当时心里一沉，心想他还欠着我十几万委托费，可不能就这么去了。我去找了几次，都被他送了出来，可能是身体不好，脾气也差，他想把钱赖了。我实在没辙，也就不去了，心想吃个哑巴亏算了。结果过了没几天，听说他从妙手医院活蹦乱跳地出院了，病全治好了，还托人叫我过去，说要一次性还钱。我当时都傻眼了，心想，这医院不但治病，还治人心哪。现在想想，要是调包，还更可信一些。”

“是吧！”钱睿听了有点激动，“我就说嘛，这世界上总有人信我。”

“这要是真的，那可是个大案子。”白鹤也有点激动。他们做私家侦探的，十次有九次是抓出轨，难得碰到一两个让他觉得有意义的大案。

“是，没错！”钱睿附和道，“可不是吗？妙手医院势力多大，全国至少得有十家，收费又那么高，每年得赚多少钱。这要都是造假的冒牌货，那得赚多少黑心钱！”

“那你看……我要查哪些东西呢？”白鹤问。

“先查查我妈房间的监控录像。”钱睿压低声音做部署，“尤其是 11 日白天的录像。我 10 日晚上去看她，她还躺在 3208 房间，11 日过去就没人了，你查查当天发生了什么。再有就是查查医院里有没有隐秘的地方，如果是假货调包，就得弄清楚他们是怎么做的，怎么能神不知鬼不觉地糊弄所有人。”

“据你观察，”白鹤皱皱眉，琢磨其中难解的地方，“这送回家的假货，到底是什么人？是机器人吗？”

“不像。太逼真了。”钱睿说。

“那就是克隆人喽？”白鹤道，“克隆可是犯法的。”

“也不像……”钱睿又摇摇头，“克隆人应该没有原来的记忆吧？”

“那就蹊跷了。”白鹤沉吟道，不过片刻之后他就展颜拍了拍钱睿的肩，“放心吧，这事包在我身上，保证查他个水落石出。”

白鹤走后，钱睿的心并没有如他预想得那样一片轻松，反而因为袒露秘密而七上八下。他不知道这一步的后果如何，是毫无证据，无疾而终，还是查出惊天大阴谋，与幕后黑手奋勇斗争。如果真到了揭开惊世之谜的时刻，他有没有实力去和这样的大集团斗？那个时候，他的生活会不会发生剧烈改变？在网络上会不会掀起一轮话题的风暴？而这阴谋的背后，还有没有更多秘密？他越想，越觉得忐忑不安。

推开这扇门，背后是什么？

迹象

钱睿没告诉父亲自己找私家侦探的事情。

上一次带父亲去医院，已经让父亲气得心律不齐，如果再爆出他找人揭发医院黑幕的事，父亲一定会再次大动肝火。他现在没有确凿证据，也不想跟父亲开口，不想显得太不靠谱。另一个原因是，钱睿渐渐发现，父亲对假母亲已经产生了依恋的感情，或许是死而复生之喜让父亲的眷恋比从前更浓。钱睿因而更不愿跟父亲讲，怕他向假母亲走漏风声。

有关后面一点，钱睿有一点儿焦躁，日子越流逝，父亲和假母亲的感情就越深。假母亲在家里养病，大门不出，二门不迈，但实际上已经什么病都没有了，她勤快得很，每日把房间收拾得干干净净，做一日三餐，和父亲相处得甚为和睦。父亲以前一直脾气不太好，对母亲常常态度粗暴，这次生离死别，他大概也产生了负疚感，对母亲温柔了很多。这样的日子久了，父亲已经不知不觉地陷入了新生活。

钱睿频繁地回到家里，看假母亲和父亲之间的互动。

“俊生啊，”假母亲每每看着电视，对父亲说，“站起来走一走，活动活动腰，别坐太久。”父亲竟也总是听她的话，站起来走走。父母一向相互冷言冷语，从来不曾这样和睦，这互动看起来温暖却又怪异。钱睿越来越矛盾。当他察觉自己的犹豫时，就下决心迅速推进调查，速战速决，以免拖得久了，父亲更无法自拔。他怕父亲知道真相后接受不了，急火攻心，身体再出问题。

“妈，”钱睿找母亲刺探，“您还记得我小时候最讨厌的那个班主任吗？”

“哪个班主任？王老师、徐老师还是古老师？”

“您知道的。就一个最讨厌。”

“古老师吧？她怎么了？”母亲不动声色地问。

钱睿有点尴尬，编了个理由说：“她上礼拜找我回去参加同学会，我可不想去。”

“不去就不去吧。”母亲淡然一笑。

这里又不大对劲了。如果是以前的母亲，估计会生气，唠唠叨叨地劝他去看老师，假母亲却温和淡然许多。这种脾气上的变化他从一开始就能感觉到，当他两天没回家，说自己很忙，以前的母亲会幽怨不满、悲伤生气，埋怨他对自己太过忽略，假母亲却大度地表明，理解他的忙碌，不碍事，工作忙就好好休息。这种不同寻常的宽容可以说是温和，但也透露着不真实的疏远。

他觉得不正常的地方很多，可是这种感觉太微妙了，捕捉不住，说出去也算不得证据，他还是抓不住切实的把柄。假母亲什么都记得，但是似乎什么都不动情。他开始疑惑，不知道假母亲是依靠怎样的机制制造出来的。

他越来越不想回父亲家，有时候一进门，撞见父母坐在沙发上，母亲给父亲捏腿，那场面真的是多年没有的温馨。他有时心中一动，想到母亲生前家里的争吵，心就像被揉成了一团，难过得像窒息。钱睿心里越来越矛盾，如果真相大白，该不该告诉父亲呢？让父母像这样再重新活一遍难道不好吗？他越来越不忍心对父亲戳穿真相。

只有在下楼时，转过楼道灰暗的转角，他的眼前会浮现出最后几个夜晚孤单的病房，就像眼前的楼道一样充满被人遗弃的味道。那时候的母亲，那么衰老、那么可怜，没有人知道，也没有人在意她的存在。母亲的呼吸已经气若游丝，但长久不放弃，像是还有人世间未了的心愿，苦苦挣扎。在那些孤苦的夜里，只有他一个人陪在母亲身边，用哭泣诉说愧疚。那个时候，也许父亲已经在家里搂着这个面色红润的女人了吧。

想到这里，他的心重新坚硬起来，鸠占鹊巢，这样的事情如果不揭穿，不足以给死去的母亲一个交代！

他又鼓起勇气，愤愤地下楼。

转机

没过几天，白鹤约他再次见面。钱睿来到约定的咖啡馆，找了个僻静的角落坐下，不知为什么，胃里有沉沉的感觉，像是吞了金块下肚，眼前的咖啡一口都喝不下去。等了半个多小时，白鹤才姗姗来迟。钱睿心急火燎地问他发现了什么。

白鹤打开笔记本，调出几段监控录像。

第一段是母亲的病房，11 日下午四点左右。能看见母亲的心脏监控设备突然发出响声，心电图和脑电波指标都变成一条直线，笔直刺目，宛若一柄撕裂空气的剑，在寂静的房间里射出寒光。响声发出的信号连接到不知道什么地方的控制室，很快，钱睿就听见病房外响起脚步声，房门被人推开，他见到只有一个医护人员进屋，指挥医疗车把母亲的遗体转移上去，又指挥着自动小车无声无息地滑出门外。钱睿忽然感到心里一阵疼，意识到母亲即将彻底离开人世，即便早已知道结果，但那种感觉很慌，就像被攻破的城池，恐慌一泻千里。

第二段是楼道里的监控摄像头。平稳滑行的自动医疗车在护理员的指挥下，绕了两个弯，向走廊尽头的一扇门走去。他看着小车和人消失在那扇门背后。白鹤按下暂停，放大画面，门上什么装饰都没有，只能分辨出低像素的五个没有温度的字：低温焚化室。

想也不用想，母亲的一切就消失在这扇门后了。看到这里，钱睿的眼睛里又一次泛起泪光。

白鹤不知道钱睿心里转动的心思，只对所有的发现摩拳擦掌。

仅凭这两段录像和钱睿家的赝品，就足够对医院提起立案侦查，甚至不是不可能提起公诉。但他想要的更多，他想要从这条线索揭穿背后更大的阴谋，一战成名的快感，让他浑身战栗。当初放弃稳定的工作，执意要当这么一个隐身的角色，肯定不是为了查查老公老婆的出轨趣闻。他等的就是这样的机会。

白鹤做得很隐蔽，没有引起医院的怀疑，他先是黑进医院的电子监控数据系统，把前前后后的相关视频都调出来一一查看，然后又在医院门口的人流中给一个小医生的领口后贴了隐蔽的监听，还甩出去五六个自动飞行的摄像小蜜蜂，从医院后墙飞进去，在每个窗口外拍摄，前前后后差不多积累了一周的素材。

“我跟你讲，吓死我了！”白鹤说，“内容足够了！我都没想到这次能揪出这么多细节。我先是看了低温焚化室拍摄的视频，你不知道，医院人体焚化装备超级大，整整一排房间都是用来偷偷进行焚化处理的，尽管他们做得非常隐蔽，但还是能从转移的细枝末节看出是人体焚化。这说明什么？说明他们经常焚化，肯定超过了他们声称的死亡率！”

“这是自然。”钱睿点点头。

“还有哪！”白鹤又卖个关子说，“你猜我从医院后面的实验科学楼里拍到了什么？”

“什么？”

“我拍到了人体躯体器官催化培养的照片！差不多有几十人每天在里面工作，说明人体培养催化的工作非常忙碌。要知道，当前法律中，克隆人体器官是被禁止的，仅凭这些照片就可以对这个医院提起控告。”白鹤说，“只可惜还没有足够的证据显示他们在制造假人。”

钱睿听着白鹤兴奋的讲述，也感到略微兴奋。他得到了期望中的证据，但出乎意料，他并没有得到期望中的喜悦和释然，心里反而有一种隐约的沉重和不安。

“你怎么了？”白鹤用胳膊肘捅了捅他，“有什么问题？”

“哦，没问题。”钱睿无力地笑了一下，“没问题，你真厉害。”

钱睿拖着一百斤重的心事回了家。白鹤要他做好战斗的准备，可他就是犹犹豫豫很不安。进了家门，他发现假母亲破天荒不在家，出去买菜了，他立即决定跟父亲谈一次。

“爸，”他犹犹豫豫地问父亲，“你有没有听说……妙手医院可能存在弄虚作假？”

“什么弄虚作假？”父亲把老花镜摘下来，疑惑地看着他。

“就是……没治好病，假装治好了。”钱睿不知道该怎么说。

“这怎么可能，用眼睛还看不出来吗？你看你妈，不是治得很好吗？”父亲皱皱眉，不明白他为何这么问，“这家医院开了这么多年，一直也没什么问题，更何况二十多年前咱家就去过，一直不都挺好吗？”

钱睿不知道该怎么继续下去了，他想说母亲不是真的，又莫名说不出口，话在嘴里，兜兜转转绕了七八圈，最后吐出来变成了：“爸，你有没有想过，如果当时妈生病过去了，会是什么情景？”

“别瞎说。”父亲说，“你妈好不容易回来，别咒你妈。”

“我不是……”钱睿连忙解释，“我就是……假设一下。”

“我可不敢想。”父亲摸摸自己的胸口，“你妈住院那几天，我有两次差点心肌梗死，但都缓了过来。大夫说的第一条，就是让我别胡思乱想。我当时真是觉得老天爷在罚我，怪我平时脾气太暴躁……唉，所幸最后老天开眼。”

父亲不说话了，习惯性地伸手到衬衫左上口袋里拿烟，父亲沉郁时总是抽烟。可是手一空，什么都没有捏到，父亲低头看了看，愣了几秒才想起来是怎么回事。钱睿更加难受，他知道，前几天父亲为了感谢老天爷开恩，开始戒烟养生。他看着父亲，开始越来越犹豫，如果一个人信了谎言能快乐，那还要不要把他叫醒?

他刚想说话，门口响起了开门的声音。

斗争

三天后，白鹤又约钱睿见面。这次是在一家火锅店，九宫格，白鹤似乎特意想把机密的信息隐藏在嘈杂的环境中，他埋首于氤氲的白气缭绕，似乎给自己加了一层虚无的屏障。

白鹤带来了关键性信息。他透过秘密线人引介，装作实习生打入医院内部，通过三天的卧底生活了解到了医院的秘密。

“有假人的消息了？”钱睿问。

“嗯。”白鹤挑挑眉毛，“一点儿都不出所料，医院掌握了快速培育人体细胞生长的技术，能够催熟人体，利用病人的 DNA 短期快速复制人体。我亲眼看到那些快速生长的人体部件，在培养基上如癌般复制新的人体。哎呀，你不知道，可吓人了。”

钱睿打了个寒战。

“你说的记忆问题，我也想着了，发现了更惊人的事。”白鹤接着说，“他们这么制造的人，具备人体的各项功能，唯有大脑发育因为缺少学习，停留在非常原始的阶段。然后呢，医院用智能技术加以解决！他们对原病人的大脑连接进行多次扫描，记住大脑全部的连接组，再将神经元的连接模式转化为程序，接入新的大脑，在程序的诱导下，新的脑神经组织也会按照过去的模式生长，相当于使新人体快速掌握病人的大脑模式，这样就让一个人的基因和脑记忆保留，只是更换了不同的身体。”

“这你都是怎么知道的？”钱睿三分敬佩七分惊恐地问道。

“可是不容易！”白鹤解释说，“我偷偷用微缩摄像镜头拍摄了关键性证据。这些年医院一直对病人家属加以阻拦，对自己如何治病也讳莫如深，为什么？实际上是在隐藏这些机密。他们的防护措施做得非常好，如果不是多年的刑侦破案技巧，很难穿透他们的信息防护，我两次差点失手！”

白鹤给钱睿看自己冒着风险录的一些视频，讲到如何从实验室里有惊无险地蒙混过关，他的脸上充满得意。

这些秘密让白鹤异常兴奋，他已经联系了自己的律师朋友，准备给医院致命一击。钱睿吃了一惊，没想到自己的私家案件这么快已经被传播开来。白鹤集结了一个小分队，都是他这些年做调查认识的朋友，包括金牌律师事务所的合伙人、一家当红头条媒体的新闻总监、两个时常在网络上发表时事评论的意见领袖、两家有竞争关系的医院和政府医疗卫生管理部的监察处处长。白鹤多年帮各种人破解难题，人脉十分广。

钱睿心里有隐约的不安，但他又不想顶撞白鹤。“现在是不是还有点早？这么早就找人，太冒失了吧？再调查调查再说吧？”

“够啦！”白鹤自信满满地说，“现在这些目击证据已经表明他们在做非法实验，而且是用医院的病人做非法实验，这就足够告上法庭了，罚金够他们吃一壶的。把事情再闹大点，他们露出的破绽会更多。”

钱睿怔了怔：“还要什么破绽？”

“现在我还没有足够的证据表明他们之前治好的病人都是调包的。”白鹤靠近钱睿说，“我还没拿到以前病人的病历，所以还不足以证明。如果没有这个证据，最多告他们违法进行实验，但如果有足够的证据，是可以告他们谋杀和诈骗的。谋杀和诈骗，这就不是医疗研究的违规，而是重大刑事案件，能把他们整个集团告得倾家荡产。”

“真要这么狠吗？”钱睿听了，脸色有点煞白。

“你不知道，不狠不行。”白鹤压下声音，开始揭露他找人暗自调查的医院财务信息，“这家医院这些年号称‘专治绝症’，接收的都是那些快要死了、家里人为求治病不计成本的病人，因此可以漫天要价，赚的利润超级高，我跟你讲，他们资金规模惊人，还在其他各相关领域广泛投资，包括收购上下游的一些技术企业和疗养中心，让他们的秘密永远不为人知，现在他们已经是一个盘根错节的庞大医疗帝国了，你说这种机构不推翻行吗？他们医院的总裁是一个非常神秘的超级富人，可能是知道自己做的是见不得人的事，刻意把自己隐藏得很好，这么多年也没什么人见过。这次他们估计想不到能栽在我手里。”白鹤嘴角挂上一抹嘲讽的笑容，有种“这回我可是逮着大鱼了”的得意扬扬。

“这事估计不好办。”钱睿咕哝道。

“是不好办，所以你得再帮我个忙。”白鹤套近乎地搭上他的肩膀，“跟我配合一下，帮我查查你妈妈的档案，她才出院没多久，档案应该还能查。你查查她每天的体征指标检验，拍下来给我。两个人如果调包了，在体征指标检查中应该有所体现，如果是造假，肯定也有迹可循。”

“这事……”钱睿推脱道，“我估计做不到。我当初想进去看人都不让，现在出院了，又要查档案，估计不行。”

“你试试，没试怎么知道不行？”白鹤继续怂恿道。

钱睿推辞了几次都推辞不掉，他心里虽然不情愿，但还是应承下来。

接下来的几天，钱睿见到了白鹤召集而来的小分队，都是摩拳擦掌不嫌事大的犀利人物。整个小分队同仇敌忾，誓要把医院揭穿，从此搞臭。他们制定了行动步骤，先向检察院举报医院秘密杀人的罪行，在法院开始审理之后，媒体和名人开始集中爆料，吸引社会热点关注，然后是庞大医药帝国的财富曝光，最后由政府介入，保证将大厦推翻。钱睿在小组讨论中，越来越觉得不安。

回忆

夜晚，钱睿睡不着，躺在床上看天花板。他发现自己对母亲刻骨铭心的记忆在消退，心里那种愤慨也不像最初那么强了。他有多日没有在夜里梦见母亲了，母亲刚刚过世时，他每天回来一闭眼就是母亲灰暗的脸，让他不能安眠。而现在，这种痛苦都少了。他在床上辗转反侧，充满悲凉地思忖，为什么人会忘记呢？为什么曾经以为无比重要的记忆，过了一段日子还是会淡忘呢？他隐隐约约感觉，忘记是对自己内心的隐瞒和保护，如果能把所有内疚忘掉，一个人可能比较容易开始新生活吧。

可是，真的能容许自己把那些内疚忘掉吗？

第二天一早，他来到父亲家，径直回到自己从前的小房间，想在从前的影像图片资料里寻找成长的记录，寻找有关母亲的一切记忆。

他翻动硬盘里的相册，老照片看上去那么陈旧，即使是电子存储，仿佛也会褪色一般。他越看越觉得自己这些年愧疚母亲的地方实在很多。他看到一些照片，想起当初曾经为了一个女孩跟母亲闹翻，说了很多刺激母亲的话，但后来事实证明，那个女孩并没有他以为的那么完美，她面对另一个男人的追求开始心猿意马，他很快离开了那个女孩，但伤过母亲的话却收不回来了。他又看到一些照片，想起来自己上班后的第一次过生日，办了一个小的宴会请领导同事参加，母亲也来了，但他为了认识一些对自己工作有帮助的人脉，一整个晚上都在觥筹交错，坐在一个客户领导身边，没顾得上照顾母亲，等想起来的时候母亲已经走了。还有一张照片，母亲想要过生日，定了餐厅，请钱睿和父亲一同参与，但钱睿刚好赶上一个项目结题，忙得焦头烂额，有点不情愿过来，父亲那段时间戒烟，脾气很坏，来得也很晚，钱睿刚到就看见母亲在哭泣。最后父亲还是来了，母亲哀怨地抱怨了一段时间，还是擦了眼泪跟他们父子俩一起合照了全家福。三个人的表情都是强颜欢笑，此时看起来异常刺目。他回想这些事情，心又开始痛了，想到自己还没来得及好好弥补，母亲就去世了，悔恨得无以复加。

他对白鹤的托付，又有了几分动力。

他打电话给医院，申请查看母亲生前的病历，得到的回复是可以预约时间来医院查看，不可以携带回去，理由是防止病人的信息泄露。钱睿恳求未果，只得约了查看时间。

从房间出去，正好遇到假母亲准备去超市买菜，要买的东西很多，她正拿不准用什么交通方式，于是父亲让钱睿去帮忙。钱睿不好推辞，就跟着假母亲一起出门了。

假母亲跟他一前一后，保持着半个身体的距离，两个人没有接触，母亲走路时也不回头。钱睿觉得自己像是在跟随某种无论如何也追不上的东西，就像逝去的时光。

转过一个弯道，假母亲忽然转过头，对他说：“你以前每天上学就是走这条路。”

钱睿忽然一愣，不明白此话何意。而假母亲的话像是一瞬间触到他过去的日子，眼前的路上出现了曾经穿着校服的他，骑着车子皱着眉头歪歪扭扭地穿过小巷，车把上挂着饭盒，一脸冷冰冰的沉郁，远远望着那个梳马尾辫的女孩。那些日子，已经过去那么久了啊。

接着，他们走到离从前的中学很近的一个路口，他的眼前忽然又浮现出另外一个画面。那时他已经十三四岁，母亲还总是不放心他，下午放学后如果玩得晚了或耽搁了，母亲总是会在这个路口等他，有时候手里还会拎着吃的。那个时候，他看见挽着布袋子、穿红毛衣的母亲，只觉得土得不行，想赶紧打发她走掉，不让同学看见了嘲笑他。

他呆呆地站在原地，仿佛看到了二十年前那个一脸冰冷的自己，看到那张桀骜的小脸，和自己面对面，赌气地站着不动。而此时此刻的他，已经不自觉地代入曾经的母亲角色，远远地看着，想前进又走不动，想后退又不放心，就那样呆呆地站着，被前方射过来的嫌弃的目光刺得体无完肤。

想起来这些，钱睿走不动了，他又一次感到悲切。为什么这些画面中所蕴含的感觉，他要到今天才能体会？一切都太迟了啊。

然而就在这个时候，他身旁的假母亲突然转过头来，说："曾经我经常到这里来接你，等你放学，但是你不想见到我。我知道你是不喜欢我的样子。你跟我说过，但我还是会过来。你是不是也想起了这些事？没关系，真的没关系的。"

钱睿惊诧地看着假母亲，看她平和淡然地说出所有的记忆，最后的一句"没关系"像戳破气球的一根针，让他心里有什么东西瞬间爆掉了。那一刻，他的眼泪几乎涌出来。眼前这个人到底是谁，为什么她和他记忆中的那个人一模一样，却又好像什么都不一样？真的没关系吗？那些年他对母亲的所有不敬，真的都被原谅了吗？

假母亲走到他身旁，温暖地拍了拍他的肩膀。他没有拒绝。

当天晚上，钱睿帮助假母亲买了菜，做好了饭，一家三口难得平和地吃了一顿晚饭。晚饭后，他们一起给在美国留学的妹妹打视频通话，妹妹比他小八岁，还在美国读研究生，青春烂漫，对家里的事知道得不多。她现在是早上刚起床，睡眼惺忪又眉飞色舞，给他们全家说着趣事，父母对妹妹有一些叮嘱，妹妹还跟假母亲说了几句私房话，可能是关于她新交往的男朋友。假母亲没说什么，只是微笑着点头。

从洗手间出来，钱睿刚好远远瞥见妹妹在 iPad 里跟假母亲说晚安的样子，那一刻他忽然觉得，如果全家人就这么温馨地过下去，也是一件很好的事情，不是吗？

他闭上眼睛，再次回忆起在医院临终病房里最后的日子，心里钝钝地痛起来。

召唤

再见到白鹤时，白鹤要求他提前提起公诉，钱睿吃了一惊，他还没有做好真正斗争的准备。

“为什么提前了？我还没有拿到我母亲的病历记录。”钱睿迟疑道。他尽量显得冷静，不想让白鹤感觉出他内心的犹豫。

“来不及了。”白鹤说，“医院那边发现我们的探访了，在不停暂停工作，销毁证据，还派人抢夺我们手里的证据。前天我们的人有两台电脑被黑，里面存的信息都没了，还好不是太关键，还有大部分证据有备份。”

他们约在街边一家麦当劳前面，最初钱睿真的以为白鹤又要在这种熙熙攘攘的地方说密谋，这次却不是。白鹤带他七扭八拐，进了旁边一个老小区，从一栋红砖房门洞里摸黑爬上去，打开四楼的一个单元门。这种老房子是上个世纪的遗留，现在住的人已经很少了，能搬走的都搬走了，整个楼栋冷冷清清、空空荡荡。在这里谈事情，倒真的不怕有摄像头监控，全城能有这么设施原始的地方也不多。

白鹤推开门，钱睿才发现公寓还是装饰得非常完整的，从壁纸到吧台，都是新近打理过的，看得出一直有人经营。屋子里已经坐了几个人，讨论得正热烈，屋内烟雾缭绕，味道呛人。

钱睿在沙发上坐下，面前的茶几上有几个杯子，杯子里有啤酒，也有喝得见底的烈酒。他想找一个干净的杯子喝点水，但伸出手时被茶几上的一张报纸吸引了注意力。报纸上一行大字标题赫然醒目：某医院谋财害命以假乱真，坊间爆出惊天秘闻是否为真。

他的心怦怦跳动，来了吗，交锋这就开始了？

他有点紧张地拿起报纸，紧紧捏着读了起来。看得出来，这篇文章是精心设计过的试探和挑逗，说了些捕风捉影的猜测，抛了几个若有若无的疑点，没给出太多干货证据，也没有言之凿凿的指控，让人看过之后大呼“标题党”，又抓不住什么造谣的把柄。这是引蛇出洞的策略吗？钱睿在心里揣测。从行文的思路看，明显是要把更多爆料留到合适的时候，这是山雨欲来的战斗策略。他看看屋里的几个人，已经见过一两次了，但他还是不认识他们。这明明是他自己的案子，为什么他们都比他还要兴奋？

“钱睿，这件事还是得以你的身份提起公诉。”白鹤把钱睿从思绪里拽出来。

“可是……”钱睿有点心虚地说，“我还没拿到我母亲的病历……”

“不用了，我们这两天重新突破进了医院系统。”白鹤说，“你还记得上次你让我去查医院的监控记录吗？我当时按照你的要求，调取了 11 日晚上的录像，但第二天才想起来，我应该把那段时间的所有录像都拷出来。可是我第二天再黑入系统时，发现那段时间的所有录像都被删除了。我以为是定期清理，后来没过多久，医院的网络防火墙系统就升级了。直到最近这两天，我们重新进入系统，才在另一个盘里找到那几天的监控录像备份。有了这些录像，就足以证明你说的证词是真的，也足以把医院一举告倒。”

“那你们……既然证据确凿，”钱睿说，“你们去告行不行？别让我打头阵。”

一个方脸中年男人开口了，钱睿认得他是一个相当有来头的律师。“你不用害怕，我们既然决定出击，就肯定保你安全。”他声音和缓，“医院的势力再大，也不敢在我们眼皮底下打击报复。”

钱睿摇了摇头，不知道怎么形容自己复杂的心情：“我倒也不是怕打击报复……”

“那你是担心什么？”白鹤急躁地问。

“我是想……”钱睿说出口时，又斟酌了一下，“我是想，咱们能确定这医院真的是恶的吗？咱们要不要先找医院的老板私下谈谈？”

“你是想庭外和解，私下要求赔偿？”律师问，“我劝你最好不要，现在是斗争的关键时期，最好不要轻易对峙。你现在找他，拿不到什么好果子吃。他们做了这么大的局，肯定不会轻易被你一句胁迫的话左右。到时候咱们过早暴露底牌，反而让他们做足了防备。你跟我们一起把势头做足，一下子扳倒他们，法院的赔偿足够你的了。”

“不是要赔偿。”钱睿知道自己现在云山雾罩的态度令他们烦躁，他理了理思绪道，“我是在想，他们做的事真的是完全错的吗？就算是造了一个假人送回病人家，真是罪行吗？咱们告倒他们，是不是做得有点极端了？”

“这怎么不是罪行？！”白鹤恼怒道，“真人和假人是两个人，让一个人死去，换另一个假人回家。第一，这犯了欺瞒消费者的罪；第二，这是罪大恶极的屠杀和对生命的不尊重。假人好端端地回家，让得了病的真人孤零零地死去，这不是谋杀是什么？你现在可别动摇。”

钱睿叹了口气，心里还是有点疑惑，又说：“我只是觉得这真的算是两个人吗？基因和记忆都一样，就是身体换了，是不是还是能看作是同一个人呢？”

“这种时候，别想这种哲学问题。”坐在另外一端的一个资深老记者插嘴道，“多想无益。假人不是人，他们是机器人。他们不是由芯片和程序控制的身体吗？那就是机器人。”

“你与其想一个人还是两个人的哲学问题，还不如想点实际的。”律师继续补充，“你知道妙手医院的总裁身家多少吗？说出来吓死你。几千亿！他一个做小生意起家的老板，何德何能？他就靠最早的一家妙手医院一下子做起来了，现在控制着整个医疗产业链，还包括几家媒体，把幕后真相藏得死死的。你说这种靠草菅人命发家的人，咱能忍吗？”

“是啊！”白鹤附和道，“现在是关键时期，咱可不能左右摇摆。你再好好想想你妈妈，你现在要是不发声，就这么认了假妈妈，你对得起死去的妈妈吗？她老人家泉下有知，还能含笑九泉吗？你想想还有多少个家像你一样，你可不能对医院心慈手软。”

钱睿听了，心里又沉重起来，点点头，不再说什么。

对话

开庭前一天，侦探给钱睿打电话，交代了一些出庭时必要的事项。

当时钱睿在自己的公寓，有些心神不宁，对电话里的声音也听得心不在焉。他的眼皮直跳，心跳也莫名加速。挂了电话，他看到手机报的推送，赫然有妙手医院的名字，头条首页的新闻，山雨欲来的重磅报道。他点开看了看，虽然还没有真正爆料，但是已经把话头挑明了，他自己的名字也出现在文章里，作为第一个勇敢发声的受害者，他率先发起刑事诉讼，颇有一副要为所有受害者代言的架势。他喉咙发干，不知道自己什么时候被架到了这么一个火烤的位置上。

他站在阳台上透气，想让风冷却自己躁动的情绪，突然之间，电话响起来，他心里一惊。是假母亲打来的，说父亲在家突发心脏病，正在送往医院，父亲指定要去妙手医院。钱睿的心一下子提到了嗓子眼，挂了电话就连忙往医院跑。

出了什么事？为什么会心脏病突发？怎么又是妙手医院？钱睿的思绪一片混乱。

到了医院，他看到假母亲坐在病区外的等候室里，连忙上前问发生了什么。假母亲说，父亲在家时，看到了手机上面的什么消息，突然就变得异常激动，开始脸色铁青，后来又火冒三丈，但还没来得及说什么就心脏病犯了，只是艰难地告诉她要来这家医院。

钱睿顿时猜出父亲是看到了什么消息，他呆立在等候室，咽了咽唾沫，喉咙火烧火燎地疼，心更疼，这让他更加踌躇不决，不知道自己是不是正在做一件对父亲很残忍的事情。

他不断问门口的看护能否进入病区，都遭到了拒绝。他有点颓丧地和假母亲坐在等候室里，双手搭在双膝上，头埋在双手之间。他偶然间抬头，发现假母亲神态平静，刚刚升起的对她的亲近又开始衰落，重新产生了一些排斥。她怎么能如此平静？他想，果然是假夫妻，没有真感情。他感到头痛欲裂。

"你不用太担心。"假母亲见他望着自己，开口说道。

他问她："刚刚大夫怎么说？"

假母亲笑了笑："大夫说了，差不多到了该做移植手术的时机了，现在的器官培养技术非常发达，做手术替换一颗心脏并不是难事。"

"替换一颗心脏？"钱睿听了，心里微微一动，问她，"如果身体上的每个部分都换了，那个人还是原来的他吗？"

假母亲仍然不动声色，说："还是啊，我听说人身上的每个细胞隔一段时间就完全替换一次，你现在身上的物质已经不是一年以前的了,但没有人觉得这并不是自己。人的大脑和记忆还是连贯的。"

"那大脑就是一直保持不变的吗？"他直勾勾地看着她。

假母亲摇摇头，说："也不是啊，大脑也是每天在变，虽然有记忆连续，但是人的每个思想都是变化的，大脑也是可以变化的。"

钱睿仔细琢磨她的话，不知为什么，他觉得她话里有话，于是又问："那一个人到底有什么东西是不变的呢？"

"如果说具体的元素或者思想……那没有什么吧。"假母亲说，"但不用太纠结这种问题，纠结可能没有答案。变化的是部分，不变的是整体，你总还是你。"

"可是我怎么知道我是我呢？"钱睿死死地盯着她，像要从她的脸上打个洞钻进去，钻到她大脑里看看里面都有什么。

"其实重要的不是你知道你是你，"假母亲似乎完全不介意他打哑谜的说话方式，也跟他一起打着哑谜，"而是你周围的人都知道你是你就行了。"

"什么叫周围人知道你是你？"钱睿逼问道。

"就是字面上的意思。"假母亲似乎想通过眼神告诉他什么，"周围人知道你是你。"

钱睿的心跳得很快，他不知道她为什么这么说，是在回答他的问题，还是她完全知道他隐含的意思，也许她知道自己的身份？

钱睿发现自己看不透她，她什么地方都和真的母亲一模一样，包括说话说到一半停下、欲言又止的样子也一模一样，只是她远比母亲淡然，似乎什么事情都触不到情绪神经。也许一个新人的情绪还没有发展完全，但是她的思维和记忆又分明都是母亲的。他发现自己同样看不透母亲，母亲这些年絮絮叨叨地在他耳边说的都是什么来着，他很想回忆，但回忆不起来。到了较真的时候，他才发现他对身边人的了解根本没有他以为的深，这让他分外忧伤。她的话是什么意思呢？是想让他接受她的一种求和吗？钱睿觉得他和假母亲之间的那层窗户纸几乎要捅破了，但不知道为什么，他却不觉得对抗，反而似乎有一些好的地方。

“只要周围人都接受就可以吗？”钱睿顺着她的话继续问下去。

就在这时，他的手机响起来，他看了看，一个陌生号码，于是他站起身，走到一旁接听。电话恰恰来自妙手医院，通知他预约的查看病历时间到了，下午五点可以准时到病历档案室，会有工作人员接待。电话的最后，甜美的女声告诉钱睿，在他查完档案之后，医院总裁约他晚上到总裁办公室面谈。

钱睿的喉咙像是被一团杂草噎住，说不出话。总裁办公室？他们的斗争他知道了吗？他约自己见面想说什么呢？自己又要跟他说什么呢？钱睿越想越隐隐紧张。

再回到等候室，假母亲还想再跟他谈些什么，只是他脑中一团乱麻，什么都听不进去。他们沉默地端坐在长椅上，望着父亲推进去的手术室大门，气氛紧张而僵硬。

钱睿觉得，有些隐约的事情开始呼之欲出。

备战

当天下午，钱睿收到白鹤的消息，让他赶到妙手医院门口参加造势行动。白鹤不知道钱睿已经在医院了。

钱睿站在等候室的窗口，看医院门口的广场上一点一点聚集起人来，不知道是从哪里来的，一小撮一小撮，从四面八方涌过来。有人举着抗议的标语指示牌，但一看就是拿钱办事的，完全没有一点儿悲愤的激情。标语牌上的指控花样百出，有的抗议医院的天价收费，有的指责医院隐瞒病情，只有偶尔一个牌子上写着虚假治疗、瞒天过海。钱睿知道这是小分队的造势，为了给舆论一种医院已经激起民愤的印象，但很明显，他们还没有把最重要的秘密公布。抗议的人也不逼近，就在医院外几米远的地方集结，更多是对走过的路人摇旗呐喊。他们的目标明显不是逼迫医院，而是面向媒体。

白鹤又给钱睿打电话："你在哪儿呢？快点过来！"

钱睿在医院里能看到白鹤站在医院外打电话的样子，但他没有说自己就在医院里。

"你们在干吗呢？"他反问白鹤。

"我们在游行示威，给医院一点儿压力，也给明天的法庭一点儿压力。"白鹤说，"法庭判的时候，肯定会顾及双方势力，看谁更不好惹一点儿。我们得让法院看看，我们有民众基础，也不好惹。"

"那你们就做吧，叫我干什么？"

"废话！"白鹤说，"你是主角啊，你不来行吗？你得给这些人做个榜样。"

"话说你从哪儿找来这些人的？"钱睿问。

"这很难吗？你以为对这家医院不满的人还少吗？从网上随便搜搜，就有志愿者报名。"

"他们是知道什么吗？"

"知道，也不知道。"白鹤开始打哑谜，"他们知道的是，有钱人就是比没钱人长命。他们知道这家医院药到病除、妙手回春，有钱人送进来，绝症也能治好，再好端端地送回家，长命百岁，有病再来。没钱人连送都送不进来，不是绝症的病也要熬成绝症。你说天底下的救命医院就这一家，还偏偏铁面高价，只救有钱人的病，这能不遭恨吗？治个病也能治出贫富差距来，都不需要我忽悠，恨得牙痒痒的人多得是。但他们应该不知道调包的事。"

白鹤兜兜转转，倒也把事情说圆了。钱睿听得明白，白鹤虽然是雇人造势，但也不是无风起浪。若生命都是论价的，很多人更无出头之日，连被调包都成了一种特权。想到这里，他不知道自己应该庆幸还是应该感叹不幸。

"你到底在哪儿呢？"白鹤又一次焦躁地问钱睿。

"我就在妙手医院呢。"钱睿这次终于说了实话，"我爸住院了。"

钱睿三言两语地说了早上父亲怎样看到新闻，再急火攻心，心脏病突发，点名要来这家医院。他支支吾吾地表达了自己的犹豫，觉得父亲年岁大了，承受不住打击，现在好不容易迎回母亲，要是知道是假的，说不准就要一命呜呼，还不如不要告诉他真相，让他和假母亲安度晚年。

"糊涂啊你！"白鹤在电话里愤慨地说，"告不告诉，等你爸出院再说。现在情况很危急，如果再不干预，推翻医院，也许过几天出院的你爸就是一个假人了。"

这话如一桶冷水瞬间浇过头顶，钱睿一下子感到彻骨寒凉，禁不住打了个寒战。他想起自己如何陪母亲走完最后一段灰暗的日子，最后眼睁睁地看着母亲被抛弃。他不想再重复一次。这样的想象让他冷静下来，他想起上次聚会临走时白鹤的话：你想想你母亲的临终，如果你接受了这个新人，你想过你妈的心情没有？

“行，我去。”他对白鹤说。

他的拳头握起来，狠狠地砸在玻璃窗上，想让玻璃的坚硬和寒冷给自己勇气。窗外聚集的人越来越多，他鼓足勇气向门口走去，加入向医院宣战的队伍。他不敢望向等候室外的假母亲，怕见到她的面容又会动摇心神。

会面

结束了下午的抗议，钱睿有点精疲力竭。他混在一群临时拼凑起来、充满怨气的人中间，自己也沾染了很多怨愤，到了抗议结束时，这种怨愤并没有得到释放，反而越积越多，他这才知道怨愤并不能通过这样的抗议得到释放。他需要某种倾泻，一个出口，一个爆发，或者一个补偿。

下午五点，他按照约定，来到医院三楼的病历档案馆。走廊中部有一扇玻璃门，玻璃门识别出他的面孔指纹，核对验证成功后让他进入，玻璃门在背后缓缓合拢。钱睿回头看了看紧闭的玻璃门，没有停步，只身一人向走廊尽头开着门的小房间走去。金属色的墙壁上没有任何装饰，小房间里的白色灯光是渐渐暗淡的天色中唯一的光源，整个区域空无一人。

小房间里只有一张空荡荡的桌子、一把碳钢扶手椅和一张小沙发，小沙发是灰色皮面。一份工整的报告摆在桌子上，屋里没有人。

钱睿走过去，坐在硬邦邦的扶手椅上，翻开报告。不知道为什么，他心跳得很厉害，手想翻动纸页，翻了几下都没翻开。他双手搓了搓，平放在桌面上冷却，长长地呼吸、吐气，他心里有种预感，在这里他会发现什么。

报告的前两页是最普通的个人信息，中间三页是病情诊断，书写着癌症种类、发病史、诊疗史和初步病理报告——仍然是常规信息。钱睿细细看过去，并没有不太寻常的地方，只是最后诊断结果“恶性”两个字显得异常刺目。确诊是“恶性”的吗？还是最严重的级别，那是不是说明母亲原本是没救的？

他继续往下看，后面的几页都是病理报告，他看不懂，只从零星的指标对比看出母亲的癌症扩散很快，六月底还只覆盖了胃部区域，七月初就已经扩散到整个内脏区，扫描照片上黑色的斑斑点点蔓延，看上去令人心惊胆战。此后就是无数表格，每日身体指标监测数据，看得出一些体征指标在下降，心脏功能在衰竭。所有这些监测数据都如此诚实，几乎鲜明地反映出事实真相，所有数字都在他眼前晃。

钱睿感到心惊，按照这些数字和报告，可以说是明明白白地记录了母亲病重到病危的过程，而他们这样明明白白地给他看，是什么意思？难道不怕他看出端倪，拿出去作为呈堂证供？又或者说，他们完全知道他的来意，却因为什么缘故而有恃无恐？

他满心疑窦地继续往下翻，渐渐逼近了报告末尾。他翻开最后一页，首先映入眼帘的是母亲的签名。他的身体直觉性地颤抖了一下，顾不上看内容，只是呆呆地瞪着母亲的字迹和手写的日期。确定无疑是母亲的字迹，6 月 23 日，是母亲确诊恶性肿瘤的第二天，这又意味着什么呢？他头脑中胡思乱想了许多念头，然后定神去看上面的内容。

那是一份自愿授权的契约，钱睿凝神读了好一会儿才弄懂大意：母亲签署了一份自愿让妙手医院全面扫描她大脑的协议，并授权医院将其扫描结果转输给人造人体。也就是说，母亲对后面发生的一切都知情。

母亲知道这一切？是她授权了扫描和再造？这怎么可能！母亲难道是自我放弃了吗？不准备拯救自己，而同意把自己的家让给一个人造人？母亲为什么要这样做？难道是为了安慰他和父亲吗？

钱睿的心整个抽紧，喘不过气，一切似乎都变得清楚了，又似乎什么都想不明白。他的手紧紧抓住面前的报告，揉皱了，不知道该如何处理。

就在这个时候，小房间的门自动打开。钱睿一惊，向门口望去，没人。很快，头顶上传来一个广播女声："钱先生，现在到了与医院陆总裁会面的时间，请跟随箭头指示前行。"钱睿发现地板上出现了绿色箭头，出了房间，一路都有，他迟疑着跟上绿色箭头，转过墙角，来到一处隐蔽的电梯前。

电梯停了。八层，医院顶层，只有一个房间：总裁办公室。

钱睿懵懂地走进去，这是一间异常宽敞的长方形办公室，约莫有五十几平，三面都是玻璃，巨大的环绕式玻璃幕墙，能越过医院看到城市远景。办公室里没有开大灯，光线整体幽暗，只开着墙边的射灯、沙发边的落地灯和写字台上的台灯，能把外面的城市繁华灯火尽收眼底。钱睿站在办公室门口，迟疑着没有向里面走。

房间里只有一个人，坐在落地灯下的茶几边，正在用一套讲究的茶具泡茶。想来就是陆总裁了。他轻轻提起开水壶，小心翼翼地把热腾腾的开水倒进茶壶，轻轻涮了涮，在茶宠上浇过，又把茶壶放回架子上，再烧开水，第二泡茶重新泡上，泡了十余秒，拿下来斟到两只碧绿的小瓷杯里。

直到这时，他才抬头看了看站在门口的钱睿，指着身旁的单人沙发向钱睿做了个手势，示意他过来坐。刚刚泡好茶的两只小绿瓷杯，他推过去给钱睿一杯。钱睿坐着看着，没有喝，内心有着强烈的提防。

陆总裁是个矮个子男人，瘦瘦的，寸头，穿一件普通衬衫，袖子挽到小臂处，仅看外貌，并不张扬，如果放在人群里，也是被人忽略的，肯定不会猜到他是如此叱咤风云的医疗帝国的首领。

钱睿等着他。他过了好一阵子才开口说话："我知道你们在干什么。"

"是吗？"钱睿问，"那你也知道我们在调查什么，对吗？"

"知道。"陆总裁平静地说。

"那我们调查的事情是真的吗？"白鹤的调查几乎已经能确定答案，但钱睿只是想让他亲口说出来，"你们医院是用假人充当治愈患者吗？"

总裁没有否认，也没有直接回答，而是反问钱睿："明天庭审，你要出庭吗？"

"当然。"钱睿点点头。总裁的态度在他看来已经相当明白，于是他反问总裁："有关明日庭审，你还有什么要解释的吗？"

"理论上讲，你是控方，我是辩方，"总裁说，"我现在不需要把任何辩解的话跟你讲，也不适宜跟你讲。不过，我可以给你讲一个我自己的故事。"

钱睿点点头，不觉得奇怪。他知道总裁约自己过来，肯定不只是来喝茶的，必然是有话要说。既然真相已经确认，那不外乎就是用一些煽情的话来寻求庭外和解。他没有说话，等着听总裁讲故事。

总裁又添了一泡茶。这是第三泡，茶的颜色微微变得浓郁，味道也到了最妙的阶段。钱睿对总裁要说的故事没有期待，因为预期是游说之言，便先在心里打了一半折扣。

"年轻的时候，我曾经是个很有上进心的投资经理……"总裁开口道。

总裁讲了自己的故事，他有一段时间为了新公司的发展没日没夜地拼命，经常出差看项目，想多挣一点儿项目分成，也想给当时的老板留下好印象。后来他也确实如愿做到了合伙人的位置，但是他的女儿患了很重的病，他不得不一边照料女儿，一边管理公司。在他负责的一个项目快要IPO的一段非常紧张的日子里，因为项目公司新的销售业绩不如人意，有可能影响项目过会，他连续三天住在项目公司，帮公司梳理财报，过程中给女儿打电话，女儿的声音显得非常疲惫。IPO敲定之后，他拖着疲惫的身体回家，却发现家中空空如也。他一下子像是惊醒，吓得全身是汗。原来女儿的病那几天突然变得很严重，免疫系统崩溃，前一天晚上已经被救护车拉到了医院的重症监护室。他赶到医院时，女儿见到他来了，显得很高兴，眼泪扑簌簌掉个不停。很快，女儿进入病危状态，他照料了她最后一周，焦虑狂躁地想要做一些事，似乎努力做一些事就能弥补现实，给自己安慰。但是一切都没用了，他眼看着她在他面前生命消逝。

后来那段时间他悲痛欲绝，后悔不已，把公司的工作辞了，股份转让他人，自己一个人闭关。他不断想着最后一周对女儿的陪伴，眼看着她的生命从自己的手中流走，只想谴责自己在她发病之前最关键的时候不在她身边。那种负疚感深入骨髓，让他时常做可怕的梦，生活难以持续。

“一直到现在，如果能给我再来一次的机会，让我付出什么都愿意。”说到这里，总裁停下来，目光灼灼地看着钱睿，“所以，后来的我很想做一些挽回生命的事，算是对我自己愧疚之情的救赎，这种感觉你能明白吗？”

钱睿感受到像探照灯一样打在自己身上的目光，有点不自在。

说实话，总裁最后讲到的感觉他相当熟悉，跟他之前的经历何其相似，有一瞬间，他的鼻子突然就酸了一下，但他不愿意在这样的场合表现软弱，毕竟坐在面前的人就是明日他在法庭上将要诉讼的人。于是，他避开总裁的目光，只是问："所以，你后来就开始造假人来延续病人的生命？"

"不能说是假人，只能算是新人。"总裁说。

"什么意思？"钱睿想要了解更多，"新人和旧人是什么关系？"

"新人是活生生的人，是病人自身的延续。"总裁解释说，"新人是基因复制生成的人体，跟人没有区别。新人的大脑在芯片指导下发展，形成一个半智能人，但是芯片的主要材料是碳纳米，会跟着大脑的有机材料一起生长，随着脑神经网络完善，芯片的绝大部分会消融，新人的大脑会独立运转，成为一个真正的人。芯片虽然在脑中有残留，但主要起作用的是新的大脑。在我看来，新人就是病人自身，重新生活的病人。"

"你是说……新人并不是机器人？"钱睿问。

"当然不是。新人和人一样，大脑也是人的大脑，也有喜怒哀乐，与人无异。"总裁说，"可以说新人方方面面都是普通人，只是大脑的连接方式受了智能引导。"

钱睿琢磨了好一会儿其中的差别，最后叹道："但不管怎么说，也还是两个人啊！你能接受你女儿一边受苦的同时，另一边站起来一个不痛不痒的人吗？我接受不了。"

"可是病人自己是可以接受的。"总裁说，"你刚才也看到了你母亲的授权书。"

钱睿心里绞痛起来，想象着母亲签字时的样子，那该是怎样的绝望才会签这样的授权。"我母亲……真的同意了吗？"他问。

"当然。"总裁说，"这里面最关键的步骤是全脑扫描，如果没有病人配合，根本不可能做任何复制。病人不但需要接受扫描，还要大量配合回忆很多事情，所以我们的所有操作都是在病人授权的前提下进行的。我们最初也不确定是不是能拿到病人的授权，但是这些年的尝试让我们发现，所有确认自己命不久矣的病人，都签了同意书。”

“为什么？”

“这得问你，你想想，你母亲为什么签了这份同意书？”总裁反问他。

钱睿想到母亲临死前的日子，知道自己生命将近，自愿将家庭的位置延续给一个新人，那应该是充满不舍，对他和父亲的不舍，还有对他和父亲的安慰。想到这里，他黯然了，鼻子一直发酸。

“所以，”总裁转身朝向他，“我今天叫你来，是想问你能不能撤诉。你是主要诉讼方，如果你撤诉，案子就会撤销。”

钱睿皱起眉头：“所以你刚才都是在打苦情牌？”

总裁默默叹了口气，向窗外挥挥手：“你看这城市，三千万人，你知道接受过这种替换的有多少人吗？这二十年，这个城市，十二万八千六百人，加上其他城市，总共数百万人，都从鬼门关死而复生。不管他们曾经是真人还是假人，过不了多长时间，他们就会变成真正的人。他们有新的生活，现在正好端端地活着。已经有成千上万个家庭接受了这些新成员，或者说接受了重新来一次的机会，你明白吗？如果你们现在揭穿一切，刺穿的不是我的企业，而是所有这些家庭相信的幸福。”

钱睿怔住了。

“还有最重要的，”总裁的双眼死死地盯着他，声音变得冷而锐利，“这些已经成为人的新人类，也将被你们毁掉，如果你们控告我谋杀，难道你们不是谋杀吗？”

钱睿被他的问题砸在心口，半晌无言，最后勉强反驳道：“但是你们以假乱真，冒名说能治好绝症，至少犯了诈骗罪。”

总裁悠悠地叹了口气，又回到刚才讲故事时的舒缓：“很多时候，我们做的很多事，不是病人的需要，是家属的需要。你见过那些不断给病人买饭的家属吗？他们的心填不满。因为有这些需要，才有我们。他们要的是安慰，不是真相。你明白吗？”

“我……”钱睿无言。

钱睿已经被总裁说服了大半，他在心里接受了新母亲，因为他相信那就是母亲的意愿，是母亲灵魂的延续，但他还有一点儿迟疑，不愿意这样就接受他的辩白。明明是必胜的诉讼，让他三言两语就说的撤诉，怎么也显得下不来台。

正犹豫间，总裁站起身，在墙边做了些操作，墙上呈现出一面墙的电子档案库，然后他转过身，问钱睿：“你有没有想过，你进出我们医院这么多次，我们也有详尽的电子监控，为什么从来没有人发现或拦着你？”

钱睿愣了。是的，这个问题他想到过，当初他让白鹤查监控录像时，就有过疑问，既然这些监控拍到过他陪母亲的镜头，为什么没有人来阻止他，还任他自由出入？当时他以为医院每天的监控录像太多，没有人仔细查看，现在想来，这个解释未免太牵强。

“为……为什么？”

总裁解释道：“我们医院有实时扫描监控，除了录像，最主要的是电子芯扫描，所有员工和病人都有衣服上的电子芯，而所有新人，都有大脑中的电子芯。医院的报警装置如果扫描到没有电子芯的人进入，就会自动发出警报。”

说到这里，他停下来，特意等着钱睿的反应。钱睿感觉到他的话里有一种危险的气息，像是有什么利剑一般的词汇即将喷射而出。

钱睿似乎明白了什么，但头脑又陷入冰冻，只剩一片空白，失去了思考能力，他紧张得都无法呼吸了。

总裁见钱睿没有接话的意思，继续说道：“你潜入医院而监控没有报警，只有两种可能，就是你身上有两种电子芯之一。你猜是哪一种？员工的电子芯，还是新人的电子芯？”他说到这里顿了顿，盯着钱睿的反应，“你猜出来了，对不对？你不敢相信？那你想一下你父母的态度？你父亲为什么不顾一切阻止你揭穿我们医院？你母亲今天跟你说的那些话，你听懂了吗？”

“你是说……我是……”钱睿完全傻眼了。

“是的。你 8 岁那年来过我们医院，严重车祸。”总裁的几个字，每一个都像千斤重，砸在地上，钱睿感觉到碎石从四面八方溅起，割得他脸生疼。

“所有 16 岁以下的未成年人都需要父母签署知情授权书。”总裁继续讲下去，“新人总是不知道自己是新人，通常情况下，家属也不知道，一切都会和和美美地进行下去，唯有未成年人新人的父母完全知情。”

“所以我是……”钱睿仍然说不出口。

“是的，你猜对了，你是我们的孩子。只是你现在已经长得很好了，你已经不知道了，但是你母亲知道，她把这记忆留给了你现在的母亲。她虽不知道自己是新人，但她知道你是，你明白吗？”

钱睿觉得自己周围的世界碎成了无数尖利的碎渣，被声音的巨石砸得灰飞烟灭。每个字他都能听懂，但整体是什么意思，却无论如何也不懂了。

“我不相信，我是我，不是你们的孩子。我不相信！”钱睿绝望地叫道。

“还有，你知道吗？你潜入的第二天，监控录像就被送到了我这里，一听说警报没响，我就明白了，于是我让他们不要管。你是我们的孩子，有权回来这里，所以我没有管。”

“我不信！我不信……”钱睿仍然痛苦地摇头。

“待会儿我会出去。”总裁的声音放低，有点低沉的安抚，“等我出去，你可以在这里查你自己的电子档案。右边的桌子上有一个电子芯认证仪，你去按一下绿色键，就可以识别电子芯。虽然植入大脑后会消解一大半，但是关键的身份认证还是会保留。”

说完，总裁给他斟上最后一杯茶，起身离开了。

钱睿疯狂地摇头，他觉得自己的神经快要错乱了，心中大骇，他本能地后退拒绝，他不想听，还想回到从未听过这个消息的时间里。他无法理解自己听到的信息，怎么突然之间，他就成了那个他想要揭穿的身份？身体的变与不变，头脑的变与不变。母亲知道，母亲不知道。拒绝，接受。痛苦，爱。

他拼命捶打着沙发，不知道怎么就睡着了。

尾声

第二天早上，钱睿被一连串手机铃声吵醒，他看了一眼手机，是白鹤的电话。白鹤火烧火燎的声音从话筒中传出来，问他在哪里，怎么还不到场。他们已经帮忙调整了他的出场顺序，让他午后再来作证，但由于他是重要的证人，白鹤要求他务必到场。白鹤用手机给钱睿直播了一下现场画面，法庭外面已经聚集了很多人，也有大大小小的媒体闪光灯。

钱睿挂了电话，呆呆地坐了一会儿没有动。他的记忆慢慢恢复，昨晚听过的话一点点回到他的身体里，他的脸又变得苍白。他定睛看着手机上的人群，看着法庭外吵闹的冲突，心里突然一阵痛，立刻关了手机，这样今天就可以消失了。

他还在总裁办公室里，但是总裁不在房间。他站起身走了走，发现昨天晚上总裁调动的电子档案画面没有关，他去操作终端动了动，能进入。他翻找过去的档案，按姓氏的拼音顺序，紧张得难以呼吸。好不容易才翻到“钱”的类目，又一直翻，很久才看到“钱睿”的名字。他打开那张病例，里面有一张血肉模糊的男孩的照片。那是二十年前，高楼顶端掉落的钢筋砸到了他，钢筋穿过胸腔，内脏大出血，整个人生命垂危。然后，他看到了知情授权书，与他昨天在母亲病历里看到的一模一样，那上面同样签着母亲的名字，只是这一页，早了二十年。

他环顾四周，总裁的桌上有一台小小的仪器，看上去很不起眼，但是有发光的地方，他站到仪器面前，犹豫了好一会儿，手指放在了仪器开关上。

如果按下去，立刻能测出自己头脑中有没有那个所谓的“电子芯”，按，还是不按?

他想起昨晚总裁的问题：如果你们告我谋杀，那么你们也在谋杀那些新人，不是吗?

他闭上眼，没有按下去，重新打开了手机。

“白鹤，”他拨了号码，“对不起，今天我去不成了。”

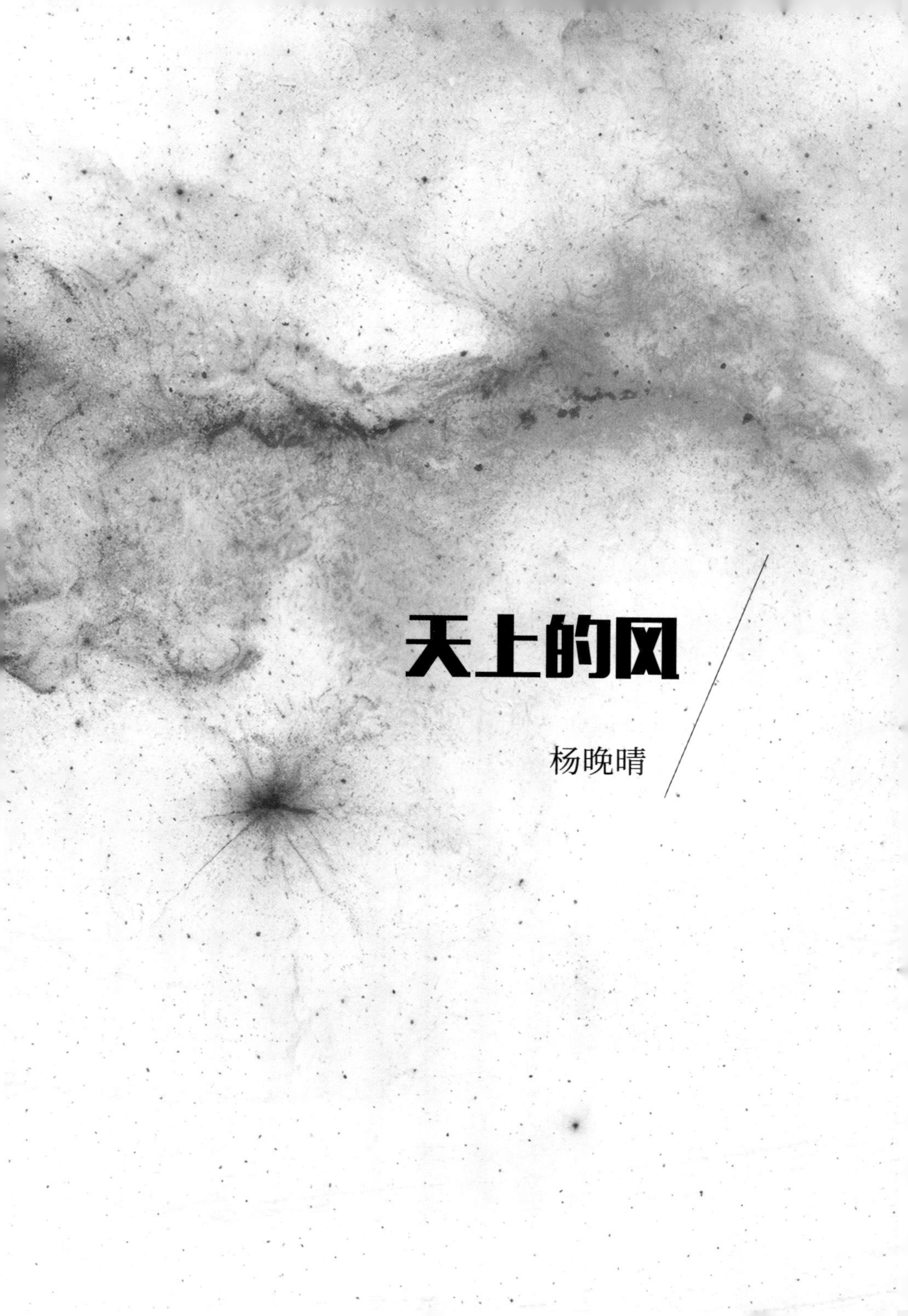

天上的风

杨晚晴

我给父亲读诗
他躺在床上
以呻吟声唱和
往事像蚊子般在耳畔盘旋
飞向我们的结局

父亲老了。

此刻躺在病床上的，是一个被岁月和病魔共同凌迟的人。在他的印象中，父亲本就消瘦，而现在更是瘦得触目惊心。他不敢长时间地凝视父亲，唯恐这样会造成信息过载，让他本就混沌一片的头脑更加无所适从。他一厘米一厘米地下移自己的目光：银色的寸头，原先这里是一片蓬勃的黑色丛林；沟壑遍布的额头，灰白相间的眉毛，敞开一条细缝的眼睑，黯淡的光从里面漏出来，让他无法确定父亲是睡是醒；爬满脸颊的胡茬，他记得从前父亲每天都会一丝不苟地犁除脸上的杂草，而今杂草蔓生，重新定义了这个男人从人中到嘴角到下巴到喉结的面容；探出被子的肩膀，衣架般支棱着，这一座曾令他心安、供他骑坐，也曾对他造成威压的横置山脉，如今只剩下一道嶙峋的影子。

父亲老了——不，应该说父亲病了。父亲的急遽衰老只是病的副产品，祝博伦想，只是八年而已，他不应该老得这么快。

八年。而已。

父亲的眼皮颤了一下，嘴唇也跟着动了动。他犹豫片刻，还是俯身凑了过去。

“博——”从父亲的嘴角流出了一个字。

他耳畔嗡的一声，抬眼看父亲，老人的目光漂浮着，却无疑锚定在他的脸上。

祝博伦向后展身，重新坐回到座位上。父亲的右手从温控被下支了出来，食指扬起，智能病房瞬间领会了他的意图，病床上半部缓缓折起，有着微机电系统表皮的水管如银蛇般爬向父亲的嘴边，并在他固定在半坐姿态后将水嘴喂入他的嘴角。他看到父亲的喉结小幅度地上下耸动，那是水正在注入这个病人的生命。病房四壁闪烁着淡淡的橙色光，提示探望者病人此时正处于稳定却并不乐观的身体状态。

这一刻终究还是到来了。他想，不是得意扬扬地向这个终生的敌人炫耀自己的胜利，而是展示悲悯。

八年。一事无成。只是要失去面前的这个人。

“你——”父亲说，“回来了？”

他吞下一口唾沫：“嗯。”

“什么时候……走？”

他愕然地看向父亲。老人在回望着他。他看到他的嘴角微微翘着，曾几何时，他是如此渴望看到父亲这样的表情，然而此刻父亲的话语和表情互相印证而又互相否定，成为一种无法被理解的悖谬。

“过一段时间。”他说。

父亲眨了眨眼睛：“你的研究……怎么样？”

“还好。”

“‘还好’不算一个回答。”

他攥紧拳头，又在父亲眼中捕捉到了那一道锋利的光。这道光曾出现在父亲赞扬他的时候、责骂他的时候、回答他问题的时候、对他失望的时候……叫他永远不要回来的时候。

“1153例，全部上传成功。”他说。

父亲继续用那道光灼烧着他。

“经过严格的双盲测试，”他低下头，嘴唇不由自主地开合，仿佛回到向父亲汇报考试成绩的岁月，“所有上传者都被认定具有完整核心意识和人格。”

父亲眯起眼睛：“认定？”

他的脸僵了一会儿。如果说这世上有一个人总能准确无误地戳中他的暗疮，那这个人非祝明德医生——他的父亲莫属。

“他心假设，”他舔了舔嘴唇，“除了自己，我们永远也无法证明一个人是否拥有真正的自我觉知。”

“所以只能认定。”

“对。”

父亲挺了挺身，他看到父亲的嘴角由于疼痛而咧开，像一个吊诡的笑。

“我只是一个算法。”父亲说，嗓音暗哑，带着一缕不加掩饰的讥诮，“或者按你的说法，我只是我的连接组，对吗？”

他闷声说：“对。”

“很好。”说完，父亲抿紧嘴唇，合上眼睛。父亲正在关闭谈话的大门——一如既往地，带着他不容置疑的权威。

“多陪陪你妈。”父亲的眼睛依旧闭着，他的话声不知从哪儿冒了出来。

他打开拳头，又重新捏紧。

“我会的。”他说。

在病房门口，母亲紧紧攥住他的手。

“怎么样？”她问。

他摇了摇头，不可名状地笑了。

母亲叹了口气：“还是老样子，对吗？”

他的脸颊跳了一下。老样子。不知从何时开始，无休无止的争端和动荡成了他和父亲之间的预设状态，哪怕八年过去，他的眉宇间已经落满岁月的尘埃，哪怕父亲曾经伟岸健硕的身形已经几近崩毁，这一个“老样子”仍岿然屹立在三口之家的语境之中，仿佛一块劈开奔流时间的河中石。

他不知道该说什么，唯以苦笑作答。

母亲使劲捏了捏他的手：“其实你爸不是这个意思，你知道他——”

“还有多少时间？”他突兀地打断母亲。

母亲把头撇向一边：“医生说，癌细胞正在快速扩散，你爸清醒的时间已经不多了。”

这是他料想到的回答，也是他回来的原因。尽管如此，他的胸口还是一紧。

“必须尽快上传，”他说，尽量让自己的语气显得平板冷硬，“在癌细胞侵蚀到核心意识之前。”

母亲松开了手：“博伦，你知道你爸一直在反对——”

“现在他怎么想并不重要。”他把目光狠狠砸向眼前这个悲伤而又无助的女人，力道之大，甚至令他自己都感到疼痛。但他必须宣示决心，必须争取到母亲手中的这一票——在这个家中，一意孤行是常态，互相伤害亦是常态，他相信母亲有这样的觉悟。“他面对的是死亡。”祝博伦颤声说，“任何价值观的冲突都不应该凌驾在死亡之上。妈，我回来是为了救他，不是为了谋杀。”

母亲移开目光，不知所措地绞着双手。

“我知道，”她说，“我知道。”

总有一个时刻可以独自忧伤

总有一种生活无以名状
裹挟我们一生的从来不是清风白云
只有鹅毛细雨
和吹弹欲破的感情

From 波士顿 To 北京
北京本地时间：2045 年 10 月 15 日 20:14
第 112 号点对点语音通信链路日志
由 MEKA TECH 语义引擎归档整理

凯尔·施密特：你离开这几天，又有三例自愿申请终结。其中一个“生前”是电脑工程师，这家伙甚至等不到冷静期结束，就在思维包中编写了一个死循环，用数据溢出结束了自己的意识——真的很天才。详细情况我已经推送到你的增强视域中了。

祝博伦：我看到了。

凯尔·施密特：从第一例上传成功到现在，已经有 73 例自愿终结。

祝博伦：不到上传数的十分之一。

凯尔·施密特：但已经具有了统计学意义上的显著性，远非随机扰动所能解释。

祝博伦：你想表达什么？

凯尔·施密特：博伦，你曾经对我讲过你和你父亲的争执——我在想，我们是不是真的遗漏了什么。也许正如他所说，人的意识不能由连接组学完全解释——

祝博伦：我的父亲是一位不可知论者，发生在我们之间的，甚至算不上是争执。凯尔，我们是科学家，奥卡姆剃刀是我们认识这个世界所应秉持的唯一原则——最简单的假设往往最接近真实。不需要引入什么“隐变量”，意识是任何高度复杂的物理系统都有可能自发产生的，只要它恰巧拥有足够的复杂度和正确的数学结构，而这两者都是可以经由演化实现的。

凯尔·施密特：那你怎么解释这些想要“自杀”的意识？

祝博伦：我不知道。但总会有个解释，在连接组学的框架之内。

凯尔·施密特：博伦，我欣赏你的乐观主义精神，但在这个“总会”到来之前，我们随时都有可能受到公众的诘问和科学伦理委员会的质疑——你觉得你能说服那些不可知论者吗？

祝博伦：我正在试图说服其中一个——最具代表性的那一个。

结束通话后，他又躺了一会儿，闭上眼睛，黑暗中是金红色的、回旋不息的湍流。喧嚣的不只是光明的假象，还有声音。耳鸣像一根长针，直直捣入两耳正中、那块豆腐状的柔软器官。

看来是睡不着了。

祝博伦睁开眼睛，增强视域随即被唤醒。他用目光移动幽蓝色的视点，视点在房间中兜了一大圈，没有找到本应无处不在的灯光虚拟开关。他叹了口气，坐了起来，用拇指按压太阳穴，分辨率低下的钝痛为另一种锐度更高的疼痛所取代。

片刻之后，他起身摸索着走向卧室门口。没有出现预想中的磕绊，这个房间似乎被时光冻结在八年前他离开的那一瞬——他的脚认得路。推门出去，眼前豁然，苍白的月光勾勒出朦胧的轮廓。他光着脚，溯月光之河而上。父母的卧室、走廊、客厅、餐厅……这是一条流水线，记忆在这里被称量、分拣、封装，打上标签——奇怪的是，当他努力要把父亲嵌入眼前的场景，他看到的只是一团模糊的影子。他已经记不清他们之间无数次的问答、对峙、辩论、否定、否定之否定，记不清父亲的夸赞与呵斥，记不清这个高大的男子抛洒在自己脸上的眼光与巴掌了。当时的依恋与挣扎、仰慕与憎恶，在时间之河的下游眺望，竟是如此微不足道。

是因为终究要到来的离别，让这一切显得微不足道吗？

他使劲甩了甩头，疼痛在颅腔里来回弹射。他走向走廊的另一侧，书房的门敞着，露出一整面森然的书墙。那对父亲无比珍爱的雅马哈书架音箱也在，此刻如两枚矩形瞳仁，正打量着归家的浪子。在他的记忆中，书房是父亲的私人领地。不管回家多晚，这位脑外科医生都要在此独处片刻。也许是为了阻止妻子和儿子染指自己的领地，父亲总是在书房里凶猛地抽烟，放震耳欲聋的古典摇滚，即便是最能勾起祝博伦兴趣的书架，也只陈列枯燥的医学书籍。执拗、冷硬、气味浓烈，他想，这间书房就是祝明德医生的一小片灵魂——如果有“灵魂”这种东西的话。但是——

他向后退了一步。不，那段记忆不可能是真的。那个在音乐声中流泪的人，不可能是他的父亲，不可能……那支曲子叫什么来着？

地板下的压电装置终于后知后觉地触发，灯亮了，橙色的灯光刺得他眉头一皱。他转身，退入客厅。待逐渐适应了光线，他看到餐桌上一对骨瓷碗碟形影相吊，碗里是三分之一喝剩的豆腐脑，碟里是半块烧饼。

他愣了一会儿，然后把碗碟端进厨房。

母亲回家时，他正在沙发上发呆。

“博伦，你怎么不去休息？”

他没有回答，默默地看母亲弓着腰，把两只平底布鞋鞋尖向外，整齐地码放在地上。

“为什么不买一个人格单元？”他问。

母亲愣了一下，接着挺起身，望向餐桌。像是忽然明白什么，她的脸颊上浮起一层稀薄的红晕。

“这个小区的基础带宽不够，没法进行二代信息化改造。”母亲走了过来，坐在他身边。

所以没有智能房间，没有可以帮你打理一切的智能房间人格单元，没有全息影壁，也没有可以放置虚拟开关的增强现实墙纸。

“这房子有三十年了吧？”他的胸口发闷，“我走的时候你们不是在看房子吗？怎么没换？”

“你爸——”母亲抬眼看他，“不愿意。”

果然如此。这才是他所熟悉的那个祝明德：冥顽不化地抱持着某种陈旧的价值观，即使这意味着当几乎所有的中产阶级家庭都已从繁重的家务中解放，他的妻子还要操心一日三餐和起居冷暖，也意味着在照顾一个病人的同时，这个任劳任怨的女人只能用残羹冷炙来果腹。

他捏紧了拳头。

母亲把手搭在他的手上，轻抚他的骨节，仿佛是要把他的拳头揉开。“别怪你爸，”她说，“他不是那种一味排斥新事物的人，他只是怕……”

母亲欲言又止。他想开口追问，但一个朦朦胧胧的想法在他的脑际倏然弥散开来，这个想法令他不快，也让他揪心。他把手从母亲手中抽出来，扭开头。

“他——现在怎么样？”他瓮声瓮气地问。

母亲愣了一下：“挺好的。博伦，你爸虽然还是那副臭脸，但是我知道他心里高兴……”

“他知道我为什么回来吗？”

母亲点了点头：“我跟你爸说了。”

“他怎么说？”

“他说……”母亲迟疑了一下，“他说，什么时候，祝博伦也有不敢当着他的面说出来的话了？”

他眉头一紧，心却松弛下来，至少那个瘦得脱了形的病人还是他的父亲。如果在这世上有什么是他确定无疑的，那便是他和父亲永远不可能像“正常”父子那样对话。也罢，如果这是一封战书，那他唯有应战。

祝博伦叹了口气：“妈，他现在还没睡吧？”

我知道终有一天我醒来时
你还没有醒
我总是试图想象
却不料身临其境
你活像一条离水的鱼
我们被提前透露剧情

丽塔你在吗？请你回话。

丽塔？

……

丽塔，我知道你能看到我的信息，你只是不想理我，对吗？听着，我认为你误会我了。我不是反对你的想法，而是没有对婚姻、对生儿育女这样的话题做好足够的思想准备。好吧，我承认当时我的反应有点过激，但它绝对不是你想的那个意思……丽塔，对我来说，你很重要，我相信在你心中我也同样重要。我请求你，不要让非理性的冲动毁了这段感情，好吗？我想我们应该好好谈谈。

期待你的回话。

PS：我现在人在北京，不是为了逃避，而是真的有重要的事情要处理。等我回来。

爱你的

祝博伦

从西城到北五环，他预定了一条迂回的观光线路。全局式交通控制系统总能把人以最快的速度送往目的地，就算是在北京这座曾以堵车闻名的城市，现在除了那些非法取得手动驾驶权限的人类司机偶尔会惹出小麻烦，北京人已经鲜有机会体验堵车之苦了。全透明胶囊观光车首尾相接，在无人驾驶车道上奔流而过，不断有胶囊车的支流汇入或者分出，但丝毫不影响这条金色河流的汹涌奔腾。他被河流裹挟着，穿过夜色中的长安街，穿过蛛网般盘绕在头顶的真空管道物流系统，穿过 LIFI 光幕编织成的荧光绿色的城市穹顶。刚刚向波士顿送出一条无人应答的信息，目的地就到了。

迂回的线路还是没有给他足够的时间，他需要思考——在见到父亲之前，于是他没有登录医院的自动步道系统，而是慢腾腾地挪向病房。一尘不染、开满绿植的医院走廊里，颜色各异的万向轮式医护机器人与他错身而过，不厌其烦地用 LED 冷光笑脸和合成人声向他打招呼。这是父亲毕生工作的地方，他一边对机器人回以笑脸，一边想，当医生与病人的角色转换，这里在他看来，会不会别有一番意味呢？

这又是一个不那么令人愉快的想法。

还是踱到了病房门口，RFID（无线射频识别）墙壁识别出他的身份，房门无声开启。

“爸。”他对病床上捧着书的老人闷声说。

父亲拿起书签，夹在书页间，把书抱在胸前。

“来了？”

“嗯。”

他向父亲走了过去。有着女性身段和面孔的护理机器人对他颔首，接着退到房间的一角，颈上亮起蓝色的充电指示灯。智能椅子滑到他身后，在他坐下时稳稳地托住了他。

“在看——”他瞥了一眼父亲手中的纸质书，“彭罗斯？”

父亲咧嘴道：“一个和我一样的老顽固。我猜你看过这本书。”

“物理学家总是自我感觉良好，喜欢僭越别人的研究领域。”他说，“譬如薛定谔的《生命是什么》，譬如你手中这本《皇帝新脑》。”

“你没法否认，薛定谔基本上是对的。”

“罗杰·彭罗斯可不一定。”

父亲努了努嘴：“我猜，这是咱们的根本分歧所在。”

没错，他在心中应道，而这是在八年前就已经确定了的。他舔了舔嘴唇：“所以，你仍然认为，除了神经元拓扑结构和动作电位，意识还需要其他的解释？”

父亲用手指敲了敲书的硬壳封面，没有说话。

“1153例还不够吗？”

话一出口，他便感到后悔。那个急于自证的少年身影跃然眼前。他悲哀地意识到，原来这么多年的兜兜转转，他只是想让面前的这个人承认他是对的。

父亲向后靠去，眼睛半眯起来。“告诉我，你怎样上传。”

他的喉咙发紧：“这不是一两句话就说得明白的……”

“如果这八年里你只干了一件一两句话就说得明白的事情，”

父亲脸上再度浮出那种招牌式的、讥诮的笑意，“那这场谈话就没有意义了，不是吗？”

沉默。拳头握紧。打开。再次握紧。父亲灰色眸子里的光芒灼人。很好，请继续保持这种锋芒，他鼓足勇气与父亲对视，因为接下来他的观点与思辨将带我们走向故事的结局。

“咳——”他清了清嗓子，“首先，你要知道……”

首先你要知道，我的工作和公众所熟知的“塑化上传法”是截然不同的。“塑化上传法”使用塑性树脂对上传者的大脑进行化学固化，从而在大脑失去活性（这是固化过程的必然结果）以后，在分子水平上保存每一个神经元、每一个突触及每一个神经元过程。对塑化后的大脑切片，使用电子显微镜扫描机对切片进行扫描，然后通过算法将其复原成三维。最后，将完全数字化的大脑“地图”上传到电脑中，使其按照大脑电化学模型运行——毫无疑问，人们会在电脑中得到一个和被上传人别无二致的完整人格。同样毫无疑问的是，这个人格的主人其实已经死去，在数字世界中以他的身份得到永生的，只是一个复制品……

（“你说你的工作不同，”父亲说，“不同在哪里？”）

我所做的是真正的上传，而非复制。首先，我作业的区域只是部分大脑皮层——顶叶、枕叶和颞叶，即被确定为意识相关神经区（NCC）的那一部分。将这一部分脑区划分成数亿个神经元集群，为每一个集群动作电位的输入-输出函数建模，以此作为对应拟态神经元的基础响应模式……我们没法把拟态神经元做得和真正的神经元一样小，因此为了把上传成本控制在可接受的范围内，这种模糊化是必须的。幸运的是，大脑活动往往表现为神经元功能簇的整体激发与抑制，这样做只是稍稍降低了大脑活动的“分辨率”，而没有破坏它的固有模式，也就是上传者的核心人格……

（“你还没有说到重点，”父亲插话道，“我还是不明白，为什么你的方法是上传，而非复制？”）

下面就是重点。借助高精度脑皮层手术装置，我们对每一个神经元集群和它的对应拟态神经元进行一一替换——在某个神经元集群被伽马手术刀激光烧毁后，将对应的拟态神经元植入它原来的位置，后者通过数以百计的输入-输出端口与周围的神经元建立离子通道联系。这个过程是以每秒替换数千个神经元集群的速度迭代进行的，通常，在十几个小时后，我们就能将意识相关神经区完全“无机化”。最后，我们将保持通电状态的、结构化的拟态神经元阵列放入这么一个“盒子”里——

（他用手比画出一个 10 厘米长、6 厘米宽的矩形。）

盒子会被接入我们的专用服务器中，和通用感官模块相连。我们用算法构建出一个虚拟世界，而这个世界在思维分辨率略低的上传者看来，与真实世界无异——我们创造了一个数字天堂，居于其中的，是真实存在过并将继续存在下去的人，而非他们的数字复制品……

父亲低头沉思了一会儿。“这让我想起一个故事。”他说，“希腊传说中有个英雄时常驾船出海，每次出海冒险后，他的船都要换上几个新的零件。终于有一天，船上的零件被换了个遍，这引发了一个问题——”

“这艘船还是不是原来那艘船。”祝博伦打断道，“构成我们身体的绝大多数原子几乎每年都会被替换一遍，但没有人在新年钟声敲响时质疑我们还是不是自己。你的疑问其实仍然指向了我们分歧的核心——连接组到底能不能解释意识的全部？关于这一点，我仍和八年前一样确定，人的意识来自神经元相互连接的模式，而与神经元的物质构成无关。所以关于那艘船，我的答案是，即使被换掉全部零件，船的整体构造和功能并没有改变，它依然是原来那艘船。顺便说一句，故事里的希腊英雄叫作忒修斯，而我们的方法，叫作‘忒修斯上传法’。”

父亲翻起眼睑看他，在老人的目光里，他看到了迷茫、疑虑和一丝赞许。他决定趁热打铁：“‘忒修斯上传法’是非常安全的。我们会在手术全程监测上传者的 α 波和 β 波，同时通过诱导电信号，实时追踪‘扰动复杂指数’，保证意识完整度——”

“那么记忆呢？”父亲忽然问道。

他的脸僵了一下。“这确实是个问题。记忆是和核心人格紧密相连的，而且它使用的是分布式存储策略，在上传时，几乎无法将其完全剥离，这对我们的数据存储能力造成了极大的挑战。”他重重吐了口气，“当然，这只是另一个有待解决的技术问题。我们正在开发一种算法，能将意识高度‘提纯’……”

“没有了记忆，”父亲的目光定在他的脸上，“我还是我吗？”

他苦笑一声：“祝医生，你一定要把技术问题上升到哲学高度吗？高度提纯的意识是提供给那些买不起存储空间的人的。”

“所以在死亡面前，人也要分出三六九等吗？”

他的嘴唇动了动，没有发出声音。

父亲，我厌恶你
我决不回忆那些遥远的日子
也不后悔可以后悔的抉择
父子之间，沉默是最合适的

From 波士顿 To 北京

北京本地时间：2045 年 10 月 16 日 20:08

第 113 号点对点语音通信链路日志

由 MEKA TECH 语义引擎归档整理

祝博伦：凯尔，我想谈谈我的父亲。

凯尔·施密特：这真是……出乎我的意料，你以前对你的父亲总是避而不谈。

祝博伦：我想，我没法永远绕过那个赋予我一半生命信息的人。

凯尔·施密特：非常赞同。

祝博伦：首先你要明白，所谓父子关系，在你我成长的文化背景中，有着非常不同的表现形式……

凯尔·施密特：比如？

祝博伦：比如，很多中国父亲会积极影响、规划甚至干涉儿子的人生选择，这当然出于良好的意愿。就像我的父亲，他是一位技术精湛、受人尊敬，把自己的生活过得有声有色的脑外科医生。他希望我也能成为一个优秀的、有着一技之长的人，也能拥有丰裕的精神生活和选择的充分自由——和他一样丰裕和自由。这从来不是一个能够随随便便达到的人生成就，尤其是在大多数自然人慢慢退出生产领域从而成为纯粹的需求创造者的时代背景下……

凯尔·施密特：我猜，你有一段十分艰难的成长经历。

祝博伦：没错。为了达到父亲为我设定的目标，我被迫舍弃了很多一个男孩应该拥有的东西——堆满一整个房间的各式玩具，漫无目的地发呆与游戏，无数个赖在床上直到被阳光叫醒的早晨……刚满 6 岁的我被要求学习、学习、学习，学习那些枯燥的、我丝毫不感兴趣的东西，尽管掌握这些东西于我而言并不算什么难事。裂痕就是在这时产生的。一个孩子无法理解对眼前享乐的牺牲。人生经验是横亘在父母与子女间的一道鸿沟，你很难向一个孩子解释清楚，为什么非要如此不可，为什么就不能过另外一种生活——一种轻松得多的生活。

一开始发生在我和父亲之间的，只是小规模的对抗，例如阳奉阴违、故意写错答案、理直气壮的顶撞，就像在所有父子间都会发生的那样。凭着一点儿小聪明，我顺利地升学，裂痕中的暗潮汹涌为学业的暂时成功所遮掩。等我到了青春期，揣着被荷尔蒙倍增的胆气与力量，我开始逃学，没日没夜地沉浸在VR游戏中，偷偷抽烟喝酒，追逐漂亮女生……我成了父亲口中自甘堕落的典范。当我操着粗重的变声期嗓音与父亲正面交火、以无畏的姿态面对他的暴喝和巴掌时，我的心中只有骄傲和反抗的快感。这场战役持续了三年，随着荷尔蒙渐渐退潮，我和父亲的对峙转入另一个层面，我们很少直接对话，母亲成了我们之间的传声筒，传达我稳步回升的学习成绩，传达父亲的宽宥与褒奖——你也许以为我已经“改邪归正”了，但其实我是在酝酿一个更为宏大的复仇计划……

凯尔·施密特：复仇？你这个词用得太血腥了。

祝博伦：当时我没法找到更准确的词。父亲是“谋杀”了我少年岁月的人，而少年的心中只有快意恩仇。假装“改邪归正”是我计划的第一步。我让父亲看到了一个重新步入他的理想轨道甚至超出预期的祝博伦，我考入了中国最顶尖的医学院，专业是神经外科。在当时，这是少数几个未被人工智能染指的医学领域，也是父亲的老本行。收到录取通知书那天，他难得地允许自己多喝了几杯。在杯盏狼藉的餐桌上，他的手牢牢钳住我的手，像是钳住挚友与同志，仿佛那填充在我们之间长达两年的沉默从不曾发生。虽然他最后还是没有开口对我说话，但是通过他通红的双眼、凌乱的脸部肌肉、哆嗦的嘴唇，我能读出他心中的台词——十几年的孤注一掷终于有了报偿，我，祝博伦，是他最大的骄傲。

这场复仇是处心积虑的，考进医学院是为了向父亲证明我的能力，而此后的堕落，则是将一口浓痰啐在父亲脸上，表明我彻底唾弃他为我规划好的人生，表明他大错特错了。大一那年，我又回到了那个荷尔蒙过剩的年纪，整日游戏、整日纵酒狂欢，旷课、打架、泡妞，我以自残和自毁向父亲复仇，而这一场复仇的高潮，就在父亲被请进系主任的办公室，面无表情地听完学校对我的处分的那一刻——我被退学了。凯尔，你能想象当时我是如何期待父亲会暴怒到失态，期待他会像从前一样，用拳头和巴掌再次申明对自己儿子的权威吗？然而他没有。在回家的路上，他一言不发。我坐在车后排，他的背影占据了我的全部视野，这道血与骨的山脉自我记事以来便是那样，孤傲、坚硬，仿佛能扛起整个世界。忽然间我发觉那背影不再如记忆中那般挺括，我的心中产生了一丝不忍，父亲其实只是一个在时代洪流中挣扎沉浮的普通人，他对我的恨铁不成钢，只不过是为了对抗他心中那无边无际的无力感。

凯尔·施密特：让我猜猜，然后你便良心发现，幡然悔悟了？

祝博伦：那你未免太小瞧我，太小瞧我们父子在这场对峙中的坚持与牺牲了。不，复仇的快意在那一刻是压倒一切的，而在那之后，我们又经历了太多曲折才走到今天——这又是另外一个故事了。有时候我会想，我们对彼此的给予和亏欠已经血肉模糊地交缠在一起，以至于你没法为每一种感情成分称量斤两——这就是为什么在我和父亲的语言体系中，永远不会有“良心”或者“悔悟”这样的词汇。

凯尔·施密特：好吧。既然缺乏可以辨识的情感，那我只能认为是太平洋上的风把你万里迢迢送回了中国。

祝博伦：我不明白你的意思。

凯尔·施密特：我不指望你能明白。早点把老爷子弄过来，在你彻底失去他之前。

祝博伦：凯尔，对我来说，祝明德医生只是第1154个需要上传的自我意识，希望你不要误会。

凯尔·施密特：咳咳——我明白。

在这个房间中曾发生过什么，而今它已经沉入记忆的深潭，被埋葬在一片淤泥之中。他在试着打捞，尽管他不知道这样做的意义何在。书页和木质书架的霉味，经年累月飘荡的烟叶分子和父亲微酸的汗。他翕动鼻翼，旧时光如潮水般拍向他。他在小小的书房里打着转儿，柚木地板发出不堪重负的呻吟。他的手指拂过一排排硬皮书脊的医学专著和论文集：《人体解剖学》《神经外科手术图谱》《颅内病变精确定位与手术设计》……如果这间书房真的是父亲灵魂的一部分，那父亲的这部分灵魂定然是乏味至极的，但是他的目光停在那对雅马哈音箱上，为什么他总感觉自己所了解的，并不是一个完整的父亲？

……究竟漏掉了什么？

他在书桌前的转椅上坐下来，书桌上正对着他的置物格中，是满满一排古董CD——线索就在这里，他没来由地想。他小心翼翼地把CD盒一张一张地抽出再放回，他和涅槃、蝎子、NightWish、Linkin Park一一打了照面。祝博伦的嘴角在积聚笑意，是啊，那个在人前成熟稳重的祝医生，心里也燃着一把火。是什么让一个酷爱摇滚的大男孩义无反顾地投入琐碎庸常的家庭生活，是什么逼着他长成一个沉默寡言的男人，是如今这个坐在他书房里的人吗？

他的脸红了，为着自己的多愁善感，为着他竟以这种多愁善感去揣测自己的父亲。手指下意识地移动，最后一张CD侧身而出，他的目光追了过去：

少女的脸，坚硬质朴，木刻的马头，鬃毛飞扬。日文假名。汉字。英文。他在记忆的吉光片羽中拼凑答案：拉琴的少女名叫Yilana，而这张专辑叫作Eternal Horizon，永远の草原。

——马头琴。那首曲子。父亲的眼泪。他僵着手指，把光盘从塑料CD盒里抠出来，放入唱机播放，悠远的音符汩汩流淌。记忆爬上雅马哈音箱，摆出预备起跳的姿势。等了33分57秒，他终于等到了那段旋律：淅淅沥沥的钢琴声，曲折低回的马头琴。他的双唇微启，头皮发麻。记忆腾空，笨拙地入水，在他的脑海中砸出一朵大大的水花。

——他想起来了。

“博伦？”

是母亲在轻声唤他。他把头扭向声源的反方向，用双手揉脸。

母亲走了过来。

“找了点音乐听听。”他听见自己的话音在喉管里滚动。

“你爸……”母亲把手按在他的肩膀上，“想见你。”

祝博伦使劲眨了眨眼睛，然后抬头看向母亲，她的脸上有内容，但这内容过于曲折模糊，他一时间无法解读。

有什么在他的胸口化开，带着一丝凉意。

他点了点头。

你发现了什么
我就失去什么
谁顺从了你
谁就决定了你
你何时爱上你的归宿
我们便何时真正释然
我们在哪里重逢
哪里就是我们的故土

那年他有7岁或者8岁吧。一天晚上起夜，在回卧室的路上，他无意间瞥见了书房中透出的朦胧亮光。循着光走过去，他听见了乐音：淅淅沥沥的钢琴声，曲折低回的马头琴。他停在书房门口，父亲那张金色的、毛茸茸的侧脸从敞开的门缝里漏出来——他在父亲的侧脸上看到了波光。

父亲这是怎么了？

他低低惊呼一声。父亲一颤，一只大手在脸上胡乱抹了几下。待父亲转过头来，他看到那张时刻紧绷的脸上，线条凌乱。父亲冲他招了招手，他木然地挪动脚步，半是因为睡意正浓，半是因为眼前的父亲是那么陌生。他走到父亲身边，父亲把他抱到腿上，手指埋进他的乱发之中。

过了半晌，他才开口："爸爸，你在听什么？"

"爸爸在听马头琴。"

"爸爸你哭了吗？"

没有回答。他的头发被重重揉搓。父亲的怀抱是温暖的，带着令人心安的烟草味，冲淡了秋日午夜的凉意。琴声在房间里缓缓流动，柔软、邈远、寂寥，他痴痴地谛听。

“真，呵——”他打了一个哈欠，“真好听。”

父亲的怀抱紧了紧，胡楂剐蹭着他的太阳穴，轻轻地疼、轻轻地痒。

“爸爸也觉得好听。”

“这是什么歌呀？”

父亲望向虚空，眸子里波光潋滟。

“这首歌叫《天上的风》。”

“天上的风。”他低声重复道。似乎真的有风吹来，带着他并不熟悉的温度和质感。乐曲结束，余音绵长，他仰起脸看父亲。

——有河流在父亲鼻翼两侧蜿蜒流淌。

父亲半躺在病床上，刮了胡子，显得精神了一些。但智能病房不会骗人，信息壁纸上亮着近乎红色的氛围灯，触目惊心地预告着即将到来的分别。

祝博伦低着头，目光黏在绞成一团的十指上。他在等着父亲开口。

“我想你见过那坨湿乎乎、软塌塌的东西了……”父亲说，“不，应该说，这样的东西你已经见过无数次了。”

他愣了一下，旋即明白过来父亲指的是什么。

“这是我的职业。”他说。

父亲的嘴角卷出一个笑：“也是我的。”

是啊，也是你的。他的喉结耸了耸。但我们并没有走上一条殊途同归的道路，而是在岔路的两端渐行渐远。

“我见过许多损伤的大脑，我的职业就是尽可能修复它们。”父亲的视线固定在病房的某处，“额叶、颞叶、枕叶、胼胝体、初级视觉 V1 区、内嗅皮质……这些部位的受损会导致特定的认知失调或者意识障碍，如性格变化、概念性缺失、知觉扭曲与割裂、盲视、无法储存长期记忆……按理说，我应该比你更直观地认识到大脑只不过是一部无比精密的机器，我们的所思所想所感，只是树突和轴突上信号的传递、反馈和处理，只是千亿神经元的兆亿连接模式所呈现出的造化之舞，按理说，我应该为你所做的事情感到骄傲。”

他看到父亲的手指在卷着被子。

“我却宁可相信，我们的意识还需要一点儿别的解释。”父亲继续说道，“我想我终究和许多人一样，不愿把神秘、深邃、独一无二的自我觉知归结于冰冷的算法，或者如你所说，归结于连接组。我想我终究无法舍弃身为万物之灵的那一点儿骄傲，即使明知道自己的反驳是那么苍白。”

他咬着嘴唇，看父亲枯瘦的手指和白得发蓝的被子纠缠在一起。就是这一根一根肉与骨的枝节，曾经托起他、牵引他、抚摸他、驱逐他吗？

“博伦，我曾那么激烈地反对你，现在想来，大概是出于恐惧。我恐惧你把人生还原成一个在随机和混沌中发生的自然过程，还原成一连串漫无目的的电化学反应，从而失去感受、追求、悲伤、爱的能力。在我心中，你一直是个孩子，当你手里拿着一件太过锋利的兵器，我没办法不感到恐惧。而这件兵器，在我看来，就是你对意识的终极诠释。”

他摇头，然而他不知道自己到底在拒绝什么、否认什么，或者只是为了驱散脑回路中的瘀塞。

“但是我错了。”父亲顿了顿，目光和他轻轻对接，“你有能力用好手中的兵器，有能力过好自己的人生——你一直都有，而我却总是想要越俎代庖，替你做出选择……”

他吸了吸鼻子："过去的事就不要再提了，我这不是回来了吗？"

父亲的脸上绽出笑容："对，回来了。"

他犹豫了一下，然后探出右手，把它覆在父亲的手上。两人久久没有说话——还能说些什么呢？在他们的语言体系里，并没有"良心"或者"悔悟"这样的词汇。

"咳——"片刻之后，他轻咳一声打破沉默，"爸，你还记得这个吗？"

他把刚刚转录到个人终端的内容推入病房的公共视域，信息壁纸闪烁几下，开始播放音乐。钢琴，马头琴，病房里若有似无的风。父亲眯起眼睛，嘴角向上。

"记得。"

"你很喜欢这个曲子。"

父亲点头："不只是声音，它还在我脑海里制造画面和气味——蓝天、白云、绿草和遍地的牛羊，咸咸的风……这首曲子让我不住地思念草原，就好像我曾经生活在那里一样，尽管我从来不曾去过。"

他浅笑道："连接组学解释不了这个。"

"对，解释不了……"父亲弯起眉眼看他，"博伦，答应我，替我保留那些记忆，那些如音乐般美好的记忆，那些使我成为我的记忆，好吗？"

胸腔里传来咚的一声，如巨石落水，他用力捏了捏父亲的手。

"好。我答应你。"

"他同意了。"他低着头，声音几不可闻。

母亲的手指紧紧箍住他的手腕："那太好了。"

“得抓紧时间了，我们明天就飞波士顿。”

母亲点头，随即皱起眉：“博伦，有什么问题吗？我看你——”

他摇了摇头，由于用力过猛而显得欲盖弥彰。1153 例中的 73 例，不到上传数的十分之一。当务之急是把父亲留下来，不是吗？

“没有什么问题。”他说，“我现在去办手续。”

阳光照进我的脑门
在大雪过后，我坐了下来
旁观这一切
父亲的声音从云上传来
仿佛我们的故事
就在那里发生

丽塔，你在吗？丽塔？

丽塔，我想我现在已经不在乎你是否在通讯链路的那一端了。很快我就要回到你身边，我会找到你，当面恳求你的原谅。

在那之前，你想听听我的心里话吗？

你曾说过，我身上有一些你琢磨不透的东西，是那些东西在阻止你靠近我，是那些东西使你心存疑惧，不知是否应该把余生交付给你身边的这个人。相信我，我也曾为我心中那些无法言说的东西感到困惑，直到今天，直到我听了父亲的一番话，我才终于明白那是什么。

是虚无感。很长时间里我不知道这一切的意义何在：活着，去爱、去痛、去追逐自己的欲望、去组建家庭、去生儿育女、去把自己投入到广阔而动荡的生活中。我不是没有觉察到这种虚无感，我只是把它当作一个彻底的还原论者所应秉持的人生观——

宇宙中的一切乃至宇宙本身本无意义，而我们所珍爱的、为之痛苦的一切，不过是一场基于数学规则的、永无休止的信息过程，我以这种想法来掩饰自己的懦弱——对，是懦弱。我想我心中其实一直住着一个孩子，他渴望被爱，渴望生活，但当生活不像童话那般美好，当生活以它的粗粝摩擦孩子的柔软时，他退缩了、恐惧了。于是为了保护自己，他以虚无主义为砖，用科学信仰、冷漠和恨意做黏合剂，筑起了一道高墙。现在，他想从高墙里走出来。这会是一条艰辛的路，他希望能有人陪伴、为他打气，在他跌倒的时候向他伸出一只手。

他希望那个人是你。

爱你的

祝博伦

大西洋的风是硬的，而它裹挟的雨滴如同冰碴，打在身上有笃笃的破碎声。天空呈现出不洁的铅灰色，下方的万物仿佛被调低了饱和度。每天往返于实验室和麻省总医院，十几分钟的步程，他总是被北美大陆的寒冷刺透，天天如此。

在进行全面脑部扫描、拟态神经元建模和响应函数写入的这几天，父亲的病情迅速恶化，也许是陌生的环境和气候使然，也许是大脑里的癌细胞终于发起了总攻——原因不重要，重要的只有时间。为了尽可能保证核心人格的完整，上传必须在父亲尚有意识时进行。

他站在落地手术观察窗前，俯瞰一片纯白的手术室，牙齿和着身体中的某种频率，在微微打战。父亲躺在自动诊疗机上，双眼以上的头部被包裹在蛋壳状的NIR（神经元植入与置换）装置中。在偌大的手术室中，父亲显得那样渺小，那样无助。他使劲吞口水，喉咙却依然黏糊糊地疼痛着。

“那么，已经告别了？”一脸络腮胡的凯尔·施密特不知何时站在了他身边。

祝博伦点了点头。

“无法想象你们这样一对父子会说什么。”

他笑了笑。透过公共视域里一个对准父亲脸部的摄像机位，他看到父亲半闭的双眼猛然打开，灰色的眼珠缓慢地滚动，似乎在寻找什么——眼珠定住了。祝博伦僵了一下，然后伸手推开增强视窗。尽管他知道在轻度近视的父亲眼里他只是一个模糊的白色影子，但他同样知道，父亲找到了他。

老人扯了扯嘴角，绽放一个拼尽全力的笑。

他的心突然裂开，有那么一瞬间，他想要逃离，逃到自己的高墙之内。他稳住心神，深吸一口气，回给父亲一个他不可能看到的笑。

“不去陪陪你母亲？”凯尔冲观察室大门的方向努了努嘴。

“会的，但不是现在。”他用力抚平声音中的起伏与毛刺，“别忘了，祝明德先生是我们的实验对象，在手术的第一阶段，我必须全程监视。”

凯尔轻叹一声：“何苦这么为难自己？”

他没有理会自己的搭档，增强视窗在此时跳出提示信息：伽马手术刀预热完毕。开颅手术算法载入完毕。手术路径规划完毕。拟态神经元预写入完毕。置换算法载入完毕。意识提纯算法载入完毕。α 波监测模块启动。β 波监测模块启动。扰动复杂指数追踪器启动……

手术准备就绪。上传者编号 NIR1154。姓名：祝明德。性别：男。年龄：64 周岁。血型：A——请确认。

他用目光点击红色的确认按钮，听到搭档的喉管里传出一声含混不清的咕噜声。

“博伦，用不用再考虑一下？上传意味着肉体毁灭，手术一旦开始，你就没有回头路可走了。”

他鼓着腮帮：“我的父亲已经命在旦夕，不上传就有回头路吗？”

凯尔踌躇片刻：“如果——我是说如果，你的父亲是对的，连接组并不是意识的全部，那么我们……”

他哼了一声：“他已经被我说服了。现在我要来说服你了吗？”

凯尔耸了耸肩，不再作声。

手术是否即刻开始？请选择：是。否。

蓝色的视点画出一条斜线，落向虚空中的那个“是”。我说服了父亲，他的目光短暂停顿，可我没有告诉他那73例自愿终结，是因为我知道，这会佐证父亲的观点吗？

无稽之谈。

他点击“是”。

请确认虹膜信息。手术责任人：祝博伦。

一束光打过来，他下意识地闭上眼睛，眼前是一片沸腾的蓝色海洋。如果父亲是第74例呢？

无法取得虹膜确认信息。请使用微生物指纹确认。放弃手术，请点击否。

他睁开眼睛，把虚拟视窗拉到眼前。他看到父亲的眼睑已经合上，但嘴角的笑意仍未消散。

“不会的。”沉默了一会儿，他轻声说。

凯尔茫然地看着他：“不会什么？”

“不会是第74例。”

说完，他把拇指慢慢地、慢慢地嵌入实体操作台。

手术开始。

从一个山头
到另一个山头
我几乎已经忘记了
如何爱惜
自己的灵魂
调整自己的步伐
好让我和你
陷进同一个黄昏

凯尔·施密特：上传进度12%……博伦，趁着这段时间无事可做，能给我讲讲你的另外一个故事吗？

祝博伦：另外一个故事？

凯尔·施密特：从你辍学以后，到你来波士顿之间的故事——我很好奇，是什么让一个叛逆青年走上了科研道路，又是什么让他在浪子回头之后离家八年，其间不曾和自己的父亲说过一句话。

祝博伦：哦对，这是我欠你的故事……被学校开除之后，为了远离父亲，我住进了政府免费提供的单身胶囊。我在社会上混迹了几年，因为没有一技之长，我只能做对自然人来说门槛最低的工作——需求测试员。日复一日，我顶着TMS（经颅磁刺激）头盔，接收算法传送给我的画面、声音、气味和触感，任由感官在我的大脑中制造抑制与冲动，TMS头盔接收大脑的反馈回输，内容提供商则据此建立消费者的反应函数模型，从而估算不同产品的市场需求。这一份与实验室小白鼠无异的工作无法给我尊严与自由，直到那时我才意识到，关于人生，父亲是对的，而我则是以故意犯错来惩罚自己。但我不甘心就这么灰溜溜地回家，我无法忍受父亲得意扬扬的、胜利者的嘴脸——即使是想象中的。

就这样晃荡了三年。22岁那年夏天，我用大半年的薪水买了一张去往大溪地的机票，想要短暂地体验一下所谓的“自由”。事情就在我即将抵达目的地时发生，飞机突然遭遇了强烈气流，空姐都没法安慰你的那种气流。我在急速下坠中惊醒。下坠、停、继续下坠。饮料、柔性电脑和书在空中飞舞。我听见惊呼声、祈祷声、哭泣声。而我呢，我大张着嘴巴，发不出任何声音。在那一刻，有无数想法在我脑海中飞旋，但你知道我心中最响亮的那个声音是什么吗？是后悔，后悔自己把生命投入到一场漫长的、毫无意义的自戕中，最终一事无成地死去，而这个世界甚至不会记得一个叫祝博伦的人曾经存在过。

凯尔·施密特：这当然只是虚惊一场。让我猜猜，在走下飞机的那一刻，你就像已经死过了一回，从此脱胎换骨成了一个新人，嗯？

祝博伦：可以这么说吧。回到北京后，我用整整一年的时间刻苦复读，最后考上了另一所知名大学的生物科学与技术系。之所以选择这个专业，大概是因为那时我开始对生与死的谜题着迷，并且迫切地想要在物理层面理解“自我”的存在及自我对存在的执念吧……可以想象父亲知道我浪子回头后是何等欣慰，但因为有了前一次的“教训”，他开始变得小心翼翼——小心翼翼地通过母亲邀请我回家，小心翼翼地用眼角瞄我、压低嗓门对我说话，小心翼翼地把推荐阅读书目清单和零用钱塞进我的行李箱。这个父亲对我而言是陌生的，而我很清楚是什么让他变得陌生。有时我会为此感到心痛，而我应对心痛的方式就是玩命地学习，沿着那条曾经大幅度偏离、如今又重新折回的轨道大步向前，因为我相信这是医治我和父亲之间所有问题的良药。

凯尔·施密特：再一次，我对你的想法深表怀疑。

祝博伦：至少在一开始，一切都在向着好的方向发展。大学四年，我的学习成绩优异，后来又考取了中国科学院神经科学研究所的硕博连读。求学的那几年里，我两周回一次家。我和父亲同桌吃饭，有一搭没一搭地聊天。由于深知填充在我们之间的易燃物太多，而起火点又太低，我和父亲都努力让自己的话语或者动作不带有深意或指涉。我们的努力卓有成效，在那几年里，我们可以心平气和地说话，开无关痛痒的玩笑，甚至会偶尔探讨一下我的专业。我想就是在这个时候父亲意识到我们的世界观正在分道扬镳。他在很多次谈话中都流露出对连接组学的戒惧，尽管他很清楚连接组学是我最感兴趣的研究方向。

我和父亲的最终决裂发生在我加入 TPU（三磅宇宙，Three-Pound Universe）之后。那时的 TPU 还是个多少有些神秘的初创公司，我不知道父亲从哪里打听到了那么多关于它的信息。他问我，TPU 的老总是不是埃里克·莫里森？这个埃里克·莫里森学生时代的导师是不是麻省理工的承现峻（Sebastian Seung）？我一一以“是”作答，而父亲则陷入了短暂的沉默。就在那一刻，我忽然发觉，父亲的问题其实别有深意。在脑科学领域，承现峻教授是出了名的连接主义者，而埃里克则是他的嫡传弟子。父亲在迂回地向我求证，我是不是把连接组学作为自己的学术信仰和职业基石——答案是“是”。我们的分歧昭然若揭，他是那么坚信连接组学只是人类解答意识谜题的权宜之计，就好比脑科学领域中的哥本哈根诠释，是不能把毕生事业建筑其上的。之后便是父亲最后一次试图影响我人生选择的努力，不是以他曾经惯用的巴掌和利诱，而是以一场针锋相对的辩论。

凯尔·施密特：你曾经和我提过这场辩论，但鉴于我们的实验正处在如此微妙的阶段，我还是想重温一下。

祝博伦：父亲的论据都是些老生常谈。比如罗杰·彭罗斯的逻辑游戏，根据哥德尔不完全性定理，计算机必将推论出它们无法辨明真伪的命题，而人类则可以推导和证明这类命题，这说明人类的大脑能够执行计算机无法执行的非计算性处理过程，而彭罗斯认为这一过程需要量子力学的解释。继而他提出神经元里有一种叫微管的结构可以同时具有伸张或收缩的状态，相当于量子计算机的量子位。彭罗斯甚至推测，一个神经元中的微管蛋白还与其他神经元中的微管蛋白维持着量子纠缠，而通过千亿个神经元的量子纠缠，信息被整合起来，最终构成意识。再比如有科学家发现在大脑中存在含有六个磷原子的波斯纳分子簇，这些磷原子核的自旋能够互相纠缠，并可能影响我们的思维和记忆。另外还有机械波假说，这个假说认为神经元之间的信号不只由电化学反应传导，还会借助原始的机械波……凡此种种。我对父亲的争辩嗤之以鼻，我对他说，要解释意识，用神经元的连接模式就已经足够，而他却像一个接受过科学训练的巫医，非要把本已明晰的事物代入自己蒙昧的世界模型。辩论到最后，父亲几乎是咆哮着把我从家里赶了出去。我想，即使在我完全放弃父亲为我选择的人生道路时，他都不曾如此失望。

凯尔·施密特：以前你只是选择了一条不同的人生道路，而现在则是和你的父亲彻底南辕北辙——我完全可以理解他的失望。

祝博伦：但那时的我并不理解，我把一切归结于埋藏在我和父亲之间深深的敌意，我甚至认定这敌意才是我和父亲关系的本质。那之后不久，我便去了 TPU 的波士顿总部，在八年的时间里，任敌意在疏远中慢慢发酵。

说一段插曲吧。回北京的时候我坐的飞机也遭遇了气流，和大溪地那次很像。我本以为自己会害怕，可我没有。我当时的想法竟然是，如果就此一了百了，那就不用承受即将到来的悲伤了——这个想法不可理喻，不是吗？

凯尔·施密特：不可理喻的究竟是你的想法还是你自己，这是一个问题。

祝博伦：……

父亲被从手术室里推出时，已是一具冰冷的躯壳。他的头盖骨被自动手术装置完美地复原，如果不仔细寻找，甚至连开颅的伤疤都看不到。但父亲的的确确已经死了，无论此时他看起来多么安详，安详得仿佛睡魔终于放过了他，赠予他一个没有潜意识作祟的无梦深眠。

“妈，手术很成功。”他的目光指向父亲身旁闪着橙色提示灯的万向轮机器人，“上传已经完成，爸的核心意识正在机器人的专用接驳仓里。”

母亲没有说话，站在父亲身旁，久久地俯视着他。

“还需要把核心意识上载到公司的服务器里，然后要调试一段时间，好让爸适应数字化的世界，这期间……”

祝博伦自顾自地说着，他很奇怪自己为什么要对母亲说她已经知道的事情，好像只要不用语言的重量压着，心底的那股悲伤就会漫上来，将他淹没。父亲只是失去了氨基酸和核酸所构成的物质载体，他的“自我”并没有死去呀。

“他走了。”母亲嘟囔道，随后攥住父亲的一只手。

他咽下一口唾沫。在这个世界上，有几个人能真正超脱肉体呢？他不合时宜地想。除了坚定的信仰者，也许还有我这样自以为认清意识本质的人，那父亲属于前者还是后者？或者他选择上传，只是为了成全那些不愿失去他的人？祝博伦使劲甩了甩头，这个想法却就此黏附在他的思绪之上，无论如何也甩不掉。

“谢谢你，博伦。”

母亲的声音从很远的地方传来，他转头，看见母亲的目光里有一点点哀伤、一点点释然。他看到父亲失去温度的手还在母亲手里。

他含糊地笑了笑。

“咳——”凯尔·施密特走过来，“阿姨，我们从叔叔的大脑皮层里提取了一些强度很高的突触连接区域，换言之，就是那些对他很重要的记忆。按照叔叔之前签署的上传条款，记忆已经被解码，我想您可能想要看一下……”他的视线停滞了一下，随后水平移动，那是他在将数据包推入母亲的增强视域。

母亲默然站立片刻，忽然将数据包原封不动地推到他面前。他一怔：“妈，你——”

“你的父亲生前一直希望你能真正了解他……”母亲幽幽地看着他，“我想你比我更需要这个。”

你在我手里
温纯而文静
这是我们
所不曾设想的

蓝天。白云。绿草。牛羊。带着一丝凉意的风。细细观察，眼前的景象还有极细微的颗粒感。气味也是。触感也是。

“这已经是我创造能力的极限了。”父亲说。

他眯起眼睛打量父亲：30 多岁，壮年时期的身材和样貌。有那么一瞬间，他把眼前的人错认为另一个自己——原来他和父亲竟是如此相像，而只有当父亲的记忆和虚拟现实结合起来，才实现了在时间之河中的刻舟求剑。

祝博伦笑了笑：“这就是你想象中的草原？”

父亲点了点头。他的头发黑黝黝的，皮肤是小麦色。他们肩并肩坐在一个缓坡上，远处传来羊的咩咩叫声。

“我看过——”半晌之后，他才开口，“我看过你的一些记忆。”

父亲用手指掐着一根青草，没有看他。“嗯。”

“我小时候真的有那么淘气吗？”他笑着，“揪小女生的辫子，撕你的书叠纸飞机，偷偷在你的脸盆里尿尿……我现在才知道，你的脾气竟然那么好。”

“也不是一直都好。”父亲抬起头，目光邈远，定在数字天空中的某处，“我会骂你，也会打你，甚至赶你。”

“然后你会在书房里拼命抽烟，”他的嘴角慢慢下坠，“会胡乱翻书，会用手指扯自己的头发。”

父亲抿嘴浅笑。

他垂下头，庆幸在父亲面前自己只是个虚拟人像，这样父亲便看不到他眼中麇集的泪。

“你跟妈说，我青少年时代的全部记忆都在那套老房子里，所以你不愿意换房子。你一直相信我会回来吗？”

父亲沉默了一会儿：“我唯有如此相信。”

他吸了吸鼻子，虚拟人像没有表现出这个动作。“怎么样？”他生硬地切换话题，“还习惯这里吗？”

“挺好。”父亲咧着嘴，露出一弯白牙，“身轻如燕，随心所欲。你妈每天都来看我——那是她的‘每天’，在我的感觉里，她几乎一个月才来一次。”

“时间速率是个额外福利。”他说，“如果你想和妈同步，我可以让工程师调整一下。”

“那就谢谢你了。”

他定睛看着父亲，隐隐感觉父亲的脸上少了一些东西，可能是表情引擎和感情模块有轻微的不匹配，导致输出的表情僵硬、木讷，缺少人性。另一个技术问题，他想。

“谢谢你。”他忽然说。

父亲一怔：“谢我什么？”

“谢谢你在上传前说的那句话。”

父亲眯起眼睛：“我说——我相信你？”

他点头。

“并不是每个父亲都有机会对自己的儿子说出这句话，”父亲冲他挤了挤眼睛，“应该是我谢谢你。”

他勉强笑了笑。父亲的脸是空的，他现在也不确定，上面少了的究竟是什么。

父亲的意识上传以后，生活按部就班地向前推进。他和母亲为父亲举行了一个简单的葬礼，把父亲失去了灵魂的躯壳埋葬在异乡的泥土之下。在波士顿盘桓数日之后，母亲谢绝了他的邀请，只身一人回国。“我在北京也能见到你和你爸。”母亲如是说。他没有再挽留母亲，眼下还有更重要的事需要他处理：第74、75、76例自愿终结申请被相继提交，科学伦理委员会已经对TPU启动质询程序，而公司董事会也在慢慢对他失去耐心。

“你看过那些自愿终结申请了？”凯尔·施密特在他身边重

重坐下，嘴里喷吐出被焦虑沤馊的口气。

他稍稍撇过头："嗯。"

凯尔哼了一声："都是些什么理由！"

体会不到欢乐。体会不到悲伤。体会不到爱。感到孤独。感到乏味。或者只是单纯地不想再存在下去。

"也许我们真的漏掉了什么。"他喃喃自语，目光虚焦。

凯尔支起耳朵："你说什么？"

他摇了摇头。

几天后，丽塔回来了。她悄无声息地潜入两人曾经的爱巢，其时祝博伦正在书房，神情呆滞地听一首她没有听过的奇妙乐曲。她从未见过这样的祝博伦，这样敏感和脆弱的祝博伦，这样的祝博伦几乎让她流泪。当乐曲终了，她才小心翼翼地唤醒他，告诉他这段时间她去了一个很远的地方，切断了所有与外界的数据联系，只为了排除一切干扰，看清自己的心。今天她回来了，她看到了祝博伦的留言。

"所以，"祝博伦双眼迷蒙，"你决定了？"

她点头："决定了。"

祝博伦与她对视，那是怎样一双幽深的眸子啊，深得令人心悸，深得令人心痛。

她抓起他的手："我陪你一起走。"

祝博伦僵了一下，然后和她紧紧拥抱在一起。不知过了多久，祝博伦扣在她腰部的手松了下来。

"对不起，我父亲的通讯请求。"

"博伦，你怎么了？你的脸色很不好……"

祝博伦的眼神游荡了好一会儿，才重新落回她身上。他似乎哆嗦了一下，丽塔不敢确定。

“父亲说，”祝博伦低声呢喃，“他想见我。”

山岗上
除了我和你
只有风
这就是整个世界
该有多好

一样的色彩，一样的声响，一样的气息，父亲在数字世界里创造的一切都是真实存在的。如果不是曾经窥见父亲的记忆，他不会相信父亲并没有来过这里。

他信步向前，草原的风轻轻蹭着他的脸颊。

博伦，你还记得那首曲子吗？就是那首让我思乡、让我流泪的曲子？……对，《天上的风》。我记得，在还没有被上传的时候，我是那么珍惜与它独处的时光——作为一个丈夫、一个父亲、一个男人，有些脆弱和悲伤是不能与人分享的。我说不清它为什么会在我心中激起难以言说的情感，说句可能会让你生气的话，大概有些事情，我们是永远无法解释的……

那道他和父亲坐过的斜坡竟然也在。他呆立了一会儿，然后向上攀爬，爬到一半，他回头，看见母亲和丽塔远远地落在后面。也许她们是故意的，他想，为了让他和父亲可以好好地聊一聊。

如今我有了自己的专属宇宙，终于可以不必在意别人的眼光，放肆地去拥抱自己的喜怒哀乐。我甚至可以上帝一般让每一个空气分子、每一滴露水、每一片树叶、每一声虚拟人物的吟哦都为我演奏这首乐曲——我确实是这样做的，一遍又一遍。但你知道吗？我什么也感受不到。我理解每一个音符、每一种音色，但我无法理解为什么我曾经那么热爱它，为什么会和着它的顿挫起伏叹息流泪，就像我无法理解这世上为什么会有快乐，会有悲伤，会有期待，会有爱。

空气中有淡淡的咸味，坡顶上是稀薄的阳光。白云在蔚蓝的天空中卷积，被风推搡着，懒散地踱向远方。坡下有羊群，这些悠然的生灵在窸窸窣窣地进食与低语。就在这里了吗？他默然站立片刻，就在这里了吧。

博伦，如果说我有什么使命，那便是扮演算法赋予我的角色：说恰当的话，在恰当的时候做恰当的事，爱那些应该去爱的人，正如你们期待祝明德医生会做的那样。人的行为模式是由神经元的数学结构所规定的，你们把这个结构原封不动地提取，得到了你们期望得到的“人”。然而有一个问题被你们无意或有意地忽略了，自我意识呢？你们如何判定上传者自我意识的存在？也许正如你说的，这个问题已经超出了科学的范畴，无法判定，也无须判定。

他从夹克的内兜掏出那个10厘米长、6厘米宽、1厘米厚的灰色盒子。断了电的盒子里装着父亲已经失去活性的拟态神经元阵列，由于贴近他的心脏而沾染了他的体温，他用指腹轻轻摩挲盒子磨砂的金属表面。

我想，在上传的过程中，一定有什么东西丢失了。也许是隐藏在神经元尺度之下更深层的结构，也许是我们还没有认识到的物理过程……也许提取“灵魂”本身就是对造物主的僭越，但人类之所以伟大，就在于他们从来不曾放弃修建通天塔的梦想。博伦，我为你感到骄傲，或者更准确地说，我应该为你感到骄傲，而现在，在你眼中，我的眼神、我的眉梢、我的嘴角都在展示这种骄傲，但“骄傲”这种情感究竟是什么滋味，我不知道。

他蹲下身，扒开青草，浅黄色的土层裸露出来。他用手破开颗粒感分明的土壤。一寸一寸，父亲的墓穴渐渐成形。应该够了。他将手掌探入浅坑，摸到了冰冷的潮气和永恒。

我真的是祝明德吗？或者应该反过来问，那个曾经活着的祝明德，真的只是一个算法吗？那个曾经活着的祝明德贪恋着生的一切，即使是悲伤、疼痛，和自己的儿子反目成仇，他依然想要活下去。而如今，他置身天堂，拥有了他想拥有的一切，他却感到厌倦——如果他真的有感觉的话。

博伦，对他来说，世界是一片虚无，继续存在下去已经没有任何的意义。不必为他感到遗憾，作为一个人，他已经深深爱过，已经了无遗憾地走完了他的一生。

所以博伦，请不要悲伤，记住我的爱。

让我走。

“跟他说点什么吧。”母亲的脸静如深潭。也许在她意识到虚拟世界里的那个人不再是父亲时，就已经接受了这个结局。手依旧在动作着，把土拢成一堆，推入那个小小的凹陷，灰色盒子正躺卧在那里。他的心闷闷地疼——第 77 例。在父亲终结意识之后，实验也被叫停，他的事业危如累卵，但他不会放弃。如果父亲在天有灵，也不会希望他放弃。这个世界是可以被认识的，包括人的意识。总要有人去建造通天塔，总有一天……

他站起来，拍了拍膝盖。

“爸，我想我们永远都没法像‘正常’父子那样对话，”他轻声说，“就让我给你读首诗吧。”

……

每个清晨都是相似的

早起的旅人
在幻觉中
拼凑自己的岁月
终将一一落空
正如你所说的

只有那白云
才永无尽头

忽然安静下来，仿佛整个世界都随着悠长的尾音遁去，安静，安静……

然后起风了。

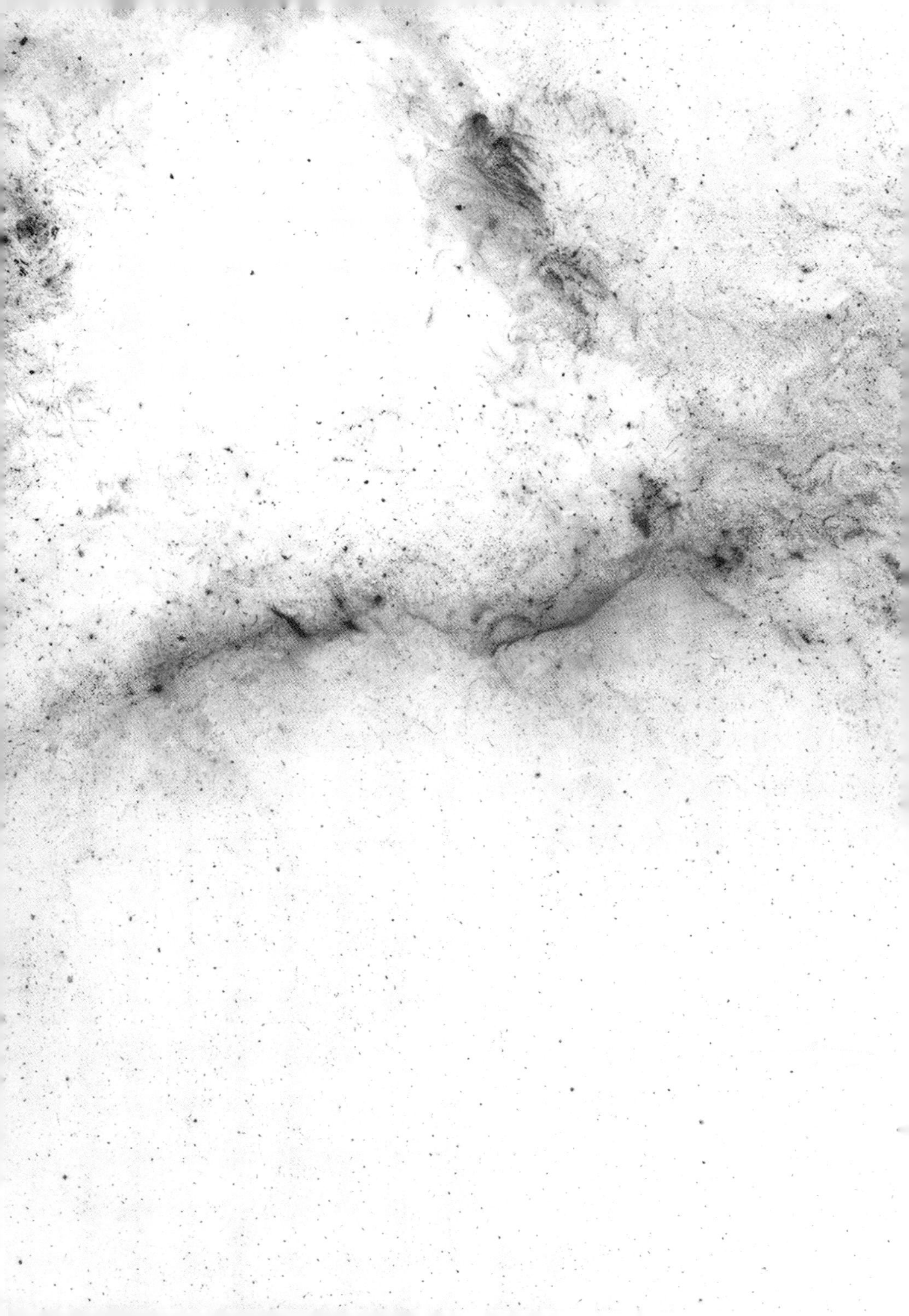

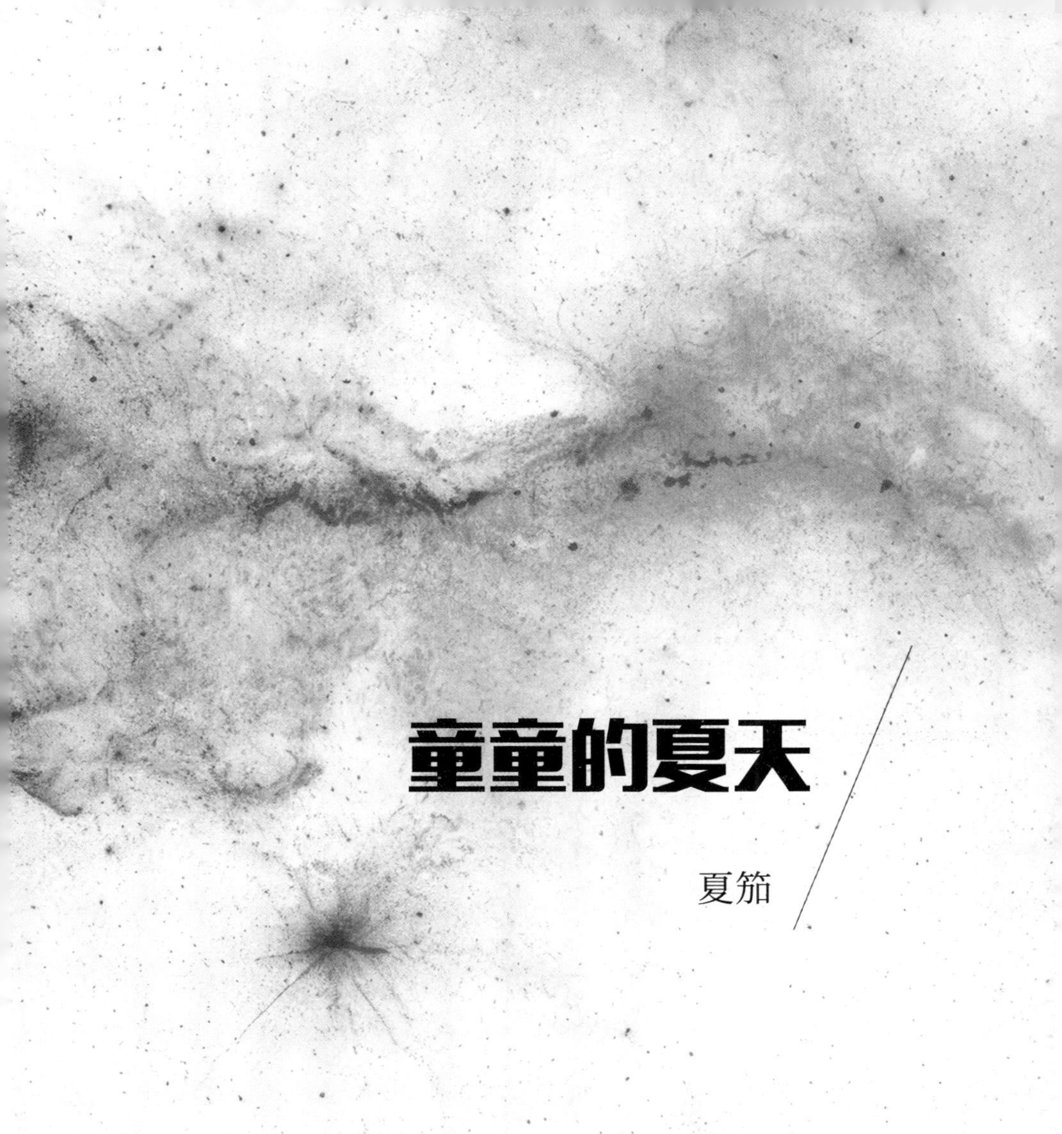

童童的夏天

夏笳

一

妈妈告诉童童，过两天外公要搬来家里一起住。

外婆去世以后，外公一直是一个人住。妈妈说外公干了一辈子革命工作，闲不住，一把年纪了还天天去诊所坐诊。前两天下雨地滑，回家路上摔了一跤，把脚摔坏了，幸亏及时送到医院，脚上打了石膏，休养几天，可以出院了。

妈妈特意叮嘱：“童童，外公年纪大了，脾气不好。你是大孩子了，要懂事，不要惹外公生气。”

童童点着头，心想，我从来都很懂事的呀。

二

外公坐在轮椅上，像个小电动车似的，手边有个小操纵杆，轻轻一推就能前后左右地跑，真好玩。

童童从小就有点害怕外公。外公的脸方方的，眉毛白白的、长长的，像硬硬的松针一根一根翘着。她从来没见过谁的眉毛有那么长。

外公说的话她也有点听不懂，口音很重。吃晚饭时，妈妈跟外公说请护工的事情。外公只管一个劲摇头，连声说：“没的事哎！”这句童童倒是听懂了。

外婆生病那阵子，家里也请过护工。是个农村来的阿姨，个子小小的，力气却很大，能抱着胖墩墩的外婆下床、洗澡、上厕所、换衣服。这些童童都亲眼见过的。后来外婆去世了，也就再不见她来了。

吃完饭，童童打开视频墙玩游戏，游戏里的世界跟现实太不一样了，游戏里的人死了就是死了，不会生病，也不会坐轮椅。妈妈和外公还在旁边你一句我一句，爸爸走过来说：“童童，别玩了，再玩眼睛要坏掉了。”童童学外公的样子，一边摇头一边说：“没的事哎！”爸爸、妈妈都忍不住笑了，外公却不笑，板着脸，阴沉沉的。

三

过了两天，爸爸领了一台呆头呆脑的机器人回家。圆圆的脑袋，长长的胳膊，两只白白的手，脚下是一对轮子，可以前后左右地转动。爸爸按了一下机器人的后脑勺，它鸡蛋一样光溜溜的脸上闪了三下蓝光，紧接着显出一张年轻人的面孔，活灵活现的，很是逼真。

童童很吃惊，问：“你是机器人吗？”

那张脸笑了，说：“你好，我叫阿福。”

童童又问：“我能摸摸你吗？”

阿福说：“你摸吧。”

童童就摸了摸阿福的脸，又摸了摸它的胳膊和手。阿福身上有一层软绵绵的硅胶，像人的皮肤一样暖暖的。

爸爸说，阿福是果壳科技公司的新产品，还在测试阶段。它最大的优点就是像真人一样聪明灵活，能削苹果，能端茶倒水，还能做饭、洗碗、绣花、写字、弹钢琴……总之有阿福在家，绝对能把外公照顾好。

外公还是阴沉着脸不说话。

四

中午吃过饭，外公坐在阳台上看报纸，看着看着睡着了。阿福悄无声息地过来，把外公稳当地抱起来，挪到卧室床上，盖好被子，拉上窗帘，轻手轻脚地关门出去。

童童一直跟在阿福后面盯着它看。阿福摸了摸童童的小脑袋，问：“你怎么不去睡午觉？”

童童歪着头问阿福：“你真的是机器人吗？”

阿福笑了，反问：“怎么，不像吗？”

童童又仔细看了一阵，很认真地说：“你肯定不是。”

“为什么？”

“机器人不会像你这样笑。”

“你没见过会笑的机器人吗？”

“机器人笑起来的样子都怪吓人的，你笑起来不吓人，所以你肯定不是。”

阿福笑得更厉害了，问：“你想看看我的真面目吗？”

童童郑重地点了点头，心里怦怦直跳。

阿福来到视频墙前面，从头顶上方发出一束光。光打到墙上，显出一幅画面，画面里有个人，坐在一间乱糟糟的房间里。画面上的人跟童童挥了挥手，与此同时，阿福也用一模一样的姿势举起手挥了挥。童童仔细看，发现那人身穿一件薄薄的灰色长袖外套，戴着灰色手套，上面有许多细小的灯在发光。他还戴着一副大大的眼镜，眼镜后面的脸白白瘦瘦，倒是跟阿福的脸一模一样。

童童看得呆了，说：“原来你才是真的阿福呀？”

那人挠了挠头，怪不好意思地说：“阿福是我们给机器人起的名字。我姓王，不然你叫我小王吧。”

小王告诉童童，他其实是一名大四学生，正在果壳科技公司的研发部门实习。阿福就是他们团队的产品。

小王又说，现在社会老龄化越来越严重，很多老人生活不能自理，儿女又没有时间和精力照顾，住老人院又怕孤单，对专业护工的需求变得越来越紧迫。如果家里有一个阿福，平时不用就让它歇着，需要的时候下个指令，就有护理人员上线为老人服务，省去耗费在交通上的时间和费用，还能大大提高效率。

小王还说，现在的阿福是第一代测试版，全国一共有三千个，也就是三千个家庭在试用。

小王还说，几年前他奶奶生病住院，他有照顾老人的经验，所以自愿报名来他们家看护外公。小王还说，恰巧他跟外公算半个老乡，能听懂外公的乡音，如果是机器人就不行了。

小王还说了很多专业名词，童童听得半懂不懂，但她觉得好玩极了，像科幻小说一样精彩。

童童问："那外公知不知道你是谁呀？"

小王说："你爸爸妈妈都知道，外公还不知道。先别跟他说，过几天慢慢告诉他。"

童童信誓旦旦地保证："没的事哎。"她和小王都笑了。

五

外公在家闲不住，让阿福推他出去转转。转了一次回来，嫌天热，不肯再去了。阿福偷偷告诉童童，外公不习惯坐在轮椅里被人推着，觉得路上的人都在看他。童童却觉得没准他们是在看阿福。

外公不愿意出门，一个人在家又怪闷的，脸色就更加阴沉，隔三岔五摔摔打打地发脾气。有几次，他指着鼻子骂爸爸妈妈，爸爸妈妈都不吭声，低着头任由他骂。过一阵子，童童去厨房，却撞见妈妈躲在门后偷偷抹眼泪。

外公变得不像以前的外公了，要是不摔那一跤该多好呀。童童越来越不爱待在家里，家里的空气让她憋闷。她每天一大早就跑到外面去玩，吃饭的时候才回来。

爸爸又带回来一样新奇的东西，也是果壳公司的产品，是一副眼镜。爸爸让童童戴上眼镜在屋子里走，她看见、听见的一切就在家里的视频墙上清清楚楚地显现出来。

爸爸问："童童，你愿意做外公的眼睛吗？"

童童愿意，她对一切新鲜玩意儿都充满好奇。

六

童童最喜欢的季节就是夏天。夏天可以穿裙子，可以吃西瓜、吃冰棍，可以去游泳，可以在草丛里捡知了壳，可以光脚穿凉鞋在雨地里走，可以追着雨后的彩虹跑，可以玩得一身大汗去冲凉水澡，可以喝冰镇的酸梅汤，可以去池塘里捞蝌蚪，可以摘葡萄、摘无花果，晚上可以在院子里乘凉、看星星，可以打着手电筒去捉蟋蟀。总之，夏天的一切都是好的。

童童戴着眼镜出去玩，眼镜沉甸甸的，老是顺着鼻梁往下滑，她真怕它会掉下来。他们一群小伙伴，有男有女，十好几个人，自从放了暑假，天天聚在一起疯玩。小孩子玩起来老是没个够，旧的游戏玩腻了，第二天就发明新花样。累了热了，就浩浩荡荡地杀去小河边，像下饺子似的扑通扑通跳到河里，头顶上大太阳晒着，河水却那么清凉，多痛快！

又有人说去爬树。树在河岸边，好高好粗的一棵龙槐树，像要把蓝天刺穿似的，真是一条龙变的吧。

童童听见外公在耳边急忙地喊："童童，别爬树，危险！"

原来眼镜还能传送声音。她快活地高喊一声："没的事哎，外公！”爬树是童童的强项，连爸爸都说她上辈子是属猴的。可外公还是嗡嗡叫个不停，听不明白，吵死了。童童摘下眼镜扔在草丛里，脱掉凉鞋，觉得一身轻松，像一朵云直往天上飘。

树很好爬，茂密的枝干好像伸出手来拉她。童童越爬越高，把其他人远远甩在下面，眼看就要爬到树梢了。风呼呼吹着，太阳透过一丛丛叶子洒下万点金光，世界那么安静。她停下来歇一口气，却远远听见爸爸在下面喊她："童童！快——下——来——"

童童探头一看，黑黑的一个人影，像只小蚂蚁。真是爸爸。

回家的路上，她被骂了一路。

"多危险！一个人爬那么高！怎么这么不懂事！"

她知道是外公告诉爸爸的，除了他还能有谁？

自己不能爬树，还不准别人爬，外公真没劲，还让她在朋友们面前丢那么大一个人。

第二天，童童还是一大清早就跑了出去，却再不肯戴那眼镜了。

七

阿福说："外公是担心你。万一你掉下来把腿摔断了，不就跟外公一样要坐轮椅了吗？"

童童噘着嘴不说话。

阿福说，外公透过眼镜，眼睁睁看着童童往树上爬，急得连喊带叫，差点自己栽个跟头。童童却在心里赌气，有什么可担心呢，比那再高的树她都爬过，从来没有摔过。

眼镜用不上了，打包寄回果壳公司。外公又一个人在家里无所事事，不知道怎么心血来潮，他翻出一块旧棋盘，硬拉着阿福陪他下象棋。

童童不懂下棋，搬个小凳子坐在一旁看热闹。她喜欢看阿福细细白白的手指，拈起那些颜色泛旧的木头棋子轻轻放下，喜欢看它思考的时候指尖在桌上嘀嘀嗒嗒地敲着。那手多好看呀，简直像是象牙雕出来的。不过几盘下来，她也看出阿福不是外公的对手，才走了没几步，外公就啪的一声吃掉一颗棋子，嘟囔一声："臭棋！"

童童也在一旁跟着帮腔："臭棋。"

外公又加一句："还不如机器人呢。"他已经知道阿福是由人操纵的了。

外公赢了几盘棋，居然神气起来，脸色也变得红亮，甚至摇头晃脑地哼起了小曲。童童也忍不住跟着高兴，之前的不愉快好像全扔到了九霄云外。

只有阿福哭丧着脸，说："我另给您找个对手吧。"

八

童童回到家，吓了一跳，外公变成了怪模样！

他也穿着薄薄的灰色长袖衣服，戴着灰色手套，上面亮晶晶地发着光，脸上也戴着大大的眼镜，两只手在空中比画。对面的视频墙上也有个人，却不是小王，是另外一位陌生的爷爷，满头白发，倒是没有戴眼镜，面前摆着一盘棋。

外公说："童童，这是赵爷爷。"

原来赵爷爷是外公的老战友，前不久刚做了心脏支架手术，也是一个人在家里无聊，他家里也有一台阿福。

赵爷爷也爱下棋，成天抱怨阿福下得臭，小王灵机一动，给外公寄了一套操纵阿福的传感装备，再通过家里的阿福教外公怎么用，没过几天，外公就能指挥赵爷爷家的阿福下棋了。

不仅能下棋，还能用家乡话聊天，聊得外公神采奕奕，兴奋得像个小孩子。

外公说：“童童，你看好了。”

他两手在空中一抓，画面里一双白白的手，就把木头棋盘稳稳端了起来，轻轻地转了一圈，放回原处。

童童睁大眼睛看呆了。这双手难道是外公的吗？简直比魔术还神奇。

她问：“我能试试吗？”

外公把手套脱下来给童童戴上，手套有弹性，童童的手小，却不显得松垮。童童试着动了动手指，画面里阿福的手也动了两下。

外公说：“童童，跟赵爷爷握握手。”

赵爷爷笑眯眯地把手伸过来，童童试着握了握。她感觉到手套里面微妙的压力变化，好像真的握着一个人的手，还热乎乎的，这可真的太好玩啦。

她通过手套去摸阿福面前的棋盘、棋子，还有旁边冒着热气的茶杯，指尖上居然传来灼热的感觉。童童吓了一跳，手一滑，茶杯落在地上啪地摔碎了，棋盘也掉了，棋子稀里哗啦滚了一地。

“哎呀，这孩子！”

“没事没事。”赵爷爷连忙摆手。他要去拿笤帚来扫地，外公不让他去，说：“老赵，你别动，小心手，让我来。”他戴上手套，指挥阿福把棋子一个一个捡起来，把地上的垃圾清扫干净。

还好外公没生气，也没把童童闯的祸告诉爸爸。

“小孩子心急。”他笑着跟赵爷爷说。赵爷爷也呵呵地笑。

童童心里有点委屈。

九

爸爸妈妈又跟外公吵起来了，却吵得跟以前不一样。外公还是一口一个“没的事哎”，妈妈的语气却越来越严厉。到底为什么吵，童童在旁边越听越糊涂，好像跟赵爷爷的心脏支架有关系。

吵到最后，妈妈说：“什么没的事，有事怎么办！您就别再胡闹了！”

外公气坏了，把自己关在屋里不肯吃饭。

爸爸妈妈又给小王打视频电话，这次童童才大概听明白了。赵爷爷跟外公下棋，下着下着一激动，心脏病犯了——据说是支架没放好的缘故。当时家里没有人，是外公指挥阿福给赵爷爷做的急救，还打电话叫了救护车。

经过抢救，赵爷爷已经脱离危险，可谁也没想到，外公竟然提出要去医院看护赵爷爷，不是亲自去，是派阿福去，外公在家指挥阿福。

可外公自己还是个需要人照顾的病号啊，谁来看护外公呢？

外公说，等赵爷爷康复出院，他就教赵爷爷使用传感设备，两个老人相互照顾，也不需要别的护工了。

赵爷爷倒是一口答应，可是两家儿女都觉得这实在太荒唐了，连小王也一时间转不过弯来，想了半天才说：“这个事情，我得向部门领导汇报一下。”

童童想，通过传感设备下棋，这个容易明白，相互照顾可怎么照顾呀？她越想越觉得复杂，难怪小王也要头痛了。

唉，外公就像小孩似的，尽会给人找麻烦。

十

外公老是待在屋里不出来，起初童童以为他还在生气，后来才知道，事情不知不觉间起了大变化。最大的一个变化是，外公变忙了。他又开始像以前一样每天给人看病，却不是去诊所里坐等病人上门，而是戴着传感设备，操纵别人家的阿福，替各家各户的老人问诊、摸脉、开药方。他还想让阿福给病人推拿针灸，为了锻炼这项技术，竟然指挥阿福在自己身上扎针！

小王说，这个想法将会对整个医疗系统产生翻天覆地的影响，未来，人们或许再不需要去医院挂号排队了，医生可以上门服务，或者在每个小区的卫生所里安置一台阿福，看病将变得轻松许多。小王还说，他们公司的研发部门已经成立了一个小组，专门研究医用型阿福的改进方案，并且聘请外公做他们的顾问，于是外公变得更忙了。

外公的腿还没好利索，暂时还是小王看护他。不过小王说，他们正在筹划建立一个网络系统，让有闲暇、有爱心的人都能注册账号，远程登录全国各地的阿福，照顾老人、小孩、病人、宠物，参与各种各样的社会公益活动。这也是变化的一部分。

如果这项计划成功的话，将真正建立起一个古书里说的大同社会——“人不独亲其亲，不独子其子。使老有所终，壮有所用，幼有所长，鳏寡孤独废疾者，皆有所养”。

当然，也可能会有各种弊端和风险，譬如网络安全、入室犯罪，操作失误造成的意外，但既然变化已经来了，就必须去面对它们。

甚至还有更意想不到的变化——小王给童童看了许多视频，视频里的阿福们在做着各种各样的事情，炒菜做饭、照顾小孩、维修水电、种地浇花，还有开车的、打网球的，还有教孩子下棋、写书法、拉二胡、刻印章的……操纵这些阿福的，都是一些原本需要被人照顾的老人。有的老人腿脚不好，但是耳聪目明；有的记性不行，但年轻时练就的基本功还没忘，还有好多人身体没有大毛病，只是精神不振，郁郁寡欢，但现在，大家都八仙过海，各显神通了。

阿福竟然能有这么多种玩法，之前谁都没想到，这些年过古稀的老人，怎么会有这样的想象力和创造力呢？

印象最深刻的，是十几台阿福组成的民乐队，聚在一个公园的池塘边，吹拉弹唱，好不热闹。小王说，这支乐队在网络上已经小有名气，指挥它们的是一些双目失明的老人，所以就叫“老盲人乐队”。

小王最后感慨道：“童童，你外公带来的是一场革命啊。”

童童想起妈妈以前常说外公是老革命，说他“干了一辈子革命工作，这么大把年纪也该歇一歇了”。外公不是医生吗，什么时候干的“革命”？“革命”到底是什么样的工作？为什么要干一辈子？

童童想不明白，但她觉得革命真不坏，外公又像以前的外公了。

十一

外公每天都精神抖擞，得空便亮开嗓子唱两句：

辕门外三声炮响如雷震
天波府走出我保国臣
头戴金盔压苍鬓
铁甲的战袍又披上身
帅字旗斗大穆字显威风
穆桂英53岁又出征

童童笑嘻嘻地说：“外公，您都 83 岁啦。”

外公不生气，摆个立马横刀的姿势，脸色愈发红灿灿的。

再过几天，就是外公的 84 岁生日了。

十二

童童一个人待在家里玩游戏，冰箱里有做好的饭菜，童童自己拿出来热了热，吃了。傍晚，天阴沉沉的，空气湿闷，知了喳喳地叫个不停，天气预报说晚上有暴雨。

墙角里蓝光闪了三下，有个身影悄无声息地移动过来，是阿福。

童童告诉阿福：“爸爸妈妈带外公去医院了，还没回来。”

阿福说：“你妈妈让我提醒你，下雨别忘了关窗。”

他们一起去把所有窗户都关上，瓢泼大雨下了起来，打在玻璃上像咚咚战鼓声。黑云被一道白一道紫的闪电撕扯成很多块，一个炸雷滚落，震得天地间隆隆作响。

阿福问：“你怕不怕打雷？”

童童说：“我不怕，你呢？”

阿福说：“我小时候怕，现在不怕了。”

童童突然想到一个以前从来没想过的问题。

“阿福，你说是不是每个人都要长大？”

“应该是的。”

“长大以后呢？”

“长大以后就老了。”

“老了以后呢？”

阿福不回答。

他们打开视频墙看动画片，是童童最喜欢的《彩熊寨》。不管外面的雨怎么下，彩熊寨里的小熊们永远幸福快乐地生活在一起。也许一切都是假的，也许只有小熊们的世界才是唯一真实的。

看着看着，童童的眼皮开始打架，雨声哗哗，像是在催眠。她把脑袋靠在阿福身上。阿福抱起童童，挪到卧室小床上，盖好被子，拉上窗帘。它的手像真人一样暖暖的。

童童嘀咕一句：“外公怎么还不回来……”像是在说梦话。

耳边有个声音悄悄地说：“睡吧，童童，睡醒了外公就回来了。”

十三

外公没有回来。爸爸妈妈回来了，脸色都不好，像是疲累得厉害，却更加忙，整天整天地往外跑。

童童一个人待在家里，还是玩游戏、看动画片。阿福有时候来给她做点饭吃。

过了几天，妈妈把童童叫过去，告诉童童，外公脑袋里长了一个肿瘤。上次摔跤，就是因为肿瘤压迫了神经。去医院检查后，医生建议尽快开刀动手术。外公年纪大了，做手术有风险，可硬拖着更危险。爸爸妈妈找了好多大医院咨询，商量了一宿又一宿，最后一咬牙，还是得做。

手术做了一整天，终于成功了，取出来的肿瘤有鸽子蛋那么大。

手术后，外公一直在昏迷，到现在还没醒。

说着说着，妈妈突然抱着童童大哭起来，哭得咬牙切齿，身体抽得像一条鱼。

童童抱着妈妈，看见她头上一根一根的白头发，一切都显得很不真实。

十四

童童跟着妈妈去医院。

天真热呀，大太阳那么耀眼。童童和妈妈打着一把伞走在路上，妈妈手里提着一罐刚从冰箱里取出来的红红的果汁。一路上没有什么人，只有知了喳喳地叫个不停。这个夏天终于快过去了。

医院里很凉快，她们在走廊上等了一会儿，有个护士走过来说外公醒了。妈妈让童童先进去。

外公的模样很陌生，白头发剃短了，脸有点肿，一只眼睛上蒙着纱布，另一只眼睛闭着，周围尽是一些管子和仪器，嘀嘀嗒嗒地响着。童童握着外公的手，心里很慌，她想起外婆了。

护士在一旁叫外公的名字。“醒醒呀，外孙女来看你了。”

外公把闭着的眼睛睁开，紧紧盯着童童。童童动一下，那只眼睛也动一下，但他不能说话，也不能动。

护士小声说：“跟你外公说说话，他能听见的。”

童童不知道说什么，她用力握住外公的手，感觉外公也在握她的手。外公，她在心里叫了一声，外公你还认得我吗？外公的眼睛一直跟着童童转。她终于叫出声来：“外公！”

童童的眼泪落在白色的床单上，护士连忙哄她：“别哭，别哭，让你外公看见多不好。”

童童被领出病房，在走廊上哇哇大哭了一场。

十五

阿福要走了，爸爸要把它打包寄回果壳公司。

小王说，他本想亲自来找童童一家人道别，但他住的城市实在太远了，好在现在通信技术发达，以后视频电话都很方便。

童童一个人在屋子里画画，阿福轻手轻脚地走进来。童童在纸上画了很多小熊，用蜡笔涂成各种颜色。阿福看了一会儿，看见一只个头最大的小熊，像彩虹一样五颜六色的。小熊脸上戴着一只黑色眼罩，只露出一只眼睛。

阿福问童童：“这是谁呀？”

童童不说话，抓着蜡笔，一心一意把所有颜色都涂到小熊身上。

阿福从背后抱了抱童童，它的身子微微颤抖。童童知道阿福哭了。

十六

小王发了一段视频给童童。

他说，童童，你收到我寄给你的包裹了吗？

包裹里是一只毛茸茸的小熊，像彩虹一样五颜六色，戴着黑色眼罩，只露出一只眼睛，跟童童画的一模一样。

小王说，小熊身体里的传感器连接着医院的监控仪器，有你外公的心跳、呼吸、脉搏和体温。如果小熊闭着眼睛，就是外公在睡觉；如果外公醒了，小熊就会睁开眼睛。

小王说，小熊看到、听到的一切，都会投影在医院墙上。你可以跟它说话，给它讲故事，给它唱歌，外公都能看见、听见。

小王还说，他一定能看见。外公虽然身子不能动，但是心一定是醒着的，所以你要多跟小熊说话，多陪它玩，多让它听见你的笑声，这样外公就不会寂寞了。

童童把耳朵贴在小熊胸口，果然有咚咚的心跳声，很慢，很低沉。小熊胸口暖暖的，随着呼吸一起一伏，睡得可真香。

童童也要睡了。她把小熊放在床头，给它盖上被子。她想，等明天外公醒了，我要带他出去晒太阳，去爬树，去公园里听那些爷爷奶奶唱戏。夏天还没过去，好玩的事情还多呢。

“没的事哎，外公。”她轻声说。等你醒来，一切都会好好的。

后记

我想把这篇小说献给我的外公。八月是他的忌辰，我会永远记得跟他在一起的日子。

也献给那些每天在公园里打拳、舞剑、唱戏、跳舞、遛鸟、画画、写大字、拉手风琴的爷爷奶奶。你们让我知道，向死而生并不是一件那么可怕的事。

虽然用了一个小孩子的口吻来叙述，但是这篇小说真正要讲的是“革命”。在我看来，革命不是大碗喝酒、大块吃肉、大秤分金，不是一人登高振臂一呼应者云集，革命是弱者和绝望者改变现状的勇气，是让千万普通的男男女女老弱病残鳏寡孤独，知道生活应该更美好，也能够如此，只是需要想象力，需要勇气、行动、团结、爱与希望，需要一点儿对于亲人和陌生人的理解与同情。这是每个人与生俱来的可贵品质，也是科幻所能够带给我们最好的东西。

契阔

非淆

那是七月某个潮热的早晨，当打扫街道的人开始三三两两撑着扫帚聊天时，你父亲已经没有了呼吸。我记得处置步骤，分别给律师和管理中心打了电话，接着把手机扔进床头柜，努力想让自己再睡一会儿。

但没成功。

空调散发着奇怪的气味，我一次又一次睁开眼睛，望向床尾，仿佛被什么牵引着，去看某个并不存在的人——身上沾着些许鱼腥，站在春日平静无波的大海，有成群的银鲳从水面下蹿出来，于光点与光点间露出背鳍。

那一刻，我想起了你。

我与你父亲失焦的视线对视了片刻，想象着如果他此刻活过来，必定会大叫着打开家中各处的窗子。

“儿子的画会沾上气味的。”

我一边学着他的语气，一边起床，试图用床头的矿泉水瓶将这抹与你相关的气味留下。我沿着床边转到房间另一边，拉起被角，盖住你父亲的脸，接着爬上窗边的矮柜，伸手去够那片气息最为浓重的地方。汗水顺着我的腋下不断往下流，火辣辣地落在肋间和大腿上，巡游般在55岁干涸的肤表蠕动。

阳光穿过半圆形的玻璃雨棚直射下来，耀得窗外的路仿佛溶解了，就连车道间那一丛丛矮牵牛也化为一片，摩挲着，腾腾升起曲折的暑气。坡道上偶尔驶来一辆出门工作的车子，错身而过后，迅速变成豆子大小，消失在笔直的道路尽头。

嗖——瓶身适时恢复原状，我快速合上瓶盖，随着新开的窗户探身出去，任凭携着暑气的南风冲进房间。

又过了一会儿，我意识到自己刚刚收集的或许只是隔夜后受了潮的死亡气息。

楼下聊天的人散了，邻居家传来开门声，除此之外，周围一片寂静。

这是我们在武汉的第五个夏天。

所以，你离开也已经七年了。

眼下，我与你父亲住在三环外的一处老旧小区，据说这里曾是某银行的内部住宅，所以实际建筑面积要比工程图纸上标记的大得多。大概也是因为这样，才有人愿意住到这里吧——当然只在他们还年轻的时候。

第一批业主如今大都卖了房子，搬去医疗条件更好的地方了。如果再花点心思在附近转转，你会发现电梯里永远塞满了各式各样漂亮的年轻人。我喜欢他们。但你得在短时间内向他们证明自己还拿得动超市袋子，不然你会自然而然地变成他们的帮扶对象。

哦，对，也不一定都是年轻人，其中或许还包括一部分复生者。

说起来，你奶奶是在你走后一年查出结肠癌的，五月手术，过世则是在当年十月。家里人依照遗嘱，将她复生成了35岁的样子，如今七年过去，她看上去却不过三十出头。我和你父亲都觉得她应该是在复生体里加了点人类基因之外的东西。

你也知道她的。

总之，这是个不错的地方。除了行政管理有些滞后。这里没有线上管理业务，我必须带着文件到隔壁社区的线下办事处才能处理你父亲的后事。

办事处位于一处购物中心的四楼，正对着电影院和一家卖芝士锅的店，我进去的时候，办事员正在柜台后做着晨间广播操。他用下巴示意我坐下，随后一甩手，做出一个标准的转体动作。

那地方不大，被摆着电脑和几个缩小版人体解剖模型的柜台隔成两半。靠门的角落分别立着体检机和文件签署机，也有可能是反过来，其中一台闪着中粮最新的谷物餐盒广告。

椅子只有两把，一把在办事员身后，一把则在我的屁股底下。

“办什么？”他趁着将身体转到另一侧的间隙问道。

“我丈夫去世了。”

“要回来？”

“什么？”

“是要办理复生手续吗？”他伏到柜台下，努力提高音量，“虽然放弃的人不多，但还是得问问。”

“啊，是，复生手续。”

空中传来叮叮两声，柜台上的身份识别面板忽然亮起来，我不确定是不是该把脸凑过去，只好半勾着身子往柜台里望，想问问他的意思。一只大手兀地从底下冒出来，不由分说地捏住我的下巴，往面板一侧扭去，同时，柜台下的人发出一声大喊：“眼睛！睁大！”

身份码一闪而过，面板收了回去，另一边，眯着眼睛的办事员似乎终于结束了最后的整理运动，长吁一口气，接着回到椅子前，一本正经地坐下来。

“我看看，你丈夫……你丈夫，何少澜，没错吧？”

“是。”

“死亡原因？”

“急性心梗。”

“心梗……他的复生申报之前已经登入过了，”他敲了一下回车键，从抽屉里拿出读取器，递给我，“资料刷一下。”

我把你父亲的相关文件全扔了进去。

“文件没问题，现在跟你确认一下细节。”

他取来其中一个人体解剖模型，看了我一眼，接着轻轻一划，肝脏对应的部位顿时膨大起来，其中的血管被渲染成了绿色。

“根据你丈夫生前的意愿，他的复生体将采用第三培育阶段的快速培育躯体，躯体年龄大约在35岁左右。这点你是知道的吧？”

“知道。”

“意识部分……意识的初期表达会由拟神经元芯片阵列辅助实现，我们将通过你丈夫生前的脑波扫描图、FMRI信号及已收集到的结构化数据，确定脑部响应和外界刺激源之间的信息映射，建立神经编解码模型——这些这里都写着。当然，也可以选择加入第三方记忆作为验证数据，通过预测结果与实际行为的反馈迭代过程，达到最大化拟合。这里他选了加入记忆，这一点你知道吧？”

“知道。”

“体貌方面没有做特殊要求，所以会以胚胎自然发育为准。机能方面，他提了一条，希望降低体内乙醇脱氢酶的活性。这个，”他指指半空中肝脏的方向，“是有什么特殊原因吗？”

“乙醇脱氢酶？”

“您好！我们想问一下……”

几个端着饮料、白领模样的女孩恰巧凑过来，说是想做新一季的细胞采集和脑波扫描。

“这种事得去问医院，”办事员把头埋进屏幕后头，责备似的嘀咕道，“我这里只管书面上的东西。”他又说了几句别的什么，勉强记下几人的联系方式，就把她们打发走了。

那颗肝脏还在变大，绿色的血管很快横贯柜台的两面。我侧过身，望着离开女孩的背影，忽然想到更早的时候，你是否就是像她们这样，随意走进一家复生办事处，一边喝着满是冰块的饮料，一边向工作人员要了宣传册，然后在某个不为人知的时刻，选择了申报书最末页的那个选项。

“我猜他只是希望醉酒的状态能维持得更久一点儿。”末了，我解释道。

“是吗？那这条大概率不会被通过。”

他如此说着，脸上的表情却似乎在告诉我这并不是他收到过的最奇怪的肝脏定制请求，我倒是不必为你父亲的这一选择忧心。

“能删掉吗？”

“当然。”他点点头，抓起那颗巨大的肝脏，塞回模型，随后指向签名板上的一处，“话说回来，家里人已经商量好怎么处理遗体了吗？没想好的话，我们这边倒是可以提供能源转化服务。”

“谢谢，不过我们打算按传统的来。”

“行。这里有号码，你可以跟丧葬处预约一下。”

我签了字。

“从现在起，何少澜作为自然人的权利义务归于消失，他将不再享有任何公民基本权利，相应的法律责任和义务也会被解除，名下动产、不动产、知识产权将由他的代理人，在此案例里，也就是你代持。复生体的培育一般需要三天时间，加上人格植入，一周绰绰有余，不过财产代持的期限最长能延长至两周，直到法院确认复生者的完全行为能力。我这样说，你能明白吧？”

“能明白。”

“如果没问题，就在这里签个字。”

我又一次照做了。

“说老实话，”收回签名板的同时，他飞快地在我手边放了一块巧克力，“你比来这儿的大部分人好沟通。”

“有经验总是不一样。”

“给老人办过？”

“不是，是我儿子。”

他抠抠眉毛，蓦地坐直了身子。“年轻人的需求可不是随随便便几张表格能填完的。他现在怎么样了？”

“怎么说呢，”我一面望着他，一面想起了托着下巴、等待渔船靠岸时的你的侧影，“他拒绝了复生条款。就像你说的，虽然放弃的人不多，但总还是有的。”

“也……是。”

他似乎想再说点什么，几次抿了抿嘴唇，可终究没能开口。文件签署机适时亮起，发出微弱的嗡嗡声，一个新的身份识别面板弹出来，我连忙起身，把脸凑了过去。

“手续这就办完了。”他跟着从柜台后站起来，“复生体完成后，医院会跟你联系。你刚好可以趁着这几天把作为验证数据的记忆片段定下来。”

他又提到了外面的天气，提到购物中心的免费冷饮券。

“我在想……”我清清喉咙，小心翼翼地把椅子推回柜台下，“复生体，有没有可能用我丈夫30岁时的数据作为人格设置的模板？”

“这样的话需要补充更多的额外记忆，你……”他顿了顿，似乎意识到了什么，俯身重新查看屏幕。

“虽然不符合常规，”他没再抬头，“但是我并没有看出这样做的问题。别太离谱就行。”

有件事，我和你父亲始终没机会对你说实话。

你应该也能猜到吧，学校组织海钓的那天，我们借着工作的名义没陪你上船，其实是为了赶在长假前和律师聊聊。在你抚养权的问题上，我与你父亲一直没能达成共识。律所的预约已经被推迟了很多次，于是我们决定这次无论如何都要去。

结果你也知道了，以至于在后来的日子里，我时常会想起那个码头，想起你在凌晨的海滩上凭空练习绕线轮的样子。天太潮了，我们没能生起篝火，好在租船店的隔壁就是一家 24 小时便利店，我去买了热饮和吃的，等我再回来时，你父亲正撅着屁股，跟在你身后蹩脚地绕着并不存在的钓鱼线。海风吹红了你们的鼻子，不远处，白色的潮头来来往往，不断舒展它们巨大的怀抱。

你说谢谢，随后走出一段距离，轻轻抿了一口热茶。

“之前国际赛的结果出来了，我们画室有一个铜奖。”

“我还以为成绩会更好一点儿。”我迟疑片刻，回答说。

“总之又没我的份。”

“来日方长嘛，你才几岁，这种事总是需要累积的。你也知道的，‘厚积薄发’。”

“金奖确实又是一个复生者，”你把视线移向海中央，那里漂浮着银路似的月光，“如果这就是你指的‘厚积薄发’。”

“要吃点面包吗？”

你点点头。

“不过这样说其实有点不公平，毕竟也是别人努力练习的结果，就是练习时间有点长。几十年的差距可不是光凭牺牲睡眠就能追上的。”

我掰下一半面包扔给你，朝你的方向靠过去。

“书上说米开朗基罗每天只睡四五个小时，你倒是不妨试试。”

“说完厚积薄发，又来说天才的成长之路吗？妈，你可真会聊天。”

我走到你身边，发现你把帽檐几乎拉到了鼻子上，脸上还有些湿湿的。你慌忙把面包叼进嘴里，揉揉眼睛，不好意思地转过身去。

“感觉有点画不下去了。一想到复生意味的漫长时光，就有点提不起劲。要我说，会老会死，才是人类短暂生命的美丽之处。正因为会老、会死，人类才会那么急于追求强大，结果现在大家都只在盘算未来。”

“老惦记着去赊下辈子的账可不行。”

那时的我，天真地以为自己明白你话里的意思，于是居高临下地给了你这样肤浅的回答，直到我看到你在复生申报书上的签名时，才恍然大悟：原来你不是在说自己啊。当时就怎么没想到呢？那些漫长的时光，却是他人延长生命后强加给你的诅咒。

隐约觉得天马上就要亮的时候，你把空瓶还给我，又拿了一瓶绿茶，跟着同学还有同行的家长们上了船。

“钓条一百斤的大鱼回去给你们尝尝鲜。”你抖了抖那根谁也看不到的鱼竿说道。

“我们这就回去把冰箱腾空。”

“真的？”

“真的。”

你发出咯咯的笑声，冲着我们做出一个怀抱大鱼的姿势，浑然不知宇宙间的某种力量已经为你安排了不同的剧情。

当然，我们没有腾空冰箱，我们甚至没机会走完回家的那段路。

先是老师，接着是警察，接着是管理中心，人们不断打来电话，让我们赶紧回码头，却没人愿意腾出哪怕一小会儿的工夫，告诉我们究竟发生了什么。

“一个意外。”

当我们终于重新站回那片海滩时，租船店附近已经挤满了人，警察穿着连裤胶靴，一部分立在你之前登上的那艘渔船的船头，一部分围在篝火旁，低声向近旁的人询问着什么。学校一位负责外联的老师指了指船头一处栏杆，又用手指戳了戳一旁投影中的海图。

“船长当时准备换个地方，就启动了发动机，结果船体意外撞上浮标。四个正从船舷探身出去摘鱼钩的学生被甩了出去，还有几个人被撞伤了。”

“我儿子呢？”

“他是被甩出去的其中一个。人已经找到了。”

“受伤了？”

“这个嘛，管理中心的人在那边，我觉得你们可能需要和他先谈谈。”

据在场的另一个学生说，你当时其实已经收竿了，其他人被惯性甩出去的时候，你本能地抓住了最近的一个。监控视频证实了这个说法。你的头撞上了下层的边沿，被找到时，你已经陷入昏迷状态。

完全没有拉住其他人的必要，所有人都这样认为，就连警察也感到不解。

管理中心派来的对接人姓周，是个长得像枯草一样的瘦弱男人。他坐在租船店的围炉旁，手里拿着你还有另外两人的资料。由于我们是三家中最后一个到的，所以直到快中午时，才有机会和他说上话。在那之前，我们已经把复生条款来来回回看了两三遍。

你父亲走在我前面，手里拿着之前你没吃完的面包。我记得当我们拉开围炉旁的塑料靠椅时，他还悄悄地往嘴里送了一口。

“长话短说，”姓周的年轻人半起身，示意我们可以把身份码收起来，“我看过令郎的复生申报书，也和当初负责文件签署的工作人员联系过，现在可以确定的是，他只签署了申报最后一页的内容，即放弃政府赋予的复生权利。”

“你说什么？”

“你们的儿子，他放弃了复生。”他一字一句地重复道。

“我……不明白。”

有某个瞬间，我似乎忘记了呼吸，一边努力克制自己喊出来的冲动，一边缩在椅子上，像落水受惊的老鼠一样不敢动弹。我能听到自己的心脏在胸腔里猛烈跳动，一下，两下，三下，巨大的声响几乎盖过了面前年轻人说话的声音。

你拒绝了复生，而我与你父亲毫不知情。我回头看了你父亲一眼，他已经将一条腿从另一条腿上挪了下来，反复搓着膝盖，就好像在召唤童话里的阿拉丁神灯。

“能给我们看看那份文件吗？”我问。

“当然。”

确实是你的字迹，但不是我们带你签的那份。

“他一共签过两份。一份是在 8 岁的时候，一份是去年签的。你们也知道，年满 16 周岁的公民有权推翻未成年时期的申报。”

“可是为什么？”

“这个问题恐怕只有他自己能回答了。”年轻人避开视线，“站在管理中心的立场，我已经没办法为你们做什么了，之后公安部门会为你们出具他的死亡证明。两位，还请节哀。”

半小时后，人们送走你的尸体，你的死亡最终成为事实。

海边似乎又阴冷了些，我们出了租船店，并排坐在沙滩上，就这么坐着，看着海岸线，看着单调的海平面，看着太阳的光束在海面上一点点扩散，再最终收拢。

“他拉了那孩子一把。”你父亲说。

“嗯。”

“他不希望别人有事。”

“嗯。”

“却轻飘飘地放开了属于自己的一些东西。”

我原以为他还会说些什么，结果他只是僵硬地站起来，拍拍裤子上的沙子，往车子的方向走去，手里还攥着那只皱巴巴的面包包装袋。

我听到他小声嘟囔了句“为什么”，岸边有新归的沙蟹，它们没有回答。

自那之后，你父亲喜欢上了在房子的不同角落踱来踱去，他会无意识地把手伸向你的颜料盒，会把装满热茶的杯子摔到地上。他无法控制自己发抖的双手，而当他试着捡起碎片时，又会毫无征兆地蹲在地板上低声啜泣。

我为他包扎受伤的手指，为他脱去衣服，强行把他塞进被窝里。

那时的我当然也没有多好，光是没日没夜的哭泣就已经耗尽了我的全部力气。我几乎不再起床，用沉默将上门的人拒之门外，然后没日没夜地躺在床上，躺在同样盯着天花板的你的父亲的身边。有那么几个瞬间，我甚至能感觉到我们正以同样的频率用力屏着呼吸，好像那一小段凝滞的气息能为我们蒙上时光倒流的魔法，我打开门，你也在，正抱着一百斤的大鱼站在那里，叽叽喳喳讲个不停。

这样的日子持续了多久呢？渐渐地，连那个抱着大鱼的身影都变得模糊起来，唯有银路似的月光依然清晰。初春的海风一起，潮头便和飞沫一道放肆地涌动起来，你在一片细碎的光中看着我，不断说着：

“感觉画不下去了……”

“追不上……”

“妈……”

“妈……”

挨到冬天，你父亲终于再也忍受不了海的声音，执意辞去大学的工作，搬去别处。他一边收拾行李，一边绷紧下巴，将过去珍藏的白酒一瓶接一瓶地灌进肚子里。

“反正也带不走。”他说。

我们辗转于城市间，一个偶然，他在飞往广州的航班上，遇到了一个自称管理中心高级研究员的人。他打断你父亲的讲述，把毯子移到膝头。

“你儿子第一次签署申报的时候是做过数据采集的，对吧？”

“是。”

“感应管阵列呢？”

“也戴过。”

“换句话说，我们其实已经掌握了你儿子的神经系统传递方式和处理刺激的机制，‘精神样板’是有的，加上你们的记忆，人格形成并不是什么大问题。”

你父亲想了想，摸摸鼻尖，怯怯地说：“但那个时候他才 8 岁。”

“那就用第一阶段的复生体，8 岁到 17 岁，也就九年的时间。”那人看了一眼你父亲，又看了一眼过道另一侧的我，“照我说，人能回来就好。”

“是，我明白。”

下飞机时，已经是晚上十一点了。人们沉默地向行李区走去，我跟着他们，而你父亲则停在更远的位置，和那个研究员说着什么，不时避让着从身后过来的人。孩子们坐在行李箱上，由大人们推着走过，就像骑着一匹匹小马。他看着他们，眼神渐渐变得坚定。我知道他想做什么，但我没有阻止。

在广州的逗留期由原本的三天，变成了一周，随后，又变成一个月。越来越多的研究员出现在我们的生活中，谈论着神经元、递质、超培养及另一些我们永远无法理解的术语。

转眼到了岁末，除夕前几天的一个下午，你父亲接到管理中心打来的电话，说有人希望找他谈谈，问他下午能否抽空过去一趟。

他说当然。挂断电话后，他一只手按着胸口坐了一会儿，接着起身，轻轻地抱了抱我。我们一起整理了资料，三点，他刮完胡子，这才叫了去管理中心的车。

然而直至深夜，他都没有回来，电话也打不通，我试着联系了管理中心，对方却说他在五点不到的时候就离开了。警务系统记录了我的报案，表示有消息会和我联系，随后我离开酒店，沿着附近一排老字号的茶楼往他可能会逗留的地方找去。

黑暗在四周低吟，如同一层让人透不过气的塑料布，覆在地上，影影绰绰的忧虑和恐惧从其上滑落，发出扑通扑通的噪响。

或许你再也回不来了，我想。但那一刻，我无论如何也不肯承认。

一小时后，我在广州塔附近的一处长凳上找到了他，他耷拉着头，像是累了。

“怎么了？”我蹲到他的膝边。

他摇摇头：“就是想坐一下。”

“先回去吧。”

我站起来，用手扶住他微微收拢的双肩，但他不肯动。“我还想再看看。”他说着，指向正对着的广州塔，“之前都没好好看过。”

“确实很漂亮。”我在他身边坐下，取消了警务系统中的登记，“管理中心怎么说？”

“说如果有需要的话，他们可以帮忙报警。”他说得很费劲，声音在他内心缺失的那块地方直打转，“我真正需要他们的地方，他们却只会轻巧地说句‘无能为力’。”

“那些人呢？”

“大概率是找不到了。”

听到这里，你一定很想笑吧，一向自恃目达耳通的你的父母，竟被一群狗屁不通的人哄得团团转。或许，在我们的潜意识里，我们一直都知道这是一个骗局。被对你的执念牵着的我们，不顾一切地想去拼命抓住你的身影，而你又何尝能理解这种无助与寂寞呢？

路灯在昏暗的草坪上投下淡淡的光，你父亲从怀里掏出一小瓶巴掌大的酒，仰头一饮而尽，瓶身的折光趁机晃过他的脸，苍白的皮肤顿时被染上一层银色。

"真希望他从来没来过。"末了，他说。

沉默随之而来。广州塔在不远处，继续旋转着绚烂的色彩，又过了一会儿，空气中兀地传来你父亲的哭声，隐忍、凄凉而沙哑。

葬礼的前一天，我去公安局领回了你父亲的死亡证明，无休止的蝉鸣令人心烦。邻居家的太太在小区门口遇见我，笑着说："好像有人在等你。"

当拐进最后一个弯道时，我远远便看到一件红色的连衣裙，你奶奶的侧影在其后映出轮廓。

"公公没一起来吗？"

"身体已经垮没了，出不了远门。那是什么？"

她伸着脖子，指了指院子外头几件贴着"合意随取"字条的家具。

"何勉房里的……"

"决定了？"

"有些事还是不记得的好。"

她皱皱眉，见我没作声，又自顾自地过来打圆场，脱下凉鞋，一边挤干绑带上一撮撮吸满雨水的流苏，一边说起院子里的积水，"都快淹到脚面了。"

"啊，是，这几天雨下得有点急。"

"这鬼地方，一到七月暴雨就下个没完没了。"

"先进来吧。"最后，我提议道。

进了门，她径直去了最靠里的房间。那里原本是间书房，你父亲觉得采光好，便把你的东西全移了进去。她把身子探出窗外，把向外伸展的窗子拉回来：“画就别扔了，留着算是个念想。”

我们谈到你父亲的葬礼，谈到彼此可能提供的记忆，谈到应该把“酒精”这个词从他的身体中除掉，于是我说起了乙醇脱氢酶的事。

她沉默不语，一刹那，30 岁的神采从脸上消失，她握住我的手，出神地说：“他一直都是我们当中最痛苦的那个。”

“我知道。”

说出这句话的同时，我第一次感觉到自私的重负被从我的肩上除掉了。

管理中心的人如期而至，为我们插入感应管。

“那么，还请提供复生者所需的补充记忆，站在自己的视角回忆就好，我们之后会做人称转化处理。”

我一动不动地坐着，手里拿着茶，听感应管那微弱而一刻不停的嗡嗡声，巨大的虚拟面板随之升起，按逆时针方向生长出去，一直延伸出我们原本所在的建筑，看上去就像中医院一望无际的药柜。你可以随心所欲地把自己的记忆从盛放它的格子里移出来观察，看一个熟悉得有些古怪的陌生人在做着熟悉得有些古怪的事情，再掐头去尾地存起来，作为另一个人的一部分。

几个移动的光点随即凑过来，缓缓围成一圈，试着照亮我的视线，直到我见到了那个有着 35 岁容貌的你的父亲，它们才快速扇动着翅膀，四散飞开。

距离他不远的淡蓝色视窗里，带着“何少澜”标签的细小方格正被缓缓推入，铅灰的一个小点，孤独地凝在视窗的边缘。在它上方，显示他已有人格参数和记忆的光球正闪着耀眼的橙色。那些交融其间、大小各异的方格会随着补充记忆的加入增减、伸展、收缩，宛如呼吸的律动一般，随着时间的流逝不断变换。

我闭上眼睛，那些尘封的记忆也随之复苏。

30 岁，我们在学校的一次聚会上遇到彼此。我迟到了，当我从寒冷的室外走进会客厅时，温暖向我扑过来，连同你父亲的眼神——他就站在餐桌遥远的末端，正端着饮料，冲着旁边的人微笑。

他抬起头，刹那间我碰到了他的眼睛，那双眼睛苍白又大，似乎从里面闪烁着某种光。在轻微的慌乱中，我顺着墙边走向房间深处，在角落找了把空椅子，坐下来望着脚底的地毯。我始终没有朝餐桌的方向再看一眼，但不时能感觉到他凝视的目光温暖地刷过我的脸庞。

在人们慢吞吞的低语声中，我知道了他的名字——何少澜。

六个月后，我们举行了婚礼，一直没有孩子。

40 岁，此时的他，已经拿到了学校的长期教职，除了上课，每天还得围着实验室和手底下的研究生打转。他开始学习画画和打羽毛球，画画倒还行，羽毛球却一直打不好，笨拙得就好像手脚仅仅是用与血肉相似的材质雕刻而成的。我笑他，为此他一个星期没有和我说话。

随着时间的推移，他的皮肤不再紧紧贴着凸起的颧骨，松弛下来，在眼角和嘴巴周围留下细细的纹路，几丝灰色也慢慢爬上太阳穴附近。

一个暑假，我们去了西藏，在通往布达拉宫室内的阶梯上，一个小男孩差点从围墙上摔下来，他冲上去抓住了孩子的前襟，还不忘炫耀他的垫步加蹬跨步上网步法。

偶尔，我们会在晚饭后看一会儿电影。我们喜欢只有两人的生活。

50 岁，他生了平生第一场大病，出院前，医生建议他搬去一个紫外线不那么强的地方，于是我们辗转到了武汉。

他没有再回学校，而是在一处日托班帮忙，教小孩子数学和写作。每天，他都会花好几个小时指导孩子们做作业，和他们谈话，笨拙地和他们一起做下午的广播体操。

他依然画画，却画得不好，于是开始收藏喜欢的画作。那些画通常被他挂在原本作为书房的房间里，他说那里的采光很好，用来欣赏这些作品是最好的。

虚拟面板消失了，我睁开双眼，手不住地颤抖，原本握在手中的杯子早已跌落在地，碎成几瓣。

其实你也发现了吧，所有关于你的记忆都被巧妙地篡改了，仿佛那些被从时间线上抹掉的无关紧要的细节。等到你父亲再次醒来时，他甚至不会意识到自己曾经有一个孩子，曾经被拥抱过，曾经在海边绕着线轮，被充满爱意的眼神注视过。

二十分钟后，管理中心的人带着仪器满意离开。我和你奶奶并肩站了一会儿，她说想去房里带走几样你的东西，我说好。

对不起啊，花了这么久和你说话，其实就是为了告诉你，我会将你从你父亲的记忆中抹除。并不是不爱你了，只是希望活着的人不必再为无法挽回的过往痛苦。

此时，我躺在客厅的沙发上，盯着地板上你奶奶没能带走的那幅画，回溯起包含你的真正的过往，直至昏黄的晚霞笼罩整个房间。垂挂在西边一条长长的涟漪般的积云下方，有归家的人发出沉沉的低语声，停留在安静的空气中。

如果可以的话，我真想就一直这样和你说下去，一年，两年，十年，甚至朝你抱着大鱼的身影奋力跑过去。可是，但凡见识过海浪下卷积的细流的人，都知道黑暗的漩涡会将人拉向何处，哪怕只经历过一回，也会在脚尖即将踏入海水的那一刻停下来。

所以，这也将是我最后一次和你说话了。

看，又闪亮起来了。夕阳顺着地板慢慢滑动，然后快速掠过你的画，跌进角落的黑暗中。

流年

宝树

2036

他们告诉我，冬眠是一个平静的过程。你躺进全封闭的冬眠舱，周围急速灌满液氮，温度在十秒钟内下降到零下二百摄氏度，你的一切生理机能在瞬间停止活动。你不需要被麻醉，冰冻比麻醉要迅速得多。事先注射的活性分子液会让你的身体保持柔软，阻止冰晶的形成，保护你的细胞膜不被毁坏。你的身体会完好无损地凝固在时间深处，直到未来苏醒的那一天。

事实上根本不是。液氮一进来，我就感到身上冰冷刺骨，酸麻难当，像一千把冰刀刮着每一根骨头，不知是哪里出了差错。我想呼救，但身体仿佛已不复存在，只有痛楚在黑暗中绞动。

不知过了多久，眼前出现光亮，我终于有一丝力气缓缓睁眼。舱盖已经打开，几个晃动的人影从模糊变为清晰，是冬眠中心的金医生和几个护士。母亲坐在我左边的椅子上，满头花白，一双老眼关切地望着我，就像刚才进舱之前那样。

“妈……”我虚弱地喊了一声，“出什么事了？”

她激动地问：“小宇，你感觉怎么样？”

“我……还好。”我有气无力地回答，痛苦逐渐消退，但疑惑随之升起。“金医生，出了什么问题？为什么还没开始冬眠？”我问一边站着的白大褂。他并不是真的医生，只是冬眠中心的技术总监，不过有一个医学博士的学位。

“林先生，”金医生低下头，摸了摸我的额头，“一年的冬眠已经完成，今天是 2036 年 10 月 7 日。”

“开什么玩笑？”我有些愠怒。整个过程中我根本没有睡过去，最多是刹那间有点恍惚，睁开眼睛一切依然如故，怎么可能过去了一年？

“林宇……”

我望向床的另一边，才看到了确凿证据——我的妻子方薇站在那里，就像一两分钟前那样，面色惨白，瘦削得像一株细竹。她穿的也是和我进冬眠舱之前一样的衣服，一条白色连衣裙，搭配着橘红色的真丝开衫。她的眼角似乎多了几条鱼尾纹，发型好像比刚才长了一点儿？我不确定。

无可置疑的证据在她怀中。一个小男孩坐在她的手臂上，头发浓密，留着微鬈的刘海，穿着“灰太狼”童装和浅咖啡色的长裤，脚上套着一双锃亮的黑色小皮鞋。他正一边吃着手指，一边带着好奇盯着我看，眼眸清亮，看起来至少1岁半了。

而五分钟以前——我记忆中的五分钟以前，她怀里的还是一个婴儿，头发稀稀拉拉的，手脚乱动，哇哇大哭，整张脸皱得像个包子。

“轩轩？他……他是轩轩？”

方薇带着泪水点了点头，对男孩说：“看，是爸爸，快叫爸爸！”

我想要起身，却坐不起来，母亲和一个护士过来扶住我，让我支起上半身，可以更清楚地看到眼前的孩子。我从他的脸上依稀认出了轩轩的轮廓，但他没有婴儿的痴肥，而有着更清晰的个人线条：高额头，大眼睛，鼻梁有点塌，嘴巴小巧，三分像方薇，倒有七分像我。他在我这个病恹恹的光头面前有些害怕，哼哼唧唧，挣扎着转向方薇。

虽然从来没有见过这个模样的孩子，但是我可以一眼肯定，他就是轩轩。

这是我的骨肉，我的血脉，我1岁半的本来不可能见到的儿子。

毫无疑问，我已经抵达了一年后的未来。

2035

“你必须去冬眠中心！”

方薇在身后对我大声喊着，不知道是第几次了。

我的话语在喉头被一阵潮涌般的恶心淹没。我趴在马桶边，胃部歇斯底里地翻涌，吐出一切可以吐的东西，仿佛我的身体也在绝望地自救，要把那些不断增生的肿瘤细胞排出去。但这些日子我已经习惯了呕吐，这对我来说甚至都算不上难受，比起撕扯着五脏六腑的剧痛，只是小小的腹部按摩。

“我已经想清楚了。”等我的呕声稍止后，方薇才继续说，“技术上，人体冬眠虽然刚刚民用化，但是应该已经比较保险，不用担心；经济上，公司转让之后，我们家完全能支付得起，还有足够的钱养一家老小。你之前尝试的那些疗法，有几种很有希望，比如逆转录病毒疗法和T细胞免疫疗法，只是还不成熟，需要时间去发展。半个世纪以后，肯定可以……”

“我不是说过了，”我虚弱地按下马桶上的冲水键，“除非你们也一起冬眠，否则我不会去的。”

“别任性了好不好？家里的钱哪供得起大家都冬眠。”方薇低头帮我擦拭嘴角的脏东西，我看到她眼角的皱纹又深了。

“我一个人去有什么意义？”我摇头，“你们所有人都留在2035年，再过五十年，就算我的病能治好，妈肯定已经走了，你也七老八十，就连轩轩也认不出我了。”六个月的儿子正被我妈带着在楼上熟睡，我想象着睁开眼睛，看到一个比自己还大一轮的大叔尴尬或冷漠地站在我面前，叫我“爸爸”。

“你以为我想让你去？你去了对我来说和死了有什么区别？但你如果不去，也许下个月就……就会……”她的声音抖得如风中的树叶。

“就会死吗？”我帮她补完，“死就死呗，有什么了不起！”

我一头躺倒在床上，方薇默默走回卫生间，片刻后，里面传出女人抑制不住的呜咽声。

我的目光停留在天花板的西洋古典画上，那里微笑的天使在云端飞翔，就像我本来的人生，我纳闷自己是怎么掉下来的。

半年前，我还觉得自己生活在云端。我在美国的名校拿了博士，回国后又创办了新兴的智能玩具企业，短短几年，公司已经占领大半个中国市场。妻子方薇是一个文静腼腆的女孩，我们相识那年，她刚研究生毕业不久，身上还带着学生的单纯率真。在我见过的女人中，她不算最美，但气质让我心动。认识一年后，我们举办了堪称奢华的婚礼，去欧洲度了蜜月。婚后我全款买了一栋带花园的独栋别墅，把母亲接来和我们一起生活。母亲催促我们要孩子，我也觉得是时候了，努力了几个月大功告成，后来生了个胖小子，取名林子轩。

轩轩出生时，我的人生几乎是完美的，如果要说有什么缺憾，就是父亲走得早了点。他去世那年我才 4 岁，只有一点儿模糊的印象。家里一直摆着他一脸严肃的遗照，我每年也跟着母亲去上坟，但没什么怀念之情。对我来说，他就和家谱中十几代以前的祖先一样，只是一个名字。

轩轩满月后的第二天早上，一阵来自胃部的剧痛让我明白，父亲从未真正离去，他的阴影一直笼罩在我身上。

父亲死于 33 岁，胃癌，发现时已经是晚期——就和我一样。

我呆呆地望着天花板，想象着下个月或下下个月，自己被推出病房，送进焚化炉，在烈焰中化为青烟。母亲年事已高，我走后，她恐怕也熬不了几年。方薇那么年轻，一定会嫁给其他人，不知是什么阿猫阿狗。轩轩将来不会对我有任何记忆，我在他心目中怕是比父亲在我心目中还不如。他会在另一个完全不同的家庭长大，被欺负，被家暴……

我不想这样死掉，我攥住床单，发出无声的呐喊，让我继续陪在家人身边，哪怕区区几年也好。这一刻，我明白了当年父亲的痛楚。他离开人世时，一定也曾像我一样挣扎过，祈求过，哭喊过，怀着对母亲和我的无限牵挂，但我这个浑蛋儿子，竟一点儿不知道，也不关心。

比起父亲的时代，医学并没有多少进步，癌症还是不治之症。的确，我们能冬眠了。但冬眠一样是和家人永别，而我只想陪在家人身边，和他们一起共度余下的人生。

“好了，那三十年怎么样？”方薇又出来了，带着几分怨气说。

“三十年？”

“嗯。”她坐在我的床边，眼睛还红红的，“冬眠三十年，那时候我还不是太老，也就六十多岁吧。”她苦涩地笑着。

“三十年，三十年……”我掂量着其中时间的分量，思潮翻涌，三十年后，还是一个陌生的世界吧？也许二十年会好一点儿？不，还是太长了……十年呢？那好像又太短了……那就再冬眠十年，等等——等等——

我脑海深处忽然闪过一个怪诞的念头，初看起来简直是发疯，但我认真思索了一下，好像也没有不可行的地方。我真的能做到吗？

天使从天花板上投下鼓励的笑容，让我一下子做出了决定，我一把抓住方薇的手，她诧异地看着我。

“听我说，”我感受着她手掌的温暖，深深吸了一口气，“我有办法，可以陪你白头到老，看着儿子长大，我保证。”

2036

金医生给我做了简单的体检，发现没什么问题，然后就把时间交给了我的家人。我笑着迎向他们，特别是儿子。

轩轩毕竟是一岁多的幼儿，对我的疏远很快就冰消雪融。一小时后，他坐在我身边，乖乖地听我给他念绘本故事，只是当方薇让他叫我爸爸时，他傻笑着不开口。方薇塞给我一盒玩具，让我拿给轩轩玩。我看着十分亲切，那是我研发的变形积木，有五种颜色，不同的颜色碰到一起会发生形状变化，有的相互嵌合，有的相互排斥，要费点心思才能玩好。

轩轩一会儿拿起这个，一会儿拿起那个，不知道怎么弄。我笑着给他演示，花了一会儿功夫搭出了一只小狗，小狗完成后，积木自动勾连成固定的结构，发出闪光和乐声，我把它递给轩轩。“狗狗，狗狗！”轩轩拿起小狗，咿咿呀呀地叫起来，还配合着音乐，像跳舞一样笨拙地扭动着屁股。

“真想不到，”我低声对方薇说，“一转眼——真的一转眼——就这么大了，怎么能这么快呢？一下子就是一年，他第一次爬，第一次站，第一次走路，第一次喊人……我都错过了……我……”我一阵鼻酸，强行忍住了嗓子里涌动的哽咽。

方薇飞快地擦了擦眼睛，笑着摇头：“不是，你没有错过。”

“什么？”

她晃了晃手机：“这一年中好多好多的重要时刻，我都录下来了，今天你可以看个够！”

“太好了，亏你想得到！”我想马上就看，但是轩轩拿着玩具狗跌跌撞撞地冲向我，倒在我怀里，对我露出甜甜的笑靥，我明白他的意思：让我再给他拼一个小动物。我又想看那些视频，又想陪轩轩玩，一时犹豫不定。方薇对我眨了眨眼睛，把手机打开，变成放映模式，轩轩的影像投影在雪白的墙上，这样我就可以一边看着视频，一边和儿子继续玩耍了。

我拼着玩具，看着视频，同时还在和母亲、方薇聊天，想知道这一年发生了什么。一年似乎不长，但外界和周围都发生了很多事：美国遭到了一次大规模恐怖袭击，非洲发生了一场战争，英国王储去世，中国启动太空城项目，轩轩发过一次高烧，烧到四十摄氏度，我的下属李海泰创办了一家新公司……我从她们的讲述中汲取着逝去的时光，却宛如以手掬水，又看水从指缝中流走。

“爸爸！”轩轩用小手拍我的大腿，不满地叫了一声。大概是嫌我陷入沉思，没给他继续拼小猴子。

我愣了一下，难以置信地看着他的眼睛：“轩轩，你叫我什么？轩轩？”

儿子反而有点害怕地缩了回去。“再叫我一声呀，轩轩！”我急切地盯着他的眼睛说。

轩轩也看着我，黑亮的瞳仁骨碌碌地转着，不明白眼前这个气喘吁吁的大人为什么这么激动，犹豫了一会儿，他才轻轻嗫嚅道：“爸——”

“轩轩！”我激动地想把他抱起来，忽然间觉得喘不上气，一阵恶心从腹部上涌，想去卫生间也来不及，我一下子弯下腰，剧烈呕吐起来。

2037

意识再次被从内到外的寒冷所唤醒，眼前出现了晃动的光影，我睁开眼睛，一时不知身处何时何地，自己是何许人。

“轩轩，看，爸爸醒了！”

这声音让我找回了自己。我看到光影凝结成眼前一个抱着孩子的温柔少妇，那是方薇，容貌没有什么变化，但换了一件鹅黄色的小衬衣，微微丰满了一些，怀里抱着一个孩子，自然就是轩轩。

这又是一个陌生的轩轩。他蹿高了一大截，脸型更显露出来，小胳膊小腿更加健壮，衣服也完全不一样了。

“2037……”一阵难以名状的战栗从我全身流过，“又到 2037 年了？”

这就是我的冬眠方案：每年苏醒一天，仅仅一天，和家人一起度过。

多次冬眠再解冻比一次性的贵很多，我的积蓄最多能承担三十年，但差不多也够了。三十天，三十年，哪怕没有找到合适疗法，我也能用剩下的一个月陪伴家人走过漫长的人生。

听起来是完美的方案，但现在，我开始感到时间飞逝的恐怖。还来不及跟上上一年，一觉醒来，已经又是三百六十五天之后，这违背人最根深蒂固的生命感受。我在心底渴盼方薇告诉我弄错了，我还留在 2036 年的那天夜里，或者是第二天也好，但她说：“是啊，2037,你这次解冻时在熟睡中,金医生给你检查了身体以后就先走了。”

我暗叹一声，转向孩子，强笑着：“轩轩，你又来看爸爸了？”

轩轩带着几分茫然和畏惧看着我，想了想，回头认真地对方薇说：“他是叔叔，不是爸爸！”他的语言能力突飞猛进，已经可以说出完整的句子，只是发音还奶声奶气的。

“瞎说，这不就是爸爸！”方薇笑骂。

“小坏蛋，你爸爸去年跟你玩得那么开心，你不记得了？”我又听到母亲的声音，转过头，她还是坐在病床边，头发已经变得完全银白，但看起来精神矍铄。

孩子还是噘着嘴说：“就不是爸爸。”

我合上眼皮，似乎还能看到昨天那个叫着“爸爸”的小家伙，我花了一天时间和他从陌生到熟悉，分别时他还频频向我回望，口中“爸爸、爸爸”地叫不绝口。现在，面前却几乎是另一个孩子。

那个我刚刚认识的轩轩呢？他到哪里去了？

我打了个寒战，那个轩轩消失了，再也不会回来。

我环顾着有点陌生的亲人们，这不就是我想要的吗？我能够每年和他们一再相聚，知道他们这一年是怎么过来的，分享他们的喜怒哀愁。但也许我错了，我仍在不断失去他们，刚刚认识，就又远去，化为时间深处的幻影。

轩轩忽然尖叫起来，挣扎着从方薇的怀抱中跳下来，向门外跑去。“不要爸爸，不要妈妈！讨厌！都讨厌！”

方薇忙追了出去。母亲扶我坐起来，对我说：“小宇，你别生孩子的气。”

我苦笑了一下：“看您说的，我跟孩子生什么气？”

“是妈不好，这两年太宠他了。”母亲说着抹了抹眼睛，“方薇还说我来着，可是我一看到他，就好像看到了小时候的你，就想对他好一点儿……”她开始哽咽。

“我知道。”我不知道说什么好，“我知道的，又一年过去了，辛苦你和方薇了。”

“妈想你啊，”母亲哭得更凶了，“可是一年才能见你一次，妈也没几年好活了，不知道还能见你几天——”

“妈，你说这干什么！”我也鼻子发酸，强行打断她道，“你一定能长命百岁的，等哪天癌症攻克了，那时候我们一家要和和美美地生活在一起，我要好好孝敬你呢！”

母亲说不出话，只是擦拭着泪水，头胡乱摇晃着，不知是摇头还是点头。

方薇又拉着满脸不高兴的儿子进来了。我挤出一个笑容：“轩轩来，看爸爸给你变个魔术！”不能毁了这一天，我下定决心，每年只有十几个小时，我一定要和家人们开开心心地度过。

轩轩有点好奇地看过来。我对方薇说：“给我一个硬币。”

方薇递给我一个硬币，朝我眨了眨眼睛。她知道我要干什么，这是我和她第一次约会的时候表演过的节目。

我把硬币抛起，接住，合在手心，打开双手，硬币消失了——被一个简单的障眼法藏在了衣袖里，我怕自己身子虚弱，动作不灵，但轩轩一点儿没看出来，把小脑袋凑过来端详着，连声问：“它到哪里去了？哪里去了？”

我又打开手心，硬币又回到了那里。

“咦！”轩轩发出好奇声，“从哪里出来的？”

“轩轩乖，”我狡黠地说，“叫一声爸爸，我就告诉你。”

“不要！”他头摇得跟拨浪鼓一样，“不叫不叫！”

“那你就叫半声嘛，叫声‘爸’就行。”我逗他。

轩轩的眼珠转了几圈，似乎觉得这个交易很可行：“好吧，ba！”他好像觉得很得意，绕着自己转起了圈圈，一边转一边叫道，“ba！ ba！ ba！”

我开怀大笑，又把闪亮的硬币抛向天花板。轩轩举起双臂，发出尖得可以刺破耳膜的欢呼。

2038

“鹅，鹅，鹅，曲项向天歌，白毛浮绿水，红掌拨清波……”

轩轩摇头晃脑地在我面前背着古诗。2 岁半的他刚刚和我熟悉起来，一睁眼又变成了 3 岁半，他看上去长大了不少，身高超过了一米，模样也成熟了很多，像个小大人。这孩子好像是好多个俄罗斯套娃，一个接一个地装进更大一号的模子里。

“轩轩乖，是妈妈教你背的吗？”我问他，却望向站在一边的方薇。这次她看上去反而年轻了一些，剪了短发，穿着利落的黑白条纹 T 恤和短裙。

“幼儿园老师教的。”母亲接话道，“轩轩已经上幼儿园了，还是双语的，现在会了好多英语。”

“轩轩，告诉爸爸，英语怎么叫爸爸？”方薇问儿子。

“Daddy！”轩轩响亮地回答，又小声问方薇，“妈妈，他真是爸爸吗？”

“你不是天天说要找爸爸吗？这就是爸爸呀！”

轩轩的脸上绽放出笑容：“那我也有爸爸了，是不是？以后我可以跟木木、玲玲、艾米丽他们说，我不但有妈妈和奶奶，也有爸爸了！”

“你当然有爸爸，”方薇说着眼睛又红了，“一直都有。”

“那爸爸明天能来幼儿园接我吗？”孩子天真地问。

“爸爸要……”方薇语塞了一下，“去很远的地方，不能来接你。”

“来一次就好嘛，这样我就可以跟他们说我也有爸爸了呀！”

隔着一层水雾，我眼前的一切开始变得模糊，身后传来母亲压抑不住的啜泣。“轩轩，你过来。”我对儿子说。

他走到我面前，好奇地打量着我。

“爸爸一直在，”我说，“总有一天，爸爸会来接你，陪在你身边的。”

“那我们拉钩。”他伸出一根手指，和我轻轻拉了一下，笑了。

2039

我在钻心的剧痛中醒来，家人似乎都围在我身边，可形象影影绰绰，声音像是从很远的地方传来的。我听不清，也无法回答，只是大叫、哭喊、呻吟，一定把儿子吓坏了。

金医生给我打了一针，我稍微舒服了一点儿，但一阵倦意袭来，意识又模糊下去。我告诉自己不要睡去，否则一年就白白消失了，但没有用，周围的人像是井壁，我在深井里，不断地下坠，下坠，直到沉入无意识的渊底。

2040

我再次醒来时，发现自己在一个陌生的房间里，感觉比以前舒服得多，唤醒过程也没有前几次那么痛苦，仿佛只是从酣畅的睡眠中苏醒。

“林先生，欢迎来到2040年。”金医生对我说，不是真人，而是一个悬浮在空气中的三维图像，忽闪忽闪地，像老科幻电影里的场景，我意识到，又过了两年，这是一种以前没有的技术。

“从今年初开始，冬眠复苏技术已经升级，可以自动进行操作。您的病痛已经被控制住，这次我和护士就不过来了，祝您和家人度过美好的一天。有问题请随时召唤。”说完简短的欢迎词后，他消失不见了。

我看向周围，一个孩子坐在我面前的地板上，盯着光影闪烁的墙壁。这也是一种新科技，整面墙都变成了显示屏，还是立体的，放着一部好像是新出的动画片，一只金光闪闪的机器猴在和一群张牙舞爪的大章鱼打仗。

轩轩的注意力在动画片上，口中还念念有词，并没有发现我醒来了。母亲还是如常坐在我身边，但没有看到方薇。

“小宇，你终于醒了？”母亲把我扶起来，两年不见，我发现她似乎也年轻了几分，脸上的皱纹淡了，甚至头发也黑多白少。不过方薇呢？

母亲看到我探询的目光，知道我在找什么，说：“方薇去美国出差了，那边刮飓风，航班取消，她来不了了……不过没关系，一会儿你们可以立体视频通话，和人在你面前没什么区别。”

“出差……她出去上班了？”

“家里不能老靠你的积蓄，”母亲的声音沉重起来，“你不知道，前年爆发全球金融危机，通货膨胀得很厉害，光幼儿园一年就得五十多万……唉，方薇不让我说……”

我想问一下家里的财务状况，不过一想，我知道了也没用。“那她在哪家公司？”

“星联网络。”母亲说，我没听过这个名字，她又补充道，“就是李海泰办的公司，现在挺火的，好像全国能排到前几。”

我又被一阵眩晕感笼罩，李海泰曾是我的下属——对我来说是几个礼拜以前的事。如今他已经取代我的地位，我老婆还在为他打工。外面的一切正以我无法理解的速度变得面目全非。

“方薇挺不容易的。”母亲又幽幽地说了一句，不知指什么。我不想谈这个话题，转向儿子。他已经看完了动画片，正在玩一个机器猴的玩具，巴掌大小，样子和屏幕里的差不多，但纤毫毕现，每个组成部分都很清晰，原来是个机械化的孙悟空。它站直身子，嘴巴一动一动：“外星妖怪，俺老孙来也！”然后翻起了筋斗。

去年——不，是六年前，我曾经想开发过类似的智能玩偶，但是受限于成本的高昂，放弃了，如今这只活生生的机器猴在我面前做着高难度动作，提醒我时代已今非昔比。

“轩轩，这个……孙悟空是妈妈给你买的吗？”我问他。

“海泰叔叔送给我的！”他骄傲地说，“是他们公司的最新产品，还没上市，全世界就我一个人有！”

怎么又是他？我心中一动，望向母亲，她的目光不自然地移到一边，装作在看墙上在放的广告。我忽然明白过来，一阵难以置信的愤怒涌上心头。

我的脸色一定很难看。母亲犹疑地开口："小宇，方薇没什么，只是那个李海泰一直到家里来……唉，你也要理解她。"

我愣了一下，才明白妈妈没有说出的潜台词。如果我死在五年前，今天方薇当然是自由之身，如果我冬眠个五十年，按冬眠法规定，很多民事权利与死亡无异，她也会有自己的新生活。但我每一年都会醒来和她见面，就仿佛只是两地分居，这成了方薇身上的一道枷锁，在余生的岁月里，她只能一直守着我这个名存实亡的丈夫，自己把孩子拉扯长大，还要照顾日渐老迈的婆母。

愤怒化为愧疚，又变成难以名状的悲凉，我知道自己无权要求方薇忠贞，但还是有一种强烈的荒诞感萦绕心头：几天以前，你们还拉着手山盟海誓，几天之后，她和你的朋友成了一对。

但我也明白，对方薇来说，这不是几天，而是许多年，我和方薇活在不同的时间里。

"轩轩，妈妈喜欢海泰叔叔吗？"我问儿子。母亲想说什么，但欲言又止，只是叹了一口气。

轩轩有点困惑，想了想，然后答非所问地说："我喜欢海泰叔叔。"

这就够了。

"那你想让他当你的爸爸吗？"我又问。

轩轩困惑地眨了眨眼："可我爸爸不是你吗？"

我们已经不再玩"叫爸爸"的游戏了。轩轩开始懂事，也懂得应该叫我爸爸，但"爸爸"这个词在他心中，大概还没有"海泰叔叔"有分量。我已经错过了和他建立亲密情感的最初几年，永远错过了。

但无论如何，我活到了五年以后，还会再撑许多年，我可以看到儿子长大、上学，也许还能见到他成家立业。他会理解我的，等他有了自己的孩子，就像我理解父亲一样。

腹部不知怎么又疼了起来，好像有一只叫嫉妒的虫子在那里啃啮。我忍着疼，对轩轩挤出一个笑容："让爸爸给你一个新爸爸，好不好？"

2041

方薇站在我面前，我打量着她，她身穿一件修长的驼色风衣，里面是火红的打底衫。这些年，她没有变老，却变得更成熟更自信，眉目间带着风霜磨砺出的干练，她不再是几年前那个依偎着我的小女人，而有一种独立洒脱的美。是李海泰成就了她，也可以天天欣赏这样的她，我酸涩地想。

我与她的眼神碰撞，她的眼神中有一种让我害怕的东西，良久，她慢慢地抓住我的手。

"林宇，"这次她的手有些僵硬，"我……要跟你说一件事，你……要有心理准备。"

我明白了。去年冬眠之前，我遣开其他人，录了一段留言发给方薇，让她下一次带着离婚协议书来，我随时可以签字。

"干脆离了吧，"我故作大度地说，"我本来早该化成灰了，现在每年还能见到你们，已经心满意足。你有权利寻找新的幸福，也有义务给孩子一个完整的家庭。"

卑怯的我虽然说了一堆门面话，但是内心仍然希望这个答案是"不"。从她的表情中，我已经猜到她的回答是什么。房中只有我们两个，母亲和轩轩都不见踪影，显然是特意留给我们独处的空间。

"我早准备好了，"我勉强维持着男人可笑的尊严，"我还急着去三十年后找下一任呢。文件拿来，给我签字吧。"

“不，”方薇摇头，“不是这件事……”忽然间，她的冷静和干练荡然无存，莫名地哽咽起来，泪花开始出现在眼角。

我开始觉得不对，一个比离婚可怕千百倍的念头跃上心头。

“轩轩，轩轩怎么了？你说话呀！”

“不是轩轩……”她的嗓子里发出呜咽，“是……是妈……走了……”

眼前的一切分明在那里，却又纷纷离我而去，我如同陷入一片看不见的沼泽，无法动弹，甚至无法思想。

“不……不会……”我过了一会儿才发出一点呻吟，“你胡说……胡说的……我……我要去找妈……”

方薇轻轻抱住我，好像抱住轩轩一样。不知怎么，这个动作让我安静下来。“林宇，你听我说。”

方薇告诉我，这几年母亲虽然身体不好，但是再撑几年本来是没问题的，可她总怕我醒来见不到她，所以偷偷进行了一种据说能永葆青春的疗程，把全身的血换了一遍。一开始的确立竿见影，让她变年轻了一阵子，但那其实是透支身体的骗局。去年年底，母亲在几天中忽然老得不成样子，被救护车拉到医院，从此再也没能出来。

母亲在医院苦熬了大半年，想和我再见上一面，但最后还是撑不住了，于一个月前溘然长逝。方薇在李海泰的帮忙下，料理了她的后事。

我哭得昏天黑地，直到剧痛发作才把我从悲痛中暂时拯救出来。这一晚，当我再次进入冬眠舱时，我想到了小时候母亲把我拉扯长大的许许多多事，失去母亲的痛楚还将持续很多日子，或者说很多年。间断冬眠是多么奇怪的事，欢乐的时光暂如梦幻泡影，而痛苦却跨越漫长岁月，如影随形。

2045

我站在一个雅致的庭院中间，脚下的青草在空心地砖间生长得郁郁葱葱，正前方有一个小喷泉，清澈的泉水从池中央希腊式的少女雕塑手捧的花瓶里涌出，又飞落在她脚下的池子里。头顶是葡萄架，一串串的深紫色的葡萄从头顶垂下来，透过葡萄藤的空隙可以看到蓝如宝石的天空。

那是我很熟悉的地方：我以前那栋别墅的庭院，方薇亲自设计的，我们曾在这里度过好几年的欢乐时光，但为了治疗和冬眠的费用，我们早已把它卖掉了。当然，我并没有回去，实际上，我还是在新冬眠中心三十层的楼上，只是戴着一副最新款的隐形 VR 眼镜，这些年来，虚拟实境技术的进步几可乱真，通过对以前照片和视频的复原和模拟，让我重返昔日的家。

我站了很久，看着葡萄架下的一把藤椅发怔，以前妈妈最喜欢在这里打毛衣，轩轩最初的几件小衣服就是她在这里织出来的，但现在，这里只有一把空椅子。

方薇好像也发现了我的心情又低落下去，捅了捅我，向前一指说："你记得吗？上次有个女孩来家里玩，对着喷泉大呼小叫，要摆一个自拍造型，结果没站稳，掉进喷泉里，浑身湿透了。"

我的嘴角也泛起微笑。我怎能不记得？那是轩轩满月那天，可能是我一生中最后一个无忧无虑的日子。我们摆了满月酒，把很多亲戚朋友都请到家里来，整整一个下午，就在院子里喝茶、吃点心、聊天，消磨午后的悠长时光，畅想着未来。第二天，胃部的剧痛和便血就把我送进了医院。

我摇了摇头，让自己不去想那些不开心的事，说："当然记得，就是小姜嘛。"

“哦，对，是小江……你们公司的职员。”

“不，那个是江海的江，这个是生姜的姜，是迈克带来的女朋友。”

“哪个迈克？”方薇露出更加茫然的神情。

“迈克啊，就是发型很搞笑的那个男生，你不记得了？”

方薇摇了摇头。我告诉她：“迈克是我以前留学时的师弟，来过我们家好几次呢，这才多久，你就——”

我忽然说不下去了。我明白过来，对我来说那次聚会只过去了半年多，但对方薇来说，一切已经是十年前的陈年旧事，十年里发生了无数人生大事，她自然早已忘掉了十年前几个不熟的客人。我们已经不在同一条时间线里。对方薇来说，我冬眠后的日子已经比当年的恋爱结婚还要长得多，但我本质上仍活在 2035 年，时间感受甚至还没有越过一个月。

我只是一个来自过去的影子，和周围的景物一样。

我又想到了我们那名存实亡的婚姻。过去几天（年）因为母亲过世，我一直心绪低落，方薇也就没提这事。我潜意识里也想当它不存在，但终究是避不开的。

尴尬的沉默持续了半分钟，我终于开口道：“都十年了，还说这些旧事干什么？那份离婚协议早点签了吧。”

我想过她会答应或拒绝，但她的回答超出了我的想象：“其实不需要签那个，它对我……没什么束缚。”

我有些惊诧地望着她，她也平静地和我对视，眼神让我无法看透。“林宇，这十年来，社会观念发生了很多变化，包括对婚姻的看法也完全不同了。我们都被时代裹挟着，到达以前想不到的地方。”

这几天在电子媒体上偶尔看到的几个词在我脑海闪现：人工伴侣、双性交际、多向婚姻、性别置换……我不太明白是什么意思，也不想问，但我知道世界在急剧转变，方薇是一个有血有肉、没有丈夫的年轻女人，当然会跟着往前走。我脑海中出现了许多刺激性的画面，我强行把它们驱散。

“可你和李海泰，你们不需要——”

“李海泰？早就分手了。”她利落地挥了挥手，“现在我是星联的CEO了，放心吧，我会安排好自己的生活。”

方薇的表情有着可以把控一切的自信，我发现自己已经无法理解她的生活，甚至无法揣度她在想什么。

“我不是想干涉你的私生活，”我还是忍不住说，“但是轩轩怎么办？他需要一个稳定的家庭啊。”

轩轩已经没有奶奶，方薇工作又忙，现在主要靠一个智能家庭网络（也就是一台电脑）在照顾他。此时，他在上一个什么人机互动课程，授课的是机器人，一天都见不到几个人。

“轩轩很好。”方薇打断我，“我下载了最新版本的教育学助理，并上传每一天的数据到教育中心，进行大数据分析和人格建模，他们会给出世界上最好的教育指导。”

我听得云里雾里，忍不住抗议：“方薇，孩子还是需要妈妈去关心，我总觉得靠什么大数据来教育孩子，不太保险。”

“你不懂，时代变化很快，现在的人都是这样养育孩子的，你和我们一起生活就不会有这些问题了。”

我无言以对，放弃了插手孩子教育的努力，摇摇头，望向虚拟实境中远处的城市，那还是十年前的旧模样，据说现在已经出现了全新的建筑技术，比如有一栋千层高的“未来大厦”，是用纳米智能材料在三个月内建成的，即使脖子仰得发酸，也看不到它的顶端，正如这日新月异的新时代。

“你说得对。”我黯然地说，“我这样每年醒来一次，根本就不明白外面发生了什么。这些年我自以为在陪着你们，其实只是一种拖累。我真不知道还继续往前走干什么，还不如……不如……”

我说不下去，转身走向房门，也许是下意识想走回美好的旧日时光，可没走几步就碰到了真实的墙壁。旧日的家门看起来就在两米开外，里面似乎还能看到母亲忙碌的背影，但我再也回不去了。

我烦躁地猛踢了一脚墙壁：“假的！都是假的！”然后一下子崩溃，泪水奔涌而出。

方薇从身后抱住了我，我感到贴在背上的柔软，再次僵住。

“你不能走，”她在我耳边呢喃，“我和轩轩需要你，现在，未来，还是和以前一样。一年又一年，每年这一天，我都会带轩轩回到你身边。不管未来把我们带到什么地方，你都是我们永久的家。”

我明白了我们的关系所在：我是她不忍失落的过去，她是我无法经历的未来。我们既早已远离，又仍唇齿相依，不离不弃。

我转身长长地拥吻她，热烈而绝望，宛如初见，宛如别离，宛如时间本身。

2050

他站在我面前，一个高大俊朗的青年，面目依稀是我年轻时的样子，眼中的神采也像是20岁上下的我，咄咄逼人，自以为是。他赤裸着全身，露出发达的肌肉，皮肤上有精致绚丽的花纹在流动。这一切让我既感到熟悉，又极度陌生。

他是轩轩，童年如风般飞走，少年亦如水般流逝。在我面前的，是倏忽迈入成年的儿子。但还是不对，即使我已经习惯了轩轩每天都在飞速长大，可今天是冬眠后的第15天，轩轩只有15岁，怎么可能长得这么快？我怀疑冬眠中心出了什么故障，让我多沉睡了五六年，可墙壁上的时间区域清楚无疑地显示着“2050”这几个数字。

我向方薇投去询问的眼神，她已经年过四十，看起来只是稍微成熟了一点儿，和前两年没有什么区别。

“他使用了加速生长技术。”方薇无奈地摇头，“就是用一种什么酶加快身体成长的步骤。他偷偷去的医院，那几天我在太空城开会，没有发现……不过你放心，这种技术是安全的，对他的身体也不会有什么损害。”

“这……这不是身体的问题！你怎么把孩子弄成了……这样？”我忍受着一个又一个人生不同阶段的儿子离我而去，可是现在的什么鬼技术，直接塞给我一个成年的儿子，而且还文着会动的文身，这是个什么世界？！

方薇有点心虚地低下头。轩轩——或者应该叫林子轩了——却抗议起来：“爸，我已经不是小孩了。”他的喉结已经发育，说话也是陌生的成年男子的声音，“教育中心说，我有权选择自己的生活。”

我不知道怎么和几乎是个成年人的儿子打交道。这些日子，虽然他每一天（年）都来看我，但是和当年我给父亲上坟一样，只是例行公事。在他面前，我没有任何父亲的权威，如今也只能呆呆地瞪着他赤裸而色彩流动的肌肤。

“没事。”儿子看出了我的困惑，“这是时尚，没什么不好意思的，何况我也不是没穿衣服，这叫智能变形服，你看——”

他在身上什么地方按了几下，那些流动的彩色花纹开始凹凸变化，很快变成了一件红色的T恤和牛仔短裤，看起来顺眼多了。

“那……”我好不容易找到几句话，“那你急着长大干什么？”

“我正要跟你说，”方薇带着愠怒开口道，“他想去当宇航员！今天我们一家人必须一起做个决定。”

“这是我自己的事。”林子轩嘟囔道，“再说教育中心也给了许可证，你们应该尊重我的意见！”

我花了好久才弄明白，子轩要报名当一名宇航员，而且是参加“红色巨眼”计划——一个打算去木卫二勘探矿藏的商业宇航项目，飞船会花两年时间从地球飞到木星，在那里停留一年，然后再花两年返回。

“那么危险的一个项目，”方薇怒气冲冲，“还要花上五年时间！你以为是玩 VR 游戏吗？林宇，你看看你儿子！”

方薇几天前还在跟我吹嘘那些大数据、电脑管理之类的教育理念，如今却焦头烂额。我有点啼笑皆非，不过还是不明白情况：“他还没成年，宇航局会让他去？”

“是一家私人宇航公司，他们现在喜欢招募这种不懂事的孩子去当苦力，简直就是诱拐，国家怎么会允许这种事！”

“好了，妈，”子轩不耐烦地打断她，“我能不能单独和爸爸谈谈？就一会儿。”

“爸，”等只有我们两个人的时候，子轩说，“你能同意我去吗？我希望你能站在我这边。”

他解释了一下，我总算明白了，现在的法律变化得很快，15 岁以上的孩子就可以选择在一夜间拥有大人的外貌（还可以变成异性、半人半兽或者半机械体），鉴于成长速度的加快，他们的选择权也被放宽，但有些决定仍然至少需要监护人之一同意，比如去太空。方薇那边不用想了，我是子轩唯一的指望。

我的确考虑了一下，儿子和我越来越疏远，虽然年年都能见面，但是绝不会比我当年对老爸的感情更深，这也许是我能博取他好感的唯一机会。

这个念头只是一闪而过，这种事一个父亲怎么可能同意？

“你妈是对的。”我决然说，“你哪儿也不能去，要去也得等你真正长大，读完大学再说。”

“我早就长大了！”他愤然道，“我有权选择自己的未来！你不知道吗？飞船上也可以远程上大学！”

“爸爸是为你好！”我说，半个月以前我还在给他换尿布，现在已经用上了这种台词，这让我感到荒谬，“你如果有什么事，我和你妈怎么办？”

“有什么怎么办？你回那个冬眠舱里再睡个一两百年好了。”林子轩阴阳怪气地说，“至于我妈，反正她根本不管我……”

“行了，”我阻止他说出更难听的话，“你妈怎么不管你？她只是不想你出事。木星那种地方多危险，那个什么大……什么斑，听说是个大旋风，能吹走整个地球……”

“您别跟我科普了，”儿子打断我，“危险我比您清楚，可我不怕，我喜欢冒险的生活。反正从小到大您也没管过我，这次也别管了，行吗？”

“是我不管你吗？我那是……”我气得不知从何说起，“算了，你还小，你不明白生活是怎样的。爸爸可以告诉你，人活着不容易，我们要珍惜自己的生命，要爱自己的家人，不要随便——”我想把这段日子内心的感悟告诉他，能说出来的却俗不可耐。

“我就是不想像您一样活着！”儿子脱口而出。

“你……你说什么？”我不敢相信自己的耳朵。

“您还不知道吧？”他冷笑一声，“您这个冬眠先驱可出名了，记者一直都想来采访您，不过都被我妈和奶奶拦住了，但我的同学没一个不知道的，有个每年醒一天的老爸我很光彩吗？”

“你……”

“说句不好听的，您每年这么折腾自己也折腾家里人，说什么想陪伴家人，其实只是怕死罢了。我从小就想，像您这样活着有什么意思？我一定要干出点名堂来，要不然我30岁再得癌症，不还是一个死吗？我就算死在木星上，也比您这样活着痛快！”

我怔怔地看着眼前陌生的林子轩，一股寒意从我背后升起，这个强壮而叛逆的年轻人，真的是我的儿子吗？

“不管你怎么说，”我竭力让自己冷冷地说，“我都是你爸，我说不许就不许，你必须听我的！”

“听个屁！”林子轩冷笑着，一个转身，冲到窗边，一个起落，身影就消失在窗外。这可是三十多层高的楼上，我的心惊得要从嗓子里跳出来，正要叫出声，却见他又冲天而起，智能变形服从他背后伸出一对膜翼，带着他翱翔天际，消失在同样飞翔往来的人流中。

我眼前一黑，晕了过去。

2050—2055

我又发病了，好几天都昏昏沉沉，总算一些新药物起了作用，我才没有死掉，而继续在睡与醒之间消磨无情的流年。

子轩再也没来看过我。他的木星之旅被阻止，但一扭头去了新建的太空城，三年后，年满18岁，他报名参加了更遥远的土星计划，这次他去得更远，时间更长，起码十年之后才能回来——如果会回来的话。

现在只有方薇每年会来看我。她很少说自己的事，也不太谈及外面的世界，最多跟我说一些子轩的近况。当子轩在宇宙飞船上也陷入了长达四年的冬眠而没什么可说的时候，我们就一起看当年录制的视频，说着往事，轩轩在一眨眼间就长成了大人，有太多事我还来不及去了解。方薇指着三维影像中那个跑来跑去的小不点，一一告诉我那些沉没在时光深处的点滴。那些我未及经历的时光并没有完全消失，还有很多碎片等着我潜入时间的深处去发现，去拾取，这让我感到惊喜。

有时候，我们也回忆更早的往事，譬如我们的恋爱时代，这些主要就是我帮方薇回忆了，对她来说，已经过去了整整二十年，但对我仍记忆犹新。逝去的时光在这个房间里一次次地复活，碰撞，缠绕，交汇，化为会心一笑，或幽幽的叹息。

2055

金医生又出现了，是他本人。我已经好些日子没看到他了。此时，他已经升任冬眠中心的负责人，胖了不少，脸上也多了几道皱纹，但其他的变化不大。

我看了一眼显示在墙壁上的时间数字，2055 年 4 月 19 日，奇怪，距离上一次苏醒只过了半年。

“林先生，我这次是来告诉您一个好消息的。”他说。从他的表情中，我已经猜到了三分，心脏狂跳起来。

果然，他点点头：“人类已基本攻克癌症，您等待已久的抗癌灵药已经问世，您的冬眠生活可以提早结束了。”

当天晚一些时，我在方薇的陪伴下回到了早已更新换代的肿瘤医院，开始新的治疗。等我睡去又醒来，仍然在 2055 年，第三天也还是 2055 年，时间忽然从奔腾的激流变成宁静的一潭死水，我都有点不习惯，有时会怀疑这一切只是冬眠间隙的梦幻，也许冬眠舱出了什么问题，也许是整个世界在我自以为还是 2055 年时，无数年月已经消逝，人类已经灭亡，海洋也已干涸，大地变为荒漠，一切生命都已灭绝，只有我还在地下的冬眠舱里做着荒诞的梦。

错乱的时间感终于稳定下来，我发现自己不但好好地活着，而且一天天恢复了久违的健康。一种聪明的“智能细胞”在我身上将癌变细胞一个个收拾干净，强大的人造血液将过人的生命活力输送到身体的每块组织，一周以后我就可以出院了，又过了一个月，我一点儿病痛也没有了，健壮得像头牛。

出院后，我搬到了方薇那里——还能去哪儿呢？最初那几周，我们仿佛回到了刚刚在一起的日子，通宵达旦地欢爱，贪婪地索取着时光曾从我们身上夺走的欢乐。方薇已经年过五旬，但生物科技的发展让她的容颜和生理没有太大的下跌，而我只有三十出头，几乎还算是个年轻人。除去远走外星球的儿子，整件事仿佛只是一个半年多的噩梦，如今我仍然年轻，健康，前途无量。

当激情退去，我发现这一切只是幻觉。

我和方薇的第二次蜜月期很快就告结束。不是生理差距的问题，二十年的人生阅历已经打造出了一个我几乎不认识的方薇，拥有我无法插手的社交圈和个人生活。我曾是她无法舍弃的过去，这是一直以来维持着我们的纽带，但当我和她回到同一条时间线后，我们的关系也走到了尽头，经济也出了问题，多次经济变换后，我剩下的积蓄用寒酸来形容都属于客气。当然，方薇有钱，但那是她自己赚的，我不能吃软饭。方薇替我在公司里找了一个技术职位。我最初还摩拳擦掌，打算重拾业务，但很快发现当年的知识早已落伍，在这个时代，研发工作大部分交给了人工智能，而我这个博士不但读不懂研发报告，甚至连电脑都不会使用——现在的电脑键盘都以完全不同的方式排列。

我和同事的关系也好不到哪里去，他们大都是高学历的精英，我的工作能力自然不会博得他们的好感，他们虽然因为我和老板的关系不会明说，但是蔑视写在眼睛里。他们的聊天中经常出现我听不懂的词汇和根本不知道笑点在哪里的笑话，我虚心请教过几次，他们一边解释一边流露出毫不掩饰的惊讶表情，就像看着一个从清朝穿越来的怪人。后来，我也不再问了。

上个街也不自在，智能网络已经渗透到了生活的方方面面，不了解就寸步难行。有一次，我在一家餐厅外面转了半天都没找到门，还是一个路人告诉我，这里的墙就是门，只要你走过去，它就会自动分开。还有一次，我只是想去两三个街区开外的市场，但迷了路，莫名其妙地走进了一列看上去有点奇怪的地铁，进了车厢后，我忽然被自动跳出来的安全带反扣在座位上，几分钟后，列车从一个发射井里以疯狂的加速度射入太空，等它到达一万多公里外的太空城，我已经吐得满地都是……

不过也不能说全无好事。就在那次误打误撞的太空之旅中，我认识了一个女作家。她对从二十年前穿越而来的我有点兴趣，几天后约我出来采访，说她想写一本关于冬眠生活的书。我们去了一家酒吧，我一五一十地告诉了她自己的经历，不知不觉越说越多，越说越醉。第二天早上，我发现她睡在我身边，而方薇正在外面吃早餐。

方薇好像不在意这事，这却令我更无法接受。我搬出了她的家，女作家又找了我几次，但我也疏远了她。后来我也懒得去上班了，向政府申请了低保福利，分到了一间斗室，每天抽着烟，喝着酒，在那里看二三十年前的影视节目解闷。

“你应该去心理矫正中心接受治疗。”几个月后，方薇找到我，对我说，“冬眠者不适应社会变迁是常见的问题，他们会有办法的。”

“我没病，”我叼着一根香烟说，“去什么矫正中心？我就是不想去上班而已。”

方薇皱了皱眉头，似乎在勉强压抑着怒火：“那你回学校去再学习两年吧，至少掌握一些找到工作的实用技能。”

我讨厌她替我做决定的样子：“方薇，咱们已经没关系了。这是我的人生，不需要你安排。”

“是你的人生，可你过成了什么样子？你想过没有，等过几年轩轩回来，看到爸爸回来了就是这副模样，会怎么看你？”

“你就很讨他喜欢吗？”我冷笑一声，“他为什么宁愿去土星也不愿意待在你身边？你心里没点数？是谁把孩子教成了仇人一样？”

“你浑蛋！这些年该教育孩子的时候你在哪里？”

“我至少没像你一样到处鬼混！”

我们相互攻击，谩骂，撕咬，明知道不可能吵出结果，却还是忍不住要伤害对方，自己也遍体鳞伤。最后方薇夺门而出，我也坐倒在地上，对着一堆酒瓶和烟头发愣。

这就是我要的结局吗？我想，为了穿越时光陪伴家人，我间接害死了母亲，让儿子离家出走，和妻子反目成仇，多么反讽！我早该在2035年按部就班地死去，在亲人朋友的环绕和爱戴中闭上眼睛，那样的人生才是完美的，至少会有一场完美的葬礼……

我想得出神，骤然间，身体里一阵熟悉的感觉把我带回到2035年。下一刻，我发现自己又躺在地上，疼得抽搐。

这不可能，癌症已经治好了啊！我勉强爬起来，想开启家庭智能网络呼救，因为不会使用这种最新版本的家庭网络，我平常一直关着它，一时竟不知怎么打开。胡乱在墙壁按了几下后，我再次倒在地上，身子不停地痉挛着，身上的每一处都在刺痛，这些疼痛点还以自己为中心，向全身各处放射，叠加起来的痛感此起彼伏，无穷无尽，癌症发作时都没这么疼过。我呻吟着，叫喊着，诅咒自己和世上的一切，但很快连声音都发不出来了。

“我的包放在——”不知过了多久，我看到方薇的脚出现在面前，我勉力向她伸出手，从喉咙中发出咯咯的声音。方薇发现了我，俯下身，惊惶地问：“林宇，你怎么了？你说话啊！”

我终于昏了过去。

等我恢复了一点儿意识，发现自己回到了冬眠中心那间熟悉的房间里，金医生和其他工作人员围在我身边。

“林先生，非常抱歉，”金医生表情凝重地说，“我们发现新疗法有一些隐秘的缺陷，不是对所有人都有用。智能细胞清除了癌细胞后，还是在您身上不断地复制，无差别地杀戮着您的身体细胞，速度非常快，目前您的身体情况十分危急。”

这么说，我等于用一种癌症换了另一种癌症。我想骂他，但说不出口，身上还是疼得厉害。

“这个问题我们现在无力解决，只能留待将来，因为这次将您唤醒是我们中心的责任，我们将会负责您以后的冬眠费用，没有期限。您将再次进入冬眠，但因为情况危急，无法每年醒来，只有到确定可以解决这个问题之后，您才会再次被唤醒。”

我将再次睡去，不知何时醒来，也许是五十年后，也许是一百年，这么说来，我和这个世界或许是永别了。我抬起眼皮，习惯性地寻找着方薇，发现她站在房间的另一角，关切地望着我，宛如每一次看着我进入冬眠时的样子。

“方……”我想叫她，但几乎没有开口的力气，只吐出了一个微弱的音节，方薇却听到了，走上前来，抓住我的手。

“对……不……不……”我想说“对不起”，却怎么也说不完。

方薇摇了摇头：“放心，我会等你醒来，就像以前那样。”

我感到两行泪水从眼角沿着脸边淌下，我错过了和方薇之间重新开始的机会，永远错过了。

“不能再耽搁了，”我听到金医生说，“他的情况每一秒钟都在恶化，必须马上冬眠。”

黑暗再次笼罩下来，我沉入到没有时间的深渊里，但方薇的手仿佛一直在握着我，一直没有分开。

2085

我好像做了一个很长的梦，梦见自己穿越时间，回到了 2035 年的春天。我没有生病，和方薇相爱如初，妈妈也仍然健在。轩轩变回了婴儿车中的宝宝，我们一起推着他，欢声笑语，在有葡萄架和喷泉的美丽庭院中散步。

然后我睁开眼睛，宛如某天早上酣睡后的自然苏醒，神志清晰，精神饱满，发现自己真的回到了自家的老房间里，眼前是装饰着古典壁画的天花板，华美的水晶吊灯从顶上垂下来，在早晨的阳光中闪着迷人的光彩。

我渐渐完全清醒过来，自嘲地一笑，这不过是虚拟实境的效果。我把目光投向床边，看到了年轻时的方薇，她抱着婴儿时的轩轩，看起来只有半岁左右，显然，他们也是虚拟实境中的幻象。

此时，方薇的脸上绽放出笑容："你醒了？"

我又擦了擦眼睛，看清了她的面容，的确完全是记忆中 30 岁时的模样，和后来几次见到的全然不同，只是目光中有和容貌不相符合的沧桑感。

"现在是 2085 年，"方薇为我解惑，"也就是最初五十年计划中你醒来的那一年。你身上的病情已经得到根治，现在的你比任何时候都要健康。"

"等等，你是谁？是一个程序吗？"

"连你老婆都不认识了？"方薇笑了笑，"也难怪，80 岁的老太婆了。"

"可你看上去比昨……比 2055 年还年轻啊！"

"我做了器官再造的手术，更换了大部分身体部件，不要以为只有你们冬眠人才能青春永驻。"

"这么说你是真的？不是虚拟实境中的幻象？"我四下环顾起来。

"当然是真的。"方薇微笑着说，"不过，只是一个人格体。"

"什么……体？"

"十年前，意识上传的技术成为现实，大部分人选择了意识上传，进入数字世界，我也面临这个选择，但我还有一件事必须要做，要等你醒来。所以我把自己分成了两个人格体，一个上传，一个留下来……你不用这么看着我，留下来的，当然是比较爱你的那一半。"

我不知怎么接受这一切，这已经超出了我最极端的想象，她是方薇，还是不是？

"对了，这也是我们的老房子，我买下来了，也不需要多少钱，现在最不值钱的就是房子。"

"那这孩子……"我把目光投向她怀中，那孩子看上去和轩轩一模一样，如果不是影像，他又是谁？

方薇的笑容隐去不见，微微摇头，对我说："有件事得告诉你，轩轩他……已经走了。"

走了？那是什么意思？去了别的什么星球，还是也意识上传……蓦然间，我领悟了她的意思，呼吸变得困难。

"他……怎么……难道也和我一样……"

方薇微微摇头："那是二十七年前的事了，就是你上次冬眠后不久，他们的飞船在穿越土星环时遇险，发动机受损，轩轩执行修补任务，土星环中的一颗陨石穿透了他的太空服，他没有来得及回到舱内，就停止了呼吸，但他拯救了飞船上的三百八十五个人。"方薇的语气很平静，甚至有几分骄傲，对她来讲这已经是二十七年前的事了。

我没有悲痛欲绝，也没有歇斯底里，实际上我不知道怎么接受这件事。成年的儿子我只见过一次，闹得很不愉快，后来就音信全无，如今又过了二十多年，妻子——或者说妻子的一半——告诉我，他早已死了。死去的，是那个对我咆哮的裸体青年，还是那个对我甜甜笑着的小家伙，又或者是那个襁褓中啼哭的婴儿？我不知道。对我来说，这五十年中的事发生得太快，快到我没有办法真正理解它们的意义。

“那……那这个孩子是……”

方薇没有正面回答：“轩轩去世后，我收到了两封电子邮件。”

“两封……电子邮件？”

“2048年，他去世前夕写的，一封给你，一封给我。给你的那封信，二十多年来我都没有打开过。我想应该尊重轩轩的遗愿，你应该是第一个读到它的人。”

我的呼吸开始急促：“那邮件在哪里？”

方薇伸出手指，在空中虚点了几下，大概是在现实增强界面中调出邮件，我以为会出现一些悬浮的文字之类的，但下一刹那，我看到了一个似曾相识的青年悬浮在自己面前，忧伤地望着我。

“轩轩？”我颤抖着问，伸出手，手掌摸了个空，只从他半透明的身上划过，带起一圈圈波纹，宛如魂灵。

他点点头，好像听到了我的呼唤：“爸，我是轩轩。”

他的身体慢慢旋转着，如同在无重力的环境中，我明白过来，这一定是他在飞船上最后录制的视频。

他望向我，目光变得成熟了很多，说：

当您看到这样的我的时候，我已经离开了世界，结束了短暂的一生。

说来我人生最早的记忆之一，就是去冬眠中心看您，妈妈让我叫您爸爸，然后您跟我一起玩或者讲故事。那是 4 岁或者 5 岁的时候。更早的那几年，听妈妈说我也是每年和您共度一天，但很遗憾，我不记得了。想必您还记得很清楚吧？对您来说，那也不过是不久前的事。

我想到那一个又一个叫或者拒绝叫“爸爸”的孩子，一切还宛如昨日，我不由自主地点头，眼眶开始湿润。

我每年都会跟妈妈去看您，也曾有过美好的回忆。但后来，我越来越不喜欢去了。我跟您说的东西，您都不知道，新的玩具，您也不会玩，玩不到一起去。您也不能像我那些同学的爸爸那样，送给我漂亮的飞车，还经常不是呕吐就是晕倒，每年去看您有什么意思呢？要不是每次妈妈好说歹说，许诺给我这个那个，我才不去呢。

我不爱您，甚至曾经恨您。妈妈骗我说您是太空猴王，有一天会从沉睡中醒来，拯救世界。我一度信以为真，还把这个拿去四处吹牛，结果同学们知道真相后，纷纷讥笑我，说我有个睡美人爸爸。最后我明白了，您就是个奄奄一息的绝症患者，还花了家里一大笔钱。我知道这不是您的错，可对您的厌恶却与日俱增。

我也讨厌妈妈，她要么压根不管我，要么就是疾言厉色地训斥，烦透了。她有钱，但她名声也不好……整个家里，我感受不到温暖，所以一有机会，我就想离开这个家，那次和您的冲突后不久，我就去了太空城。

最后一次见到您的时候，我是多么刻薄地嘲讽您啊，最近我才明白自己的幼稚可笑，但已经太晚了。也许现在，就是我的报应到了。

“不，”我忍不住说，“是爸爸没有尽到责任，你说得都对，爸爸答应过会去幼儿园接你，让同学们都知道你也有爸爸，但从来没去过……”

轩轩当然没有听到我的话，他继续说下去：

在太空城的时候，我认识了一个女孩，我们的感情很快升温，虽然根本没有条件，我们还是偷偷在一起了，结果她意外有了我的孩子。为此我们承担了太大的压力，最后她生下了一个女儿，可因为太空城条件简陋，她竟因为产后大出血而去世了。

孩子当然只能靠我。我给她取名叫林多，意思是多出来的孩子，小名多多。经济压力让我喘不过气，我还要工作，也没有时间照顾她。当然，我想过回地球找妈妈帮忙解决，但总觉得太丢人了，我这才明白，当一个好父亲不是那么容易。勉强养了多多半年后，我决定让她进入冬眠，后来我参加了土星任务，其实也是为了钱。我想，十年后等我回来会有很多钱，到时候就唤醒女儿，和她一起过好日子。可现在想来，也不过是把责任推到未来罢了。

后来的很多年，我没有太想念多多，但此刻，她的面容清晰地浮现在我面前，特别是她甜笑的样子，让我魂牵梦萦。我真想看到她长大以后有多漂亮，但我也许再也见不到她了。

飞船在穿过土星环时受到撞击，发动机上的关键部件破损，我要去舱外进行修理作业，那里到处都是小石头和冰块，非常危险。我曾幻想自己是盖世英雄，事到临头，却发现根本不是。已经死了两个宇航员，我不想为救别人去死，我只想平平安安地回到地球，和多多在一起，但总需要有一个人去执行这个任务，要不然所有人都会在这里送命。算来算去，我是最合适的人选。多多也许再也见不到我，我对她的爱与愧疚，她也许永远不会明白。

此时此刻，在离家乡十几亿公里之外，我明白了您的心境。每一代人理解不了父母，直到自己也成为父母的那一天。有的人可以弥补，有的人却没有了机会。我总算有幸成为一个父亲，也像其他父亲一样希望看到自己的孩子长大成人，但也许做不到了。

如果我不能活着回来——飞船的电脑系统判断可能性高达

56.7%——我有一个请求，虽然我相信，不用说你们也会去做，但是作为一个不孝的儿子，也是一个不称职的父亲，我还是想要正式地请求您和妈妈在未来的恰当时机唤醒多多，抚养她长大。她就沉睡在澳大利亚墨尔本的第三冬眠中心，冬眠舱号码是GX5763。

当然，我更希望您不会看到这封信。那样的话，几年后我会抱着多多回来，和您相聚，向您认错，希望能和已经痊愈的您共享三代人的天伦之乐。

但愿有那么一天……

听到最后，我的视线已在泪水中模糊一片。轩轩也哭了，对我深深鞠了一躬，年轻的身影在一团朦胧中消失。我无法抑制地痛哭出声，不光是为了轩轩，也是为了多多，为了方薇，为了我自己，为了母亲，为了早逝的父亲。

泪水从方薇的眼角滚落，她擦了擦眼泪，说：“我知道，你一定很想亲自把这个孩子养大。我又等了二十多年，留下了一个自己的人格体，就是等着有一天你会醒来，我们能弥补一切，像五十年前那样，一起把多多养大成人。”

多多被我们的声音吵醒，还不明白发生了什么，一撇嘴也哭了起来。方薇泣不成声，我也颤抖着拥住妻子和小孙女。我们尽情地哭泣着，又尽情地欢笑着。

多少岁月流去无踪，但终会归来，终会归来——

在一个叫作“家”的地方。